투명 인간 살인 사건

노원 지음

포문 출판

진리는, 적과 아군, 모두를 초월한다
 - 쉴러

1부 대혼란

1

법가원 브리핑실은 묘한 긴장감이 감돌고 있었다. 그것은 브리핑실에서 근무하는 법가원 직원들만 느끼는 긴장이었다. 그들이 기가 질린 이유는, 사치스러운 명품 정장을 빼입고 간이 의자에 앉은 캐스터 대부분이 구독자 100만 명 이상의 메이저들이었기 때문이다.

이미 레거시 미디어는 종말을 맞이한 후였다. 그것이 전통의 미디어를 가리킨다는 것조차 사람들의 기억에서 잊혀질 만큼. 정보화 시대 이전 막강한 영향력을 미치던 기존 언론 매체는 사라지고 없었다.

대신 시대 변화에 적응한 새로운 미디어 그룹이 등장했다. 그들 또한 올드 미디어의 한 부류였지만. 변화의 조류를 일찌감치 알아챈 그들은 외피를 바꿔 입고 화려하게 등장했다. 그들이 가장 먼저 한 일이 1인 미디어를 키워, '기자'가 쓰는 '기사' 대신 '캐스터'가 생산하는 '픽셔'를 선보이겠다고 발표한 일이었다.

그들이 알아낸 시대 변화가 그 용어에 담겼으니. 픽셔의 어원인 'fictioner'는 '허구를 창작하는 사람'이라는 뜻이다. 결국 픽셔와 캐스터는 둘 다 '이야기를 전달하는 사람'이라는 의미였다.

즉, 새로이 여론을 장악한 미디어 그룹은, 이제 세상에 팩트는 존재하지 않으며, 이것이 팩트라고 말한 '사람'만 존재하는 시대라는 것을 알고 있었다.

진실 또한 객관적이고 참된 진실이 따로 존재하는 게 아니라 사람들 각자가 믿고 싶은 이야기가 진실이 되고. 자신이 구독하는 '사람'의 주장이 진실이 되는 시대임을 인정한 것이었다.

그들은 그 변화를 주도하기 위해 정치, 경제, 문화 같은 언론 섹션을 없애고. '오노애락희욕애 (혐오, 분노, 슬픔, 쾌락, 기쁨, 욕망, 사랑)' 7가지 감정 섹션으로 픽셔의 타이틀을 나누기도 했다.

그에 따라 캐스터들은, 이전의 기자와 달리 사건 사고에 얽힌 진실을 파헤치기보다 구독자들의 감정을 자극하는 스토리를 생산하는 데 몰두했으며. 100만 명 이상의 구독자를 거느린 메이저 캐스터가 되는 것을 지상 과제로 삼았다.

바로 그 메이저가 스무 명이나 모였으니. 직원들은 주눅이 들고, 캐스터들은 여유롭게 잡담을 나눌 뿐이었다.

"오늘 깜짝 발표가 있다던데. 들은 것 좀 있어?"

"5대 그룹의 메이저들을 이 정도로 불러 모은 걸 보면, 원장이 꽤나 신경 쓰는 법령이란 거겠지."

"그게, 이번에 통과된 시민 법령이 있다는 것 같던데?"

"그런데 위상으로 보면, 우리가 법가원으로 올 게 아니라 원장이 우리 스튜디오로 와서 출연해야 하는 거 아닌가 몰라."

"뭐. 아직도 권력 기관의 수장으로 우리 위에 있다고 착각하고 있는 기관장들이 있으니."

"밥 원장은 그런 타입은 아니던걸. 소탈하다고 해야 하나. 무던해 보이던데 말이야."
"하하. 오늘은 그가 양복을 입고 나타날지 내기나 할까?"
보안 직원들의 긴장과는 상반된, 캐스터들의 가벼운 웃음소리가 브리핑실을 채우며 흘러 다녔다.

2

그 시각.
철컥, 문 열리는 소리에 밥 로이어는 상념에서 깼다. 창가에서 몸을 돌리니 사무실로 칼리 보좌관이 들어서는 중이었다.
젊은 여인의 흰 얼굴은 평소의 반듯함은 온데간데없고 미간에 주름이 깊은데. 그녀의 불안함을 알아차린 원장은 깊은 눈매로 부드러운 호를 그리며 호탕하게 웃어 보였다.
"하하. 날씨가 좋아, 칼리 양. 포탄을 던지기에 꼭 알맞은 물안개가 꼈지 뭔가. 이제 연기가 자욱해도 사람들은 그게 안개인지 포연인지 구분조차 못 할 거야."
"포탄이라뇨, 원장님... 전 간밤에 한숨도 못 잔걸요. 메이저들의 반응이 어떨지. 정말 걱정스러워요."
원장의 결결한 웃음에도 칼리는 서류를 책상에 가지런히 놓아두며 근심을 숨기지 못했다. 머리가 아픈 듯 한 손으로 이마를 짚고 후, 하고 무거운 한숨을 내쉬었다.

차림새만 보면 세련된 모직 투피스에 테일러드 코트를 걸친 칼리가 법가원장으로 보이고, 두툼한 항공 점퍼를 껴입은 밥은 트럭 기사처럼 보일 것 같다.

원장은 복잡한 속내를 감추고 무심한 척 점퍼를 툭툭 털며 말했다. "그리 걱정되면 자네가 좋아하는 찻잎 점이라도 보고 오지 그랬어. 오늘 반응이 어떨지."

그리고 그는 다정하게 한마디 덧붙였다. "우린 시민의 대리자일 뿐이야, 칼리 양. 이 법령은 서던 시민이 제안한 것이니 자네는 걱정할 필요 없어."

그러자 참았던 숨을 터뜨리듯 칼리의 어조가 격앙되었다.

"하지만, 방금 원장님도 포탄이라고 하셨잖아요. 사람들은 이 법령을 발표하는 원장님이 여기에 힘을 실어 준 것으로 생각할 거예요. 때문에 이 법에 반대하는 이들은 원장님을 타깃으로,"

말하다 말고 그녀는 입을 다물었다. 원장 이하 법가원들이 오늘 발표를 준비하느라 얼마나 고생했는지 알고 있기 때문이다. 연일 이어지는 토론에 원장은 일주일째 귀가하지 못했고, 부인이 연구실로 옷과 도시락을 날라주는 형편이었다. 원장의 덥수룩한 갈색 머리와 며칠 사이 움푹 팬 눈두덩을 보며 칼리는 말이 지나쳤다는 생각에 머리를 조아렸다.

"죄송해요. 저보다 원장님께서 더 우려가 크실 텐데... 잠깐이라도 눈은 붙이셨어요?"

그사이 밥은 다시 뒤돌아 창밖을 내려다본다. 잿빛 하늘과 빛바랜 하천 위로 드러난 마천루. 그 모습을 캔버스에 그린다면 풍경화가 아니라 메마르고 살풍경한 정물화가 될 것 같다.

"… 걱정보다는 사회적 합의가 어떻게 도출될 것인가, 그것이 궁금할 뿐이야. 시민법의 발표에서 우린 오롯이 대리자일 뿐이니까. 한편으론 지난 몇 년간 발표될 기회조차 얻지 못하고 사라져 간 법령들도 떠오르고. 반대로 그 기회나마 얻은 이 법에 얼마나 많은 이들의 기대와 열망이 담겼는가, 책임감도 느끼고. 더욱이 이것은 사법 체계와 사정 기관에 대한 시민들의 팽배한 불신을 보여 주는 것이니. 아직 그것을 불식시키지 못한 데 대한 자괴감도 들고… 덕분에 자기반성을 하느라 눈을 붙일 여유 같은 건 없었어. 아주 복잡다단한 심경이었다고나 할까."

"하지만 모의 토론에서 드러났듯이. 이 법령이 사회의 진보가 아니라 퇴보나 후퇴라 믿는 이들도 있을 거예요. 욕을 들어먹는 차원이 아니라 무력 시위가 벌어질지도 모르고요." 젊은 여인의 목소리가 또다시 파르르 떨렸다.

그러나 원장은 점잖게 고개를 가로저었다.

"칼리 양. 그런 우려야말로 지나친 설레발에 불과해. 아직 시민 투표가 남았고. 이 법이 실제 제도화될지 결과는 아무도 모르니까. 오늘은 정해진 절차에 따라 공표만 할 뿐이야."

그리고 그는 깊게 잠긴 목소리로 말을 마무리했다.

"따라서 우리가 할 일은 보다 많은 시민이 참여해 발전적인 방향으로 토론이 공론화되도록 유도하는 일이야. 이 문제를 각계각층이 논의할 수 있도록 최선을 다해야 할 뿐. 새로운 법령의 제안이 서던 시티의 발전과 진보를 견인할 수 있도록 고민할 밖에, 다른 도리는 없어."

곧이어 5분 뒤. 12월 1일 오전 10시.
드디어 법가원 브리핑실에서 원장의 발표가 시작되었다.
첫 타이틀은 '사적 제재 수용화 방안'이었다.
그 발표로 인한 충격은 원장의 예상보다 컸다. 밥은 자신의 발표가 포탄 정도라 생각했지만, 브리핑실은 대형폭탄이라도 터진 양 엄청난 혼란에 휩싸였다. 중계하는 캐스터들조차 타이틀을 듣고 이렇게 외쳐 댔기 때문이다.

"뭐라고? 사적 제재를 정당화한다고?"
"아니, 그럼. 사적 복수를 허용한단 말이야?"
"무슨 말이야? 어떻게 개인의 복수를 인정할 수가 있어!"

3

밥 로이어가 수장으로 이끄는 법가원은 법조문을 감시, 감정하는 기관이다. 그들이 하는 일은 이전의 사법부가 했던 일과 일견 유사한 점이 있다. 시민 간 분쟁을 해결하고, 사건 사고의 후처리 과정에서 피의자나 책임자를 밝혀 처벌하는 일을 하기 때문이다.
그러나 다른 점도 있다. 먼저 그들은 판결에 앞서 법 조항을 감시, 감정한다. 과연 이 규정으로 소송을 처리하고 범죄의 해악과 응보에 있어 충분한가 살피는 것이다.
그리고 감정 결과, 필요한 구절을 첨삭 보완하는데, 기존 조문에 필요한 구절을 보충해 상세히 더하거나, 오역될 여지가 많은 구절에 제한을 가한다. 때문에 법조문의 구절을 촘촘히 해석하고 가감한다 하여 '법가원, 법감원'이라 불리는 것이다.

이들의 탄생에는 입법부의 지리멸렬한 권력 싸움과 전관예우 변호인단이 배경으로 작용했다.

시민들이 선출한 입법부 의원들은 필요한 법을 제때 발의하기는커녕, 본연의 임무를 방기한 채 권력 다툼에 몰두했고. 전관예우 변호인들은 고위 공직자와 재벌의 비위를 철옹성처럼 비호했던 것이다.

특히 후자의 경우 폐해가 막대했는데. 전직 판검사로 이루어진 이들은 수년간 법조문을 파헤친 이력으로 법 구절에 담긴 맹점을 확실히 알았던 바. 한때나마 법의 수호자였던 이들이 법의 허점을 공격하는 최전방 공격수로 활약하고 나섰다.

그들은 조금의 주저함도 없이 실력을 발휘하여, 본인의 부정부패는 물론 자본 권력의 비리를 덮어 주며 승승가도를 달렸고. 때문에 그들이 변호를 맡으면 3대 중범죄를 저질러도 법정 구속을 피할 수 있다는 말이 공공연히 나돌 정도가 되었다.

그 폐해가 쌓이고 쌓여 법의 근간이 흔들렸다. 도시에는 크고 작은 범죄가 판을 치고. 시민들은 더 이상 법이 자신들을 지켜 주는 울타리라 생각하지 않았다. 그렇게 일반 시민들의 법감정과 사법 판결 사이 간극은 점점 더 벌어졌다.

물론 '법의 안정성'은 반드시 지켜져야 할 원칙이다. 하다못해 쓰레기 투기법이라도, 그것이 자꾸 바뀌면 시민들이 어떻게 생활 하겠는가. 모두 쓰레기봉투를 쥐고 우왕좌왕하지 않겠는가.

그러나 그 어떤 법도 최종적으로 법의 목적에 위배되어서는 안 된다. 법은 질서 유지와 정의 실현을 목적으로 하며, 국민의 생명과 재산, 행복을 지키기 위해 쓰이는 도구에 불과하다.

그런데 언제부터인가 도구를 떠받드느라 사람들의 생활은 도탄에 빠져 버렸다. 하루가 다르게 발전하는 범죄를 단죄하기는커녕 심지어 범죄를 옹호하고 면죄부를 주기까지 하니.

피해자는 피눈물을 토하며 울부짖고, 가해자는 웃으며 감옥에서 피둥피둥 살이 찌는 형국이었다.

"새로운 법이 제정될 때까지 기다릴 수 없으니. 기존 법을 다시금 감시하고 감정해 적용해야 합니다. 작금의 시대는 법 미꾸라지들의 시대입니다. 지난 30년간 그들이 한 짓을 보십시오. 그들은 자신의 범죄를 정당화하고 재벌의 형량을 낮추기 위해 법을 공격했습니다. 지금의 법전은 너덜너덜한 종잇조각에 불과합니다. 어떻게 이 나라에서는 범죄자에게 떨어지는 법의 철퇴를, 피해자들이 더 조마조마한 심정으로 지켜봐야 하며! 흉악한 죄인들이 미꾸라지처럼 빠져나가는 꼴을 선량한 시민이 보고 있어야만 합니까. 법을 운용하던 이들이 자본 권력과 결탁해 법을 공격하니 우리도 그에 맞서야 합니다."

그것이 법가원 창설을 주장한 이들의 첫 일갈이었다. 그들은 단번에 시민들의 폭발적 반응을 얻었고. 마침내 2/3가 넘는 시민들로부터 지지표를 끌어냈다. 그렇게 법가원이 탄생했으며, 이들은 곧바로 사회의 발전과 개혁을 주도하는 조직이 되었다.

그러나 법가원들 중 가장 진보적이고 개혁적이라 평가받는 밥로이어조차 이것은 희대의 법령이라 생각했다. 그는 그것을 공표하는 내내 포커페이스를 유지하려 애썼다.

양팔을 사선으로 길게 뻗어 손등에 힘줄이 불거지도록 단상 모서리를 부여잡은 것도, 눈을 위로 치떠 카메라를 노려본 것도, 그가 의도적으로 연출한 모습이었다.

"… 이것이 지난 1년간 법가원에 올라온 시민 청원법의 결과입니다. 이 법령은, 기간 내에 압도적으로 많은 시민의 지지를 얻었으며. 또한 신분을 인증하고 찬성 의사를 밝힌 시민이 전체 25%에 이르렀습니다. 그 외 다섯 가지 세부 요건이 충족됨에 따라 이 자리에서 공표하게 되었음을 알려 드립니다. 일반 시민과 전문가, 관련 단체의 여론 수렴은 25일로 하고, 추후 시민 투표를 통해 이 법령의 제도적 시행이 최종 결정될 것입니다."

발표가 마무리되자 현장에 참석했던 캐스터들은 크게 아우성쳤다. 그들은 그것을 '사적 제재 정당화법'이라고 부르짖었다.

4

원장의 발표는 서던 시티에 큰 혼란을 가져왔다. 여론은 활화

산처럼 들끓었고. 온라인, 오프라인에서 찬반 토론이 치열하게 벌어졌다.

특히 메이저들뿐 아니라 10만 명 이상의 구독자를 거느린 마이너 캐스터들도 대거 참전함으로써 여론전은 더욱 뜨겁게 달아올랐다. 라이브 픽셔에서는 각 미디어사를 대표하는 캐스터들이 나와 하루가 멀다 하고 논쟁과 토론을 벌였다.

"전 단연코 반대합니다. 우리는 피해자들을 위한 관점에서 이 법령을 바라봐야 하며. 피해자들이 진심으로 원하는 것은 일상으로 돌아갈 수 있는 보상과 케어 프로그램이라는 걸 잊어선 안 됩니다."

"오랜 세월 원한을 곱씹기엔 세상은 지나치게 빨리 변하고, 살아가는 일에만 몰두해도 세상살이는 녹록지 않습니다. 대부분의 피해자들도 산 사람은 살아야 한다는 경구를 품고 살 뿐 아닌가요. 그래서 이제껏 터진 사적 제재 사건은 엉뚱하게 제삼자가 주도한 것이었고요. 정작 피해자들은 사건을 잊고 살려 노력한다는 것을 간과해서는 안 됩니다. 피해자들을 생각한다면 복수를 부추기는 이 법령은 반대가 마땅하다 생각합니다."

"어이구. 반대쪽 의견인 줄 알았는데. 방금 하신 말씀 중에 제가 이 법령에 찬성하는 근거가 아주 잘 나온걸요. 말씀하신 대로, 피해자들은 끔찍한 사건을 잊고 살려 한다는 게 핵심 포인트죠. 그러니 이 법령이 시행돼도 실제 복수를 행할 피해자들은 극히

소수일 겁니다. 복수가 범람할 거라 전혀 걱정할 필요가 없단 말입니다. 오히려 말씀하신 대로, 제삼자로 인한 사적 제재 사건이 범람하고 있으니. 제도권 안으로 수용해 울타리에 가두고 손을 보는 게 맞지 않냐, 이 말이죠."

"맞아요. 저도 찬성이에요. 반대하는 분들은 이 법령이 '사적 제재 허용법'이 아니라 '수용법'이라고 적시한 걸, 기억했으면 해요. 세부 규정을 보면, 피해자가 사적 보복을 하더라도 엄연히 약식 기소에 벌금형을 부과한다고 돼 있단 거죠. 몇몇 캐스터들이 사적 제재 허용법이라고 말하는 건 가짜 뉴스예요. 절대 완전한 허용이 아니라니까요. 때문에 과반 찬성으로 법령이 통과돼도, 지금의 혼란만큼 파급이 크진 않을 거예요."

"무슨 말씀이십니까? 그 벌금형이라는 게 애들 용돈 수준으로 50만 골드 머니일 뿐인데. 그거야말로 눈 가리고 아웅이죠. 그게 허용이 아니고 뭐란 말입니까. 게다가 개인의 복수를 허용한다는 것은 그 자체가 말도 안 되고요. 그걸 시행하면 서던 시티는 함무라비 법전에나 어울리는, 고대 바빌로니아 수준으로 퇴보할 겁니다. 복수, 자체를 인정해서는 안 된단 말입니다."

"맞아요. 이 법령은 사람들에게 복수를 부추기는 추악한 권고와 선동질일 뿐이에요. 아니, 사적 제재도 원칙이 있잖아요. 도대체 공익을 위한다는 원칙은 어디 가고 개인의 보복을 우선시하겠다는 거죠? 이 법이 실제 시행되면 사회 전체가 혼란에 빠질 거예요. 치안은 더 불안해질 거고요. 아무리 비폭력적 방법만 허용한다 해도 누군가는 폭력을 쓸 테니까요. 그런 경우가 많아지면 누가 길에서 공격당하는 모습을 봐도 피해자가 복수하는구나, 하고 넘어갈지 모른다니까요."

그리고 여론전은 점차 격화되었다. 캐스터들을 '절대선'이나 '정의' 그 자체인 양 맹목적으로 따르는 구독자들에 의해.

"내가 구독하는 폴스타가 픽셔에서 아주 속이 시원하게 까발렸던걸. 아니, 예전에 피해를 입은 당사자라고 가해자를 징벌할 수 있다는 발상은 어느 멍청한 대가리에서 나온 생각인지 원. 그래서 애초 시민법을 허용하면 안 되는 거였어. 어리석은 대중이 제안하는 법이라는 게 죄 그따위 수준이니까."

"무슨 소리야. 난 피스 메이커의 말을 듣자마자 무릎을 쳤는데. 지금 나오는 판결만으로는 범죄자에 대한 단죄와 응징이 충분치 않잖아. 초범이다, 반성한다, 심신미약도 아닌데 음주로 인한 판단 상실 상태다, 온갖 감형 이유를 갖다 붙이고. 더욱이 공탁금을 걸고 합의하면 사람을 죽이더라도 10년이 안 돼 풀려나오는 경우가 허다하니. 와, 그러면서 길거리에 돌아다니는 사람 중 한두 명은 살인범일 거라고 하는데 얼마나 섬뜩하던지."

"그래, 내가 구독하는 바이오스도 찬성이랬어. 임시령이긴 하지만, 세부 규정을 보면 그 시기와 방법, 예외 조항까지 아주 꼼꼼히 규정돼 있다고 하던걸. 특히 3대 중범죄의 피해자일 것, 범죄자의 형 집행이 끝나고 10년 후란 기한 제한도 있고. 무엇보다 그 복수라는 게 비폭력적인 방법이잖아. 가해자의 범행을 알리고 주위에 경고하는 것뿐이니. 거기에 실행자도 반드시 피해 당사자, 혹은 그 배우자와 직계 존비속이란 조항이 있어 그리 바보 같은 법령은 아니라고 했어."

법가원에서 법령을 공표한 지 20여 일이 지나도록 여론의 향방은 결정되지 않았다. 대체로 40% 내외가 찬성하고 35% 정도가 반대했으나. 기관마다 설문 조사 결과가 달라 5~10% 내외로 찬반이 뒤집히기도 했다.

결국 시민이 절반으로 쪼개졌으니. 토론과 설득, 합의의 과정은 요원한 듯 보였다. 그렇게 혼란은 가중되고 있었다.

그러나 그 여론의 향방을 가를 결정적 사건이 준비되고 있었다.

그것은 시민 투표를 나흘 앞둔, 어느 토요일의 일이었다.

2부 복수의 서막

1

 사락사락 내리는 함박눈이 유리창 너머 세상을 하얗게 물들이자, 뉴윈은 작은 희망이 샘솟는 듯했다. 그는 초조한 심정으로 풍경을 바라보며 덧창 앞으로 한 발짝 다가섰다.
 '눈이 쌓이면 도로가 막히지 않을까… 그렇게 되면 아일랜 씨가 오지 못할지도… 부디 제발… 그렇게 되길.'
 간절한 소망을 되뇌며 창밖을 내다보던 잿빛 머리 청년은 후, 하고 터져 나오는 한숨을 내뱉었다. 그 바람에 유리창이 입김으로 흐려지고. 뿌옇게 김이 서린 부분을 손끝으로 뽀득뽀득 문지르며 다시 밖을 살펴야 했다.
 지금까지 보낸 연말이 얼마나 조용하고 평화로웠던가. 실로 자신의 취향에 맞게 한 해를 마무리하지 않았는가. 그런 생각이 들자 청년의 손끝은 조금 떨리기까지 했다.

 물론 그도 연말의 들뜬 분위기를 나름 즐기는 사람이다. 단지 그 방법이 다른 사람을 구경하는 것이었을 뿐. 그는 거리를 돌아다니며 행복한 아이들과 다정한 연인을 바라보는 것이 좋았다.
 사람들은 대부분 영화의 주인공이 되길 원하겠지만. 뉴윈은 관객의 입장에 얼마든지 만족했다. 그것은 스크린 속 장면과 가상의 주인공에게 감정 이입하는 것과 유사했다.

객석에 앉아서도 주인공과 함께 울고 웃으며 스릴과 모험을 만끽할 수 있는 것처럼. 그는 연말에도 북적북적하고 행복한 사람들을 먼발치서 바라보며, 들뜬 감정과 흥겨운 분위기의 소용돌이에서 한 발 떨어져 나와, 가장자리에 있는 것이 좋았다.

사실 '올해'라는 책은 대부분 후회와 반성의 에필로그가 마지막 장으로 존재한다. 그 마지막 장을 꼼꼼히 읽어야 비로소 올해를 덮어 과거의 책장에 넣을 수 있다.

물론 한 해를 돌아보며 반성을 하더라도 지나친 자기 비하에 빠지는 것은 금물이다. 올해에다 '지난해'라는 라벨을 붙여 과거의 책장에 넣은 다음에는, 깨끗하고 말쑥한 '새해'를 꺼내 와야 하기 때문이다.

따라서 반성과 후회라는 추레한 꼬리표는 적당히 떼 버리고. 다시금 희망과 의욕을 가지고 새해 첫 장을 펼치는 게 이 시기 더욱 중요한 과제일 것이다.

바로 이 과제를 해내기 위해, 흥겹고 들뜬 분위기에서 한 발 떨어져 있는 것이 필요하며. 그렇기에 뉴원은 연말과 연초에는 자신의 눈을 마주하고, 고요히 내면의 목소리에 귀 기울이는 시간으로 삼아 온 것이었다.

그런데 난데없이... 뜬금없이... 연말 파티라니!

낯선 이들과 시끌벅적한 분위기를 즐긴다는 것은, 화려한 클럽 조명이 자신의 잿빛 머리를 비춘다는 것은, 이제껏 꿈에서조차 상상해 본 적 없는 장면이 아니었던가.

때문에 그는 마치 사냥꾼에 쫓기다 덤불에 숨은 사슴처럼 조마조마한 심정으로 연신 창밖을 살폈다.
'이 모든 게 아일랜 씨 때문이야. 후. 그 말에 깜빡 속다니.'
후회해도 소용이 없겠지만 그는 일주일 내내 그 생각만 했다. 아무리 생각해도 어처구니없이 말려든 게 참으로 억울한 듯.

아일랜은 센토 공원을 꾸민다는 핑계로 통나무집을 뻔질나게 드나들었는데. 사진을 수집하거나 어릿광대에 대한 조사로 바쁜 자신과 시간이 맞을 때가 있었다. 그런 때 두 사람은 자연스럽게 티 타임을 가지곤 했다.
그렇게 차를 마시며 대화를 나누던 중. 주말엔 무엇을 하느냐 작가가 물어온 것도, 때가 때인 만큼 농부가 오늘 날씨를 묻는 것만큼이나 당연한 의문이었을 뿐.
또한 그 질문에 그가 대략 4년째 이어 오고 있는 의식을 열심히 설명한 것도 잘못은 아니지 않은가 말이다.
뉴윈이 연말을 보내는 방식은 거의 기념일처럼 진지한 의식이 되어 가고 있었다. 그는 그것을 '수첩 채움식'이라 불렀다.
훌륭한 성인은 일기란 꼬박꼬박 써야 한다고 말하겠지만. 그는 일기란 밀려 쓰는 게 제맛이라 생각했다. 그것도 일주일이나 한 달이 아니라 자그마치 1년을 밀렸다 연말에 몰아서 쓸 것.
그 때문에 그는, 이즈음 주말이면 바닥엔 두툼한 침낭을 깔고 작은 간이 스탠드 옆에서, 따뜻한 엉겅퀴 차를 마시며 수첩에 지난 1년을 기록하는 일에 열중하고 있었다.
그 기록은 대체로 두 단계로 이루어졌는데.

처음은 무작위로 머릿속에 떠오르는 사건을 기록하는 방식으로. 다른 기기나 메모의 도움을 일절 받지 않고 오직 자신의 머릿속에 남은 사건과 장면, 얽힌 감정 등을 더듬어 기록하는 것이다.

그것이 끝나면 다음 단계로. 기록물의 도움을 받아 중요한 사건이나 의미 있었다고 생각되는 순간을 수첩에 써 내려간다. 자신이 수집한 사진이나 정리한 메모 등을 참고해, 지난 1년간 있었던 일들을 정리하는 게 두 번째 단계의 기록이었다.

물론 이렇게 정리하다 보면 시간순은 엉망이 되기 마련이다. 9월에 겪었던 사건이 수첩의 앞장을 차지하기도 하고. 1월의 사건이 마지막 페이지에 등장하기도 한다.

"… 하지만 시간순이 아니라, 저에게 강렬하게 인상을 남긴 사건순으로 한 해를 정리하고 싶은 겁니다. 전, 많은 시간을 기록하는 것보다, 소박한 인생이나마 다채롭게 채색된 시간을 깊이 있게 정리하고 싶으니까요… 또한 날짜나 월별로 제 일상을 기록하다 보면 쏜살같이 흘러간 1년의 무상함만 떠올리게 되지만, 인상 깊은 사건순으로 과거를 정리하면 제 인생이 커다란 캔버스를 채우는 그림처럼 생각되며… 제가 눈을 감는 마지막 순간이 떠오르더라도 죽음의 공포 대신, 과연 제 인생은 어떤 그림으로 완성될까 궁금해지고… 또한 어떤 사건이 제 인생의 직소 퍼즐에 들어갈 마지막 조각이 될까, 설렘마저 느껴지거든요. 그래서 요즘은 주로 그렇게 시간을 보냅니다."

그러자 이야기를 듣던 아일랜이 파란 눈을 새초롬하게 뜨며 이렇게 물었다.

"그러니까 한마디로 뉴원 씨는 주말에 혼자 지낸다는 거죠? 그럼 절 좀 도와주시겠어요? 이번 토요일에 손이 모자라거든요. 제 덕분에 사진을 수집하는 주문도 늘었다고 했잖아요."

그렇다. 작가는 틀림없이 손이 모자란다고 도움을 청해 왔다. 그것은 일손이 부족하다는 말이었기에 뉴원은 곧바로 고개를 끄덕였다. 덧붙여 은혜를 갚겠다는 말로 확실히 약속을 정했다.

사실 그때 그는, 센토 공원에 심은 나무들의 겨울나기를 준비하나 싶었을 뿐이었다. 아일랜이, 껍질이 얇고 심은 지 얼마 안 되는 나무는 멀칭을 해 줘야 한다고. 겨울에 짚 같은 걸로 껍데기를 만들어 덧씌운다는 설명을 했던 게 얼핏 떠올랐기에.

그런데 다음 날, 아일랜은 뉴원의 이름이 박힌 알록달록하고 두꺼운 초대장을 가져와 그의 손에 쥐여 주었다.

"저희 모임 파티는 파트너들 지참이 필수거든요."

"모임이요? ... 파트너라니..."

당황한 뉴원은 크리스마스 정취가 물씬 풍기는 카드를 황급히 살피는데, 작가는 신이 나서 입에 침을 튀겨 가며 떠들었다.

"네. 저희 모임은 'NGL' 이라고. 결코 사랑을 포기하지 않는 사람들의 모임이에요. 9년째 해마다 똑같은 멤버들로. 당연히 커플은 없고 모두 솔로들이구요. 때문에 반드시 연말 파티에는 파트너를 한 명 이상 데려와야 해요. 만약 거기서 커플이 탄생하면 그들을 데려온 회원에게는 엄청난 혜택이 주어지는데. 오, 그건 정말, 눈알이 튀어나올 만큼 어마어마한 혜택이에요. 자그마치 메르사유 리조트 풀 패키지 2인권이니까요. 그래서 모두들 필사적이죠. 그런데 어찌 된 일인지 다들 여러 번 포상을 받았는데, 저만 줄곧 실패한 거예요. 저도 매번 커플을 노리고 파트너를 데려갔는데 말이죠. 작년까지는 더블픽셔사의 동료들을 데려갔어요. 그런데 반응이 너무너무 안 좋은 거예요. 아, 회원들이 아니라 회사 동료들 반응이요. 편집부의 다나 양도, 섹션 담당자 매티도 저에게 화만 냈다니까요. 저희 모임 회원들은 회사에 다니는 사람을 보면 환장을 하거든요. 다들 회사에 다니는 게 꿈인 사람들이라. 그래서 회사란 어떤 곳인지 온갖 것을 꼬치꼬치 캐묻는데. 심지어 더블픽셔사의 변기 종류까지 물어봤다지 뭐예요. 화장실이 궁금했다나 어쨌다나. 그 바람에 동료들은 진저리를 치며 중간에 도망쳐 버리고. 전 매번 중도에 탈락했죠. 커플 매칭 이벤트는 마지막에 진행되거든요. 하지만 올해는 뉴원 씨로 끝까지 가 볼 생각이에요."

거기서 뉴원은 귀에 가시처럼 걸린 부분을 찾아냈다.

"저기, 방금 말씀 중에 마음에 걸리는 게 있는데… 맨 처음 9년째 해마다 똑같은 멤버라고 하셨죠?"

"네. 그게 어때서요?"

"파티에서 커플이 탄생하면 혜택을 받고. 그 혜택을 아일랜 씨 빼고 모두 여러 번 받았다면. 9년 동안 꾸준히 커플이 탄생했다는 말씀인 듯합니다만. 그런데 항상 솔로인 멤버들이 같다는 말은… 혹, 파티에서 탄생한 커플은 회원들이 아닌, 파트너로 데려온 사람끼리 맺어졌다는 말씀인가요? 물론 회원도 커플이 되었으나, 연말 파티 전에 헤어졌을 수도 있지만 말입니다."

그 지적에 "오호호홍." 아일랜의 높은 웃음소리가 통나무집을 가득 채웠다. 작가는, 역시 뉴원 씨는 날카롭다며 청년의 등을 퍽 퍽 마구 두들겼다.
"네, 맞아요. 어째서인지 모르겠는데. 항상 저희가 데려온 사람들끼리 눈이 맞는 거예요. 저희 회원들은 쏙 빼구요. 오호홍."
간이 싱크대에 기대어 이야기를 나누던 뉴원은 그의 거친 칭찬에 개수대로 고꾸라질 뻔했다.

그 장면을 떠올릴 때마다 뉴원은 가슴이 오그라들었다. 한마디로 그 파티엔 아일랜과 비슷한 사람들이 잔뜩 있다는 말 아닌가.
어떤 사람들일까. 어떤 파티일까…
뉴원이 차마 하고 싶지 않은 상상을 하는 사이, 결국 분홍색 쿠페가 제시간에 나타났다. 청년은 자동차를 발견하고, 땅이 꺼져라 한숨을 쉬며 열쇠를 꺼내든 채 밖으로 나왔다. 그리고 돌아서 문을 잠그려는데.
그러나 시동이 꺼지는 게 한발 빨랐다. 아일랜은 뉴원이 통나무집 문을 잠그기 전, 보조석에 고이 모셔 둔 슈트 케이스를 들고 차에서 뛰어내렸다. 그리고 황급히 손을 내저었다.
"뉴원 씨. 그건 모닝코트가 아니에요. 틀림없이 파티의 드레스코드는 모닝코트라고 했잖아요. 게다가 직업에 관련된 시그니처 컬러를 갖춰야 한다고. 그래서 제가 얼마나 핑크를 외쳤는데. 도대체 그 차림 어디에 사랑스럽고도 다정한 핑크 컬러가 있다는 거죠?"
다급한 지적이 폭포수처럼 뒤통수를 때리고. 뉴원은 열쇠를 쥔 채 어정쩡하게 뒤돌아섰다. 그리고 상대를 보자마자 어흡, 하며 손바닥으로 눈을 가렸다. 작가가 진홍빛 슈트를 빼입고 나타났기 때문이다.

보통 사람의 두 배나 되는 체격의 남자가 분홍색 슈트를 걸쳤으니. 그것은 누가 보더라도, 100m 밖이나 시속 500km 열차에 앉아서 보더라도, 눈이 멀지 않은 이상 사랑 섹션 캐스터임을 알아볼 만한 차림이었다.

눈을 잔뜩 찡그려 감은 청년은 경솔하게 약속해 버린 자신을 책망했다. 오늘의 고난에 대한 자신의 상상력이 얼마나 형편없었나, 반성도 했다. 이 얼마나 빈곤하고 안이한 발상이었단 말인가. 아일랜과 그의 파티에 대해.

그러니까 오늘 참석할 파티는 단순한 허들이 아니었던 바. 연말 파티가 넘어야 할 허들이라면 아일랜은 커다란 모래주머니였으니. 오늘 자신에게 주어진 미션은 그냥 허들을 넘는 게 아니라 아일랜이란 짐을 지고 넘는 게 최종 과제였던 모양이다.

사실 그는 아일랜이 드레스 코드로 핑크를 되뇔 때부터 몹시 불안했다. 그래서 넌지시 이런 말로 작가를 달래 왔다.

"아일랜 씨는 뺨과 이마처럼 얼굴의 볼록한 부분이 핑크빛이기 때문에 오히려 무채색의 차림을 하는 게 핑크색 피부가 돋보일 겁니다."라고.

그 말에 아일랜이 자지러질 듯 웃으며 매우 기뻐했기에 조금은 평범한 차림을 기대했는데... 이렇게 기대가 박살 날 줄이야.

그러나 그는 여전히 상상조차 하지 못했다.

오늘의 진짜 최종 미션은 아직 시작되지 않았다는 것을.

후. 뉴원은 자신의 바람이 완벽하게 빗나갔음을 깨닫고 한숨을 내쉬었다. 그리고 나름 꾸미느라 노력했던 캐주얼한 회색 재킷과 검은 바지를 내려다보며 차분히 대꾸했다.

"죄송하지만 전 아침에 입는 코트는 따로 없습니다. 또한 정장은 아직 마련하지 못했고요. 핑크 컬러라면 여기 소품을 준비했습니다만." 그러면서 주머니에서 작은 분홍색 볼펜을 꺼냈다.

"마침 어제 공립 도서관에서 그림책 작가의 출판기념회가 있더군요. 방문객들에게 무료로 나눠 주길래 받았습니다."

"어머나. 볼록한 그립감이 딱 좋은데요. 컬러도 예쁘구요."

그것이 마음에 들었던지 아일랜은 호들갑을 떨며 볼펜을 조끼 주머니에 보란 듯 집어넣었다.

"호홍. 하지만 겨우 볼펜으로는 우리가 사랑 섹션 캐스터라는 게 눈에 띄지 않는다구요. 게다가 범죄에는 관심이 많으면서 패션에는 아예 문외한이었군요. 모닝코트는 아침에 입는 코트가 아니에요. 오전에 입는 예복. 그러니까 오전부터 해 질 녘 사이 입는 정장을 모닝코트라고 해요. 제가 입은 것처럼, 연미복과 비슷한데 뒷자락이 갈라지지 않은 재킷 말이에요. 여기에 조끼와 줄무늬 바지, 아니면 검정 공단으로 옆선을 댄 바지를 입고, 윙칼라 셔츠에 에스콧 타이를 매는 게, 바로 오전 정례복인 모닝코트란 말이죠."

속사포로 신나게 말을 내뱉은 아일랜은 뉴윈을 끌고 도로 집안으로 들어갔다. 그리고 슈트 케이스를 마룻바닥에 내려놓고 얼른 지퍼를 열었다.

"안 그래도 이 집엔 옷장이 없으니 예복도 없을 거라 예상했어요. 모닝코트란 말 자체를 모를 거라고는 생각지 못했지만. 어쨌든 제가 이렇게 챙겨 왔으니 걱정할 필요 없어요."

뉴원은 케이스 속에서 튀어나온 생경한 그것을 보며, 아일랜이 자랑스레 들어 올린 정장을 보며, 또 한 번 숨이 멎는 듯했다. 그 얼굴에 핏기가 사라지고. 원래도 하얗다 못해 생기라고는 없는 얼굴은 단번에 진한 먹빛이 되었다.

아일랜이 집어 올린 것은 눈부신 자태와 광택을 뿜내고 있는 코랄핑크 슈트였다. 다시금 뉴원의 회색 머릿속은 복잡해지다 못해 길을 잃은 듯 마구 뒤엉켜 버렸다.

'흡... 저걸 입고 밖으로 나가야 한다는 건가? 그리고 파티에 참석한 사람들을 만나야 한다는 거고. 꽃다발 포장지 같은 차림을 하고 여러 사람들 앞에 서야 한단 말이군.'

뉴원은 소용없는 줄 알면서도 일단 버텨 보기로 했다.

"저기 아일랜 씨. 전 파티에 대해 잘 모르긴 합니다만. 또한 참석자들의 개성과 직업을 알기 쉽게 드레스 코드가 지정되었다고 들었지만 말입니다. 아일랜 씨가 사랑 섹션 캐스터고, 섹션의 컬러가 분홍색인 것도 맞지만. 전부 분홍색으로 차려입는 것은 지나친 듯한데요. 넥타이핀처럼 작은 소품 정도가 좋지 않을까요. 그리고 저도 나름 정중하게 차려입었습니다."

얼마나 당황했던지. 평소 아다지오 템포로 느긋했던 청년의 말은 수다스러운 작가만큼 비바체로 빨라졌다. 그러나 아일랜에게는 먹히지 않았다. 그는 옷걸이를 팔랑팔랑 흔들었다.

"하지만 그건 예복이 아니잖아요. 우리 파티엔 드레스 코드를 지키는 게 참석자들의 가장 중요한 덕목이란 말이에요. 의상이야말로 어떤 지루한 설명 없이 자신을 감각적으로 드러낼 수 있는

프레임이니까요. 게다가 전 이미 다짐했어요. 이번 파티의 주인공을 뉴윈 씨로 만들겠다고. 전 조수로 최선을 다해 보조하며 반드시 뉴윈 씨를 커플로 만들 작정이에요. 오호홍, 오늘은 저만 믿으세요. 제가 완벽히 보조할 테니 두고 보시라구요." 아일랜은 손등을 비스듬히 입에 대며 기분 좋은 웃음을 터뜨렸다.

저 호들갑스러운 작가의 완벽한 보조라니. 뉴윈은 소름이 절로 끼친 듯 어깨를 부르르 떨었다. 커다란 핑크 젤리곰 같은 남자의 완벽한 보조 같은 건, 절대 상상하고 싶지 않았다.

뉴윈은 눈앞에 닥친 인생 최대의 위기 앞에서 어쩔 줄 몰라 했다. 이런 위기는 한 번도 상상해 본 적 없었다. 그러고 보니 오늘따라 아일랜은 지나치게 텐션이 높고 위압감마저 풍기는 듯. 아마 저 커다란 덩치에 숨 막힐 듯한 핑크를 두르고 있기 때문일 것이다. 그는 바짝바짝 타는 입술을 혀로 축였으나 아무 소용없었으며 목구멍까지 열기가 치미는 듯했다.

그때, 똑똑하고 노크 소리가 들렸다.

그것이 구세주의 소리인 양, 뉴윈은 용수철처럼 덧창으로 튀어갔다. 밖을 내다보니 낯선 자동차가 울타리 밖에 서 있는데. 군데군데 칠이 벗겨진 검은색 포터 트럭이었다.

뉴윈은, 이제 누구라도 좋다는 심정으로 통나무 문으로 달려가 손잡이를 잡아당겼다.

밖에는 작업복에 장화를 신고 두꺼운 파카를 걸친 남자가 서 있었다. 그는 마르고 야윈 체격에 흰머리가 듬성듬성했으며, 눈매가 둥글둥글하게 처진 초로의 남자였다.

처음 보는 남자라 뉴원은 조금 당황했다. 누구시냐고 물었다.

남자는 추위에 하얀 입김을 내뿜으며 '의뢰'할 게 있다고 말했다. 청년은 안에서 이야기하자며 그를 집안으로 이끌었다.

2

통나무집에는 여전히 의자가 없다. 대신 아일랜이 화분을 나를 때 쓴 사과 궤짝이 여러 개 있어. 뉴원은 쌓여 있던 나무 상자를 내려 자리를 마련했다. 그렇게 세 사람은 상자에 걸터앉아 이야기를 시작했다.

"의뢰라고 하셨나요? 이곳 주소는 어떻게 알아내셨죠?" 뉴원이 궁금한 것을 먼저 물었다.

"아, 더블픽셔사를 찾아갔습니다. 거기 호버 편집장이란 분이 주소를 알고 계시더군요. 그분께 용건을 말씀드렸더니 서둘러 가보라며 알려 주셨습니다."

"그럼 혹시 아일랜 씨를 찾아오신 겁니까?" 하고 재차 뉴원이 물었다. 한편으로 아일랜이 자신의 통나무집에 있다는 걸 호버 편집장이 어떻게 알고 있는지 궁금했다. 물론 저 작가가 수다스럽게 오늘 파티 일정을 동료들에게 떠들어 댔을 가능성이 농후하지만 말이다.

"아닙니다. 전 뉴원 씨를 찾아왔습니다. 호버 편집장께도 의뢰할 게 있다며 뉴원 씨의 주소를 물었을 뿐이고요."

그 말에 더욱 의아한 듯 뉴원이 눈을 가늘게 떴다.

"네? 저에게요? 전 프리랜서로 일하는 포토 컬렉터입니다. 사건이나 사고 현장을 찾아 사진을 찍고 수집하는 사람이죠. 혹, 그와 관련된 일인가요?"

"아닙니다. 일단 제 얘기를 좀 들어 주시죠."하고 부탁한 남자는 먼저 간단히 용건을 전했다.

"저는 오텀 글로우라고 합니다. 베이크 타운 근처에 있는 몬테 리조트에서 일하고 있죠. 리조트의 사장님이신, 저는 마님이라고 부릅니다만. 르네 마님이 뉴원 씨를 모셔 오라고. 어떤 일을 뉴원 씨께 맡기고 싶다고 하셔서, 이렇게 찾아온 겁니다. 르네 마님은 트윈 풀 호텔 사건을 알고 계시거든요. 그 라이브 픽셔를 보신 터라, 뉴원 씨가 적임자라 생각하셨다는 겁니다."

남자는 두 손을 모으고 매우 공손한 투로 이야기를 시작했다. 그사이 주름 많은 얼굴을 한 번도 펴지 않고 간간이 한숨을 크게 내쉬는 걸 보면, 매우 곤란한 일이 있는 듯.

뉴원은 좀 더 자세한 이야기를 들어 보겠노라 말했다.

오텀은 감사하다며 고개를 숙이고, 다시 이야기를 이어 갔다.

"말씀드렸다시피 제가 일하는 곳은 그 유명한 베이크 타운과 산 하나를 사이에 두고 있는 작은 리조트입니다. 규모는 본채와 객실로 쓰는 독채 여덟 동이, 아, 직원 숙소도 있으니 건물은 모두 열 채로군요... 마님은 남편분인 로토니어 사장님과 함께, 20년 전, 펜션 사업을 시작하셨습니다. 그렇게 쭉 펜션을 운영하시다 3년 전 로토니어 사장님이 근처에 있는 이프 호수를 이용해

레저시설을 확충할 계획을 세우시고, 몬테 리조트로 이름을 바꾸신 겁니다. 그런데 그 이후 사장님이 돌아가신 바람에 계획은 무산되고... 지금은 그냥저냥 유지만 하는 형편입니다. 리조트가 베이크 타운까지 10킬로라 그리 먼 편이 아닌데도. 어찌 된 게 요즘 사람들은 복잡한 게 싫다면서도 사람이 북적북적한 곳으로 더 몰리니까요."

그걸 이해할 수 없다며 눈을 찌푸린 오텀은 말을 계속했다.

"저는 16년째 일하고 있고. 재작년 새튼 부부가 새로 들어와 함께 일하고 있습니다. 그런데 한 달 전, 마님이 갑자기 운영 방식을 콘도미니엄 타입으로 바꾸겠다고 하시는 겁니다. 나이가 들고 보니 예전처럼 일하실 수가 없다고. 독채를 개인에게 분양하고 우리는 위탁 받아 관리하는 것으로 하시겠다고요. 그러면서 아무것도 모르는 저를, 허드렛일이나 하던 저를 대표 자리에 앉히시고는 투자자를 모집하셨습니다. 그분들이 오늘 오전 도착하셨는데... 오후가 되자 갑자기 마님이 저를 불러 뉴윈 씨를 모셔 오라고 하시는 겁니다. 의뢰할 게 있다고 하시면서요."

신중하게 이야기를 듣던 뉴윈은 은빛 머리를 갸웃했다.

"글쎄요. 이야기가 너무 막연한데요. 단지 짐작할 수 있는 것은 투자자들과 관련된 일인 듯한데... 그들은 몇 명이고 어떤 분들인가요?"

"손님들은 일곱 분이고 하는 일이 전부 다른 듯했습니다. 이상한 건, 마님이 직접 안내장을 보내신 분들인데, 마님은 주방에서 꼼짝하지 않으셨다는 겁니다. 지금까지는 손님이 오면 항상 마님이 맞이하셨거든요. 그런데 이번엔 제가 대표라 저더러 접대하라

하시고, 주방 밖으로 나오지 않으셨습니다."

"음. 정말 이상한 일이군요. 더더욱 제가 할 일이 짐작되지 않습니다만. 혹 다른 말씀은 없으셨나요?"

"네. 전 도무지 마님이 하시는 일은 잘 모릅니다. 자세한 이야기는 르네 마님께 직접 듣는 게 좋으실 듯한데요."

그러더니 오텀의 눈꼬리가 아래로 가뭇없이 처졌다.

"마님은 제 평생의 은인이십니다. 아주 훌륭한 분이시죠. 로토니어 사장님이 돌아가시고. 그 유지를 받들어 홀몸으로 의연하게 사업장을 운영하셨는데... 갑자기 그토록 소중히 여기던 리조트를 내놓으시고. 게다가 당치도 않게 저를 대표라고 하시니. 전 도통 무슨 영문인지 모르겠습니다... 자리는 불편하고 마음은 그저 불안할 뿐입니다."

늙은 직원의 목소리에는 사장에 대한 존경과 신뢰가 가득 묻어났다. 또한 자신에게 맡겨진 직함이 자랑스럽기는커녕 도리어 불안한 기색이 역력했다. 그 바람에 안 그래도 처진 눈꼬리가 더욱 늘어져 초로의 남자는 거의 우는 상이 되었다.

"... 아무튼 마님께서는 독채가 하나 비었으니 거기 묵으시면서 부탁한 일을 해 주길 바란다고 하셨습니다. 기한은 이틀이고, 일에 따른 보수는 충분히 지불하시겠다고. 또한 일이 끝난 후에도 원한다면 쓰던 독채를 며칠 더 쓰실 수 있다고도 하셨습니다. 자세한 이야기는 마님이 직접 하시겠다며. 지금 당장 뉴원 씨를 모셔 오라고 말씀하셨습니다."

그러나 서두르는 상대와 달리 뉴원의 회색 눈동자는 차분히 가라앉았다. 안개처럼 두꺼운 장막에 가려진 일을 덥석 승낙할 계제는 아니었다.

하지만... 그 어떤 것보다 뉴윈의 마음에 쏙 드는 부분이, 강렬하게 유혹하는 부분이 있었다.

"저기. 제가 묵을 객실은 독채라고 하셨나요?"

그 질문에 오텀이 고개를 끄덕이자, 비로소 뉴윈은 나지막이 안도의 숨을 내뱉었다. 평화의 여신 에이레네가 부드러운 손길로 자신의 이마를 쓸어 준 듯. 실로 오텀이 기막힌 타이밍에 등장하지 않았는가 말이다.

올해도 조용히 혼자만의 시간을 가질 수 있다니. 무엇보다 두렵고 수상쩍은 파티를 피할 수 있는 정당한 사유가 생겼으며. 그것도 보란 듯 초대자의 눈앞에서 의뢰를 맡게 됐다.

뉴윈은 애써 미안한 표정을 지으며 수다스러운 작가를 슬쩍 곁눈질했다. 그사이 아일랜은 분홍색 양복을 소중히 가슴에 품고 양손을 맞잡은 채, 길 잃은 강아지 마냥 물기 어린 눈으로 자신을 바라보고 있었다.

두 사람의 시선이 허공에서 얽히고. 이번에도 뉴윈은 아일랜의 입 모양이 '제발' 하고 간절하게 외치는 것을 보았다.

잠시 후, 뉴윈은 상자에서 일어나, 앉아 있는 오텀에게 손을 내밀었다. 그리고 한결 가벼운 목소리로 답했다.

"알겠습니다. 매우 중요한, 의뢰인 듯하니 받아들이겠습니다."

그리고 슬쩍 옆을 보는데. 아일랜의 어깨가 대번에 아래로 처진 듯.

작가는 한마디 말도 없이 사뭇 불쌍해 보이는 포즈로 쭈그리고 앉아, 정장을 곱게 개어 케이스에 도로 챙겼다. 그다음 조용히 가방을 들고 문으로 향하다 말고 문득 뒤돌아보는데. 그 표정에 뉴원의 가슴이 철렁 내려앉았다.
벙글벙글 함박웃음을 짓고 있던 아일랜이 입을 열었다.
"호, 뉴원 씨 덕분에 크리스마스를 베이크 타운에서 보내게 될 줄은 몰랐어요. 오텀 씨가 말했듯, 거긴 겨울 스포츠의 성지라 불리는, 아주 유명한 곳이거든요. 서른 쌍의 연인만 묵을 수 있다는 최고급 호텔부터, 중저가용 콘도미니엄, 객실 수만 500호를 넘는 글로벌 복합 리조트까지. 규모와 특색이 각기 다른 시설이 운영 중이고. 게다가 리조트마다 차별화된 놀이 시설을 보유하고 있다고 해요. 스케이트장과 아이스하키장, 눈썰매장. 봅슬레이나 루지를 일반인도 체험할 수 있도록 개조한 곳이 있어, 방문객들은 다양한 겨울 스포츠를 한곳에서 즐길 수 있다고 하죠."
웃고 있던 아일랜의 입매가 점점 반원을 그리며 올라갔다.
"그뿐만이 아니에요. 뉴원 씨처럼 운동을 싫어하는 사람들을 위한 시설도 있어요. 설경을 구경할 수 있는 숲과 얼음조각 공원, 마그네슘과 미네랄이 듬뿍 든 온천도 있고. 게다가 각종 스키 대회가 자주 개최되는 터라 응원단도 북적거리고. 하지만 이즈음은 숙박시설이 만실이라 예약은 꿈도 꿀 수 없다는데. 뉴원 씨 덕분에 거길 가게 되다니. 일만 잘 끝내면, 베이크 타운과 몬테 리조트를 오가며 겨울 스포츠의 낭만을 마음껏 즐길 수 있겠어요. 오호홍. 뉴원 씨가 의뢰를 거절할까 봐 얼마나 조마조마했는지 몰라요. 제 간절한 외침을 뉴원 씨가 들어줄 줄 알았다니까요. 제발, 제발, 하고 제가 얼마나 외쳤게요."
바깥에 퍼붓는 함박눈처럼 쏟아지는 수다에, 오텀도 질린 듯 눈을 끔뻑거렸다. 그리고 아일랜이 터질 듯한 기쁨으로 웃음을 터뜨리자 남자는 마치 로봇처럼 고개를 끄덕끄덕거렸다.
"아... 네... 물론 마님도 두 분을 함께 모셔 오라고 말씀하셨습니다. 뉴원 씨와 아일랜 씨는 한 팀이라고 하시면서요."
요상한 연말 파티나 꽃다발 포장지 같은 정장보다도, 오텀의 그 마지막 한마디가 뉴원을 쓰러뜨렸다.

3

오텀은 주소만 알려 주기 불안했는지 약도까지 그려 주고 갔다. 이프 호수 뒤편으로 차로가 하나 있으나, 사흘 전 내린 폭설로 길이 막혔다며 20년 전부터 쓰던 산길을 알려 준 것이다. 그 길은 내비게이션이나 지도에도 나오지 않는다며 여러 번 설명하고는. 의뢰에 대해서는 비밀로 한 채 다른 손님들처럼 투자자인 양 꾸며 달라 부탁하고 떠났다.
아무튼 리조트에서 이틀 이상 묵어야 했기에 두 사람은 여행 가방을 꾸려야 했고. 오텀을 돌려보내고 아일랜의 아파트에 들러 짐을 챙기기로 했다.

그렇게 두 사람은 오텀과 헤어진 지 1시간이 지나서야 리조트로 출발할 수 있었다. 운전대를 잡자마자 아일랜은 들뜬 기분으로 평소보다 두세 배 많은 수다를 쏟아냈다. 그러나 좁은 산길로 들어선 후로 점차 목소리는 가라앉았다.

"그러니까 쏠론, 코첼, 메르사유 리조트는 스키 코스가 완전히 다르거든요. 게다가 코첼에서는 산악 스키도 탈 수 있다고 하니, 일이 끝나면 장비를 대여해서라도 꼭 타 볼 생각이에요."

"아일랜 씨가 스키를 좋아하는 줄은 몰랐군요."

"어머, 전 본업이 로맨스 작가예요. 스키는 아주 로맨틱한 스포츠구요. 한번은 남자주인공이 꽃다발을 등에 메고 미리 눈밭에 그려 놓은 하트를 이용해, 활강하며 프러포즈하는 장면을 만들었는데. 얼마나 로맨틱했는지 몰라요. 그의 연인은 리프트를 타고 가며 그걸 지켜보고, 당장 그의 품에 뛰어들고 싶을 정도로 감동하구요. 정말, 너무너무 사랑스러운 장면이었어요. 그걸 쓸 때 스키를 배웠어요."

"저기 그럼, 다른 스키어들에게 방해가 되지 않을까요? 통째로 스키장을 대여하지 않는 이상 말입니다. 눈밭에 그린 하트를 보려면 낮이었을 테고... 그보다 문제는 남자는 스키를 타고 활강해 내려오고, 여자주인공은 리프트를 타고 코스 위로 올라가면, 두 사람은 어떻게 만나는 겁니까?"

그러자 아일랜이 오호호, 하며 뉴원을 힐끔 쳐다봤다.

"그다음은 쉽게 알려 줄 수 없죠. 자그마치 보름이나 머리를 쥐어뜯으며 만든 궁극의 씬이니까요. 로맨틱함이란 게 폭발하는 장면이니, 직접 읽어 보세요. 제가 책을 한 권 선물해 줄게요."

그즈음 해서 뉴원은 예의상 대화를 이어 가기보다 더욱 중요한 질문을 하기로 했다.

"그런데 아일랜 씨. 혹시 길을 잃은 건 아닐까요? 아까 표지판을 따라 샛길로 들어선 뒤로 갈림길이 몇 번 나왔는데. 제대로 온 건지 의문스럽군요. 지독한 비포장도로에 폭이 점점 좁아져 이런 곳에 리조트가 있다는 게 믿기 어려울 정도인데요."

아일랜도 연신 주변을 두리번거리며 대꾸했다.

"하지만요. 틀림없이 약도에 그려진 대로 가장 넓은 길만 골라서 달렸어요. 이프 호수라 적힌 표지판도 확인했구요. 오텀 씨가 걱정하기에 주소도 외우고 표지판도 열심히 확인했는데. 하긴, 저도 슬슬 걱정하던 참이었어요."

30분 전, 아일랜의 차는 오텀의 당부대로 '이프 호수'란 표지판을 찾아 위쪽 샛길로 접어들었다. 그리고 몇 개의 갈림길을 지나 낙엽이 깔린 산길을 굽이굽이 올라가는 중이었다.

이곳은 정말 지도에도 나오지 않는 듯. 네비게이션 화면에는 커다란 무채색 덩어리만 나타났으며 도로 표시 같은 건 일절 뜨지 않았다. 오죽하면 아일랜이 화면을 가리키며 "이걸 보니 우린 드넓은 벌판을 기어가는 한 마리 지렁이 같은데요."라 말할 정도였다.

뉴윈도 창밖으로 시선을 돌려 자작나무 숲을 살폈다.

"제 생각일 뿐이지만 진작에 리조트와 관계없는 곳으로 온 건 아닐까 의심이 드는군요. 시티 외곽의 북부선 고속도로를 벗어난 다음부터 말입니다. 베이크 타운은 국제적인 스포츠 행사가 자주 개최된다고 말씀하셨는데. 샛길로 접어들기 전부터도 2차선 도로였고. 지금은 비포장 산길이니 그 유명한 베이크 타운과 하등 관련 없는 듯한데요."

"그러게요. 설마 오텀 씨가 길을 잘못 알려 준 건 아니겠죠? 아니면 뉴윈 씨와 제가 같은 꿈을 꾸기라도 했거나." 맞장구치는 아일랜의 목소리도 의구심으로 가득 찼다.

"더 큰 문제는 타이어가 걱정될 정도로 지독한 돌길이라는 겁니다. 썩은 낙엽에 잔돌투성이라 차가 미끄러질 염려는 없지만. 여기서 바퀴에 펑크가 나면 오도 가도 못할 것 같은데요."

뉴윈의 지적에 아일랜은 더욱 풀이 죽었다.

"미안해요. 제가 스키복과 간식거리를 잔뜩 골라 오는 바람에 너무 늦었어요. 주책없이 들떴나 봐요."

"아무튼 금방이라도 눈발이 날릴 듯한데. 목적지가 나타나면 좋겠습니다만." 하고 뉴윈은 입김으로 손을 녹였다. 그리고 외투 깃을 세워 단단히 여미는데. 문득 이 정도면 일진이라든가, 오늘의 운세 같은 게 실제 있는 양 싶다.

즉, 오늘은 아무리 피해도 도망갈 수 없는 고난의 날로 정해진 게 아닐까. 그렇다면 과연 어느 쪽이 난이도와 고통 지수가 더 높은 것일까. 아일랜의 연말 파티인가. 한겨울 산속에서 길을 잃는 것일까.

지금까지는 단연코 전자라고 생각했다. 그런데 험한 산길은 점점 좁아지는 데다 매서운 북풍이 몰아치는 바람에, 분홍색 차는 굼벵이처럼 느리게 기어가는 중이다. 그리고 해가 설핏 기울자 이제는 오히려 전자가 덜 고통스러운 게 아닐까 싶었다.

그사이 아일랜도 겁에 질린 눈으로 사방을 두리번댔다. 산속은 해가 빨리 지는 데다 짙은 눈구름 탓에 햇살은 구경조차 할 수 없었다. 게다가 겨우 4시가 지났음에도 땅거미는 물러가고 칠흑 같은 어둠이 스멀스멀 다가오고 있었다.
 "설마 산속에서 밤을 맞게 되는 건 아니겠죠." 그는 떨릴락 말락 한 목소리로 주절대기 시작했다. "한겨울 산속에서. 그것도 차를 몰다 길을 잃을 줄은 몰랐어요. 혹시 산짐승이 튀어나오거나 갑자기 눈 폭풍이 몰아쳐 차 속에서 꽁꽁 얼지는 않겠죠? 뉴윈 씨, 바람 부는 소리가 꼭 고양이 울음소리 같지 않나요?"
 작가 또한 진작에 뉴윈과 같은 생각을 하고 있었다. 일진이라든가 오늘의 운세 같은 게 있는 것 같다고.
 '호호, 오늘은 이래저래 새로운 경험이 기다리고 있는 날이었어. 천사들의 나팔 소리가 울리는 날이었단 말이야.' 하고 설렘을 만끽하던 중이었다.
 뉴윈을 파티에 데려가 회원들에게 소개하는 것도 기대되는 일이었는데. 그보다 더 큰 행운이 기다리고 있었으니, 동경하던 베이크 타운에 오게 됐다.
 언제나 낯선 경험은 한 인간의 지평을 넓혀 준다. 때문에 그것이 즐거운 일이든 괴로운 일이든 경험이라 받아들이는 자세가 중요하다. 작가는, 자신의 세계가 둥근 애드벌룬 같다고 생각했다. 즉, 얼마든지 생각과 경험을 욱여넣을 수 있으며, 그에 따라 얼마든지 무한대로 확장이 가능한 세계라고.
 그러다 문득 머릿속에 새 소설의 여주인공이 떠오르는데. 그녀 역시 애드벌룬 같은 세계를 가진 여인으로, 만약 그녀가 사랑에 빠진다면 상대에게 이렇게 말할 것 같다.
 '오 내가 아무리 당신을 사랑한다 해도 당신과 나는 블록 조각처럼 딱 들어맞을 수 없어요. 우리는 그저 둥근 면이 맞닿아 있는 풍선일 뿐이에요. 지금은 사랑이 부풀어 많은 부분이 닿아 있지만, 사랑이 식으면 공기가 빠지듯 쭈글쭈글해지고 서로에게 떨어져 날아갈 거예요.'

이런 대사를 읊는 여인의 목소리가 실제 들린 것 같아, 아일랜이 귀를 쫑긋하려는데. 갑자기 그것이 익숙한 목소리로 바뀌었다. 맑은 미성인 듯 혹은 노인인 듯한 목소리로.

"아일랜 씨, 오텀 씨에게 전화해 보는 건 어떨까요. 시간이 너무 지체된 데다 길도 물어볼 겸 말입니다."

아차, 여긴 산길이었지. 현실로 되돌아온 아일랜은 고개를 끄덕였다. 그리고 핸드폰을 찾기 위해 브레이크를 밟았다.

그런데 문득 이마 언저리에 노란 불빛이 어른댔다. 얼른 고개를 들어보니 저만치 앞에 다른 차가 서 있었다.

그는 반가운 마음에 운전석 창문을 내리고 밖으로 손을 뻗어 다급하게 위아래로 마구 휘저었다. 요란하게 멈추라는 신호를 보낸 다음, 급한 마음에 시동을 끄고 굴러내리듯 차 문을 열고 밖으로 나갔다.

앞쪽의 차도 신호를 알아차렸는지, 그대로 정차 중이었다.

아일랜은 운전석으로 성큼성큼 다가갔다. 그러자 창문이 겨우 손가락 두 마디만큼 열리는데. 좁은 틈으로 들여다본 운전자는, 검은 털모자를 눈썹까지 눌러 쓰고 두꺼운 목도리를 여러 번 감아 턱과 뺨을 감쌌다. 게다가 풍경을 반사하는 미러 선글라스까지 끼고 있어, 아무리 봐도 그를 엿볼 만한 것은 아무것도 보이지 않았다.

헉... 작가는 그 모습을 보자마자 공상 과학 소설에 나오는 투명 인간이 떠올랐다. 저 얼굴에 두른 걸 몽땅 풀어 버리면 아무것도 없는 허공만 빼꼼히 나오지 않을까. 그는 왠지 오싹해져 조심스레 길을 물었다.

"죄송한데. 저희가 길을 잃은 것 같아서요. 몬테 리조트를 찾아가는 중인데, 혹시 가는 길을 아시나요?"

그러자 남자는 손을 들어 뒤를 가리키며 잔뜩 쉰 목소리로 말했다. "이 길을 따라 조금만 더 가면 나올 겁니다."

그런데 그 목소리 또한 지나치게 낮고 허스키했다. 만약 그게 진짜 목소리라면 성대가 상한 사람일 듯. 그렇다면 목을 보호하기 위해 찐 생강을 수건에 넣어 목에 두르고 자는 게 좋지 않을까. 아일랜이 감사의 답례로, 할머니께 배운 요상한 팁을 전해 줄까, 망설이는 사이 유리창이 쑥 올라가 닫혔다.

그 바람에 작가는 고맙다는 인사도 못 하고 차창 밖에 머쓱하게 서 있었다. 결국 닫힌 창에 대고 목례를 한 다음 분홍색 차로 돌아왔다.

운전석에 앉은 그는 한결 밝은 목소리로 말했다. "다행히 길은 제대로 온 것 같아요. 조금만 더 가면 리조트가 나온다니까요." 그리고 기운차게 시동을 걸고 차를 출발했다.

그사이 앞쪽 차는 조금씩 움직여 나무 사이로 들어가 길을 터 주는 중이었다. 아슬아슬하게 앞차를 지나친 다음에야 아일랜이 다시 한숨을 돌리며 입을 열었다.

"그런데 방금 만난 운전자는 엄청 특이했어요. 털모자랑 목도리로 얼굴을 완전히 가리고 선글라스도 꼈더라니까요. 그를 보자마자 조지 웰스의 '투명 인간'이 떠올랐는데. 100년도 훨씬 전에 나온 소설의 주인공을 닮은 게 정말 오싹하지 뭐예요."

"저희와 달리 이 지방 사람인가 보군요. 추운 날씨에 철저히 대비한 걸 보면."

"그 정도가 아니었어요. 창문도 손톱만큼 내리고 말할 때도 목도리를 두른 채로 말한걸요."

"그건 확실히 수상하군요."

"다행히 손은 있었어요. 소맷부리 끝이 텅 비었으면 어쩌나 했는데. 손등에 화상 자국이 있고 털이 북실북실했어요."

뉴원은 계속 룸미러를 주시하며 머리를 끄덕였다.

"그러고 보니 이번 의뢰도 투명 인간과 비슷한 것 같군요. 어떤 일일지 그 모습이 짐작조차 안 되니까요."

"그럼 오늘 일을 나중에 일기로 쓸 때 제목은 이렇게 쓰는 게 좋겠어요. 투명 인간 의뢰, 라구요."

"그나저나 신경 쓰이는 일이 있습니다만."

"어머, 뭐죠?"

"아까 그 자동차가 움직이지 않았다는 겁니다."

"네? 그게 무슨 말이에요?"

"아, 그가 오늘 왔다는 투자자 중 한 명일 것 같아 사이드미러로 계속 지켜봤거든요. 그런데 그 차는 우리가 지나간 뒤로도 움직이지 않고 가만히 있더군요. 우리 차가 멀어져 보이지 않을 때까지 꼼짝하지 않고 말이죠."

"흠. 그건 이상한 일이네요." 작가도 입술을 삐죽 내밀며 고개를 갸웃했다.

다행히 남자의 말처럼 자동차는 금세 탁 트인 곳에 도착했다. 마치 주차장인 듯 흙바닥을 평평하게 다진 곳이 나타났고, 오텀의 낡은 트럭 주위로 여러 대의 자동차가 서 있었다.
저만치 앞쪽에 모던한 콘크리트 건물이 보이고, 마중 나온 듯한 남자가 전기 카트를 몰고 다가오고 있었다.

그 시각.
작가에게 길을 알려 준 남자는 핸드폰을 꺼내 어딘가로 전화를 건다. 특별한 일이 있으면 상대에게 알리겠다고 약속했기 때문이다. 특히 남들 눈에 띄지 않도록 조심하라는 주의를 들었는데, 낯선 이와 대화를 나눴으니 사정을 전해야 할 듯싶다.
약속대로 신호음이 세 번 울리고 상대가 전화를 받았다.
…
"아닙니다. 문제가 생긴 것 같아서요. 돌아가는 길이었는데, 제 모습을 들키고 말았습니다."
…
"이 시간에 산길로 차가 올 줄은 몰랐습니다. 이미 저쪽에서 제 차를 본 후라 피할 수도 없었고요. 외길이라 빠질 데도 없고 피하면 더 수상해 보일 테니까요."
…
"길을 알려 줬을 뿐입니다. 그가 본 건 목도리와 털모자, 선글라스뿐. 목소리도 일부러 성대를 긁어 변조했으니 들킬 염려는 없을 겁니다."
…

"아, 그건 염려 마십시오. 시키신 일은 잘 알고 있으니까요. 남은 일은 반드시 잘 처리하겠습니다."

그는 변명하듯 열심히 대꾸했다. 그리고 수화기 저편의 목소리에 끝까지 귀를 기울였다.

얼마 후, 남자는 고개를 끄덕이며 알았다, 답하고 통화를 끝냈다. 그다음 핸드폰을 외투 주머니에 깊숙이 찔러 넣고 조심스레 차를 빼 국도를 향해 차를 몰았다.

4

흑갈색 머리의 젊은 남자가 카트에서 내려 분홍색 차로 다가왔다. 그는 가무잡잡한 얼굴에 몸집이 건장했으며, 두툼한 점퍼를 걸쳐 마치 회색곰처럼 보였다.

그가 싹싹하게 인사를 건넸다.

"아일랜 씨와 뉴원 씨죠? 오텀 씨가 새로 오는 손님이 늦으신다고 걱정했는데. 이제야 도착하셨군요. 저는 몬테 리조트에서 일하고 있는 새튼입니다. 차는 여기 대시고 짐은 뒤 칸 제설제 포대 옆에 놔 주시고, 앞자리에 앉으시면 됩니다."

아일랜은 낯익은 트럭 옆에 차를 댔다. 자동차를 세 보니 모두 일곱 대였다. "스키는 놔두고 가방만 싣겠어요. 그나저나 정말 조용한 곳이네요."하고 트렁크에서 커다란 짐가방을 꺼냈다. 그것을 직원이 시킨 대로 염화칼슘 포대 옆에 밀어 넣고. 앞자리로 가려다 말고 잠시 멈춰 서서 주위를 둘러봤다.

제법 넓은 마당에 여러 채의 건물이 서 있는데. 전체적인 모습은 나란히 놓인 평행봉 같다. 즉, 오른쪽에 콘크리트 블록 같은 직사각형 건물이 따로 서 있고. 널찍한 마당을 사이에 두고 왼편에 산장풍의 독채들이 한 줄로 늘어서 있다.

그런데 이상한 느낌이 드는 바람에 작가는 목을 빼고 다시 한 번 왼편에 놓인 건물들을 살폈다.

주위가 제법 어둑했으나, 가로등과 건물에 딸린 옥외등이 환해 방갈로들이 잘 보였다. 그런데 그 외관이 모두 다른 것이었다. 시멘트나 벽돌, 통나무로 지은 방갈로가 있는가 하면, 콘크리트나 황토집처럼 보이는 것도 있어 통일감이 없었다.

"저기 기다란 건물이 본채인가요?" 하고 작가가 오른쪽에 따로 떨어져 있는 건물을 손으로 가리켰다.

새튼이 고개를 끄덕였다. 그러자 작가는 다시 왼편에 한 줄로 놓인 독채들을 가리켰다. "그런데 이쪽 방갈로들은 전부 달라 보이는데요?"

그러자 새튼이 운전대를 잡으며 감탄하는 것이다.

"역시. 투자자분들은 다르시군요. 모두 같은 걸 물으시다니. 하긴 오늘 묵을 곳을 분양받으신다니 중요한 문제겠죠." 하고는 시동을 걸며 답했다. "제가 듣기로 돌아가신 로토니어 사장님의 아이디어라 하던데요. 독채는, 앞쪽 A동부터 H동까지 차례로 여덟 채인데. 3년 전 리조트로 이름을 바꾸면서 외관을 대부분 바꿨다고요. 개성을 살려 내부 장식도 제각각 다르게 꾸몄고요."

그사이 뉴윈도 보스턴 백을 든 채 건물들을 살폈다. 조용한 산속에 들어앉은 건물들을 보니, 새삼 이곳에서 맡게 될 일이 무엇인가 궁금해졌다. 이토록 조용하고 평화로워 보이는 곳에서. 한 부부의 땀과 삶이 배인 곳에서, 자신이 할 일이 무엇이란 말인가.

카트에 올라 자리에 앉은 다음, 뉴윈도 차분히 입을 열었다.

"그런데 방갈로의 위치도 좀 들쑥날쑥한 것 같습니다만."

새튼이 재차 고개를 끄덕였다. "이곳의 장점은 베이크 타운을 오가며 조용히 쉴 수 있다는 것이니까요. 그래서 독채 간 소음을 막기 위해 지그재그로 지었다고 들었습니다. 주차장이 앞쪽에 따로 있는 것도 자동차 소음을 줄이기 위해서고. 손님들을 태우거나 짐을 운반할 때도 조용한 전기 카트를 이용하고요."

이윽고 아일랜도 뉴윈 옆에 자리를 잡고 앉았다. 그러다 금세 수상한 남자를 만난 일이 떠올라 그 일에 대해서도 물었다.

고개를 갸웃했지만 역시 직원의 답은 간단했다.

"저 산길은 이프 호수까지 이어져 있거든요. 호숫가에 놀러 온 캠핑족이 돌아가는 중이 아니었을까요. 아니면 손님들과 같은 목적으로 왔을 수도 있고요. 이곳은 행정구역상으로 베이크 타운에 속해 있어 개발이다, 투자다, 구경하러 오는 분들이 있거든요. 개발이 되면 비포장 산길을 2차선 도로로 닦을 거라던데. 그렇게 되면 타운 시내까지 15분 만에 갈 수 있다고 하던걸요."

"원래 도로도 있다던데요."하고 아일랜이 새튼을 바라봤다.

"아. 호수 뒤편 도로 말씀이군요. 그 길은 1차로로 좁은 데다 베이크 타운 외곽으로 이어져, 늘상 막히는 구간을 지나야 하거든요. 보통 때도 타운 시내까지 30분이 넘게 걸리고. 스키 대회가 있으면 더 걸리고요."

"그렇군요. 그런데 투자자들이 많다니 솔깃한데요." 아일랜이 적당히 맞장구를 쳤다.

"네. 이제 개발이 되면 여러 기반 시설이 들어오고, 몬테 리조트도 값이 몇 배나 뛸 거라 들었습니다. 그 소식을 듣고 어찌나 기쁘던지... 그런데 갑자기 사장님이 분양을 서두르시는 게 도통 이해가 안 되네요."하고 직원은 운전을 시작했다.

그 목소리에 아쉬움이 담겨 있어, 아일랜은 오텀의 말을 떠올리며 대꾸했다. "어머, 르네 사장님은 나이가 많으시잖아요."

그러자 새튼이 운전을 하다 말고 옆자리를 돌아봤다.

"어? 두 분은 르네 사장님을 알고 계신가요? 다른 분들은 오텀 씨가 대표라고 알고 계시던데. 전, 르네 사장님에 대해 일체 함구하도록 지시를 받았거든요."

그 말에 뉴윈은 의심스레 눈을 가늘게 떴다.

뒤늦게 아차 싶은 아일랜은 얼른 말을 얼버무렸다. "아, 네. 사장님을 알고 있어요. 이곳에 관심이 많아서요. 오텀 씨가 대표가 된 건 얼마 되지 않았잖아요."

포석이 깔린 보도 위로 카트를 운전하며 새튼은 또 한 번 감탄했다. "오, 두 분은 정말 단단히 조사하고 오셨군요. 하지만, 두 분께는 죄송하지만 전 분양에 반대하는 입장이라서요. 말씀드렸다시피 내년 봄이 되면 사정이 확 달라질 테니까요... 하긴 제가 반대해 봤자 아무 소용 없겠죠. 이렇게 투자자분들을 직접 초대하신 걸 보면 사장님의 결심은 확고하신 듯하니."

그리고 젊은 직원은 다시 카트를 모는 데 집중했다. 그러나 얼마 가지 못하고 또다시 불만을 늘어놓았다.

"하지만 나이가 걱정이라면 늙은 오텀 씨를 대표로 앉힌 건 더 이해할 수 없죠. 오텀 씨는 행동이 굼뜨고 눈치도 없는 데다 여기 말고는 써 주는 데가 없을 만큼 일머리도 없는걸요. 그래서 맨날, 사장님이 자신의 은인이다, 평생의 은인이다, 감사하다는 말을 달고 사는데... 하긴 그런 걸로 잘 보였나 보죠. 뭐."

그러냐며, 아일랜은 가볍게 맞장구를 쳤다.

그러나 한 번 터진 직원의 불만은 꼬리를 물고 이어졌다.

"사장님도 참. 건강을 생각하셨다면 더더욱 저처럼 젊은 사람에게 운영을 맡기실 일이지. 제가 리조트에 얼마나 애정을 가지고 일해 왔는데요. 본채를 2층으로 올려 객실을 늘리고, 1층은 카페와 레스토랑으로 운영하면 좋지 않냐, 건의도 드린걸요. 오텀 씨보다 제가 훨씬 똑똑하고 비전도 분명한데 말이죠."

가만히 말을 들어보니, 젊은 직원의 어조에는 욕망과 질투심이 잔뜩 묻어 있었다. 그것이 뉴윈의 귀를 불안하게 파고드는 듯. 욕망과 질투야말로 사람으로 하여금 뜻밖의 일을 저지르게 만드는 불쏘시개임을 알기에, 회색 청년은 슬쩍 화제를 돌렸다.

"다른 분들은 일찍 오셨나요?"

그제야 새튼은 도로 운전에 집중하며 차분히 답했다.

"아, 네. 10시 전후로 오셨을 겁니다. 배정받은 방갈로에 짐을 푸신 다음에는 약속이라도 한 듯 주변을 둘러보시던데요. 투자할 만한 가치가 있는지 알아본다고 하시면서요... 두 분은 지각생이라 선택의 여지가 없네요. 주차장에서 제일 먼 H동밖에 남지 않았으니."

어쩔 수 없다며 아일랜이 넉살 좋게 웃어넘겼다.

이윽고 카트는 사무실이 있는 본채에 이르렀다. 두 사람이 내리자 새튼은 짐을 객실에 갖다 놓겠다며 카트를 몰고 갔다.

아일랜이 먼저 앞장서 포치를 지나 출입문을 열었다. 안쪽은 따뜻한 온기가 가득했다.

안에서 서성대던 오텀이 두 사람을 보고 황급히 다가왔다.

"너무 늦으셔서 걱정했습니다. 두 분이 묵으실 객실에는 난로도 피우고 라디에이터도 따뜻하게 켜 놓았습니다."

뉴윈은 눈인사를 하고 그다음 찬찬히 사무실 안쪽을 살폈다.

출입문 옆에 세면대와 남녀 화장실이 각각 마련돼 있고. 그것을 제외하고도 실내는 꽤 넓었다.

입구에서 보니, 오른쪽은 스키와 운동 장비 등을 보관하는 캐비닛이 벽을 채우듯 서 있고. 왼쪽은 벽의 절반을 차지하는 커다란 통유리창이 있으며. 바닥에는 편해 보이는 소파와 테이블, 1인용 의자들이 여기저기 놓였다.

또한 정면 안쪽에, 코너 모서리를 이용한 삼각형의 리셉션 데스크가 있고. 그 옆에 곰이라도 지나갈 듯 큰 문이 양쪽으로 활짝 열려 있는데. 너머에 20인용은 돼 보이는 커다란 원목 식탁이 있는 걸로 봐서 그쪽은 식당인 듯했다.

아일랜이 길을 잃었노라 답하고, 이어 뉴윈이 입을 열었다.

"먼저 르네 님을 뵙겠습니다."

"네. 마님도 주방에서 두 분을 기다리고 계십니다."

그러면서 오텀은 사무실을 지나 곧장 식당으로 들어가더니. 다시 맞은편에 난 문을 열고 안으로 들어갔다. 두 사람도 뒤를 따라 안으로 향했다.

본채는 밖에서 본 것처럼 긴 직사각형 모양에, 가벽과 출입문을 칸막이 삼아 앞에서부터 사무실, 식당, 주방으로 나누어 놓은 단순한 구조였다. 대신 이 세 공간의 왼편은, 벽의 절반을 차지하는 통유리창이 죽 이어져 있어, 어느 공간으로 들어가도, 왼편 유리창을 통해 마당과 방갈로, 병풍처럼 둘러선 설산을 감상할 수 있도록 만들어 놓았다.

곧이어 세 사람은 건물의 맨 안쪽 공간으로 들어섰다. 그곳은 식당의 두 배가 넘을 듯 큰 주방이었다. 그런데 가만 보니 단순한 조리 공간만은 아닌 듯. 오른편에 마치 주거 공간으로 보이는 간이 룸이 자리 잡고 있었다.

원목으로 만들어진 간이 룸은 흡사 집안에 따로 설치한 사우나실과 비슷하게 생겼는데. 문 안쪽을 보니, 이동식 서랍장과 병실에서 쓰는 간병인용 침대 같은 게 놓여 있었다.

주방의 그 어떤 장식보다 간이 룸을 눈여겨본 뉴원은 곧 의아해졌다. 직원 숙소는 따로 있으니, 혹 르네 부인이 저기서 머무르는 것일까, 궁금해졌는데... 그게 사실이라면 실로 이해되지 않는 일이었다. 이 넓은 부지에 얼마든지 집을 지을 공간이 많은데, 굳이 주방에서 먹고 자고 할 필요가 있나 싶다.

그사이 아일랜은 양손을 맞잡고 흥미로운 표정으로 주방을 구경하고 있었다. 이곳 역시 왼쪽 벽은 절반이 통유리창이었으며. 말간 유리창에는 마당과 여덟 채의 방갈로, 직원 숙소, 병풍처럼 우뚝 선 산봉우리가 한 폭의 그림처럼 비쳐 들었다.

통유리 아래는 조리대와 하부장, 그릴, 오븐, 화덕이 구비돼 있으며. 출입문 맞은편은 냉장고와 팬트리, 갖가지 조리 도구와 냄비, 프라이팬이 쌓인 수납장과 그릇장이 자리 잡고 있었다.

 아일랜과 뉴윈은 잠시 실내를 둘러본 다음, 이곳의 주인인 르네 부인을 향해 정중하게 머리를 숙였다. 그녀는 간이 룸 앞에 놓인 아일랜드 식탁에서 일어나, 몸을 뒤로 돌려 두 사람을 정면으로 바라보며 서 있었다.
 여인은 갈색 단발머리에 보통 키, 흰 피부에 체구는 마른 편이고. 눈매와 입매가 가늘어 성품이 날카롭고 예민해 보였다. 무엇보다 이마에는 주름이 가득하고 눈두덩이가 보랏빛이라 며칠 잠을 못 잔 사람처럼 낯빛이 어둡고 그늘져 있었다.
 그와 더불어 아일랜은 부인에게서 묘한 이중적 인상을 받았는데. 그녀의 얼굴은 차갑고 어두워 보이는 데 반해 옷차림이 밝고 따스해 보였기 때문이다.
 부인은 크림색의 울 니트 원피스와 같은 색의 양모 조끼를 걸치고 있었다. 그런데 원피스가 목부터 발등까지 덮는 맥시 스타일이라. 마치 날카로운 가시덤불 같은 여인을 목화솜이 포근하게 감싼 것처럼 보였다. 그 때문에 한 여인에게서 차갑고도 따뜻한 이중적인 느낌을 받았으며, 묘한 분위기를 느낀 듯했다.

 르네 부인은 출입문을 등지고 식탁에 앉아 있다, 문소리가 들리자 곧바로 자리에서 일어섰다. 몸을 돌려 인사를 받은 다음, 다시 몸을 돌리고 가지런히 포갠 손을 풀어 맞은편 자리를 권했다.
 "반가워요. 아일랜 씨는 여기, 뉴윈 씨는 그 옆에 앉으세요. 두 분은 영상에서 보던 것보다 훨씬 생기 있어 보이네요. 전 이곳을 운영하고 있는 르네 루이지라고 해요."

발성 좋은 목소리로 인사를 건넨 부인은, 두 사람이 자리에 앉자 테이블에 준비돼 있던 머그잔을 앞으로 밀어 주었다.

"진저 시럽에 위스키를 조금 섞었어요. 마시면 금세 몸이 따뜻해질 거예요."

두 사람은 부인이 권하는 대로 잔을 들어 입에 댔다. 쌉싸래한 음료가 목을 타고 넘어가자, 금세 따뜻한 기운이 번지며 손발이 스르르 녹는 듯했다.

그사이 부인은 날카로운 눈길로 두 사람을 찬찬히 뜯어보는가 싶더니, 곧바로 오텀에게 지시를 내렸다.

"오텀. 지금부터 이야기를 마칠 때까지 방해받고 싶지 않으니 식당에서 대기해 줘요. 누가 나타나면 가까이 오지 못하게끔 둘러대서 돌려보내도록 하고."

네, 하고 답한 오텀은 뒤돌아 밖으로 나갔다.

이윽고 주방에는 세 사람만 남았다.

그러나 다음은 뜻밖에 침묵이 이어졌다. 부인은 입을 굳게 다문 채 무표정한 얼굴로 아무 말 없이 앉아만 있었다.

아일랜과 뉴윈도 잠시 입을 다물고 기다렸다. 그렇게 시간만 흘러가는데.

얼마간 시간이 흐르고 두 남자는 흘깃 눈을 마주쳤다. 생각이 통한 듯, 서로를 바라본 두 사람은 만지작거리던 빈 잔을 가만히 식탁 앞으로 밀었다. 그것은 이야기를 해도 좋다는, 아니, 어서 빨리 이야기를 해 달라는 신호였다.

그러나 부인은 신호를 알아차리지 못한 채. 얇은 입술을 한 일자로 다물고 혼자만의 생각에 빠져 식탁만 노려볼 뿐이었다.

그 바람에 주방에는 적막한 공기가 차츰 무겁게 가라앉았다.

묵직한 공기가 공간을 휘감고 긴장감이 팽팽하게 조율되는 듯하자. 비로소 이것이 보통 의뢰가 아님을 눈치챈 뉴윈은 뒷덜미가 서늘해졌다... 설마, 오늘이란 날에 담긴 운명의 그림자가 아직 사라지지 않았단 말인가. 아니면 이게 진짜인가.

조용함과 어색함을 참지 못하는 아일랜 또한, 숨 막힐 듯한 긴장감에 볼을 붉히고 침만 삼켰다.

그렇게 르네 부인은 입을 열지 않았으나. 실제 입을 다문 시간은 4,5분 남짓이었을 뿐.

손목에 찬 시계를 보며 시간을 확인한 뉴윈은 또 한 번 빈 잔을 앞으로 밀며 차분히 말을 건넸다.

"부인. 오텀 씨에게 들은 이야기는 단지 의뢰가 있다는 것 정도였습니다. 부인께 자세한 이야기를 듣고 싶습니다만."

그녀는 알겠다며 숨을 크게 들이마셨다. 그리고 한층 어두워진 얼굴로 천천히 입을 열었다.

"두 분께 부탁할 일은 제 평생의 숙제이자 오랜 숙원이에요. 부디 이 일을 맡아 주시길 간절하고 간곡히 청할 생각이라. 마음만 앞서고 혼란할 뿐. 섣불리 입이 떨어지지 않는군요." 그리고 다시 입을 다무는데.

그러나 그것은 전혀 혼란스러워하는 목소리가 아니었다. 오히려 혼란해 망설인다기보다는. 자신이 할 말을 잘 알고 있으며. 그것이 너무 간절한 터라 차마 입이 떨어지지 않는 것처럼 느껴지는 어조였다. 그것을 알아차린 두 사람은 더는 재촉하지 않고 가만히 자리를 지켰다.

얼마 후, 부인은 고개를 까딱하고 한 번 끄덕였다.
진작에 준비는 끝났으며 모든 것을 준비대로 실행해 나갈 다짐을 마쳤다.
그녀는 늙고 거친 손을 깍지 낀 채 테이블에 올렸다. 처음엔 손가락을 가볍게 엇갈려 건 것뿐이었으나, 점점 힘이 들어가 마침내 그녀의 두 손은 손바닥이 맞닿아 기도하듯 한 덩어리가 됐다.
그 맞잡은 손이 부들부들 떨림과 동시에 그녀의 관자놀이에 힘줄이 툭 불거졌다. 그다음 부인은 머리숱이 듬성듬성한 정수리가 보이도록 머리를 조아리고는, 낮고 간곡한 어조로 몹시 힘들게 운을 뗐다.
그리고 이어진 첫마디를 듣자, 아일랜과 뉴원은 그녀가 왜 그리 힘들어했는지, 왜 쉽사리 입을 열지 못했는지 곧바로 알 수 있었다.
그녀의 이야기는 이렇게 시작됐던 것이다.
"제가 두 분께 의뢰할 일은, 제 복수를 완성해 달라는 것이에요. 전 20년 전 바로 이곳에서 죽은, 딸의 복수를 끝내고 싶어요."

3부 초대의 덫

1

"기다려 줘서 고마워요. 사실, 이것은 아주 오래전부터 생각한 일이라. 틀림없이 정리가 끝난 줄 알았는데... 막상 두 분을 마주하고 보니 차마 입이 떨어지지 않아 당황스러웠어요. 어디서부터 어떻게 시작해야 할지... 준비한 말들은 사라지고 머릿속이 새카맣게 변하더군요."

정리를 끝낸 르네 부인은 솔직한 태도를 내비쳤다. 그러면서 앞에 앉은 이들의 안색을 살폈다. 과연 복수라는 말에 상대가 어떻게 나올 것인가, 자못 궁금한데.

두 사람의 반응은 얼핏 정반대인 것처럼 보였다. 복수라는 말에, 회색 청년의 눈은 다 탄 듯 완연한 잿빛이 되어 가라앉고. 분홍 작가의 뺨과 이마는 핑크를 넘어 적갈색인 듯 벌겋게 타올랐다. 그러나 자세히 보니 두 사람 다 거기 담긴 감정은 비슷해 보였다. 당황. 놀람. 그리고 부정과 거절.

그러나 르네 부인은 속으로 고개를 끄덕이며 말을 이었다. 이 일을 반드시 성공해 내리라 다짐을 거듭하며.

"첫마디가 너무 감정을 주체하지 못하고 튀어나왔네요. 두 분이 그렇게 놀라는 것도 무리는 아니에요. 복수라고 말했지만 다른 게 아니에요. 어떤 끔찍한 일을 해 달라 부탁하는 게 아니니

안심하세요. 단지 손님들을 조사해 달라는 것이니."
 그러면서 그녀는 준비한 말들을 차례로 펼쳐 나갔다.
 "오늘부터 이틀간 손님들과 함께 지내며 자연스럽게 얼굴을 익히도록 하세요. 그다음엔 언제라도 좋아요. 내년도 좋고 내후년도 상관없어요. 그들에게 접근해 딸을 죽인 범인을 찾아 주세요. 제 딸 이브는 20년 전 꼭 이맘때. 바로 여기서 눈을 감았거든요. 바로 이 주방에서."
 그리고 부인의 눈길은 천천히 식탁 옆 타일 바닥으로 향했다. 마치, 거기 딸의 모습이 남아 있기라도 한 듯.

 그 순간. 아일랜의 안색은 붉은 불꽃에서 들이치는 파도처럼 새파랗게 변했다. 그것은 실로 한순간의 변화였다. 복수라는 단어는 사라지고, 그를 사로잡은 건 '죽은 여인'의 환영이었다. 20년 전 죽은 여인... 죽은 여인... 죽은 여인. 그는 저도 모르게 입 속으로 그 말을 중얼거렸다. 그것은 결코 그의 귀에 닿아선 안 될 말이었다. '죽은 여인'이라는 네 글자는 언제나 그에게 불가항력적인 공포를 불러일으켰기 때문이다.
 아니나 다를까 죽은 여인을 상상하자마자 작가는 거인이 온몸을 움켜쥐기라도 한 듯 팔다리가 조여 들고. 참을 수 없는 통증에 신음이 절로 터졌다. 그리고 저도 모르게 부인을 따라 바닥으로 시선이 향하는데... 어느새 주방의 석재타일 바닥이 붉게 물드는가 싶더니. 이내 타일과 타일 틈에서 꿀럭꿀럭 피가 배어 나오는 환영이 시작됐다. 그를 오랫동안 괴롭히던 환영이.
 옆에 앉은 뉴원은 작가의 호흡이 거칠어진 것을 알아차렸다.

슬쩍 눈을 돌려 보니 작가는 눈빛도 이상하게 번들거리는 듯.

그러나 그는 의뢰를 거절하는 일이 더욱 다급했기에 다시 르네 부인을 마주 봤다. 그리고 "부인, 그 일을 맡기는 어렵습니다."라며 고개를 가로저었다.

르네 부인은 조금도 동요하지 않았다. 차분히 말을 계속했다. "그럴 거라 예상했어요. 아마 두 분이 제 의뢰를 이해하지 못할 거라고. 사랑하는 사람을 잃어 본 적 없는 사람은 저를 이해하지 못할 거라 생각하고 있었어요." 그리고 더욱 간절한 어조로 청했다. "하지만 부디 제 이야기를 좀 더 들어 주시겠어요?"

그 청에 뉴윈도 더 이상 대꾸하지 못하고 입을 다물었다.

다시금 말을 이어 가는 여인의 목소리는 점차 덤덤해졌다.

"두서없이 말하는 걸 이해해 주세요. 제 딸 이브는 여기서 불행한 사고로 눈을 감았어요. 20년 전 오늘. 딸아이는 여기서 혼자 독주를 마시고 술에 취해 몸을 가누지 못한 채 의식을 잃어 갔죠. 남편과 제가 베이크 타운에서 돌아왔을 때... 당시는 펜션을 막 연 때라 시내에서 수속에 관한 볼일이 많았거든요. 전날 오후, 타운으로 나가 볼일을 보고 이튿날 새벽, 장을 봐 여기로 돌아왔을 때. 이브는 이 바닥에 쓰러져 있었어요. 제가 봐도 이미 숨이 멎은 상태였고요. 사실 전날 이브는 우리에게 '함께 이야기할 사람'이 있다고 했는데. 나중에 돌이켜 보니 그 아이는 몹시 긴장하고 걱정스러운 얼굴이었던 것 같아요. 하지만 남편과 저는 그걸 알아차리지 못했고... 여기 일로 바빠서 그만... 나중에 두고두고 그 일을 얼마나 후회했는지 몰라요."

후, 하고 부인은 한숨을 내쉬었다. 그리고 말을 이었다.

"그 사람이 누구고, 어떤 일이었는지, 이브가 죽은 후에 알게 됐어요. 신고를 받고 출동했던 폴록 순경이 아이의 방에서 임신 테스트기를 찾아냈거든요... 선명하게 두 줄이 나타난 것을요. 아마 그 일로 고민하다 끔찍한 사고가 난 듯하다는 설명을 들었어요."하고 부인은 잠시 말을 그쳤다. 그리고 두 사람을 지그시 바라봤다. 그녀의 갈색 눈동자는 전혀 동요가 없었다.

그사이 뉴윈은 일을 거절하리라 마음먹었기에 입을 굳게 다물었다. 만약 여기서 한마디라도 잘못 대꾸하면 곤란한 일에 휘말릴 것을 알기에. 일절 대꾸하지 않기로 했다.

그러나 이미 아일랜은 정신이 없었다. 그는 죽은 여인에게 사로잡혀 사지를 옴짝달싹할 수 없었으며. 부인의 이야기가 자신이 알고 있는 여인과 겹쳐져 분간이 어려웠다.

그리고 다음 순간. 아일랜의 입에서 질문이 절로 튀어나왔다. 그는 새파랗게 질린 얼굴로 의아한 점들을 묻기 시작했는데. 그것은 그의 의지나 생각과 조금도 상관없는 일이었다. 즉, 묻고 싶지도 않고 알고 싶지도 않은 일인데. 마치 붉은 실에 묶여 조종당하는 인형인 양 입이 벌어지고 질문이 튀어나온 것이었다.

"이브 양의 사인은 뭐였나요? 왜 사고사로 결론 났는지 궁금해요. 당시 이곳엔 따님 혼자 있었나요?"

"아뇨. 손님들이 있었어요. 그때 이 본채는 사무실 겸 가족이 지내는 공간으로 쓰였는데. 손님들이 묵고 있어 본채의 문은 잠그지 않았고요."

"그럼, 손님들이 있고 문이 열려 있었음에도 사고사로 결론 났다는 말씀인가요?"

"네. 딸의 사인은 코와 입이 막힌 비구폐색 질식사라 들었어요. 하지만 체내에서 알코올과 수면제만 나왔을 뿐. 어떤 독극물이나 유독 가스도 검출되지 않았다고... 때문에 불의의 사고로 호흡 곤란이 일어나 사망한 것 같다는 말을 검시관에게 들었죠. 이브는 바로 저기 식기장 앞에 태아처럼 두 팔을 가슴 앞에 모으고 웅크린 채 모로 누워 있었는데, 마치 잠을 자듯 고요히 눈을 감고 있어, 사고사일 거라 결론을 내렸다고 들었어요."

"타살이나 살인의 욱... 흔적이 전혀 없었단 말씀인가요?"

"네. 그런 흔적은 찾지 못했다고 했어요. 이곳에 강제로 침입한 흔적이나 다툰 흔적은커녕 이브 외 다른 사람이 있었다는 흔적조차 없다고. 식탁 위에 술잔도 하나고, 치즈가 담긴 접시와 포크도 하나뿐. 다른 사람의 지문이나 밤새 눈이 내렸는데 발자국 같은 족적도 없다고 했죠. 그리고 무엇보다 아이에게서 수상한 흔적을 발견할 수 없었다는데. 외상이나 저항흔이 하나도 없어. 딸아이의 죽음에 어떤 외부 충격이나 물리력이 가해지지 않았다는 설명을 들었어요. 그래서 사고사로 결론을 내린 거라고요."

메슥거리는 속을 달래며 아일랜은 무의식적으로 대꾸했다.

"하지만 술잔이나 발자국은 치우고 닦아 버리면 그만이죠. 누가 침입했을 수도 있는데... 게다가 사람이 죽었는데... 어떻게 아무 흔적이 없죠? 이해가 안 돼요."

"그래서 남편과 제가 부검을 원한 거예요. 도무지 믿을 수가 없어서. 도저히 이해할 수가 없어서. 뭐라도, 어떤 흔적이라도 찾기 위해서 말이에요. 그런데 이브에게서는 질식사의 징후만 있다고 했어요. 부검 결과 점출혈과 폐기종이 나타났을 뿐. 의심스러운 흔적은 전혀 없다고. 전 그때 조사 결과를 아직도 또렷이 외우고 있어요. 검시관의 내리뜬 검은 눈동자까지도 똑똑히 기억하고 있죠... 그것들은 20년이란 세월이 흐르는 동안에도, 결코 희미해지지 않았어요."

새삼 고통을 느끼듯 여인의 목소리가 떨렸다. 그러자 아일랜의 눈꺼풀도 함께 파르르 떨렸다. 욱, 그는 욕지기를 참으며 눈을 반쯤 감았다. 실눈 사이로 여인의 가슴에서 솟구치는 핏줄기가 보이는 듯했다. 그 환영에 몸서리치며 그는 청년을 향해 물었다.

"뉴윈 씨, 이해가 안 돼요. 이런 경우도 있나요? 아무 흔적 없이 사람이 혼자 죽을 수 있냔 말이에요."

후. 뉴윈은 깊은 단전에서 우러나오는 한숨을 길게 내쉬었다. 이제는 정말 운명에 저항하기를 포기해야 하나. 오늘 하루 저 통통한 작가에게 휩쓸리는 운명에.

청년은 조금 옅어진 회색 눈동자로 차분히 입을 열었다.

"....... 제 생각일 뿐이지만, 독주와 수면제가 원인일 듯합니다. 진정제나 수면제 등은 중추신경계에 작용하는 약물인데. 이것들은 술과 함께 복용하면 훨씬 강하게 중추신경을 억제하거든요. 그래서 호흡 곤란이나 저산소증이 일어날 수 있어, 절대로 함께 음용하면 안 되는 게 수면제와 술입니다만... 또한 수면제를 제외하고 알코올만으로 사고사가 일어나는 경우도 드물지는 않고요."하고 청년은 설명을 덧붙였다.

"혈중 알코올 농도가 0.4~0.5%에 이르면 그 자체로 호흡 마비나 심정지가 오기도 합니다. 픽션에 자주 나오는 유명인의 사망 원인 중 '급성 알코올 중독증'이 바로 그것이죠. 때문에 폭주와 수면제에 의한 의식 불명 상태에서 기도 입구인 코나 입이 막히거나 호흡 마비가 온 듯한데. 호흡자가 어떤 요인으로 인해 정상적으로 호흡할 수 없는 상태로 사망하는 경우, 사고의 최초 원인으로 꼽히는 사례가 지나친 음주이며. 폭주로 취한 상태에서는 모래밭에 엎어져 질식사로 사망하기도 하니까요. 그렇게 비구폐색이 일어나 정상적으로 호흡할 수 없는 상황에 이르면 3분 안에 구급해야 하며, 5,6분이 지나면 뇌사 상태에 빠져 죽음에 이르게 됩니다... 이브 양이 그런 경우인 것 같습니다만."

"맞아요. 검시관에게 꼭 그런 설명을 들었어요. 검출된 수면제는 결코 치사량이 아니었지만. 그것과 알코올 말고는 따로 검출된 게 없어, 술과 수면제에 의한 의식 불명 상태에서 사고로 숨이 막힌 것 같다고요."

아일랜이 다시 물었다. "수면제는 어디서 구한 건가요?"

"제 것이었어요. 사업을 시작하고 불안 장애가 와 불면증에 시달리는 바람에 처방받은 거였죠. 젤피뎀은 약효가 강해 한 알만으로도 3,4분 안에 잠이 드는데, 이브가 잠을 못 자는 것 같아 제 것을 먹으라고 했어요. 수면제는 상비약 상자에 넣어 항상 사무실 데스크 위에 두었고요... 그때는 고민이 있는 줄 모르고 단지 잠을 못 자는 거라 생각해서 그만... 약을 권하고 말았죠."

"따님은 평소 혼자 음주를 즐겼나요?"

아일랜의 그 질문에 부인의 어조가 처음으로 격해졌다.

"아뇨! 그 아이는 단 한 번도 그런 적이 없어요. 혼자 술을 마시지도 않았고. 술을 즐기기보다 사람들과 함께하는 분위기를 좋아할 뿐이었어요. 게다가 저희가 없는데, 펜션을 책임지고 있는 아이가 그토록 독한 술을, 압생트를 혼자 마시다니. 이해할 수 없었어요. 그래서 범인이 있다고 생각한 거예요. 아이를 임신시킨 그가 범인이라고." 부인은 눈을 부릅떴다.

의아한 듯 아일랜이 다시 물었다.

"그럼, 당시 여기 묵었던 손님이나 따님의 주변 인물들을 조사하면 됐을 텐데요. 수상한 사람을 찾아보지 않았나요?"

"네. 폴록 순경은 검시관이 사고사로 결론을 내자 형식적인 조사만 했어요. 그것도 남편과 제가 강력하게 요구한 탓에 어쩔 수 없이요. 당시 여기 묵었던 사람들을 찾아가 한 번씩 사정 청취하는 걸로 조사를 끝냈는데. 그들은 모두 객실에서 잠을 자고 있었으며, 이브의 죽음은 경찰이 출동하고 나서 알았다고 답했어요. 그 답변을 듣고서 순경은 오히려 우리 부부를 설득하려 했어요. 침입의 흔적은커녕 주방에서 나온 게 온통 이브의 흔적뿐이라고. 사고사라는 말만 계속 되풀이했죠."

맞장구치듯 고개를 끄덕거린 아일랜이 확인하듯 물었다.

"그럼 오늘 초대한 일곱 명이 당시 묵었던 손님들인가요?"

"네. 초창기에는 펜션을 광고하고 건의 사항도 들을 겸 아는 이들을 초대했거든요. 그때 묵었던 사람은, 이브와 어렸을 적부터 친구였던 클로 씨, 담당 주치의였던 닥터 크레일, 이브의 지도 교수였던 맥그리어 교수. 그리고 이브의 멘토를 자처했던 쇼쿠 씨와 고등학생 때 이브와 잠깐 사귀었던 브리히도 군이었어요. 또한 베이크 타운에서 부동산 중개업을 하는 에드 씨와 타운에서 점성술사로 유명한 할로우 씨도 그날 여기 묵었고요."

"마지막 두 사람은 따님과 관계없는 분들인가요?"

"아뇨. 두 사람도 이브와 친했어요. 부동산 중개인인 에드 씨는 남편과 제가 사업을 시작하며 알게 됐는데, 나중에 딸아이가 베이크 대학에 다닐 때 숙소로 쓰라며 자기 아파트를 빌려준 사람이에요. 이곳에서 대학까지 통학하기가 어려워서요. 나중엔 우리보다 이브가 더 그와 친해졌고 좋은 분이라고 자주 얘기를 했죠. 할로우 씨는, 딸이 친구들을 통해 알게 된 타로점을 치는 점성술사였는데, 여러 가지로 상담하며 그를 꽤 믿는 눈치였고요."

"그들 일곱 명은 서로를 알고 있나요?"

"아뇨. 그들은 원래 접점도 없고 독채에서 따로 지냈어요. 식사는 직접 만들거나, 저희에게 메뉴를 주문해 룸서비스로 시켜 먹었고요. 모두 일정도 짧았던 데다, 제 기억으로는 각자 나름의 방식으로 시간을 보낸 걸로 기억해요. 베이크 타운으로 나가는 사람이 있는가 하면, 이프 호수에서 얼음낚시를 즐기거나, 저기 하이데 산으로 겨울 산행을 하는 사람도 있었죠. 사고 후, 사정 청취와 참고인 조사도 각기 따로 진행했고요."

한차례 이야기가 끝나자 아일랜의 파란 눈이 한층 짙어졌다.

"그들이 모두 부인의 초대에 응했단 말이군요." 그리고 이번에도 머리를 갸웃하며 뉴윈을 바라봤다.

"전 이해가 안 돼요, 뉴윈 씨. 저 같으면 아무리 오랜 시간이 지났다 하더라도 이런 슬픈 사연이 있는 곳에 다시 오지는 않을 거예요."

그러자 그 말이 틀렸다는 듯 뉴윈이 가볍게 한숨을 내쉬었다.

"그게 아닙니다, 아일랜 씨. 제 생각이지만... 그래서 부인이 오텀 씨를 대표로 내세운 게 아닐까 싶은데요. 그들이 받은 안내장에는 이름도 모르는 오텀 씨가 대표로 있고. 20년 전 펜션이 아니라 몬테 리조트라는 새로운 이름의 리조트였으니까요. 오텀 씨가 말하지 않았습니까. 원래 펜션으로 사업을 하다, 3년 전 몬테 리조트로 이름을 바꿨다고. 그러니 이곳이 20년 전 이브 양의 사고가 있었던 곳이라는 걸 아무도 눈치채지 못했을 겁니다……. 또한 순전히 제 생각입니다만, 부인이 투자를 미끼로 사람들을 불러들이신 것 같은데… 예를 들자면 아주 싼 가격에 독채를 분양받을 수 있다거나 하는 것으로요."하고 청년은 마지막 말을 하며 부인을 응시했다.

르네 부인도 가볍게 고개를 끄덕였다.

"네. 거의 비슷해요. 요즘엔 투자가 붐이니까요. 그 유명한 베이크 타운의 후광을 입을 수 있는 몬테 리조트를 소개하고, 개발이 확정됐다는 주민 센터의 공식 문서를 첨부해 안내장을 보냈죠. 하나 다른 건, 방갈로를 싼 정도가 아니라 거의 공짜로 분양받을 수 있다고 한 것이고요. 그러자 그들이 모두 나타났어요. 한 사람도 빠짐없이. 안내장을 받은 본인만 주변에 알리지 말고 단독으로 와 달라는 수상한 조건도 개의치 않고. 모두 이곳으로 달려왔죠." 그녀의 입매가 조금 일그러졌다.

뉴원은 잠시 입을 다물었다. 그다음 천천히 고개를 끄덕였다.

"그렇다면 부인은 아마 안내장을 보내시면서, 누군가 한두 사람은 나타나지 않으리라 생각하신 모양입니다만. 아무리 리조트로 이름을 바꿨다 하더라도. 다른 사람은 몰라도 이브 양의 죽음과 관련된 사람은 이곳을 잊기 어려울 테죠. 주소는 잊었다 하더라도 지도에서 하이데 산과 이프 호수를 보는 순간 기억이 떠올랐을 테고... 그리고,"

마음속에 꺼림칙하게 걸렸던 사실을 떠올리며 뉴윈은 콧등에 주름을 잡았다.

"조금 전 산길을 지나오다, 이해되지 않는 모습을 봤습니다."

그 말에 아일랜이 의아하다는 눈길로 청년을 쳐다봤다.

뉴윈은 여인을 쳐다보며 말을 이었다.

"오텀 씨는 저희에게 지도에도 없는 오래된 길을 알려 주며, 원래 있던 도로는 폭설로 막혔다고 했습니다. 그런데 방금 차로 달려온 산길은 썩은 낙엽이 깔려 있고, 바퀴가 펑크 날 정도로 거친 돌길이었을 뿐. 어디에도 폭설의 흔적은 없었습니다. 폭설이 산의 절반만 내렸을 리 만무하고. 사흘 만에 흔적 없이 완전히 녹았다고 보기도 어려우니... 그게 마음에 걸렸는데. 이제 말씀을 듣고 보니 부인이 일부러 그 도로를 막으신 듯합니다만. 사람들로 하여금 20년 전 산길로 찾아오게끔 말입니다. 혹, 범인이라면 몬테리조트라는 이름에 속아 이곳으로 오다가도 20년 전 산길에서 기억이 떠오를 거라 생각하신 건 아닌지요... 이브 양과 자신의 범죄가 떠올라 되돌아갈 거라, 생각하신 건 아닌지 궁금하군요."

회색 청년은 덤덤한 투로 말을 계속했지만. 이어지는 지적은 무척이나 날카로웠다.

"누군가 초대를 거절하거나 산길에서 되돌아간다면, 굳이 저희에게 의뢰할 필요 없이 범인을 알아낼 수 있었을 텐데 말입니다. 그러나 그들이 모두 나타나는 바람에, 그래서 오후에 부랴부랴 저희를 데려오라 오텀 씨에게 시키신 게 아닌가 합니다."

함께 차를 타고 왔으나, 들뜬 기분에 주변을 살피지 못했던 아일랜은 생각지도 못한 예리한 지적에 흠칫 놀랐다.
그러나 르네 부인은 전혀 뜻밖의 반응을 보였다.
"그렇군요. 그렇게 하면 좋을 뻔했는데. 그걸 생각지 못했네요... 아무튼 정말 다행이에요. 제 마지막 숙제를 끝내려면 관찰력과 사고력이 뛰어난 분들이 도와주셔야 했는데... 트윈 풀 사건으로 두 분을 알게 되고 이렇게 모셔 올 수 있었던 건, 행운이라 생각해요."
여인의 찬사에도 뉴원은 망설임 없이 냉랭하게 대꾸했다.
"부인, 저희는 그런 비상한 능력이 없습니다. 단지 주의를 기울여 관찰하려 노력할 뿐이죠. 또한 말씀드리고 싶은 건. 설사 한두 사람이 초대에 응하지 않았다 하더라도, 혹은 산길에서 되돌아갔다 하더라도, 그를 범인이라 생각하는 건 위험하고 섣부른 판단이라는 겁니다. 이야기할 사람이 있다는 막연한 표현에서 이브 양이 말하고자 했던 사람이, 임신과 관련된 사람이라 단정하기는 어려우니까요. 그것은 전혀 다른 사람, 혹은 전혀 다른 이야기일 수도 있지 않을까요."
순간 갈색 머리가 찰랑거리며 뺨을 스칠 정도로 부인은 머리를 흔들었다. "아뇨. 제 생각은 달라요. 그날 딸아이는 그를 우리에게 소개하고 싶었던 거예요. 그러다 죽임을 당한 거고요. 직접적이든, 혹은 정말 사고사라 하더라도 간접적으로 이브를 죽게 만든 건 그 남자예요. 뉴원 씨, 아일랜 씨. 부디 제 의뢰를 받아 주세요. 오늘 온 손님들은 모레 아침 돌아갈 거예요. 그들 중, 20년 전 제 딸을 죽인 범인을 찾아 주세요."

제발, 하고 르네 부인은 간절한 어조로 부탁했다. 그리고 머리를 조아렸다. 이마가 식탁에 닿을 정도였으며 가느다란 어깨가 후들후들 떨렸다.

그 모습에 아일랜은 눈을 감았다. 여인의 고통이 마음을 파고드는 듯. 저 여인은 그동안 얼마나 고통스러웠을 것인가. 자신 또한 '죽은 여인'의 환영에서 이토록 벗어나지 못하는데. 그는 르네 부인의 고통에 함께 잠식되고 있었다.

그리고 잠시 후, 작가는 다시 가만가만 눈을 떴다. 부인은 여전히 고개를 숙인 채였는데. 한순간 그녀의 뺨을 덮은 갈색 단발머리가 마치 흘러내리다 굳은 핏자국처럼 보였다. 그 오랜 상흔을 마주한 아일랜은 그녀의 청을 들어주겠노라 마음먹었다.

그러나 맞은편의 뉴원은 냉정하게 그녀를 달래는 중이었다.

"부인, 참으로 죄송하지만 의뢰는 받아들일 수 없습니다. 왜냐하면 찾아야 할 범인이 없으니까요. 비구폐색 질식사는 사인 불명이 꽤 많습니다. 더욱이 부검을 해도 외력의 흔적이 없다면 그것은 사고사일 확률이 아주 높습니다."

그러자 꽉 잠긴 목소리로 아일랜이 따져 물었다.

"흔적 없이 죽일 수도 있잖아요. 외력의 흔적이 없다고 왜 사고사가 되는 거죠?"

이번에도 작가가 죽음과 관련된 질문을 거침없이 던지자, 뉴원은 그가 평소와 다르다는 것을 똑똑히 알아차렸다. 그러나 부인에게 휘말리지 말라며 경고하듯 손가락을 흔들어 보였다.

"질식사의 경우 타살이면 흔적이 남습니다. 아무리 부드러운 천으로 코와 입을 틀어막아도, 숨이 막혀 호흡이 곤란해지는 순간 피해자는 강한 경련과 함께 발버둥을 치게 되거든요. 그래서 뒤통수나 얼굴 부위에 압박한 흔적이 남습니다. 또한 그렇기에 범인이 경련을 막기 위해 힘으로 제압하다 증거를 남기는 경우가 많고요. 그런데 그런 흔적이 일절 없을뿐더러 부인의 표현으로는 아기가 잠을 자듯 모로 엎드려 있었다고 했으니. 사고사가 맞을 겁니다."

물론 이 설명에는 한 가지 숨은 오류가 있었다. 바로 수면제와 술을 음용했다는 것. 그 때문에 죽은 여인은 숨이 막히는 순간 힘을 써 저항하지 못했을 것이며, 타살의 가능성도 배제할 수 없게 된다. 그러나 뉴원이 그 가능성을 뺀 채 오류가 담긴 설명을 한 것은 다음과 같은 이유 때문이었다.

그는 괴로운 듯 눈을 감았다 뜨고, 부인을 향해 애써 냉정함을 유지하며 말을 이었다.

"무엇보다 중요한 사실이 있습니다, 부인. 이 사건은 이미 20년 전 조사가 끝났다는 것입니다. 목격자도 증거도 찾지 못하고 단순 사고사로 조사를 마쳤기에. 지금에 와서 직접 증거를 찾기는 어려울 겁니다. 때문에 천에 하나 만에 하나, 범인이 있어 의심되는 사람을 찾는다 하더라도 결코 그를 처벌할 수는 없을 겁니다."

부인은 고개를 들지 않았다. 조붓한 어깨가 흔들리더니 같은 말을 되풀이했다.

"알고 있어요. 그것 역시 이미 생각한 일이에요. 하지만 제가 할 수 있는 일은 이것뿐이라. 반드시 이 일을 해내고 싶을 뿐이에요... 저도 이 생각을 벗어나려 노력했답니다. 지난 20년간 때때로 자신과 싸우며 애를 썼더랬죠... 그러나 이젠, 어떻게 하더라도 그를 찾아야겠어요. 딸아이를 괴로움과 고통에 빠뜨린 그를... 과연 이브를 사랑하긴 한 건지, 어떻게 된 건지, 묻고 싶은 게 많으니까요. 그 모든 이야기를 듣고 싶을 뿐이에요."

그러나 뉴원은 다시 고개를 좌우로 내저었다.

"부인. 부인의 생각이 처음부터 오류에 빠졌다는 걸 아직도 모르시겠습니까? 그날 묵은 사람 중에, 이브 양의 임신과 관련된 사람이 있다는 게 부인의 착각일 수 있습니다. 그날 여기 묵었던 사람들은 아무 관계가 없으며, 그 남자는 전혀 다른 외부에 있었을 수도 있지 않나요? 말씀드렸다시피 이브 양이 말했던 '함께 이야기할 사람'은 전혀 다른 이유로 부인과 이야기를 나누고 싶었던 사람일 수도 있습니다."

부인은 천천히 고개를 들었다. 그 눈동자는 처연하게 슬픔이 가라앉아 있었다. 그녀는 얇은 눈꺼풀을 반쯤 감은 채 입술을 느릿느릿 움직였다.

"어떻게 그토록 잔인하게 거절만 하시나요. 남편과 전 이미 조사를 했어요. 우리가 20년이나 조사를 하고 생각을 거듭했단 말이에요. 그들 중에 범인이 있다는 걸 알고 있어요... 트윈 풀 사건에서는, 한 사람의 죽음에 관한 모든 가능성을 열어 놓고 면면이 살피더니. 그게 저에게 꼭 필요한 일이에요. 제발 한 여인의 죽음과 관련 있는 모든 가능성을 찾아 주세요!"

그리고 그녀는 나지막이 준비한 말을 끝냈다.

"말씀드렸다시피 이게 제게 남은 마지막 숙제예요. 그동안 전 너무 힘들었어요. 이제 할 일을 끝내고 편히 쉬고 싶을 뿐. 더 늦기 전에 범인을 찾아 복수를 끝내고 평안과 안식을 찾고 싶을 뿐이에요. 이 일을 제대로 끝내야 눈을 감아도 남편과 딸아이를 볼 수 있을 테니까요. 그러니 제발 절 도와주세요."

그녀의 말이 끝남과 동시에 아일랜도 매달리듯 입을 열었다.

"뉴윈 씨. 의뢰를 맡기로 해요. 사람들을 살피고 이야기를 듣는 정도는 할 수 있잖아요." 그는 마치 뭍에 올라온 물고기마냥 고통스럽게 입을 뻐끔거렸다. "제발. 저도 이렇게 부탁할게요."

아무리 20년 전 일이라 하나 사망 사건을 조사하자고 하다니. 뉴윈은 작가의 부탁에 더욱 당황했다. 그 바람에 잠시 팔짱을 끼고 고민에 빠졌다.

넓은 주방에 다시 소리가 잦아들고. 두 번째 침묵이 깃들었다. 묵직하고 뜨거운 침묵만이.

뉴윈은 두 사람을 바라보며 돌덩이인 양 움직이지 않았다. 손끝 하나 까딱하지 않고 생각에 잠겼으나. 아무리 생각해도 이 일을 맡기는 어려웠다. 그는 짧게 한숨을 내쉬고 손을 풀어 식탁 위에 올렸다. 그리고 거절할 수밖에 없는 이유를 밝혔다.

"안 되겠습니다, 부인. 의뢰는 거절하겠습니다. 부인이 '복수'라고 말씀하셨으니까요. 아마 그 말에 이 의뢰의 진짜 목적과 숨은 진심이 담겨 있지 않을까 합니다만... 제 생각일 뿐이지만, 단지 사람을 찾는 것을 복수라고 하지는 않을 겁니다. 복수라는 것은, 상대의 잘못에 대한 보복과 응징이 기본 바탕이며. 즉 자기가 입은 피해를 돌려주는 '행위'가 바로 복수인 거죠."

그리고 청년은 고개를 돌려 불길하게 번들거리는 작가의 눈을 바라보며, 입을 계속 움직였다.

"때문에 저는 부인의 말을 믿을 수 없습니다. 부인은 그에게 사연을 묻고 싶을 뿐이며 이야기를 듣고 싶다 말씀하셨지만. 혹 그 사람을 찾아내 어떤 '행동'을 할지 모릅니다. 따님의 일에 대한 변명이나 사연을 듣는 데서 끝나는 게 아니라. 무력을 행사할 수도 있죠. 그렇게 되면 아일랜 씨와 저는 그 복수의 행위에 협조한 셈이 됩니다. 그때 가서, 우리는 부인이 그런 짓을 할 줄 몰랐다, 사과를 듣겠다는 부인의 말만 믿었다고 변명할 수는 없습니다... 꺼림칙하고 불분명한 일에는 손을 빌려주지 않는 게 맞습니다. 특히 복수 같은 일에는요."

그는 르네 부인이 아닌 아일랜의 파란 눈동자를 응시하며 거절의 이유를 밝혔다. 그 한마디 한마디에 실린 무게와 의지에 아일랜의 눈빛도 점차 색이 바래는 듯했다.

청년은 한결 차분한 어조로 이야기를 마무리했다.

"부인의 생각이 어떻게 흘러갔는지 조금은 알 것 같습니다. 이브 양이 결코 혼자 술을 마실 사람이 아니라는 이야기를 할 때 부인의 어조에서 강한 분노가 느껴졌으니까요. 부인은 따님과 모종의 관계가 있는 그 사람이 그날 밤 함께 술을 마셨다고 생각하시는 겁니다. 단둘이었기에 그 사람이 흔적을 지우고 사고와 관련 없노라 시치미를 뗄 수 있으며. 그렇게 시치미를 뗀 이유가 단순히 술만 마신 게 아니라 어떤 일을 저질렀기 때문이라 생각하신 것이겠죠. 때문에 부인이, 따님의 죽음과 관련된 인물을 찾아 무슨 일을 하실지 짐작되지 않습니다... 따님을 죽인 범인이라 믿는 사람에게 무슨 행동을 하실지... 죄송하지만 저는 부인을 믿을 수 없습니다. 단지 두려울 뿐."

잦아드는 뉴윈의 목소리에 부인은 턱을 쳐들고 분명하게 자신의 생각을 밝혔다.

"틀림없이 그는 그날 여기 묵었으며, 그 밤 이브와 함께 있었어요. 그를 찾아야 해요. 그리고 이브에게 무슨 짓을 했는지 알아내야 한다고요. 딸아이의 죽음은 사고가 아니에요. 그가 무슨 짓을 한 거예요. 임신한 사실을 알고,"

"부인, 그건 헛된 망상입니다… 견딜 수 없는 힘든 일을 겪으신 것은 충분히 이해하고 위로의 말씀을 드리겠습니다만. 사실을 왜곡하고 엉뚱한 이를 원망하는 것은 부인을 더욱 괴롭게 만들 뿐입니다. 부인은 이곳에서 외부와 단절된 채, 오랜 시간 오직 그 생각에만 사로잡혀 사신 것 같습니다… 하지만, 이제 망상에 대한 집착을 떨치셔야 합니다."

부인에게 충고하는 사이에도 뉴윈의 회색 눈은 아일랜의 푸른 눈동자를 간간이 바라보았다. '제발'이라는 간절한 입 모양은 하지 않았지만 아일랜은 청년의 간곡한 거절을 충분히 알아들었다. 다시금 시간이 흘러갔다. 억겁의 세월과 같은 찰나의 시간이.

그리고 마침내 아일랜도 미간을 찌푸렸다. 그는 부인을 향해 얼굴을 돌리고 머리를 떨구었다.

"죄, 죄송해요, 부인. 저희는 이 일을 맡을 수 없겠어요."

두 사람을 바라보던 부인의 머리가 아래로 툭 꺾이는가 싶더니. 그녀는 잠시 거친 손등을 내려다보고 다시 눈을 들었다.

"두 분은 다를 거라 믿었는데. 제 착각이었군요. 복수란 어떤 사람에게는 삶의 방편이자 목적이 되기도 해요. 또한 사람들은 각기 나름의 방식으로 보복이나 복수를 하며 살아간답니다."

그녀는 딱딱한 가면을 쓴 것처럼 표정에 변화가 없었다.

"당신들은 모르고 있어요. 우리의 시간이 뒤틀렸다는 걸. 남편과 내가 뒤틀린 세계에 살아야 했다는 걸. 우리 부부는 이브가 죽은 후, 결코 예전으로 돌아갈 수 없었어요. 20년의 세월 동안 우린 웃기도 전에 눈물을 흘렸고, 웃는 도중에도 눈물을 흘렸으며, 웃고 나서도 뒤돌아 눈물을 훔쳤죠. 언제나 우리 등에 죽은 이브가 매달려 있었으니까요." 그리고 한결같이 덤덤한 어조로 말을 이었다. "뭐, 시간이 남아 있으니. 이 일을 포기할 생각은 없어요. 평생의 마지막 숙제라고 말씀드린 것도 사실이고요. 전 어떡하든 일을 끝까지 해 볼 참인데... 두 분이 도움을 거절하신 터라 고민을 좀 해 봐야겠군요."

그녀는 식탁을 손끝으로 가볍게 짚으며 자리에서 일어섰다.

"두 분의 뜻은 충분히 알았어요. 시간이 늦었으니 저녁을 드시고 내일 아침 돌아가도록 하세요. 한 모금이라도 술을 드셨으니, 운전은 무리일 거예요." 그리고 문으로 다가가 직접 주방 문을 열어 주었다.

뉴윈은 불편한 자리를 벗어나려는 듯 서둘러 식당을 빠져나갔다. 그러나 아일랜은 부인의 등에 막혀 잠시 허둥거렸다. 그 바람에 어떻게든 위로의 말을 전하자는 생각이 들어, "죄송해요. 부인."이라며 그녀의 뒤에서 다시 한번 머리를 숙였다.

그러자 그녀가 몸을 돌리더니 아일랜의 손을 덥석 부여잡았다. 그리고 그의 귓가에 재빠르게 속삭이듯 말했다.

"제 계획과 달라진 건 하나도 없어요. 예상했던 대로 제게 공감해 주셔서 감사할 따름이에요, 아일랜 씨. 이제 당신만 믿겠어요. 당신이 저를 도와주실 거라 믿고 있겠어요."

뜻밖의 속삭임에 아일랜이 고개를 휙 쳐들고 놀란 눈으로 부인을 바라봤다. 그러자 부인은 아무 일 없었다는 듯, 도로 몸을 돌리고 식당에 서 있던 오텀을 불러 지시를 내렸다. 그런데 왼손은 살짝 비스듬히 뻗어 아일랜의 앞을 가로막은 채였다.

"손님들을 객실로 모셔요."라 말한 부인은 바쁜 듯 지시를 이어 갔다. "눈이 내리기 시작했으니 마당과 현관 주변에 제설제를 꼼꼼히 뿌려요. 손님들이 다치시기라도 하면 큰일이니까. 그리고 사무실 데스크에 있는 계약서를 챙겨 각 동에 전달하도록 해요. A동부터 차례대로 분류돼 있으니. 반드시, 각 동에 맞게 전달하고. 잘못 섞이는 일이 없도록 주의해요. 또한 계약서를 건넬 때, 저녁 만찬은 7시라는 걸 다시 한번 확인하는 것도 잊지 말고요." 라고 말하는 태도에는, 이곳을 운영해 온 주인의 노련함만 담겨 있었다.

바쁘게 지시를 내린 부인은 다시 뒤돌아 아일랜을 마주 봤다. 어리둥절한 얼굴로 서 있는 그에게 눈을 두 번 깜빡이고는, 고개를 끄덕여 보였다. 그러더니 입술만 벙긋거리듯 작게 속삭였다.

"제가 믿을 사람은 당신밖에 없었어요. 아일랜 씨, 제 복수를 끝,내,주,시,길 부탁해요. 지금까지 당신에게 모든 빵조각을 알려 드렸으니 당신이 길을 찾아 답을 밝혀 주세요."라고 전했다.

그것이 은밀한 사인임을 알아차린 아일랜은 재빨리 주변을 둘러봤다. 뉴원은 벌써 식당을 지나 사무실 쪽으로 넘어가 있었다.

그는 부인의 눈짓에 응답하듯 고개를 끄덕였다. 혼자라도 범인을 찾아보겠노라 속으로 다짐했다. 그리고 뉴원이 눈치채기 전에 뒤를 쫓아 서둘러 주방을 빠져나갔다. 왠지 가슴이 터질 듯 두근거렸다.

그렇게 그는 식당을 가로질러 사무실로 들어서기 전, 다시 한 번 뒤를 돌아봤다. 그때까지 부인은 주방 문에 기대서서 자신의 뒷모습을 바라보고 있었다. 그리고 마지막으로 눈이 마주쳤나 싶은 순간, 그녀는 몸을 돌려 주방으로 사라졌다.

... ? 순간 아일랜은 자신이 잘못 본 게 아닐까 싶어 손등으로 눈을 비볐다. 르네 부인이 웃고 있었기 때문이다. 살짝 감은 눈과 입꼬리가 올라간 입술은, 틀림없이 미소를 지은 것처럼 보였다. 미소를?

그러나 다음 순간 부인은 주방으로 사라지고 없었다.

아일랜은 얼른 고개를 돌려 사무실을 둘러보는 척하며 안으로 들어섰다. 오텀은 부인의 지시대로 리셉션 데스크에서 서류 파일을 챙기는 중이었으며, 뉴원은 그 앞에 서 있었다. 그러다 이쪽을 슬그머니 쳐다보는데. 작가는 청년의 눈길을 피하며 캐비넷을 구경하는 척했다.

잠시 후, 파일을 꼼꼼히 챙긴 오텀은 그것을 겨드랑이에 단단히 꼈다. 그리고 앞장서 본채를 빠져나갔다. 두 사람도 그 뒤를 따라 현관을 나섰다.

눈발이 날리기 시작한 마당을 가로지르며 오텀이 안내하듯 말했다. "손님들은 객실에서 쉬고 계십니다. 호수 근처로 산책 가신 분도 있고요. 모두 저녁 만찬에 맞춰 식당으로 오실 테니. 두 분도 짐을 풀고 7시에 맞춰 식당에 오시면 될 겁니다."

그 말에 아일랜은 짐을 풀지 않아도 된다고 대꾸하려다 아무 말 없이 고개를 끄덕였다.

오텀은 발을 맞춰 걸으며 안내를 계속했다.

"오늘은 투자자분들을 초대한 터라 근사한 만찬이 준비되어 있습니다. 마님이 일주일 내내 요리를 준비하신 데다. 주류 창고에 보관 중이던 고급 와인과 위스키도 모두 꺼내 왔거든요. 오늘 오신 손님들을 보니 아주 쾌활하신 게 제대로 술 파티가 될 듯하던데요."

두 사람은 알았노라 고개를 끄덕였다.

직원 숙소 옆에 있는 H동은 외벽을 벽돌과 징크판넬로 마감해 개성적이고 독특한 느낌을 주는 독채였다.

오텀은 낮은 계단을 올라 출입문 앞에서 열쇠를 건넸다. 그러더니 갑자기 우물쭈물하는 투로 입을 열었다.

"저기 이런 말씀을 드려 죄송한데... 부탁이 있습니다."

두 사람은 의아한 눈으로 그를 바라봤다.

그러자 남자는 고개를 숙이고 더욱 쩔쩔매며 말을 계속했다.

"사실... 이맘때가 되면 마님은 항상 어딘가 아프신 듯했답니다. 처음엔 지병이 있으신가 걱정했는데. 한참 뒤에 로토니어 사장님께 이브 양에 관한 이야기를 듣게 됐죠... 두 분의 삶을 완전히 무너뜨린 사건에 대해서요... 그 사건 이후로 로토니어 사장님은 실의에 빠져 기력을 완전히 잃으셨고. 그래, 일손을 돕기 위해 제가 들어오게 된 거라 하시더군요. 르네 마님도 생기가 사라져 마치 죽은 사람인 양 살게 되셨다고... 그 이야기를 듣고 어찌나 마음이 아프던지." 그는 안절부절못하며 비비던 손을 굳게 맞잡았다.

"저기... 제발 두 분이 마님의 청을 들어주시면 안 될까요? 두 분이 걱정하시는 일이 없도록 제가 마님을 지켜보겠습니다. 제 평생의 은인이신데 그걸 못하겠습니까? 전 몸집이 왜소하고 배운 게 없어 써 주는 곳이 없었더랬죠... 그런데 여기 와서, 처음으로 인간다운 대우를 받았답니다. 사장님과 마님은 정말 제 은인이십니다. 그러니 저를 믿고 일을 맡아 주시면 안 될까요."라 말하는 남자의 목소리는 떨리고 물기도 어린 듯했다.

그제야 두 사람은 오텀이 주방 문 뒤에서 모든 이야기를 들었음을 알 수 있었다. 겨우 힘들게 일을 뿌리치고 나왔는데. 또다시 초로의 남자가 간절히 부탁을 청해 오자 두 사람은 더욱 난처해졌다.

오텀은 목을 빼고 한층 간절한 어조로 애원했다.

"단지 사람을 찾는 것뿐이지 않습니까. 마님은 그 사람에게 사과를 듣고 싶으신 겁니다. 마님의 말씀을 믿어 주세요. 다른 일을 하시진 않을 겁니다. 그리고 그 사람도 자신이 저지른 짓이 어떤 결과를 가져왔는지 알아야 하지 않나요. 아무리 사고라도 젊은 나이에 생을 마감한 이브 양에게, 일말의 책임이 있다면 사과라도 해야 하지 않느냐 말입니다... 사실, 이 일은 로토니어 사장님의 유언이기도 합니다. 사장님이 눈을 감으실 때, 마님의 손을 꼭 붙들고 마지막 남은 일을 부탁한다고 하셨는데. 이제 보니 이 일이었던 것 같습니다. 그러니 이 일은 마님의 의뢰일 뿐 아니라,

로토니어 사장님의 부탁도 함께 담겨 있는 겁니다... 저도 이렇게 부탁드릴 테니... 제발 사장님과 마님의 의뢰를 받아 주시면 안 될까요. 그 사람을 찾아 주시면."

늙수그레한 남자의 진심 어린 부탁에 아일랜은 '제가 돕기로 했어요.'라 털어놓고 싶었다. 그러나 차라리 고개를 돌려 눈을 외면했다.

오텀은 천근만근 무거운 목소리로 간청을 이어 갔다.

"두 분은 따님의 장례식도 제대로 치르지 못했다고 하셨습니다. 스스로 목숨을 끊었다며 참석을 거부한 친척들이 있었다고, 그래서 조촐하게 식을 끝내셨다고요... 사람을 칼로 찔러야 죽이는 게 아닙니다. 이 지경에 몰아넣는 것도 사람을 죽이는 거나 마찬가지입니다. 그러니 제발 도와주시길 부탁드리겠습니다."

아일랜은 뉴원만 멀거니 바라봤다. 그런데 한마디 대꾸 없이 생각에 잠겨 있던 청년은 전혀 뜻밖의 이야기를 꺼냈다.

"오텀 씨. 사실 그보다 중요한 문제가 따로 있습니다. 저희가 의뢰를 맡느냐 하는 것보다 훨씬 중요한 문제가 있습니다만."

"네? 무슨 문제요?" 오텀이 놀란 얼굴을 들어 보였다.

청년의 어조는 사뭇 심각했다.

"제 생각일 뿐이지만, 부인이 좀 위험해 보여서요. 당분간 르네 부인을 주의 깊게 지켜보셔야 할 겁니다."

그 말에 아일랜도 깜짝 놀랐다.

그러나 오텀은 더욱 크게 놀라 애원하듯 매달렸다. "네! 안 그래도 불안하던 차였습니다. 마님이 모든 걸 정리하는 듯한 느낌이 들었거든요. 무슨 말씀인지, 자세히 좀 말씀해 주세요."

뉴원은 오텀의 눈을 바라보며 차분하게 이유를 설명했다.

"잠깐의 대화였지만. 르네 부인은 의지가 굳고 생각한 것을 실행에 옮길 수 있는 행동력을 갖춘 분이라 느꼈습니다. 그런 분이 일을 포기할 의사가 없다고 딱 잘라 말씀하셨죠. 이런 상황에서 무엇보다 걱정스러운 것은, 사람들이 이미 여기 모였다는 사실입니다. 이번 기회를 놓치면 다음 기회를 기약하기는 어려우니. 이토록 조건이 갖추어진 상황에서 부인이 무슨 일을 하실지 짐작되지 않는다는 말입니다... 때문에 부인을 잘 지켜보시라 말씀드린 것이고요... 저희는 저희대로 알아서 하겠습니다."

마지막 말은 의뢰에 대한 수락도 거절도 아닌 모호한 답이었다. 그러나 순박한 오텀은 원하는 답을 얻은 양 감사하다며 허리를 굽혔다.

"역시. 일을 맡아 주실 줄 알았습니다. 마님이 저에게 말씀하시길, 앞으로 무슨 일이 있으면 무조건 뉴원 씨와 아일랜 씨를 의지하라고. 두 분과 모든 걸 의논하라고 하셨거든요. 두 분을 크게 신뢰하시는 듯했는데. 의뢰를 거절하셔서 정말 당황스러웠습니다... 그런데 이제야 안심이 되는군요. 정말 감사합니다."

그리고 초로의 남자는 한 손으로 가슴을 두드리며 힘차게 대꾸했다. "마님은 염려 마십시오. 제가 지켜 드릴 테니까요."

그다음 그는 카트 호출기는 신발장 위에 있노라 알려 주고, 끼고 있던 계약서를 다시 두 손으로 잡은 채 몸을 돌렸다. 그리고 눈발이 흩날리는 마당을 허위허위 걸어가는데. 그 뒷모습이 아주 다급해 보였다.

2

두 사람은 객실로 들어섰다. 실내는 가운데 거실 겸 주방을 두고 양쪽에 화장실과 욕실이 딸린 방 두 개가 전부인 구조였다. 가구와 이중 창호, LED 전등까지 내부 장식은 최신식으로 갖췄고, 화목난로도 최첨단 무연 난로였다.

둘만 남자 뉴원은 입을 다물고 아일랜을 살폈다. 그는 부인과 이야기를 나눌 때와 지금, 사뭇 다른 분위기를 풍기는데. 눈빛은 한결 누그러졌으나 잘못을 저지른 아이처럼 이쪽의 눈치를 살살 보는 게 느껴졌다. 그러고 보니 작가가 자기보다 한발 늦게 주방을 나온 것이 떠올라 청년은 금세 의심의 눈초리를 지었다.

자신을 살피는 눈길을 알아차린 아일랜은 불을 쬐는 손 모양을 하고 난로로 다가갔다.

"와, 완전 최신 난로예요. 픽셔에서 봤는데. 이게 연기도 없고 열효율이 최고라 하던데요"하고 난로를 살피는 척 호들갑을 떨었다. 그는 부인과 몰래 주고받은 사인을 들키지 않으려 애썼으나, 점점 빨라지는 맥을 억누르기 힘들었다.

마음속 의구심을 감추고 뉴원도 한발 다가서며 대꾸했다.

"그렇군요. 특허를 받았다는 그 무연 난로로군요."

아일랜은 따가운 시선을 피해, 안락의자에 앉으려다 말고 도로 일어나 가지고 온 간식을 꺼내 냉장고에 넣었다. 그리고 아이스크림과 스푼을 들고 난로 앞에 자리를 잡았다.

"아이스크림이 벌써 다 녹았어요."

"실내가 너무 따뜻하니까요. 냉장고보다 문밖에 내놓는 게 나을 것 같은데요."하고 뉴원도 팔걸이의자에 앉았다. 가만 보니 난로는 소품일 뿐. 따로 난방기를 돌리는 게 틀림없을 정도로 실내는 따뜻했다.

잠시 후, 청년은 의뭉스럽게 눈을 내리깔며 한마디 했다.

"아무튼 아일랜 씨. 오늘은 사망 사건임에도 불구하고 질문을 열심히 하시던걸요. 좀 놀랐습니다."

속으로 뜨끔했지만 아일랜은 과장된 제스처로 손을 흔들었다.

"저도 두 번이나 중범죄 사건에 입회했잖아요. 이미 20년이나 지난 사건이구요. 머릿속으로 상상만 하지 않으면. 피나, 윽, 끔찍한 현장을 직접 보지 않으면 괜찮을 거예요. 주머니에 상비약도 있으니 여차하면 몇 알 씹어 먹으려 했죠."

완연히 수다스러운 톤으로 돌아간 작가를 보며 뉴원은 자신이 잘못 짚었나 싶었다. 그는 피어오르는 불꽃으로 눈길을 던지며 손깍지를 꼈다.

"아무튼 제 말을 들어주셔서 감사해요. 안되면 산길을 걸어서라도 혼자 돌아갈 생각이었거든요."

"뭘요. 뉴원 씨 말이 옳아요. 제가 지나치게 단순했어요. 전,르네 부인이 위안을 얻고 싶은 거라 생각해서... 이맘때가 딱 그런 때잖아요. 사랑하는 이의 얼굴이 떠오르고 지난 세월에 회한이 몰려오는. 그래서 더 늦기 전에 결심했던 일을 실행에 옮기고 싶었던 거라 생각했어요... 사실, 어머니로서 꼭 알고 싶지 않겠어요? 딸의 죽음과 관련 있는 이를... 저라도 평생 그 일에 매달렸을 거예요."

그리고 아일랜은 고개를 끄덕였다. "지나치게 단순하고 감정적인 판단이었죠. 그런 일을 도와주는 건, 역시 안 될 일이에요."하고 스푼을 쥔 손으로 콧등을 슥슥 긁었다.

작가가 다시금 어색한 행동을 보이자 뉴윈이 떠보듯 말했다.

"그런데 좀 꺼림칙한 게 있습니다. 아무래도 제 눈이 고장 났는지. 르네 부인이 거짓말을 하는 것처럼 느껴지는 겁니다."

"네?" 아일랜은 흠칫 놀랐다. "어, 어느 부분에서요?"

"어느 한 부분이 아니라 처음 복수라는 말을 꺼낼 때부터 마지막까지 뭔가를 숨기는 듯했습니다. 특히 마지막에 저희의 거절을 순순히 받아들일 때 그 느낌이 강했고요. 묘한 위화감이 느껴졌습니다만."

"차, 착각일 거예요. 저희가 하지 않겠다는데 부인이 뭘 어쩌겠어요. 거짓말 할 분도 아닌 것 같았구요."

"그럴까요? 제 착각이란 말씀이시죠?"

"네. 전 전혀 모르겠던데요." 작가는 일부러 코를 아이스크림 통에 박으며 시치미를 뗐다.

뉴윈은 가볍게 상체를 흔들며 대꾸했다.

"하지만 제 착각이 아닐 경우도 생각해 봐야겠습니다. 솔직히 부인이 무엇을 어디까지 생각했는지 알 수 없으니까요. 혹, 우리가 거절할 경우를 생각하지 않았을까, 그에 대한 대비를 세우지 않았을까 싶은 게. 요즘엔 누구나 플랜 B를 세워야 한다는 것쯤 아는 시대니까요."

"하지만 우린 손을 들어 분명히 거절했어요. 내일 아침엔 이곳과도 바이 바이, 몬테 리조트와도 안녕이구요."

작가는 더욱 대범하게 낙천적으로 대꾸했다. 그러더니 다 먹은 아이스크림 통을 쓰레기통에 넣고, 부산스럽게 가방을 옮기기 시작했다. 현관과 가까운 방으로 짐을 옮긴 그는 문손잡이를 쥐고 인사를 건넸다.

"짐을 풀 필요는 없겠죠? 만찬까지 시간이 있으니 좀 쉬어야겠어요. 어휴, 산길을 운전했더니 몹시 피곤하네요. 뉴윈 씨도 좀 쉬세요." 그리고 상대가 답을 하기도 전에 방으로 들어가 버렸다.

홀로 남은 뉴윈도 자리에서 일어섰다. 가방을 들고 작은 방으로 들어가 외투를 벗어 옷걸이에 걸었다. 그리고 다시 난로 앞으로 돌아와 의자에 앉았다.

타닥 탁탁. 장작 타는 소리는 얼핏 고요하고 평화롭게 들린다. 그러나 그 소리에는 새빨간 불꽃과 매캐한 연기가 감춰져 있다. 뉴윈은 르네 부인의 의뢰가 이 장작 소리와 비슷하다 생각했다.

사실 작가에게는 말하지 않았지만, 뉴윈의 마음에 걸리는 것은 따로 있었다. 바로 부인이 이야기하는 내내 덤덤하고 초연해 보였다는 것... 그녀는 딸의 죽음을 전하는 데도 감정이 북받쳐 오열하거나 분노를 폭발시키지 않았다. 딸이 혼자 술을 마실 아이가 아니라거나, 범인이 있다고 말할 때 외에는, 감정의 진폭이 크지 않은 듯.

시간이 오래 흐른 탓에 감정의 격렬하고 뾰족한 부분이 세월에 마모된 듯하지만... 그것은 고요해 보이는 가면일 뿐이고, 그 속에 격렬한 불꽃과 매운 연기를 감추고 있다면 어떡할 것인가.

뉴윈은 상체를 숙여 팔꿈치를 무릎에 대고 손깍지를 꼈다. 그

위에 턱을 대고 눈을 감자 르네 부인이 떠올랐다.

주방에 설치된 간이 룸... 딸이 눈감은 곳을 떠나지 못하는 여인... 오랜 세월 그곳에 붙박여 있던 어머니는 과연 어떤 결론에 도달한 것일까... 그녀가 말한 복수의 끝은... 복수의 끝?

끝, 이란 단어를 떠올리자 순식간에 불길함이 엄습했다. 뉴윈은 눈을 번쩍 떴다. 그러나 사방은 어둑서니처럼 컴컴할 뿐.

청년은 어둠을 몰아내기 위해, 연신 눈을 깜빡거렸다.

한편 방으로 들어온 아일랜은 침대 가장자리에 걸터앉았다. 곧장 눈을 감고 팔짱을 낀 채 생각에 집중하려 애썼다.

죽은 여인... 그녀의 가슴에서 솟구치는 붉은 핏줄기... 그 피를 뒤집어쓴 어머니... 그 어머니가 잡았던 손.

그는 다시 눈을 뜨고 자신의 손을 가만히 내려다봤다. 마치 무수히 달군 바늘에 찔린 듯, 따갑고도 뜨거운 기운이 오롯이 남아 있는 손을.

'당신만 믿겠어요... 지금까지 모든 빵조각을 알려 드렸어요... 길을 찾아 답을 밝혀 주세요... 제 복수를 끝내 주세요.'

부인의 단단하고 또렷한 목소리가, 그 애절한 속삭임이, 아직도 귓가에 쟁쟁하게 울리는 것 같다.

빵조각이란 길을 찾는 수단이다. 그녀가 빵조각을 흘려 놓았다는 말은, 그녀는 길을 알고 있으며 길을 만들어 놓았다는 뜻이 아닐까. 뉴윈과 자신이 따라올 길을 미리 만들어 놓았다는...

아일랜은 도로 눈을 감았다. 그녀가 말한 빵조각을 찾기 위해. 그는 오텀이 등장한 통나무집에서부터 주방을 나선 순간까지. 모든 장면에서 사람들이 지었던 표정, 그들의 입에서 흘러나온 말들을 떠올렸으며, 그것을 기억해 두려 애썼다.

그러나 생각은 자꾸만 다람쥐 쳇바퀴 돌 듯, 종내 한 장면에 머물렀다.

부인의 미소... 도대체 그 미소는 무슨 의미란 말인가?

3

오텀이 말한 시간보다 조금 일찍 아일랜과 뉴원은 식당에 도착했다.

식당은 네모반듯하고 널찍했으며, 가구라고는 모서리가 둥글게 깎인 20인용 식탁과 모퉁이에 놓인 긴 옷걸이가 전부였다.

직사각형 식탁은, 열 명씩 마주 보도록 의자가 놓였고, 양쪽 끝이 각각 사무실과 주방 출입문을 향해 있었다. 또한 흰색의 레이스 보로 덮였으며 그 위에 간단한 다과가 준비되어 있었다.

두 사람은 약속하지 않았으나, 창을 등진 채 사무실 출입문을 오른편에 두고 나란히 앉았다. 그 자리가 새로 나타나는 사람들을 관찰하기 좋은 자리인 듯했다. 이윽고 인기척이 들리자 두 사람은 고개를 돌려 자연스럽게 출입문을 바라봤다.

문 앞에 나타난 남자를 향해 아일랜의 푸른 눈동자가 재빨리 스캔하듯 훑는 것을 보며, 뉴원은 뒤늦게 아차, 싶었다. 그리고 다음 순간 고개를 끄덕였다. 자신들이 그물에 걸린 것을 알아차렸기 때문이다.

'르네 부인은 여기까지 생각했군.' 청년은 새삼 감탄을 거듭했다. 누구라도 그런 이야기를 듣는다면, 의뢰를 거절했다 하더라도 지금부터 등장할 인물들을 주의 깊게 관찰하게 될 터였다.

과연 오늘 초대받은 이들은 어떤 사람들인가... 그러고 보니 뉴윈도 몹시 궁금할 따름이었다.

맨 처음, 식당에 나타난 이는 인상이 희미한 남자였다. 보통 체구에 글렌체크 무늬의 외투를 걸쳤는데, 회색의 격자무늬와 백발이 드문드문 섞인 머리가 그림자처럼 옅은 느낌을 주는 사람이었다. 얇고 흰 피부 탓에 50대가 훌쩍 넘어 보이는 남자는, 인사인 양 두 사람에게 옅은 미소를 보냈다.

"오후에 온 분들인가. 어쩐지 독채가 하나 남는다 했더니 마지막 행운아들이 있었군. 난 베이크 타운에서 부동산 중개업을 하는 에드라고 하오."

"반가워요, 에드 씨. 이쪽은 뉴윈 군. 전 아일랜 러비라고 해요. 일찍 오셨나요?"

"오전 중에 도착했지. 투자는 발이 빨라야 하거든. 그래, 부랴부랴 달려왔더니 차가 넉 대나 와있지 뭐요. 그런데 두 사람은 겉보기엔 전혀 투자와 관련 없어 보이는데 말이오." 라며 에드는 아일랜의 맞은편에 앉았다. 그리고 감정하는 듯한 눈길로 두 사람을 번갈아 훑어봤다.

세 사람이 인사를 나누는 도중, 또 다른 이가 식당으로 들어섰다. 그는 흰 눈썹과 어울리지 않게 머리만 검게 염색했으며, 부리

부리한 눈과 두툼한 광대가 인상적인 남자였다. 체격 또한 듬직해 관록 있는 풍채를 지닌 남자는 하프코트를 옷걸이에 걸쳐 놓고 돌아와 에드 옆에 앉았다.

"맥그리어 조던이오. 대학에서 강의하다 재작년 퇴임했고. 그런데 젊은 사람들이 여유가 있나 보군. 아무리 공짜나 다름없다 해도 실제 방갈로를 분양받을 땐 세금이다, 발전 기금이다, 해서 목돈이 꽤 필요할 텐데." 하고 먼저 말을 걸어왔다. 그러면서 "얼핏 보기엔 사업을 할 것 같지도 않고. 물려받은 유산이 있을 것 같지도 않아서 말이오." 라며 컵에 물을 따랐다. 그의 눈가에는 청년들을 얕보는 주름이 옅게 잡혀 있었다.

은근히 이쪽을 무시하는 듯한 뉘앙스였으나 아일랜은 개의치 않고 붙임성 있게 웃었다.

"오, 교수님이셨군요. 호홍, 전 이래 봬도 리스크를 두려워하지 않는 공격적인 투자자랍니다. 진짜 좋은 기회라면 무리해서라도 일을 벌일 생각인걸요."

애초 그렇게 역할을 나누기라도 한 듯. 아일랜이 나서 사람들과 적극적으로 대화를 나누었고, 그 덕분에 뉴원은 조용히 사람들을 관찰할 수 있었다.

그다음 등장한 이는 문 앞에서 잠시 두리번거리다, 회색 청년의 맞은편에 앉으려다 말고 옆자리에 비껴 앉았다. 그는 가느다란 턱에 코가 길어 우울한 인상을 주었으며, 스웨터를 입은 어깨가 앞으로 말려 왠지 꾸중을 듣는 학생처럼 보였다.

40대로 보이는 우울한 인상의 남자에게 아일랜이 먼저 인사를 건넸다. "안녕하세요. 전 아일랜 러비라고 해요."

그러자 남자도 마지못한 듯, "브리히도라고 합니다." 이름만 말하고 금세 찻주전자로 눈을 돌렸다.

아일랜과 뉴윈은 그가 이브와 잠시나마 사귀었던 남자라는 걸 떠올리고 새삼스러운 눈길로 그를 살폈다. 그러나 금세 다음 남자가 식당으로 들어섰다.

네 번째로 등장한 사람은 키가 크고 허리가 꼿꼿하며 풍성한 금발을 깔끔하게 묶은 남자였다. 이목구비가 큼직큼직해 유독 어려 보이는가 싶은데. 목폴라와 바지를 모노 톤으로 세련되게 맞춰 입은 그는 30대처럼 보이기도 했다.

"호, 젊은 분들이군요. 난 클로라고 해요. 보드 타운에서 디자인 사무실을 운영하고 하고 있죠. 흠, 그런데 두 사람도 여기 투자할 생각인가요? 이곳 분위기와 어울리지 않는 것 같은데."

"어머, 여긴 어떤 분위기길래 그런 말씀을 하시죠?"

"좋은 말로 하면 고즈넉하고 다른 말로 하면 좀 어두칙칙하죠. 산길을 달려오는데 기분이 으스스해지는 게. 마치 깊은 동굴 속으로 빨려 들어가는 느낌이던걸요. 나처럼 사연 있는 사람이나 좋아하겠다 싶은 곳이었어요."라며 그는 식탁을 반 바퀴 돌아 아일랜의 바로 옆자리에 앉았다.

그리고 사연이라는 말에 궁금한 표정을 감추지 못하는 아일랜을 보며, 한마디 덧붙였다. "나도 그렇고 친구들도 그렇고. 주변에 이혼한 친구가 한둘이 아니라서요."

"어머... 이별의 상처가... 이제 좀 괜찮으신 거죠?" 아일랜은 당황한 투로 말하며 한 손으로 입을 가렸다.

그러자 옆에 앉은 클로는 재밌다는 듯 눈을 치떴다.

"상처라니. 뜻밖의 말이군요. 요즘 그런 일로 상처받는 사람이 어디 있다고. 하긴 난 깔끔하게 헤어진 편이라 그런지 모르죠. 친구들은 재산 분할 소송이다 위자료다 힘든 모양이던데. 얼마나 고생들인지. 부인이고 뭐고 없애 버리고 감옥에 가겠다는 녀석도 있다니까요." 하고 그는 아무렇지 않게 웃었다.

그 말에 맞은편의 에드도 가볍게 한마디 보탰다. "오, 내가 아는 지인도 비슷한 말을 하던데. 평생 위자료에 시달릴 바엔 한 10년 썩는 게 이익이라고. 그게 요즘 추세라고 말이오."

두 사람의 말에 아일랜이 한숨을 내쉬었다. "세상에. 로맨스 작가로서 무서운 현실이네요."

그 말을 들은 클로의 얼굴에 놀라움이 피어올랐다.

"어라? 아일랜 씨는 로맨스 작가세요? 요즘 보기 힘들다는? 설마 여기 투자할 만큼 책이 잘 팔린 건 아니겠죠?"

그 질문은 지금까지 들은 어떤 말보다 뼈아픈 의문이었다. 때문에 아일랜도 기운 없이 고개를 끄덕였다.

"하지만 여긴 공짜라고 들은걸요. 그래서 기대하고 왔어요."

그 사이 또 다른 남자가 나타나 뉴윈의 맞은편에 자리를 잡았다. 그는 큰 키에 이목구비가 뚜렷했는데. 반듯한 이마와 깎은 것처럼 오뚝한 콧대, 굵은 눈썹이 잘 어우러져 영화 포스터의 배우처럼 보였다.

아일랜과 눈이 마주치자 가볍게 눈인사를 건넨 남자는, 도로 자리에서 일어나 피코트를 벗어 의자 등받이에 걸치고 앉았다. 그때까지도 커다란 핑크빛 사내가 궁금한 눈초리로 계속 자신을 주시하자, 결국 가볍게 목례를 했다.

"크레일이라 불러 주시오. 산길이 엉망이라 속았나 싶었는데. 젊은 사람들에게까지 소문난 걸 보면 과연 개발이 되기는 할 것 같구려."하고 미소를 지었다.

"그러시군요. 저희는 겸사겸사 방문했어요. 코첼 리조트에서 산악 스키 강습을 받을 생각이라서요." 아일랜도 친근한 투로 대꾸했다.

크레일과 아일랜이 대화를 나누는 중에, 다시 낡고 촌스러운 무스탕을 걸친 남자가 식당으로 들어섰다. 그는 작달막한 체구에 머리가 크고 턱이 각졌으며, 눈가의 서늘한 음영이 매서워 보이는 남자였다.

식당으로 들어선 남자는 뉴원의 오른편 옆자리를 냉큼 차지하더니 조바심치듯 두 손을 비벼댔다. 그리고 아일랜이 말을 마치자마자 입을 열었다. "왜 다들 모르시는지. 아니, 모르는 척하시는지 모르겠군요. 이 두 사람은 아주 유명한데 말입니다." 그리고 입술 한쪽을 비스듬히 끌어올려 짓궂은 미소를 띠었다.

"그, 트윈 풀 호텔을 비롯해, 가는 곳마다 화제의 살인 사건이 터진다는. 운이 지독하게 좋다는 바로 그 캐스터들 아닙니까. 나 같은 마이너 캐스터에게는 선망의 대상인, 더블픽셔사의 사랑 섹션 캐스터 아일랜 러비 씨와 보조 캐스터 뉴원 군이죠."

너스레를 떠는 듯한 말투와 달리 남자의 검은 눈은 흡사 매가 노려보듯 매서웠다. 그러면서 그는 자기소개를 이어 갔다.

"난 모닝이스트사의 혐오 섹션 캐스터, 쇼쿠 아질로우라고 하오. 동료인 워크에게 두 사람의 이야기를 들었소만."

쇼쿠의 소개 덕분에 식당에 모인 이들은 두 사람의 또 다른 직업을 알게 된 듯. 그리고 매우 놀란 듯했다. 찻잔을 만지작거리던 크레일과 에드가 손을 멈추었고, 클로는 눈을 위로 치떴으며, 맥그리어 교수는 입매를 굳게 다물고 고개를 갸웃했다. 브리히도는 목을 뒤로 젖히며 곁눈질로 두 사람을 살피는데, 몇 사람은, '트윈 풀 호텔, 그 사건'이라 중얼거리기도 했다.

이 모든 장면이 눈 깜짝할 새 이루어졌으나. 아일랜 또한 집중해 그 모습을 놓치지 않고 모조리 눈에 담았다.

한편 뉴윈은 그들이 놀란 까닭이, 자신들의 직업 때문인지, 살인 사건이란 말 때문인지 궁금했다.

쇼쿠는 사람들의 놀란 반응을 즐기며 말을 이었다.

"아, 나는 아직 마이너요. 뭐든 하나 걸리면 끝장을 볼 때까지 집요하게 파헤치는 성미인데. 두 사람 같은 운이 영 따라 주지 않아, 여태 마이너를 달고 있소만."하고 입술을 툭 내밀었다. "그래, 이번 투자를 좋은 기회라 생각하고 달려왔는데. 여길 분양받으면 베이크 타운에서 열리는 스포츠 대회를 취재하기 쉬우니 말이오. 각종 스키 대회를 비롯해 선수들의 사생활을 파헤쳐, 혐오 픽셔를 잔뜩 써낼 생각이었는데. 뜻밖에 경쟁자가 생기다니 실망이 이만저만 아니게 됐소."

"어머 죄송해요." 우물쭈물하며 아일랜이 머리를 숙였다.

"참, 그런데 살인 사건에 입회하는 행운을 거머쥐고도 여전히 무급이라 들었는데. 실력은 운만큼 없는 건가?"하고 쇼쿠는 무례한 말을 던지며 씨익 비웃었다.

그러자 다시 한번 사람들이 아일랜을 힐끔거렸다. 작가의 반응을 구경하듯.

그것을 알아챈 아일랜은 세상 억울하다는 듯 뺨을 붉혔다.

"어머, 그건 완전히 잘못된 소문이에요. 세상에나, 행운이라뇨. 전 살인 사건엔 윽, 눈곱만큼도 관심 없는걸요. 피,라는 말만 들어도 구역질이," 라고 말하다 말고 오옥오옥 토악질을 했다.

작가는 얼른 주머니에서 손수건을 꺼내 입을 눌러 막는데. 그러나 하고 싶은 말을 참을 수 없어 연신 손수건을 뗐다 막았다 하며 말을 이었다.

"우욱. 이것 보세요. 이게 신경증 때문이에요. 전 피나 시체를 보면 심한 경우 기절까지 하는걸요. 그러니까 절대 살인 사건에 엮이고 싶지 않았어요. 절대로요. 그래서 요즘엔 저주에 걸린 게 아닐까, 너무나 괴로운걸요."

아일랜은 상대를 향해 통통한 핑크빛 손을 모으고 애원했다.

"그러니까 쇼쿠 씨. 이젠 끝이겠죠? 다시는 사람이 다치거나, 윽, 죽은 곳에 갈 일은, 우욱, 시체 같은 걸, 꾸억... 볼 일은 없을 거예요. 제발 그렇다고 말씀해 주세요. 어윽, 제발요. 하필 낮에 토마토를 잔뜩 때려 넣은 타파스를 먹어서, 우어억,"

그 말에 다른 사람들의 속도 불편해지기 시작했다. 그들은 금방이라도 곤죽이 된 토마토 페이스트를 보게 될 것 같아 쇼쿠를 원망스러운 눈길로 바라봤다.

상황이 그쯤 되자 브리히도가 컵을 내려놓으며 입을 열었다. 그의 목소리는 우물거릴 때와 달리, 매우 낮고 허스키했다.

"저기, 쇼쿠 씨도 말씀을 적당히 하시는 게 좋을 것 같네요. 보다시피 남들이 보기엔 행운인 듯해도 정작 당사자는 저주라 생각할 수도 있으니. 자세한 사정도 모르면서 함부로 말하는 건 좋지 않은 것 같습니다만."

아일랜은 손수건으로 입을 틀어막은 채 브리히도에게 눈짓으로 고마움을 전했다. 그가 자신의 심경을 대변해 줬기 때문이다.

그때 클로가 문득 고개를 들어 작가를 바라봤다.

"저주라고 했나요, 아일랜 씨? 그럼 마스터에게 상담해 보시죠. 조금 있으면 나타날 테니."

잠시 속을 가라앉힌 아일랜이 "누군데요?"하고 물었다.

"점성술사 할로우 씨요. 베이크 타운에서 타로점을 보는데. 자기 말로는, 꽤 유명하다던데요." 역시 클로가 답했다.

두툼한 광대를 씰룩거리며 맥그리어도 한마디 했다.

"사실, 우리는 점심 무렵에 한차례 인사를 나눴소. 그때 그가 유명한 타로 마스터라며 자기소개를 했는데. 아무도 호응하지 않자 자존심이 상했는지, 식사 내내 혼잣말을 하거나 기분 나쁜 말만 중얼거리지 뭐겠소."

그러자 속이 좀 가라앉은 아일랜이 얼른 반색했다.

"오, 재밌겠네요. 전 타로점 보는 걸 좋아하거든요. 비싼 부적이나 행운의 목걸이 같은 것만 사지 않으면 되죠."

그러자 옆에 앉은 클로가 비밀 얘기를 하듯 손끝으로 입을 가리고 목소리를 낮췄다.

"그런데 유명하긴 하더군요. 친구들에게 물어봤더니 희한한 점사를 말하는 걸로 유명하다던데요. 상담자인 시커의 질문과 전혀 상관없는 말을 하는 걸로요."

그 말에 별말 없던 뉴원이 처음으로 관심을 보였다.

"상담자의 질문과 관계없는 말을 한다고요?"

"네. 점술가를 찾는 사람들은 연애운이나 금전운처럼 궁금한 게 따로 있잖아요. 그런데 할로우 씨는 그런 건 중요한 게 아니라며 되레 충고하고선. 알려 주는 건 전부 사고수에 관한 예언이라는 거예요. 그런데 하필 사고나 사건을 꽤 잘 맞춘다니... 그거 좀 수상하지 않나요?"

그리고 모두가 한마디씩 하자, 맥그리어가 다시 끼어들었다.

"우리에게도 무서운 말로 겁부터 주는데. 복수니 죽음이니 중얼대면서 말이오. 그 바람에 기분도 나쁠뿐더러 그가 여길 분양받으면 리조트 가치도 떨어질 것 같아 더 탐탁지 않고... 그래, 그를 한 번 시험해 볼 생각인데. 다른 분들은 알고 있으니 두 분도 그리 알고 모른 척해 주시오."라고 말했다.

그 말에 모두가 공범처럼 짓궂은 미소로 눈빛을 교환하는데.

그때 문을 바라보고 있던 쇼쿠가 흠흠, 하고 헛기침을 했다. 사람들에게 신호를 주듯.

그리고 곧바로 한 남자가 식당 입구에 모습을 드러냈다. 그는 누가 봐도 한눈에 점성술사임을 알 듯 화려한 차림이었다.

뉴윈은 그를 보자, 소호 타운 광장으로 끌려 나온 랑발드 공작이 떠올랐다. 도서관에서 책을 통해 만났던 희대의 죄수와 눈앞의 남자가 오버랩된 듯.

할로우는 큰 키에 비해 머리가 작고, 비단 스카프를 두건처럼 둘러썼으며. 도드라진 눈가를 스모키 메이크업으로 강조해 기묘한 얼굴이었다. 또한 건장한 몸매가 잘 드러내는 스웨터에 골드 체인 목걸이를 치렁치렁 늘어뜨리고 있었다.

그가 등장하자 사람들은 약속한 듯 일제히 입을 다물고. 점성술사 역시 조용히 식탁으로 다가오며 둘러앉은 이들을 살피는데. 그 눈이 아일랜과 뉴원에게서 멈췄다. 그리고 문득 그가 입을 열었다. 그런데 곧이어 흘러나온 목소리는 놀랍게도 대여섯 살밖에 안 되는 아이의 앳된 음성이었다.

"이럴 수가. 끝내 죽음의 사슬을 피할 수 없게 됐어. 포치에서 라이더 웨이트 덱이 발밑으로 떨어지더라니. 메이저 아르카나 Death가 경고했어. 길 잃은 두 마리 새가 붉은 집으로 날아와 목을 비틀며 울겠다고."

혼잣말처럼 중얼거렸으나 아일랜은 그 말을 하나도 놓치지 않고 귀담아들었다. 얼른 파란 눈을 동그랗게 뜨고 그에게 말을 걸었다. "어머, 저희가 길을 잃은 걸 어떻게 아셨어요?"

"아, 이분은 점성술사라 조심하시는 게 좋아요. 무시무시한 농담을 잘하시니까." 하고 클로가 냉큼 끼어들었다. 그는 지금껏 할로우에 대해 한마디도 하지 않은 양 시치미를 뗐다.

그사이 화려한 남자는 의자를 끌어다 사무실 문을 등진 채, 따로 떨어져 앉았다. 앞에 놓인 쟁반에서 찻주전자를 들어 빈 잔에 천천히 차를 따르며 다시 혼잣말을 중얼거렸다.

"음, 강한 바디감에 멘톨 향이 살아있는 우바야. 이럴 거면 로열 무트 찻잔을 준비했어야지. 처음엔 100도로 끓인 물, 두 번째는 80도로 식힌 물에 잔을 씻어. 찻잎은 3g에 75도로 식힌 물을 8부만 채워. 그래야 영감을 일깨우는 명차가 되지."

그의 입에서는 여전히 맑고 낭랑한 아이의 목소리가 흘러나오는데. 정말 잘도 흉내를 내는가 싶다. 그리고 그는 다시 한번 자신을 빤히 쳐다보는 사람들의 시선을 모두 외면하고, 아일랜을 똑바로 쳐다보며 한마디 내뱉었다.

"Till death do us part, according God's holy ordinance,"

가만히 그를 주시하던 아일랜이 대번에 고개를 갸웃했다. 틀림없이 자신에게 한 말인 듯싶어 목을 빼고 물었다.

"오, 그건 결혼 서약서에 자주 나오는 구절이잖아요. 기도서에 실린 그 유명한 대목요. 죽음이 우리를 갈라놓을 때까지 신의 거룩한 뜻에 따라... 바로 그 구절 아닌가요?"

그러나 할로우는 희미한 미소를 띠며 차만 마셨다.

잠시 어색한 침묵이 감도는가 싶은데.

문득 맥그리어 교수가 주위를 둘러보더니 빈 컵에 물을 따르고는, 점성술사에게 그것을 내밀었다.

"할로우 씨. 아직 만찬 시간이 남았고 마침 심심하기도 하니. 내가 이 물을 마실까 마시지 않을까, 맞춰 보는 게 어떻겠소."

"그게 무슨 말이죠?" 점술가가 흰 눈자위를 치떴다.

"미래가 보인다고 말했잖소. 그럼, 내가 이걸 마실지 말지 알 수 있겠지."

이것이 그가 미리 언질을 주고 당부했던 일인 듯. 자리에 둘러앉은 이들은 모두 입을 다물고 점성술사를 향해 눈만 굴렸다.

할로우는 여유로운 미소로 응대했다.

"무슨 말씀인지 모르겠군요. 난 눈앞에 그림이 떠오르면 그걸 전할 뿐. 내 의지로 볼 수 있는 건 없어요. 하지만 지금 질문엔 컵을 그냥 내려놓으실 거라 답하겠어요. 나를 웃음거리로 만들 만큼 무례한 분은 아니실 테니까요. 이렇게 다른 분들이 계신 자리에서. 게다가 처음 보는 분들 앞에서 저에게 창피를 줄 만큼 교양

없는 분도 아니실 테고."라고 대꾸하는데. 이번엔 성인의 목소리가 흘러나왔다. 커다란 드럼통을 울리듯 성량이 풍부한 남성의 목소리였다. 그것이 원래 목소리인 듯.

그때 클로가 아일랜에게 몸을 기울여 작게 속삭였다.

"저 남자는 아까도 저런 식이었어요. 갑자기 빙의라도 된 듯 목소리를 확 바꾸는데. 자기가 점을 볼 때는 다섯 살 아이의 영혼이 든다고 하던걸요. 난 그 모든 게 연기라고 생각하지만."

점성술사의 대꾸에 교수는 잠시 망설였다. 그러나 체면을 생각하고는, "후, 가벼운 장난이었소. 그만 실례를 했군."하고 물잔을 도로 내려놓았다.

일이 그렇게 마무리되는가 싶은 때. 갑자기 쇼쿠가 팔을 뻗어 물잔을 대신 집어 들더니 마스터를 향해 내밀었다.

"하지만 그래선 장사를 할 수가 없지 않소. 손님이 요구하면 즉시 필요한 장면을 떠올려야 하니. 난 장난이 아니니 어디 한 번 맞춰 보시오. 내가 이 물을 마실까, 마시지 않을까."

한 번은 해프닝으로 넘길 수 있으나 확실히 두 번째가 되자 그것은 매우 무례한 행동처럼 보였다. 아일랜은 저도 모르게 침을 꿀꺽 삼켰고, 뉴원은 눈살을 찌푸렸다.

그런데 그에 대한 마스터의 반응은 실로 섬뜩했다. 그의 얼굴은 삽시간에 경직돼 눈꺼풀이 반쯤 감기더니, 누군가 팔을 들어올린 것처럼 오른팔이 스르르 허공으로 올라갔다. 그리고 턱을 당겨 아이의 괴성보다 금속성에 가까운 목소리를 냈다.

"오늘은 끝까지 가지 않는 게 좋아. 당신이 보는 건 성공의 신전이 아닌 생사의 경계가 되는 죽음의 사원이라. 의심을 떨쳐. 그렇지 않으면 토성과 유효 각을 맺은 별이 폭발하고, 사신의 낫이 생명을 거두러 지옥에서 올라올 거야... 난 그만두라는 경고를 똑똑히 했어."

일순 정적이 흘렀다. 모두 오싹한 듯 꼼짝하지 못했다.

아일랜은 만약 자신이 저런 무시무시한 말을 듣는다면 틀림없이 잔을 내려놓을 거라 생각했다. 물을 마시기는커녕 그에게 잘못했노라 손이 발이 되도록 싹싹 빌지 않을까.

그러나 쇼쿠는 잠시 얼어붙었으나, "난 혐오 섹션 캐스터라."라며 잔을 입에 댔다. 그리고 한 번에 쭉 들이킨 다음 보란 듯 빈 잔을 테이블에 내려놓았다.

"보다시피 시원하게 마셨소. 무슨 일이 터지면 픽셔를 쓸 수 있으니 오히려 바라는 바 아닌가 말이오. 어떤 일이든 터지기만 하면 끝까지 물고 늘어질 생각인데. 그게 중범죄 사망 사건이면 일생일대의 천운이라, 좋은 기회가 될 뿐... 후후, 지금은 당신의 실력을 알게 돼 재밌기도 하고."

그런데 더 놀라운 장면은 그다음에 펼쳐졌다. 점성술사가 순식간에 표정을 바꾸는데. 그는 싱긋 웃더니 왼손으로 탁자를 짚고 상체를 일으켜 오른손으로 쇼쿠의 물잔을 가리켰다. 그리고 예의 그 어린애 같은 목소리로 되물었다.

"어? 건배를 제안하신 건가요?"

그 변화는 일순 사람들을 어리둥절하게 만들었다. 아일랜은 눈을 휘둥그레 떴다. 마치 영혼이 바뀐 듯. 점성술사는 얼굴조차 다른 사람처럼 보였다. 저것이 연기로 가능하단 말인가.

그러나 그는 작게 고개를 가로저었다. 그것은 연기를 뛰어넘는 실재감이 있었다. 실제 다른 두 사람이 있었던 듯. 그리고 옆을 바라보니 뉴원 또한 그를 뚫어지게 바라보고 있었다.

4

7시가 되자, 새튼과 그의 아내인 비들이 나타나 요리를 나르기 시작했다. 커다란 칠면조 구이를 맨 처음 식탁에 내려놓은 새튼은 연이어 요리가 담긴 접시들을 주방에서 날라 왔다.

비들 부인은 개인 접시와 커트러리, 냅킨을 세팅했다. 부인은 남편과 달리 보통 키에 마른 체격이었으며. 부끄러움이 많은 듯 사람들과 눈을 마주치지 못하고 주방과 식당을 오갔다.

오텀은 주류 담당인 양 사람들 앞에 와인 잔과 위스키 전용 잔, 그리고 두 개의 빈 잔을 놔주었다.

금세 테이블에 요리가 차려지고. 그것을 본 사람들은 입을 다물지 못했다. 만찬이라 들었어도 장소가 장소니만큼 별 기대가 없었는데. 줄줄이 나온 요리는 단순한 식사가 아니라 이름 그대로 만찬이었다. 그것도 완벽한 크리스마스 만찬.

칠면조 구이가 식탁 중앙에 자리 잡고, 슈틀렌과 뷔슈 케이크, 화덕에서 구운 피자와 돼지갈비가 양쪽에 놓였으며. 그레이비소스를 비롯한 두 종류의 소스에 구운 감자, 다진 고기를 잔뜩 넣은 고기파이, 곁들임 양배추와 리스 샐러드가 볼에 담겨 나왔다.

요리의 가짓수도 많거니와 양도 매우 풍성했다.

음식이 차려지자 오텀이 다시 테이블을 한 바퀴 돌며 술병을 군데군데 놔두고, 뜨거운 와인인 글루바인을 한 잔씩 돌렸다.

그사이 유일하게 요리보다 술병에 관심을 보이던 맥그리어 교수가 호기심을 참지 못하고 자리에서 일어났다. 그는 가까운 데 놓인 술병들을 집어 손가락으로 라벨을 훑으며 읽어 보다, 에메랄드빛 술병을 발견하고는 오, 하고 탄성을 내뱉었다.

"여기 압생트가 나왔군. 게다가 샷으로 먹기 힘든 독한 술도 꽤 있으니 술이 약한 분들은 조심해야 할 거요. 데빌 보드카와 에버클리어에 녹색 악마라 불리는 압생트까지. 전부 도수가 높기로 유명한 독주들이라 다른 음료와 섞어 마시는 걸 추천하겠소."

"과연 연두색을 띠는 술이로군요. 그런데 녹색 악마라니 별명이 무시무시한데요." 클로가 물이끼 색을 띤 술병을 보며 목을 움츠렸다.

그러자 교수는 입술을 오므려 콧방귀를 뀌었다.

"원, 압생트도 모르는 사람이 있었군. 쓴쑥이 원료라 녹색을 띠는데. 악마란 별명이 붙은 이유는 싸고 독한 데다 환각 장애를 일으킨다고 알려져 있기 때문이오. 고흐가 정신 질환을 앓게 된 게 이 술 때문이라 유명해진 거고. 지금은 도수도 낮추고 여러모로 개량해 생산 중이라는데. 그래도 브랜드마다 최소 45도에서 75도라니 얼마나 독한 술인지 알 만하지 않소."

"압생트에 대해 잘 아시는군요?" 아일랜이 의심스러운 투로 물었다. 압생트는 이브 양의 사건에 등장한 술이었기 때문이다.

그제야 맥그리어가 슬며시 눈을 돌리며 자리에 앉았다.

"아. 원래 술에 관심이 많았던 데다, 은퇴 후에 주점을 내 볼까 싶어 본격적으로 공부하기도 해서, 말해 본 것뿐이오. 아무튼 독한 술이 많으니 주의하라는 말이었소."

교수의 말에 오텀이 굳은 얼굴에 어색한 웃음을 띠었다

"우리 리조트는 산 중턱에 있어 다른 곳에서 술을 마시고 오기는 힘드니까요. 그래서 본채 옆에 따로 술 창고를 두고 술을 보관하고 있습니다. 고급 와인과 위스키, 보드카와 각국의 전통주도 구비해 놨죠. 오늘은 특별한 자리니만큼 술에 각별히 신경 썼으니 식사와 함께 천천히 즐기시면 됩니다."

말을 마친 그는 주방 문으로 다가가, 삼각 받침대를 문틀에 끼워 열린 채로 문을 고정했다. 일부러 주방 문을 열어 놓는 모습을 이상하게 여긴 사람은 아일랜과 뉴원뿐. 다른 이들은 요리에 눈이 쏠려 식탁만 바라보고 있었다.

연신 입맛을 다시던 클로가 포크와 나이프를 들었다.

"오텀 씨. 저녁 만찬은 정말 굉장한데요."

"낮에 간단히 먹은 스튜와 롤도 괜찮았지만. 저녁은 제대로 준비했군요."하고 쇼쿠도 식탁을 이리저리 둘러봤다.

"정성껏 대접하고 싶은 제 마음입니다."

"솔직히 투자가 망설여졌는데. 이런 대접을 받고 보니 생각이 달라지는군. 아직 협의하지 않았지만 뭐, 어떤 금액을 불러도 응하고 싶어졌으니 말이오."하고 에드가 만족한 웃음을 지었다.

반대로 크레일은 눈살을 찌푸렸다. "글쎄. 난 이런 대접을 받으니 오히려 망설여지는 게. 마치 우리를 회유하는 듯싶으니 말이오. 냉정하게 따져야 할 계약을 앞두고 독한 술을 내놓은 것도 마음에 들지 않고. 혹 우리가 모르는 악재가 있는 건 아닌지. 개발이 보류되었다거나 해서, 취한 김에 대충 계약을 해치우게 만들 셈은 아닌지 의심스럽소만."하고 냉정하게 따졌다.

"역시 의사 선생은 깐깐하군." 교수가 한마디 했다.

"아닙니다. 이 정도는 대접해 드려야죠. 술도 요리도 기분 좋을 만큼 적당히 드시고 즐기시면 됩니다."하고 오텀은 사람들을 안심시켰다. 그다음 의자를 당겨 활짝 열린 주방 문을 등지고 자리에 앉았다.

"부족한 건 주방에서 가져오겠습니다."라고 말한 그는 "그럼, 다 함께 건배를 할까요?"하고 모두를 둘러보며 제안했다.

그 말에 맥그리어가 자리에서 다시 일어섰다. 그는 셰이크와 비슷한, 우유와 설탕, 달걀이 들어간 에그노그에 럼주와 위스키를 넣어 칵테일을 만들고는. 그것을 사람들에게 한 잔씩 돌리며 권했다. "크리스마스 만찬이니 가볍게 시작합시다."

그러나 뉴원은 재빨리 받은 잔을 옆에 밀쳐 두었다. 대신 에그노그에 시나몬 가루를 뿌려 무알콜 음료를 만들어 잔을 드는데. 관심은 온통 오텀의 등 뒤로 향했다. 왠지 주방 문 뒤편에 르네 부인이 앉아 있을 듯했기 때문이다. 아일랜드 식탁에 홀로 앉아, 자신의 덫에 걸린 이들을 향해 함께 복수의 잔을 올릴 듯.

이윽고 사람들은 건배를 외치며 잔을 들었다. 그리고 다들 시원하게 첫 잔을 비웠다. 그다음 서둘러 요리를 맛보기 시작하는데. 맛있다는 감탄사가 연이어 터지고. 사람들의 입에서는 웃음이 흘러나왔다. 만찬의 시작은 대성공인 듯.

한차례 요리를 맛본 이들은 다음으로 유명하다는 독주를 시음

하기 위해 분주히 움직였다. 그 바람에 식당은 더욱 시끌벅적해졌다.

맨 처음, 독주에 도전한 사람은 맥그리어와 쇼쿠였다. 그들의 호기로운 도전이 전염이라도 된 양. 곧이어 너도나도 술에 입을 대기 시작했다. 에드는 혀가 타는 것 같다고 호들갑을 떨고, 클로와 브리히도는 은은한 향과 깔끔한 뒷맛이 일품이라며 감탄을 연발했다.

연신 새로운 칵테일이 만들어지고. 만찬은 오텀의 예상대로 제대로 술 파티가 되었다. 사람들은 취기가 올라 얼굴과 목덜미가 붉게 달아올랐다. 그러나 아무도 그것에 신경 쓰지 않을 만큼, 모두 기분 좋게 취해 갔다. 덩달아 그들의 말소리와 웃음소리도 그들이 비운 술잔 수만큼이나 높아졌다.

오직 뉴원만이 분위기에 휩쓸리지 않으려 술을 사양했다. 그러나 그런 태도가 오히려 그를 타깃으로 만든 듯. 술기운이 오른 사람들은 술잔을 건네거나 입만 대 보라며 짓궂게 권했다.

회색 청년의 무표정한 얼굴에 난처함이 피어오르자, 아일랜이 눈치를 채고 끼어들었다. 그는 오호홍 웃으며 뉴원 대신 잔을 부딪쳐 주기도 하고. 잔을 높이 들어 대신 인사를 건네기도 하고. 상대에게 요리를 맛보라며 말을 돌리기도 했다.

덕분에 사람들의 관심이 멀어지자, 뉴원은 고맙다며 작가의 귓가에 대고 작은 소리로 인사를 건넸다. 그러면서도 조심하라는 주의를 잊지 않았다.

아일랜도 사람들의 시선이 흩어진 틈에 얼른 답했다.

"알고 있어요. 이브 양이 마셨다던 압생트가 나왔잖아요. 그리고 전 걱정할 필요 없어요. 술이 꽤 세거든요. 아까 위스키를 스트레이트로 비운 바람에 술기운이 확 도는 것 같지만요." 하고 냉큼 대꾸하는데. 그 뺨과 이마는 새빨간 석류가 돼 있었다.

정성껏 준비한 요리와 술로 만찬의 분위기가 무르익자. 사람들은 목소리를 높여 갖가지 화제로 떠들기 시작했다. 각종 투자 상품과 베이크 타운에서 열리는 스키 대회로 가볍게 시작된 화제는, 이내 조회 수 상위권을 차지한 픽서까지 줄줄 이어졌다. 이제는 제법 친해진 듯 모두 스스럼없는 투로 대화를 나누었다.

맨 처음 건배를 제안했던 오텀은 그 후로는 "네, 그렇군요." 하고 맞장구만 칠 뿐, 사람들의 눈치를 보듯 뭔가 초조해 보였는데. 이윽고 말소리가 조금 줄어들자 그가 다시 입을 열었다.

"참. 그리고 보니 그 법 말입니다. 무슨 복수를 허용한다는 법이었나요? 그게 여기까지 알려진 걸 보면 서던 시티의 모든 타운이 들썩거렸을 듯한데. 여러분은 그에 대해 어떻게 생각하시는지 궁금하군요. 투표가 나흘 앞으로 다가왔는데. 전 아는 게 없어 찬성할지 반대할지, 여태 결정을 못 내렸거든요. 여러분의 생각을 듣고 싶습니다만." 그리고 짧게 후, 하고 숨을 내뱉었다. 마치 밀린 숙제를 해치운 양 딱딱한 눈매도 조금 풀렸다.

그 말에, 오텀을 주의 깊게 살피던 뉴원은 갑자기 뒤통수를 맞은 듯 멍해졌다. 곧바로 '바로 그거였어. 부인이 복수를 결심한 것도, 무의식중에 복수란 단어를 꺼낸 것도 그 법령 때문이었군.' 이란 생각을 했다. 그러자 저도 모르게 흠칫 몸이 떨리는데. 겨우 의제에 올라온 법령 하나가 얼마나 많은 사람에게 영향을 끼치는

가. 그것이 첫 조각이 되어 어떤 일들이 도미노처럼 연쇄 반응을 일으키는가, 생각하자 두려움마저 이는 듯했다.

반면 아일랜은 취기를 억누르는 중에도, 오텀의 질문이 무척 교묘하다고 생각했다. 그리고 과연 '복수'라는 단어에 사람들의 반응이 어떨지 궁금했다. 그는 부인과의 약속을 떠올리며 눈동자의 초점을 모아 사람들의 반응을 훑어보려 애썼다.

먼저 입을 연 사람은 쇼쿠였다. 그는 두꺼운 손으로 술잔을 빙글빙글 돌리며 피식하고 웃었다.

"이런 곳에 있다 보니 오텀 씨가 몰랐나 보군요. 단순 무식한 일반인들만 그 법에 찬성한다는 걸. 우리 회사의 내로라하는 메이저들은 이미 반대 입장으로 돌아섰소. 그뿐 아니라, 이틀 후엔 그룹 차원에서 반대 입장을 발표할 회견이 예정돼 있기도 하고. 사실 사적 복수를 허용한다는 건 말도 안 되는 일 아니겠소. 구독자 수 1위인 우리 회사와 메이저들이 움직였으니 더 볼 것 없이 이 법령은 부결될 거요."

"과거 원한을 보복하도록 허용한다면 잘못을 뉘우치고 반성하는 가해자는 물론 피해자에게도 좋을 게 전혀 없다고 생각하오만. 끔찍한 사건에서 벗어나지 못할 테니 말이오. 그건 전혀 미래지향적인 자세가 아니지 않소." 하고 크레일도 대꾸했다.

나머지 사람도 그 말이 맞다며 고개를 끄덕이는데.

아일랜이 고개를 가로저으며 나섰다. "하지만 범행을 반성하지 않는 범인이 많잖아요. 타인의 생명을 짓밟는 극악무도하고 잔인한 짓을 벌이고도 범인들은 전혀 반성하지 않는다구요. 난 자신의 범죄를 반성하는 살인자를 거의 본 적이 없어요."라고 취기가 오른 눈으로 쇼쿠와 크레일을 쏘아봤다.

그러자 옆자리의 클로가 당장 고개를 비스듬히 기울였다.

"무슨 말씀이세요, 아일랜 씨. 그렇다고 피해자의 복수를 인정해 줄 순 없죠. 그럼 피해자도 가해자와 똑같은 수준이 될 뿐이잖아요. 범죄 사건의 마무리가, 피해자들을 범죄자로 만드는 건 안 될 일이죠. 우린 어디까지나 이성적이고 합리적으로 판단해야 하며, 저도 법령에 반대하는 입장이에요."

그러나 아일랜은 혀가 살짝 꼬부라진 말투로 대꾸했다.

"아니죠. 다른 범죄는 몰라도, 살인 사건은 사람의 생명을 앗아간 범죄잖아요. 그건 피해를 복구할 수 없어요. 죽은 사람을 어떻게 되살리겠어요? 사랑하는 사람을 잃은 가족의 슬픔을 어떻게 위로할 수 있냐구요. 그러니 그들이 뭐라도 하게 해 주자는 거잖아요."

그러자 쇼쿠가 잔을 탁, 하고 식탁에 내려놨다.

"흥. 그 법이 왜 발표됐는지 모르나 보군. 법가원에서 손을 썼다고 소문이 자자한데 말이야. 솔직히 그 법이 통과되면 조수대나 법가원들만 좋지 않아. 지금까지 많은 범죄자들이 조수대 대원이나 법가원들을 상대로 보복을 일삼았으니까. 범죄자들이란 게, 제가 한 짓은 생각하지 않고, 자기를 잡아들인 조수대 대원이나 판결을 내린 법가원에게 엉뚱한 원한을 품는다고 하잖아. 이런 상황에서 만약 사적 제재법이 통과되면, 놈들은 자신이 복수의 대상이 될 테니 엉뚱한 보복심을 갖기보다 제 몸보신에 힘쓰지 않겠어? 그래서 법가원장 밥 로이어가 손을 썼다고 말들이 많은데." 그는 아예 반말 투로 작가에게 따졌다.

"그럼 가족이 없는 사람은 어떻게 됩니까?" 하고 오텀이 궁금한 듯 고개를 갸웃했다.

"아, 그건 세부 조항에 정리돼 있습니다. 형량을 가중 처벌하는 것으로요. 즉 약자 보호법에 의거, 무연고 피해자를 대상으로 중범죄를 저질렀을 경우, 피고인의 형량을 두 배 이상 가중 처벌하는 걸로 돼 있죠." 하고 브리히도가 고개를 끄덕였다.

"구체적인 방법도 정해졌습니까?" 오텀이 다시 한번 물었다.

"그것도 세부 조항에 나와 있어요. 비폭력적 방법이어야 하며. 그 일례로, 가해자의 정보를 공개할 경우, 공개 방식과 범위가 정해져 있고. 규정에 벗어난 보복의 처벌 조항까지. 논란이 될 사안들은 전부 세부 규정에 정리돼 있다고 하더군요." 이번에도 브리히도가 답했다.

"세부 규정이고 뭐고 생각할 필요가 없지. 아니, 복수를 한다고 죽은 사람이 돌아오냔 말이오. 또한 죽은 이들이, 자신의 가족들이 복수하기를 바랄까도 생각해 봐야 하고. 나 같으면 남은 가족이 행복하게 살기를 바랄 거요. 끔찍한 사건이나 복수 따윈 잊고 내 몫까지 행복하길 바랄 것 같소만." 하고 맥그리어 교수가 큰 소리로 반대하고 나섰다.

"나 역시 같은 생각이오. 내가 만약 불의의 사건으로 죽임을 당한다면, 남은 가족은 부디 평화롭게 살길 바랄 거요. 가끔 나를 기억해 주면 될 뿐. 과거에 매달려 복수라는 진흙탕에 뒹굴며 살기를 바라진 않을 것 같은데." 크레일도 잔을 내려놓으며 점잖게 대꾸했다.

"사람이라면 누구나 실수를 저지를 수 있으니. 교화에 중점을 두고 법을 집행해야지. 혹 교화된 범인이 나중에라도 훌륭한 업적을 남길지 누가 알겠냔 말이오. 아무리 추적과 정보 공개뿐이라 해도. 사적 복수를 허용하는 건 말도 안 되는 일이오."라며 에드도 희미한 인상과 달리 강한 어조로 반대 의견을 표했다.

식탁에 둘러앉은 이들은 아일랜을 빼고 모두 한편을 먹은 듯. 일제히 사적 제재법에 반대 입장을 드러냈다.

그러나 홀로 코너에 몰린 아일랜은 생각을 바꾸지 않았다. 그는 손바닥으로 테이블을 탁탁 내리쳐 사람들의 이목을 끈 다음, 살짝 꼬인 말투로 반박했다.

"끅... 하지만 그건 여러분의 상상력이 빈약해서 그런 거예요. 지금은 이렇게 따뜻하고 안전한 곳에서 만찬을 즐기는 중이니까. 죽음 따위 거리가 멀다는 걸 아니까, 그런 말을 하는 거죠. 막상 자기가 억울하게 죽는다면. 생면부지의 괴한에게, 돈 몇 푼을 강탈하려고 덤비는 놈에게 죽임을 당한다면. 서늘한 칼날이 목덜미에 꽂혀 뜨거운 선혈이 콸콸 쏟아지는 순간 생각이 싹 달라지지 않겠어요? 죽고 싶지 않아, 억울해, 이렇게 죽을 순 없어. 나를 죽인 놈도 반드시 죽어야 해. 누가 복수해 주면 좋겠어, 라구요. 네? 제발 상상해 보시란 말이에요. 딸꾹... 그러니 죽은 이들이 뭘 바라는지는 아무도 알 수 없어요. 또한 내가 막상 살해당할 때, 어떤 생각을 할지도 절대 모르는 일이구요. 누가 그걸 어떻게 안단 말이에요, 욱."

그러더니 갑자기 그는 자리에서 비칠비칠 일어섰다. 풍선처럼 부푼 몸을 슬슬 흔들며 한층 더 대담한 말을 꺼냈다. 개개 풀린 눈으로 평소라면 입에 담을 수 없을 것 같은 말을 서슴없이 이어 갔다.

"끅, 사랑은 말이죠. 여러분, 사랑을 아세요? 사랑이란 건요. 우리가 생각하는 것보다 훨씬 더 극강의 초월적 힘을 가지고 있어요. 고전이라 칭송받는 소설에서, 흉악무도한 악당이 벌이는 악행의 동기가 사랑인 경우도 많다구요. 진심으로 사랑하는 단 한 사람은 내게 우주와 같은 존재예요. 그런 연인을 죽였다면, 살인범이 살육한 건 한 생명이 아니라 한 우주를 파괴한 게 된다구요. 난, 만약 그런 상황이 되면, 우욱... 반드시 복수할 거예요. 내 우주를 망가뜨린 놈을 꼭, 죽여 없앨 거라구요. 놈을 소멸시키고 말겠어요. 그 살점 한 조각, 피 한 방울까지도 세상에 흔적을 남김없이 삭제하고 제거해, 없애 버릴 거라구요." 하고 핑크빛 사내는 포효하듯 외쳤다. 그러다 갑자기 눈물이 그렁그렁 차오른 눈으로 의자에 풀썩 주저앉았다. 팔뚝으로 촉촉해진 눈가를 문지르다 뉴원과 눈이 마주치자 제 편을 발견한 작가는 고개를 주억거렸다.

"뉴원 씨, 제 말이 맞죠? 가해자와 피해자는 평등하고 동등해요. 피해자가 끔찍한 일을 당했다면 가해자도 당할 수 있어요. 애초, 복수의 단초를 제공한 건 살인범이란 말이에요. 범인들은 그걸 알아야 해요. 자신이 한 사람을 죽였으면 자신도 보복을 당할 수 있다는 걸. 그래야 공평하고 정의롭지 않나요?"

그리고 뉴원이 대답하기 전, 작가는 다시 포효하듯 외쳤다.

"때문에 전 이 법에 찬성해요. 찬성할 거란 말이죠. 왜냐하면 피해자들을 생각하기 때문에요. 이 법이 시행되면 범인들은 적어도 캐스터나 시민들, 법가원들에게 사과하는 게 아니라, 자기가 직접 피해를 입힌 피해자들에게 사과하지 않겠어요? 이 법령의 가장 큰 효과는 범인들에게, 적어도 누가 피해자인지, 네가 사과할 대상은 누구인지 똑똑히 각인시킬 수 있다는 거라구요. 진심 어린 사과야말로 모든 피해자들의 바람이며, 사건의 처리에서 가장 선결적인 조건이니까요. 징역형의 감호 목적이 가해자들의 '교화'라고 하는데. 도대체 자기가 저지른 범죄에 대한 진정 어린 사과 없이 어떻게 교화를 시작하겠다는 거죠? 범인이 저지른 흉악한 사건의 마무리는 범인의 사과로부터 시작돼야 해요. 아마 이 법이 통과되면 범인들도 깨달을 거예요. 자신들이 복수의 대상이 됐다는 걸. 형을 마쳐도 보복을 당할 수 있다는 걸. 때문에 그들이 피해자와 유족에게 진심으로 사죄하거나 아니면 사죄하는 척이라도 하지 않겠냔 말이에요. 그걸 해내지 못하면 형이 끝나도 자유는 없을 테니까. 살인범이란 낙인이 찍혀 계속 도피 생활을 하지 않으려면 피해자들에게 어쨌든 사과할 거란 말이죠."

그리고 작가는 더욱 목소리를 높였다.

"또한, 이 법이 통과되면 앞으로 범인들은 피해자를 꼼꼼히 골라야 할 거예요. 그, 혹은 그녀를 죽이고 싶어도 그 한 사람으로 끝나지 않을 테니까요. 그런 면에서 적어도 우발적 범죄는 줄지 않을까요? 이전까지는 생판 모르는 타인을 순간의 욕망으로 죽여 버리면 그만이지만. 이 법이 통과되면 그녀의 아버지와 남편, 그 아들과 딸을 떠올려야 할 테니까요. 내가 지금 목 졸라 살해하고 있는 이 사람의 곁에 어떤 이들이 있는지, 얼마나 많은 이들이 있는지, 나에게 복수할 가족이 얼마나 되는지 알 수 없기에, 무턱

대고 타인을 살해할 수는 없어요. 그럼 우발적 범죄는 줄지 않겠 난 말이에요. 전 찬성이에요. 이 법령에 찬성할 거라구요." 하고 작가는 사람들을 돌아보며 우렁차게 외쳤다.

그러자 옆자리의 클로가, "아이쿠, 아일랜 씨가 취한 것 같은 데."라며 작가 앞에 놓인 술병을 얼른 치웠다.

클로의 외침을 들은 뉴윈이 목을 빼고 보니, 작가의 유리잔 옆에는 그레나딘 시럽과 오렌지 주스 외에 절반 가까이 빈 초록색 병이 있었다. 그제야 작가가 홀짝거리던 게 달콤한 음료가 아니었다는 걸 알아차린 그는, 다른 궁금증이 일었다. 방금까지 다른 이들만 관찰하던 중이었는데. 새삼 아일랜의 과거가 궁금해진 것이다.

그의 입에서 저런 피비린내 나는 말이 튀어나오리라고는 상상조차 하지 못했다. 물론 술에 취한 때문인 듯 보이지만. 어쨌든 작가의 입에서 과격한 말들이 거침없이 흘러나오자, 그는 어떤 삶을 지나온 것일까, 문득 궁금해졌다. 더불어 그의 신경증은 실제 어떤 끔찍한 사건에서 비롯된 것인가, 하는 의문도 들었다.

청년의 회색 눈동자가 생각에 잠긴 듯 고요히 가라앉는데.

그러나 금세 아일랜이 청년의 이름을 부르짖었다. "뉴윈 씨. 내 말이 맞지 않나요? 네, 뉴윈 씨." 외로운 싸움을 도와달라는 듯 절박한 외침이었다.

뉴윈은 고개를 돌려 작가를 바라봤다. 잠시 망설였으나 결국 입을 열기로 했다. 그의 회색 얼굴은 벽돌처럼 굳었으며 어조는 창밖에 흩날리는 눈보다 차가웠다.

"정신 차리세요, 아일랜 씨. 전 이 법에 찬성하지 않습니다."

"오, 두 사람은 한 팀 아니었나? 의견을 맞춘 줄 알았는데." 쇼쿠가 흥미진진한 투로 싸움을 부추기듯 한마디 했다.

"어쩜. 그럴 수가... 실망이에요. 범죄에 관심이 있다면서. 피해자들의 심정을 이해하지 못하는 건가요. 왜 피해자의 마음에 공감하지 않죠?"하고 아일랜이 아픈 얼굴을 했다.

그 얼굴을 외면하며 뉴윈은 다른 이들을 향해 말을 이었다.

"방금까지 오간 여러분의 이야기는 모두 타당합니다. 전 그동안 이 법령을 주제로 한 토론과 쏟아져 나온 픽셔를 대부분 접해 봤습니다. 그리고 늘 그렇듯, 모든 주장이 일견 옳은 부분도 있고 동의하기 어려운 부분도 있다고 생각했죠. 물론 아일랜 씨의 말에도 공감 가는 부분이 있습니다만... 그러나."

낮은 목소리로 말을 시작한 청년은 마지막 구절에서 목소리를 한껏 드높였다. 그 바람에 아일랜은 섭섭한 듯 청년을 바라보다 흠칫 놀라 눈을 끔뻑였다. 그가 목소리를 높인 것이 평소와 달랐기 때문이다. 회색 청년은 항상 노인인 듯 낮고 차분한 어조로 말하는데. 저토록 높고 열정적인 어조가 튀어나오다니.

뉴윈은 다시 한번 식탁에 둘러앉은 이들을 찬찬히 둘러보며 말을 계속했다.

"그럼에도 불구하고 제 생각을 묻는다면, 전 사적 복수에 반대합니다. 그것을 절대 허용해서는 안 된다고 분명히 말할 수 있으며. 사적으로 복수하는 것을 결코 제도의 영역에 두어서는 안 된다고 말씀드리겠습니다. 그 이유는 결코 범죄자들을 위한 게 아닙니다. 제가 그것을 반대하는 이유는, 오직 피해자들 때문입니다. 만약 그것이 제도화되면 복수가 당연시되고, 복수를 하지 않으면 피해자들이 책임을 방기한 듯한, 혹은 그 가족이 죽은 이를 덜 사랑한 것 같은 죄책감에 시달리지 않을까 걱정스럽기 때문입니다. 남은 이들에게 복수를 해야 한다는 책임감이나 의무감을 지우지 않을까 염려스럽다는 말입니다."

말을 계속하며 뉴윈은 자연스럽게 일어나, 몸을 왼편으로 틀어 열려 있는 주방 문을 향했다. 사람들은 그가 오텀을 보며 몸을 틀었다고 생각했지만, 그는 주방에서 듣고 있을 르네 부인에게 말을 전하고 있었다.

"따라서 저는 이 법령에 반대합니다. 그것은 인간의 심리를 좀 더 생각해 보면 알 수 있습니다. 인간의 한계 심리에 관한, 짧지만 인상적인 실험에 대해 말씀드려 볼까요."

그는 눈을 들어 주방 문 너머를 바라보았다.

"이것은 '인간의 한계 지각'에 대한 반응과 심리 변화에 관한 실험이라고 하는데. 제목은 거창하지만 실제 실험은 간단합니다. 평범한 뷔페에서 이루어졌으니까요. 실험은 두 단계로 진행되었고. 그 처음은 손님들이 일반적인 뷔페처럼 요금을 내면 제한 없이 음식을 먹도록 했습니다. 그 결과, 뷔페의 이용객은 1인당 평균 2.5 접시를 사용했다고 하죠. 그리고 두 번째는 규칙을 바꿉니다. 다섯 번째 접시부터 추가 요금을 징수하겠다고 안내문이 붙은 겁니다. 그랬더니 놀랍게도 손님들은 1인당 평균 6.5 접시를 사용했다는데. 애초 무제한이었을 땐 한두 접시를 기본으로 생각한 이들이 주인이 규칙을 바꾼 순간, 네 접시를 기본으로 잡은 겁니다. 고객들은 원래 저렴한 뷔페였음에도 불구하고, 싼 요금이나 요리의 맛과 질, 자신의 배고픔을 따지지 않고 네 접시를 기본으로 생각하게 되었으며, 그 이하면 손해를 본다고 생각하게 되었으니. 이처럼 사람들은, 언제나 이익을 추구하며 어떤 상황에서도 기본과 한계를 찾아 그 마지노선을 맞추고 싶어 합니다. 어디까지가 이익이고 어디서부터 손해인지 따져 맞추는 거죠. 이게 바로 심리의 한계 법칙입니다. 이것은 단순히 경제 활동에만 국한되는 것은 아닙니다. 실로 광범위하게 사람들의 행동에 영향을 끼치죠. 누구는 그것을 사회의 디폴트값이라 부르지만. 전 그것을 '사회의 베이스라인'이라 부릅니다."

식당에 모인 이들은 팔짱을 끼거나 고개를 끄덕였다. 모두 흥미롭다는 듯 귀를 기울이고 있었다. 뉴윈은 말을 계속했다.

"최근 서던 시티에서 자주 일어나는 흉기 다툼 사건도 적절한 예가 될 겁니다. 여러분도 아시다시피, 처음엔, 흉기를 소지하고 무차별적으로 행인에게 휘두른 극악무도한 범행은 극히 드물었습니다. 일 년에 한두 건이 될까 말까 했죠. 시민들은 잔혹한 범행에 경악했으며 범인들을 전혀 이해하지 못했습니다. 그런데 그게 수십 차례 반복되고 범행의 발생 빈도가 높아지자, 시민들도 차츰 자기를 보호하기 위해 하나둘 무기를 소지하기 시작했습니다. 외출 시 필수 소지품이 흉기나 다름없는 호신용 무기가 된 것이죠. 최근 조사 결과를 보면 시민들이 호신용 무기를 소지하고 다닌다는 응답이 38%를 넘었으며, 이제는 평범한 사람도 가스총이나 전기충격기를 가지고 다니는 게 기본 한계가 된 겁니다. 그에 따라 서던 시티는 위험한 곳으로 전락하고 있으니. 지금은 길거리에서 사소한 시비가 붙어도 흉기를 꺼내 싸우는 지경에 이르렀습니다... 지금까지 법에서 사적 제재를 용인하지 않았던 이유

중 하나가 바로 인간의 이런 심리 때문이라 생각합니다. 복수가 정당화되는 사회는 틀림없이 폭력을 기본으로 인정해 주는 사회가 될 테니까요."

애초 의견이 같았던 사람들은 고개를 끄덕였다. 반면 아일랜은 멍한 눈으로 자신을 보고 있었다. 청년은 그 눈길을 외면하며 복수를 꿈꾸는 한 여인을 향해 말을 마무리했다.

"때문에 아일랜 씨. 만약 이 법령이 제도화되면 '복수가 가능하다'가 기본이 아니라 '복수를 해야 한다'가 출발선이 될 수 있습니다. 복수를 하거나 하지 않는 선택지가 있는 게 아니라, 마땅히 복수하는 게 출발점이자 기본이 돼 버리는 거죠. 그렇게 되면 피해자와 그 가족은 복수를 하지 않으면 마치 책임을 방기한 듯 느낄 것이며, 혹은 그 아픔과 참담한 고통을 잊을 수 있음에도, 잊지 못하거나 잊지 않으려 노력하게 되는 건 아닐까 걱정스럽다는 겁니다. 따라서 전, 아일랜 씨와 같은 이유로, 오롯이 피해자들을 위한 마음에서, 이 법령과 복수라는 행위에 분명히 반대할 생각입니다." 청년은 평소와 달리 높고 강경한 어조로 말을 마치고 자리에 앉았다.

순간 고요한 침묵이 감도는 듯했다.

사람들은 각자 생각에 잠겨 말이 없었다.

잠시 후, 그 침묵을 깬 것은 오텀이었다. 그는 손으로 만지작거리던 술잔을 들어 단숨에 술을 쭉 들이켰다. 그제야 두 사람이 복수에 대한 의뢰를 거절한 게 이해된 듯, 고개를 끄덕였다.

"그렇군요. 너무나 슬픈 이야기입니다. 아무튼 잘 들었습니다. 제 선택에 큰 도움이 될 듯합니다."

그리고 그는 양복의 소맷부리를 걷어 시계를 보더니, 자리에서 일어나 사무실로 갔다. 식당으로 돌아온 그의 손에는 갈색 봉투가 한 묶음 들려 있었다. 그것을 사람들에게 한 부씩 나눠 주고 오텀은 다시 입을 열었다.

"여기 감정서에 각 방갈로의 구매 비용이 나와 있습니다. 옵션이 달라 금액은 차이가 있지만. 모두 약속을 지키셨으니 그대로 계약을 진행할 예정입니다. 감정서에 적힌 금액대로 여러분은 약간의 세금만 부담하시면, 매매는 끝나고 저 방갈로들은 여러분의 소유가 될 겁니다."하고 손을 들어 창밖을 가리켰다.

그 손길에 자리에 앉은 이들이 일제히 창밖을 바라봤다. 창을 등지고 앉은 이들도 몸을 돌려 그림 같은 전경과 여덟 채의 각기 다른 독채들을 감상했다.

눈과 어우러진 아름다운 풍경에 절로 감탄이 나는 듯. 에드는 "오. 멋진 풍경이로군"하고 탄성을 터뜨리고. 크레일도 "실로 눈을 뗄 수 없는 풍경이오."하고 창밖을 바라봤다. 브리히도와 쇼쿠는 방갈로의 가격을 감정하듯 눈을 크게 뜨고 독채들을 살폈고. 클로와 할로우, 맥그리어 교수는 금세 풍경에서 눈을 떼고 감정서를 들여다봤다.

오텀이 안내를 계속했다. "검토할 시간은 충분히 드리겠습니다. 계약은 내일 오전 10시, A동부터 찾아가 진행하도록 하죠."

그사이 풍경을 구경하던 사람들도 궁금증을 이기지 못하고 파일을 꺼내 숫자를 확인했다. 그리고 오텀의 말이 사실임을 확인하자 만족스러운 미소를 지었다.

오텀은 다시 압생트를 한 병 땄다. 그리고 주방에서 빈 잔을 새로 가져와 술을 따르고 생수를 섞어 희석한 다음, 사람들에게 한 잔씩 돌렸다. 마지막으로 자신의 잔에 남은 술을 따르고 인사를 건넸다.

"전 이제 자리를 뜰까 합니다. 여러분들은 좀 더 만찬을 즐기셔도 좋습니다. 마지막으로 아주 특별한 건배를 제안하고 싶은데요."하고 말했다.

그 말에 사람들은 잔을 집어 들었다. 모두 감정서에 적힌 계약 금액을 눈으로 확인하고 의심은 사라진 듯. 기대가 충족돼 눈가는 환해지고 입가엔 미소가 머물렀다.

만족한 얼굴들을 둘러보며 오팀이 천천히 입을 열었다.

"이 두 번째 잔은, 온종일 주방에서 만찬을 준비해 주신 르네 사장님과 20년 전 이곳에서 죽은 이브 양을 위해, 건배를 올리고 싶군요. 두 여인을 위해."

단번에 분위기가 돌변했다. 식당 안은 눈 폭풍이 몰아친 듯 숨소리가 얼어붙고. 사람들은 얼음물을 뒤집어쓴 듯 얼굴이 크게 일그러졌다.

클로와 쇼쿠는 저도 모르게 한 손으로 입을 막았으며, 에드는 술잔을 거칠게 테이블에 내려놓았다. 크레일은 술이 잔에서 흘러 넘쳤고, 맥그리어는 깜짝 놀라 쿨럭하고 기침을 내뱉었다. 브리히도는 우울한 표정 대신 순간 멍한 눈으로 천장을 바라봤고, 할로우는 한 손으로 가볍게 셔플하던 카드를 딱 멈추었다.

뉴윈은 아뿔싸 싶어 사람들을 재빨리 훑어보는데. 아일랜도 정신을 차린 듯 눈을 두리번거렸다.

삽시간에 냉랭해진 분위기에도 아랑곳하지 않고 오팀은 하던 말을 이어 갔다.

"혹, 여러분 중 이브 양을 아는 분이 있으신지 모르겠습니다만. 저희가 이렇게 한자리에 모이게 된 건 전부 이브 양 덕분입니다. 이곳의 사장님이신 르네 마담이 사업에서 손을 떼시고 저에게 대표 자리를 넘겨주신 것도 따님의 사건 때문이니까요."

다시 한번 사람들은 불안한 눈빛으로 서로를 힐끔거리고 있었다. 그러면서 동시에 서로의 눈길을 슬금슬금 피하기도 했다. 모두 창밖을 보거나 고개를 돌려 벽이나 문을 멀거니 바라봤다. 아무도 입을 열지 않았으나 안색이 변한 것을 감출 수 없었다.

"저도 방금 만찬 직전에 사건에 대해 들었습니다. 이브 양을 덮친 불행한 사건에 대해 처음으로 자세히 듣게 됐죠. 그런데 전 지금까지 사고인 줄 알았는데... 오늘 사장님께서 말씀하시길, 그것은 안타깝게도 사고가 아니라 사건이었다고 하시더군요."

사고가 아닌 사건!

그 말에 담긴 함의를 알아차린 듯. 사람들의 이마나 눈가, 콧등이 구겨진 종이처럼 더욱 쭈글쭈글해졌다. 마치 방금까지는 그저 평범하게 놀라기만 한 양. 그리고 이제야 얼토당토않은 협박을 받았다는 것을 깨달은 양. 찌푸린 얼굴 위로 불쾌하고 무거운 낯빛이 두텁게 덧씌워졌다.

그러나 오텀의 표정은 조금도 위협적이지 않았다. 그는 한결같이 순박한 얼굴과 외운 듯한 어조로 말을 계속했다.

"아무튼 이곳은 내년 봄 개발이 확정됐습니다. 안내장과 함께 보내 드렸던 주민 센터의 공고문대로 말이죠. 베이크 타운은 이미 수년 전부터 포화 상태고. 이곳은 하이데 산과 이프 호수를 함께 끼고 있어 레저사업에 안성맞춤이라는 평가를 받았습니다. 경치도 아름다울뿐더러 여러 힐링 프로그램을 짤 수 있다니. 이 좋은 기회를 반드시 잡으시길 바랍니다."

그리고 오텀은 다시 유리잔을 흔들어 보이며 재촉했다.

"꼭 이맘때 이 본채에서 이브 양이 눈을 감았다던데. 크리스마스를 사흘 앞둔 오늘 말입니다. 그래서 추모의 잔을 들고 싶었을 뿐입니다. 함께 잔을 들어 주실까요."

사람들은 내키지 않는 얼굴이었으나 그것을 드러내지도 못하고. 서로 눈길을 피하며 마지못해 잔을 들었다. 그리고 오텀을 따라 잔을 들어 올렸다 내린 다음, 술은 입에 대는 둥 마는 둥 잔에서 거칠게 손을 뗐다.

오텀은 허리를 숙여 마지막 인사를 전했다.

"그럼 전 이만 물러가겠습니다. 궁금한 게 있는 분들은 직원 숙소로 찾아오시면 됩니다. H동 옆에 있는 흰색 건물입니다."

그다음 그는 몸을 돌려 먼저 주방 문을 조심스레 닫았다. 그다음 식당을 가로질러 사무실로 향했다. 곧이어 현관문이 닫히는 소리가 쾅 하고 울리는 걸 보니, 곧장 마당으로 나간 듯.

주인이 빠져나간 식당은 몹시 기묘하고 불손한 공기가 감돌았다. 사람들은 별다른 말을 하지 않았는데. 이브를 안다고도 모른다고도 하지 않고. 모두 입술이 들러붙은 양 입을 꾹 다문 채 눈만 찌푸리고 있었다.

마치 한낮의 악몽처럼 짧고도 긴 시간이 지나고.

도무지 못 견디겠다는 투로 클로가 입을 열었다. "전 내일 아침

이곳을 떠날 겁니다. 끔찍한 사건이 있었던 곳이라니. 투자하고 싶은 생각이 싹 사라지는데요."하고 몸을 떨었다.

그러자 끝에 홀로 앉아 있던 할로우가 혼잣말을 중얼거렸다. 카드를 다시 섞으며 죽은 이의 이름을 꺼내 들었다.

"이브라... 이제 기억나는군. 그러고 보니 그때 경찰에게 조사를 받았는데... 여기가 거기였다니... 20년이나 흘러, 전혀 몰랐는 걸... 아니면 감쪽같이 속은 건가... 사고가 아니라 사건이라."

그리고 점성술사는 사람들에게 떠보는 투로 물었다.

"다른 분들은 그녀를 모르시나요? 아무 말씀들이 없으시네."

그러자 에드가 팔짱을 끼고 턱을 치들었다.

"무슨 말인지 도통 모르겠군. 게다가 사고든 사건이든 무슨 상관이 있다는 거요. 속된 말로 베이크 타운에 사건이나 사고가 없었던 리조트가 얼마나 된다고."

그리고 부동산업자는 거만하게 충고하듯 말했다.

"다들 잘 모르는 것 같아 알려 드리는데. 이런 기회는 또 없을 거요. 베이크 타운의 부동산 가격이 얼마나 폭등했는지 모르니 돌아간다는 말을 쉬 내뱉는 거지. 뭣보다 공짜나 다름없는 금액 아니오. 난 절대 이 기회를 놓치지 않을 거요."

그 말은 다시금 사람들의 욕망을 자극했다. 그들은 또 한 번 입을 다물거나 고개를 들어 창밖을 바라보며 생각에 잠겼다.

얼마 후, 창밖을 바라보던 쇼쿠가 다시 몸을 돌려 사람들을 향해 고개를 끄덕였다.

"에드 씨 말이 맞는 것 같소. 우린 투자를 하러 온 거고. 그것만 생각하면 될 뿐이오. 난 굳이 과거에 신경 쓰지 않겠소. 저 방갈로가 마음에 꼭 드니 계약을 진행할 거요."

설산을 배경으로 한 통나무집을 내내 바라보던 크레일도 "나 또한 좋은 기회인 것 같으니 계약을 진행할 거요. 저렇게 멋진 경치에 꼭 어울리는 방갈로를 받을 수 있으니."라고 말했다.

곧이어 맥그리어 교수도 좌우를 둘러보며 맞장구쳤다.

"나 역시 이 기회가 간절한 터라 포기할 생각은 결코 없소. 그런데 클로 씨가 포기한다면, 그의 몫인 방갈로는 어떻게 처분되는지 궁금하오만. 난 솔직히 클로 씨의 방갈로가 더 마음에 들어서 말이오. 두 채라도 상관없고."

노교수는 아예 한술 더 떠 욕심을 드러냈다. 그 바람에 다른 이들도 일제히 창밖을 쳐다봤다. 교수의 말처럼 클로의 방갈로는 다른 독채보다 세련되고 튼튼해 보였다. 그 때문에 뒤질세라 경쟁심이 드는 것이었다.

브리히도가 슬쩍 손을 들었다. "그럼, 우리끼리 공개 입찰 같은 걸 해야 하지 않을까요? 공평하게 말이죠." 우울한 기색은 사라지고, 대번에 욕심이 난다는 투였다.

"맞소. 사고든 사건이든 그게 무슨 관계라고. 원래 사람은 지나간 과거는 잊고 현재에 충실해야 하는 법 아니겠소." 그게 진리라는 듯 쇼쿠가 술잔을 들고 고개를 끄덕였다.

"그것도 20년 전 일이라니. 그런 과거는 기억에도 없고, 사라진 거나 마찬가지일 뿐 아니오." 에드가 또 한마디 보탰다.

사람들은 다시금 주인을 잃은 방갈로가 탐난다는 듯 떠들어댔다. 클로만 아연실색한 낯빛으로 그들을 지켜보고 있었다.

그런데 문득, 조용히 카드를 만지작거리던 점성술사가 자리에서 일어났다. 어느새 카드점을 친 듯. 왼손을 살짝 오므려 손바닥에 놓인 카드를 들여다본 남자는 이번에도 다섯 살 난 아이의 목소리로 말했다.

"여러분은 사령이나 원혼이 얼마나 무서운지 모르는군요. 여긴 틀림없이 원혼이 떠돌고 있는데. 방갈로만 얻는 게 아니라 유령도 함께 분양받게 될 걸 모르고 겁도 없이 떠들다니. 크큭."

그리고 점성술사는 왼손에 감춘 카드를 엄지와 중지로 튕겨냈다. 그러자 카드는 마술을 부린 듯 식탁 위를 날아 가운데 빈 곳에 사뿐히 안착했다. 그것은 로마 숫자 11과 함께 발이 묶여 거꾸로 매달린 사내가 그려진 카드였다.

낡은 카드에 손을 뻗은 것은 뉴원이었다. 그는 타로 카드를 앞뒤로 살핀 후 얼굴을 들었다.

"행맨이라 적혀 있군요. 거꾸로 매달린 사내가 그려져 있고."

그리고 청년은 다시 고개를 갸웃했다.

"그런데 전 타로에 대해 잘 모르지만. 행맨의 원래 뜻은 정반대가 아닌가요? 매달려 처벌받는 사람이 아니라, 교수형을 집행하는 사람이라고 알고 있습니다만. 범죄자를 최후에 처단하는 집행인이, 행맨이라 알고 있는데요."

최후에 처단... 그 말에 사람들은 오싹해져 몸을 떨었다. 그리고 고개를 들어 보니 이미 점성술사는 사라진 뒤였다.

얼마 후 나머지 사람들도 우르르 자리를 떴다. 오텀이 떠나고 쇼쿠 말고 술을 마시는 사람은 없었으며. 점성술사가 으스스한 말을 남기고 떠나자 오히려 모두 술이 깼다는 얼굴이었다. 그들은 앞서거니 뒤서거니 식당을 빠져나갔다.

마당에는 그새 눈이 그친 터라 새튼이 눈을 치우고 있었다. 그는 보도 위의 눈을 빗자루로 쓸어 한곳에 모으다 말고 손님들을 보고 손을 멈췄다. 그리고 빗자루를 든 채 다가와 카트를 타고 가시라 권했다. 그러나 클로와 에드만 타겠다고 나설 뿐. 다른 이들은 술을 깰 겸 걸어가겠다고 답했다.

대부분 숙소로 향했으나, 방갈로가 아닌 주차장으로 향하는 이들도 있었다. 마당에는 이미 오텀도 할로우도 보이지 않았다.

5

아일랜과 뉴윈은 객실로 돌아왔다.

작가는 피곤함에 술기운이 더해져 잠이 쏟아지는 듯. 눈을 가물거리며 침대에 눕고 싶다는 사인을 보냈다. 그러나 사실은 홀로 조용히 만찬 장면을 정리해 볼 작정이었다.

그러나 뉴윈은 신호를 못 본 척, 난로 앞에서 서성댔다.

"정말 뜻밖입니다. 오텀 씨가 이브 양의 이야기를 털어놓다니. 르네 부인이 무슨 생각으로 그걸 알렸는지 모르겠군요."

"그래요? 전 별 생각이 안 들던데. 되레 오텀 씨의 말을 듣고 부인이 범인 찾기를 포기했나 싶었을 뿐이에요. 만약 실제 범인이 있다면, 그는 이브 양의 이야기를 듣고 더욱 조심하지 않겠어요? 어차피 시간도 내일 하루밖에 남지 않았으니. 방금처럼 아무것도 기억나지 않는 척 얼마든지 속여 넘길 수 있죠. 내일 오전에 계약을 끝내는 대로 베이크 타운으로 가서 시간을 때울 수도 있고. 아니면 급한 일이 생겼다고 양해를 구하고 떠날 수도 있구요. 만약 부인이 범인을 찾을 생각이었다면 이브 양의 이야기는 끝까지 숨기는 게 나았다고 생각해요."

아일랜은 일부러 대수롭지 않은 듯 말했다. 자신 또한 이 모든 일이 부인의 계획임을 짐작했지만, 애써 모른 척 시치미를 뗐다.

그러자 뉴윈이 고개를 저으며 곤혹스러운 투로 대꾸했다.

"제 생각은 다릅니다. 이게 두 번째 플랜일지 모른다는 생각이 들어서요. 아일랜 씨도 저도 의뢰를 거절한 것과 달리 손님들을 살피고 있었으니까요. 때문에 오텀 씨가 이브 양의 이름을 꺼낸 게 일종의 승부수라 생각했는데. 그 이름이 나올 때 누가 어떤 반응을 보였는지 우리가 알아내도록 말입니다. 우리는 이미 부인의 그물에 걸려들었으며. 저도 모르게 사람들의 반응을 살피고 있었습니다... 어쩌면 내일 아침 우린, 부인에게 이런 질문을 받을지 모르겠군요. 이브 양의 이야기가 나왔을 때 누가 수상한 반응을 보였느냐, 누가 범인인 것 같으냐, 라는 질문요."

그사이 아일랜은 무심한 척 어깨를 돌리며 스트레칭을 했다. 그리고 팔을 뻗어 기지개를 켜며 대꾸했다.

"하지만 독한 술이 나왔잖아요. 술을 마신 상태에서 사람을 정확히 관찰하기는 힘들죠. 실제 아무리 봐도 거짓말하는 사람은 없었던 것 같구요. 만약 그런 질문을 받으면, 난 취해서 모르겠다고 답할 거예요."

별일 아니라는 듯 대꾸한 작가는, "아니면 내일 아침 눈을 뜨자마자 떠나는 걸로 해요. 부인을 만나지 않고 떠나면 되지 않겠어요."하고는 이만 자러 가겠다고 했다. 그러나 그는 내일 아침, 늦잠을 잔다는 핑계로 침대에서 뭉그적거릴 생각이었으며, 그에 더해 술이 깨지 않는다고 오후까지 출발을 미룰 생각도 했다. 그래서 뉴윈 앞에서 술을 마셨으며 취한 척 연기한 것이었다. 실제 그는 술이 꽤 센 편이었다.

　작가가 그렇게까지 나오자 할 말이 없어진 뉴윈은 몸을 돌려 난로 앞으로 갔다. 그 틈을 노려, 아일랜은 뉴윈이 등을 돌리자마자 도망치듯 제 방으로 들어갔다.

　철컥. 등 뒤로 문 닫히는 소리가 울렸지만 뉴윈은 난로만 바라봤다. 그 안에는 숯덩이와 사그라든 재만 남아 있었다. 그것을 들여다보며, 그는 오늘 밤, 아니 지금 당장, 이곳을 떠나고 싶다고 생각했다.

　한편, 방으로 돌아온 아일랜은 샤워를 하면서도, 침대로 들어가 누워서도, 온통 추리에 골몰했다.

　범인은 누구인가. 그리고 부인이 만들어 놓은 길은 어떤 길인가. 그는 빵조각을 찾기 위해 만찬 장면을 여러 번 떠올렸다.

　모든 장면이 인상적이었으며, 마치 스틸사진을 인화한 것처럼 머릿속에 이미지가 저장돼 있었다.

　그는 식당에 나타난 사람들의 순서와 첫인상, 말투와 외모, 그들과 함께 나누었던 대화를 차근차근 떠올렸으며, 빠짐없이 기억해 두려 애썼다. 그에 더해 사람들이 보였던 특이한 행동도 따로 머릿속에 새겨 두려 노력했다.

그 모든 걸 종합해... 누군가... 마음에 걸리는 사람이 있던가.

뜻밖에 그 질문에 대한 답은 '모두'였다.

다들 수상하고, 모두가 마음에 걸렸다. 사람을 깔보는 듯한 태도. 비아냥거리는 말투. 짓궂은 표정. 불온한 욕심과 욕망을 거침없이 드러내던 사람들.

그런 그들에 비해, 사랑이 담긴 뜨거운 미소를 보여 준 이는 오직 한 사람, 르네 부인뿐이었다.

의미심장하지만, 애조 띤 미소를 짓고 있던 단 한 사람.

불길한 밤...

뉴윈은 잠결에 이상한 소리를 들었다. 누군가 얇게 언 얼음 위를 사박사박 걷는 듯한 소리였다. 그러나 눈을 뜨지 않았다. 누구인지 알 것 같았기 때문이다.

그는 침대에 누운 채로 '오텀 씨가 지나가고 있구나.'란 생각을 했다. 어쩌면 그것은 꿈인지도 몰랐다.

4부　사건 발생

1

 시간이 얼마나 흘렀을까. 뉴원은 자리에서 눈을 떴다. 설핏 잠이 깼는데. 자신이 눈을 뜬 이유를 곧장 알 수 있었다. 머리맡 쪽 창밖이 수런수런했기 때문이다.
 누군가 사각사각 눈 밟는 소리와 곧이어 인사를 나누는 소리가 어슴푸레 들려왔다. 답답해서 창의 안쪽을 열어둔 데다 귀가 예민한 자신이었기에 알아차린, 속삭임 같은 작은 소리였다.
 그는 콘솔로 손을 뻗어 핸드폰으로 시간을 확인했다. 화면에는 일출 직후라 표시됐지만, 실내는 아직 어둑한데. 아침 해가 눈구름 뒤에 숨어 사위가 어두컴컴한 듯했다.
 다음으로 그는 벽 너머 기척에 귀를 기울였다. 거실뿐 아니라 방갈로 전체가 쥐 죽은 듯 고요한 걸 보니, 작가는 여태 잠에 빠진 듯. 낯선 산길을 헤매느라 피곤하기도 했을 테고 독한 술을 마신 탓에 곯아떨어졌으리라.
 뉴원은 오늘도 험한 산길을 운전해야 할 작가를 위해 잠시 자리에 누워 기다려 주기로 했다. 조용히 침대 속에서 머물 생각이었지만. 얼마 지나지 않아 결국 기지개를 켜며 침대를 빠져나오고 말았다. 방 안 공기가 지나치게 따듯해, 가슴이 답답하고 머리가 멍했기 때문이다.

자신의 통나무집은 겨울에도 칼바람이 드는 곳이 많아 언제나 맑은 정신을 유지할 수 있다. 그러나 이 방갈로는 위험하다 싶을 정도로 공기가 정체돼 있었다.

그는 창문을 열고 찬 공기를 쐬고 싶어졌다. 일시에 정신을 확 깨운 다음, 본채로 가 개운하게 모닝커피를 마시면 좋지 않을까... 그런 생각을 하며 창문으로 다가간 순간이었다.

아! 악! 외마디 비명이 연달아 울리고 다급한 외침이 귀를 파고 들었다. 끔찍한 비명 소리와 누가 뭐라고 외치는 소리가 와르르 창을 넘어 날아들었다.

뉴윈은 재빨리 창을 열고 밖을 내다봤다. 몇몇 사람이 마당을 가로질러 본채로 뛰어가는데. 무슨 일이 생긴 게 분명했다.

그는 문을 열고 건넛방을 향해 아일랜을 외쳐 부르고는, 빠른 손놀림으로 옷부터 갈아입었다. 카메라를 찾아들고 거실로 나오니 아일랜이 퉁퉁 부은 얼굴로 허둥지둥 방에서 뛰어나왔다. 그는 아일랜에게도 FAC를 가져오라 말했다.

"무슨 일이 생긴 듯합니다. 캐스터용 카메라를 챙기세요."

두 사람은 각자 카메라를 챙겨 들고 밖으로 달려 나갔다. 본채로 가 보니 포치 아래 현관이 활짝 열려 있고 사람들이 모여 있는데. 모두 문 앞에서 발을 동동거리며 웅성댈 뿐. 안으로 들어갈 생각을 하지 않았다.

가만 보니 소리를 외친 사람은 클로와 크레일인 듯. 둘은 혼비백산 놀란 얼굴이었고 사람들이 그들을 에워싸고 있었다.

잠시 후, 클로가 눈물이 얼룩진 얼굴로 "시, 신고를 해야겠어요."라 소리치며 방갈로로 뛰어갔다. 크레일은 허리를 숙여 무릎을 짚고 놀란 숨을 헐떡이다, 얼굴만 들어 사람들에게 당부했다.

"다시 한번 말하지만, 현장을 보존해야 하니 본채 안으로 들어가면 안 됩니다."

신고라는 말을 듣자마자 뉴윈은 사건이 터졌음을 짐작했다. 얼른 뒤돌아 눈이 깔린 마당을 살폈다. 아침에 다시 눈이 조금 내린 듯, 아주 얇게 눈이 깔려 있었다. 덕분에 발자국도 그대로 남아 있었다.

그는 고개를 갸웃하며 자신의 카메라로 사진을 찍다 말고, 아일랜에게 바닥을 가리키며 말했다. "아일랜 씨. 눈 위에 남은 발자국을 영상으로 기록해 주세요. 본채 주변을 한 바퀴 돌아보며 수상한 흔적이 있는가도 살펴봐 주시고요."

아일랜은 재빨리 FAC를 녹화 모드로 바꾸고 눈에 착용한 다음 바닥을 훑으며 본채 주변을 돌아다니기 시작했다.

그사이 새튼이 하얗게 질린 얼굴로 뉴윈에게 다가왔다.

"방금 전, 클로 씨와 크레일 씨가 안으로 들어갔다 주방에 사장님과 오텀 씨가 쓰러진 것을 발견했다고 합니다. 두 분은 이미 숨이 끊긴 상태였다는데... 그게, 살해당한 듯하답니다."

사정을 짐작했던 뉴윈은 고개를 끄덕인 다음, 손을 들고 침착하게 사람들에게 지시를 내렸다.

"사망 사건이면, 클로 씨를 포함해 우리 모두 주요 참고인이 될 겁니다. 한자리에 모여 있어야 할 텐데. 직원용 숙소에 함께 있는 건 어떨까 싶은데요. 또한 사체 통합소 직원들이 올 때까지 개인적으로 자리를 비우지 말아 주시길 부탁드리겠습니다."

그 말에 먼저 도착해 있던 쇼쿠가 앞으로 나와 뉴윈 곁에 나란히 섰다. 그는 두꺼운 바지와 셔츠 위에 무스탕을 걸치고 눈에 FAC를 착용하고 있었다. 그가 으스대며 한마디 덧붙였다.

"이게 만약 살인 사건이면, 아일랜 씨와 내가 목격자이자 입회 캐스터가 될 거요. 우린 기록을 남기기 위해 현장으로 들어갈 생각인데. 여러분은 뉴윈 군의 지시를 따르는 게 좋을 것 같소."

그사이 신고를 끝낸 클로가 본채로 돌아오고 있었다. 새튼이 그에게 손짓한 다음 손님들을 몽땅 데리고 직원 숙소로 향했다.

한편 뉴윈의 말대로 마당과 현장 주변을 둘러보고 현관 앞으로 돌아온 아일랜은 살인 사건이라는 말을 들었다. 대번에 심장이 거칠게 뛰고 귀가 먹먹해지며 속이 울렁거리기 시작했다.

아일랜의 얼굴에서 핏기가 사라지자, 쇼쿠는 그 모습을 힐끗 보며 그가 말했던 신경증을 떠올렸다. 할 수 없이 그는 몸을 돌려 뉴윈에게 보충 설명을 했다.

"두 사람 중 최초 목격자는 클로 씨라 하오. 그가 주방에 쓰러져 있던 두 사람을 발견하고 비명을 내질렀고. 그 소리에 크레일 씨가 뛰어가 부인과 오텀 씨가 죽은 걸 봤다는데, 피를 얼마나 흘렸는지 피 웅덩이가 고여 있었다는 거요. 난 비명 소리가 들리자마자 뛰어왔는데. 두 사람 다 기겁한 꼴을 보니 현장이 무척이나 참혹할 것 같소. 때문에 아일랜 씨는 조사를 못 할 테고. 우리끼리 현장을 기록하는 게 좋을 것 같소만."

뉴윈도 고개를 끄덕였다.

"알겠습니다. 그렇게 하죠. 피가 그리 많다면 아일랜 씨는 아예 현장 근처에도 가지 못할 겁니다. 기절할지도 모르고요. 쇼쿠 씨가 카메라를 가지고 있어 정말 다행입니다."

그리고 청년은 작가를 돌아봤다. 아일랜은 벌써, 쌕쌕하는 바람 빠진 숨을 몰아쉬고 있었다. 양손으로 가슴을 꽉 움켜잡고 격통을 참는 듯. 그러나 뜻밖에도 고개를 들어 자신을 바라보며 머리를 가로저었다. 그리고 바들바들 떠는 목소리를 쥐어짜며 뜻밖의 이야기를 했다.

"아뇨. 뉴원 씨. 저도 가겠어요. 기, 기절하지 않도록 노력해 볼게요. 자, 잘하면 1분은 버틸 수 있을지 몰라요. 호, 혹시 제가 기절하거나 하면 뺨을 마구 때리세요. 얼마든지요."

그러면서 작가는 주머니에서 약통을 꺼내 손바닥에 터는데. 손이 떨리는 바람에 하얀 알약은 눈밭에 후두둑 떨어지는 게 더 많았다.

뉴원은 작가의 말에 크게 놀랐다. 어지간해서 변화가 없는 가느다란 눈이 놀란 기색으로 동그래졌다. 피 웅덩이가 있는 살인 사건 현장을 눈으로 보겠다니… 언뜻 대꾸할 말이 생각나지 않아 입을 열지 못했다.

결국 쇼쿠가, 단단히 각오를 다진 아일랜에게 그러라고 고개를 끄덕였다. 그리고 몸을 돌려 본채 안으로 향했다. 당황해 머뭇거리던 뉴원도 일단 쇼쿠의 뒤를 쫓았다.

아일랜 역시 남은 알약을 입에 털어 넣고 와작와작 씹으며 두 사람을 쫓아 안으로 들어갔다.

사무실로 들어선 쇼쿠가 곧장 주방으로 가려 하자 뉴원이 뒤에서 한마디 했다.

"쇼쿠 씨. 본채 전부가 사건 현장이 될 겁니다. 그러니 현관과 사무실, 식당도 꼼꼼히 기록하며 주방으로 가도록 하죠."

그 말에 아일랜도 고개를 끄덕이고. 두 명의 캐스터는 곧바로 현관 입구부터 실내 모습을 FAC로 기록하기 시작했다. 그러나 얼핏 봐도 사무실은 크게 달라진 게 없는 듯. 어제 만찬을 끝내고 나설 때와 별반 다르지 않은 듯했다.

세 사람은 달라진 게 없다는 점에 동의하면서도, 벽과 바닥, 캐비넷 등을 영상으로 기록했다. 의자 사이사이, 바닥과 쿠션도 꼼꼼하게 영상으로 찍고, 식당으로 들어갔다. 그곳 역시 식탁과 바닥, 벽과 옷걸이 등을 영상으로 남긴 후 안쪽으로 이동했다.

그리고 드디어 그들은 활짝 열린 주방 출입문 앞에 도착했다.

현장 앞에 이르자 쇼쿠와 뉴윈은 저도 모르게 발걸음이 빨라졌다. 반면 아일랜은 차마 떨어지지 않는 발을 억지로 떼 가며, 조심조심 그쪽으로 다가갔다. 등에 식은땀이 흐르고 심장은 완전히 고장 난 듯. 금방이라도 터질 것처럼 쿵쾅거리는 박동 소리에 팔다리가 호응하듯 벌벌 떨리고 있었다.

마침내 세 사람은 현장에 이르렀다.

그들은 문 앞에 우뚝 서서 목을 빼고 찬찬히 안쪽을 살폈다.

주방의 모습은 목격자들의 진술과 같았다. 이쪽으로 등을 돌리고 벽을 향해 웅크린 채 누워 있는 부인의 뒷모습이 보이고. 그녀의 등 아래, 한 발 정도 떨어진 곳에 피 웅덩이가 보였다. 거기 한 남자가 가슴에 칼이 찔린 채로 비스듬히 엎드려 누워 있는데. 한눈에 보기에도 두 사람은 살해당한 듯했다.

바닥에 고여 있는 엄청난 양의 피 웅덩이를 보자 뉴윈은 재빨리 아일랜을 돌아봤다. 작가는 자신의 뒤편에 서서 더 이상 다가오지 못했다. 대신 눈을 크게 뜨고 목을 빼 현장을 바라보다 그것을 발견한 듯. 파란 눈동자가 튀어나올 듯 휘둥그레지더니 숨이 딱 멎었다. 그렇게 1분이나 지났을까. 다음 순간 작가는 볼을 부풀리며 뒷걸음치다 몸을 돌려 사무실로 달려 나갔다.

곧바로 부서질 듯 화장실 문 열리는 소리가 나더니. 요란한 구역질과 쏟아지는 토사물 소리가 주방까지 들렸다.

어쨌든 그가 기절하지 않은 것만도 다행이라 여기며 뉴윈은 다시 카메라로 현장을 찍기 시작했다.

잠시 후, 쇼쿠가 주방을 가리키며 안으로 들어가자고 말했다.

뉴윈은 망설이다, "쇼쿠 씨. 현장을 조금이라도 어지럽히거나 증거를 훼손하면 고발당할 텐데요." 하고 만류하듯 말했다.

일반인이면 시체를 발견했다 하더라도 사체 통합소 직원이 올 때까지 현장에 접근할 수 없다. 그러나 카메라를 가진 캐스터가 최초 목격자라면 현장 상황과 증거를 빠르고 정확하게 기록하기 위해 현장으로 들어가는 게 가능했다. 단 현장을 훼손하지 않는 범위 내에서.

"괜한 걱정이군. 중범죄 입회 메뉴얼은 내가 더 잘 알지 않을까 싶은데... 아. 그러고 보니 어제 사무실에서 필요한 걸 본 것 같소만." 하고 대꾸한 쇼쿠는 사무실로 갔다. 거기서 장갑과 비닐봉지를 찾아와 뉴윈에게 한 벌씩 건넸다. 그다음 자신의 신발을 비닐로 단단히 감싸고 장갑을 끼며 다시 입을 열었다.

"다행히 카메라가 두 대라 고발당할 염려는 없을 거요. 크로스 체크로 우리가 현장을 훼손하지 않았다는 걸 증명할 수 있으니.

3대 중범죄의 최초 목격자가 되는 기회는 흔치 않은 데다 영상 자료를 독점할 수 있어, 난 무조건 들어갈 생각이오. 어차피 아일랜 씨는 기대할 수도 없고. 우리가 사건의 진상을 밝히기 위해 최대한 꼼꼼히 현장을 기록해 놔야 하지 않겠소."하고 말을 마치기 무섭게 안으로 향했다.

할 수 없이 뉴윈도 그의 뒤를 따랐다. 두 사람은 침착하게 사체 주변과 주방의 모습을 기록해 나갔다.

먼저 살펴본 르네 부인은, 문을 등지고 벽을 향해 얼굴과 몸을 돌린 채 누워 있었다. 마치 태아처럼 두 팔을 가슴 앞에 모으고 등을 둥글게 구부려 누운 모습인데. 뒷모습이 잠을 자는 듯 고요해 보이더니. 안쪽에서 마주한 얼굴도 평화로워 보였다.

단발머리가 뺨을 가렸으며. 눈은 감고 이마는 살짝 찌푸리고, 입술은 힘없이 벌어져 있고, 다른 상처는 보이지 않았다. 입고 있던 크림색 니트 원피스는 사망 징후인 오물의 흔적 외, 더러운 데가 없으며. 위에서 내려다보니 오른쪽 허벅지에 칼로 찔린 듯한 상처가 11자로 나 있는 게 보였다. 그 찢어진 원피스 안쪽에 검붉은 피가 조금 묻어 있었다.

뉴윈은 사진을 찍다 말고 그녀에게 다가가 허리를 숙이고 코를 살며시 갖다 댔다. 희미하게 코끝을 자극하는 냄새를 확인해 보니 술 냄새인 듯했다.

다음으로 살펴본 오텀은, 부인의 등에서 1m 정도 아래쪽에 고여 있는 피 웅덩이에 누워 있었다. 완전히 엎드린 게 아니고 왼팔을 위로 뻗어 베듯이 머리를 대고, 오른손은 힘없이 아래로 늘어뜨린 채였다. 특이한 것은 두꺼운 모직 셔츠 소매를 양쪽 다 걷었는데, 왼쪽 팔뚝에 칼에 베여 피를 흘린 자창이 두 군데 나 있다는 것이다. 그러나 그것은 직접적인 사인은 아닌 듯. 그는 칼로 가슴을 찔려 과다 출혈로 사망한 듯했다.

또한 부인은 주방 문을 등지고 가로로 길게 누웠으며, 오텀은 문을 향해 발을 뻗고 정수리는 르네 부인의 등을 향해 엎드려 있어, 두 사람은 전체적으로 T자 모양을 이루고 있었다.

한편, 부인의 머리 위쪽으로 2,3m 떨어진 바닥에 깨진 도자기 그릇과 프라이팬, 냄비, 국자와 집게 같은 주방 도구가 나뒹굴고 있는데. 도자기 파편은 음식을 담은 흔적 없이 깨끗했다. 가만 보니 그릇은 벽에 놓인 식기장에서 쏟아진 듯. 식기장 문이 양쪽으로 활짝 열려 있어 그것을 알 수 있었다.

다음으로 뉴윈의 눈을 사로잡은 것은 아일랜드 식탁에 놓인 술병과 빈 잔이었다. 초록색 술병은 어젯밤 맥그리어가 설명했던 압생트였으며, 술을 희석한 듯한 생수병과 치즈 접시도 단출하게 놓여 있었다.

르네 부인의 모습이 마음에 걸렸던 뉴윈은, 술병이 놓인 식탁을 보자 뭔가 떠오를 듯했다. 그는 주방 출입문으로 가 입구에 서서, 안쪽을 전체적으로 휘 둘러봤다. 그제야 부인의 모습이 무엇을 의미하는지 알아차린 듯해 순식간에 모골이 송연해졌다. 그와 더불어 심장도 가파르게 뛰기 시작했다.

그러니까 부인의 죽은 모습은, 지금 눈 앞에 펼쳐진 장면은, 이미 자신이 상상으로 그려 봤던 모습이었다. 그것도 바로 어제 오후 이곳에서.

죽은 오텀 씨만 없다면, 주방 안쪽의 모습은, 어제 르네 부인의 이야기를 들으며 자신이 상상한 장면과 거의 일치하는 듯했다.

즉, 그것은 20년 전 사망한 이브 양의 모습과 거의 비슷할 듯이 보이는 것이다. 20년 전 그녀가 이런 모습으로 눈을 감지 않았을까, 어제 부인의 이야기를 들으며 자신이 상상한 바로 그 장면이 지금 눈앞에 재현돼 펼쳐져 있었다.

그사이 구부정하게 허리를 숙이고 주방을 구석구석 돌아다니던 쇼쿠가 한 손으로 허리를 짚으며 몸을 바로 세웠다. 그리고 출입문 입구에 서 있던 뉴윈에게 다가왔다.

"이건 단순한 사건 같은데. 이 현장을 보면 누구라도 간결한 인상을 받을 것 같소만. 부인은 술을 마시다 당한 것 같고. 잔이 하나인 걸로 봐서 혼자 마시고 있었을 거요. 그리고 저항한 흔적이 없는 걸 보면 술에 취했던 것 같은데. 그렇게 범인이 부인을 죽이고 도망치려 할 때, 오텀 씨가 들어오는 바람에 몸싸움이 벌어지고. 결국 놈이 오텀 씨를 마저 죽이고 도망친 게 아니겠소."

그러나 뉴윈은 대꾸 없이 여전히 바닥에 시선을 고정하고 있었다. 단순하기는커녕 이해할 수 없는 것들이 눈에 띄는데. 특히 마음에 걸리는 것은 부인과 오텀의 대조적인 모습이었다.

만약 르네 부인만 쓰러져 있었다면 그것은 완벽하게 사고사로 보일 것 같았다. 20년 전 이브 양이 그랬던 것처럼. 부인은 크게 흐트러진 곳 없이 모로 누워 얌전히 잠에 빠진 것처럼 보일 뿐이었다. 반면 오텀은 누가 봐도 타인에게 공격당해 쓰러진 모습이었다. 때문에 뉴원은 의아함을 감추지 못하고, 눈을 좌우로 움직이며 두 사람을 번갈아 살피기에 바빴다.

그다음 청년은 다시 주방 안으로 들어가 혈흔을 추적하기 시작했다. 어디서 최초의 공격이 이루어졌나 궁금했는데. 금방 찾을 수 있었다. 주방 왼편에 칼과 집게, 국자 같은 주방 도구가 흩어져 있는 바닥에 낙하한 혈흔이 잔뜩 남아 있었다. 그것이 오팀의 시체까지 이어져 있는 걸 보면. 범인이 먼저 칼집으로 달려가 칼을 뽑아 들었고, 오팀이 그를 잡으려다 팔뚝을 베인 듯. 그리고 결국 노인은 몸싸움을 벌이다 가슴을 찔려 사망한 것 같았다.

청년이 아무런 대꾸 없이 현장을 살피는 데 주력하자 쇼쿠도 입을 다물었다. 그리고 뉴원에게 뒤질세라 현장을 더욱 세세히 기록했다.

그들은 현장의 증거를 훼손하지 않기 위해 까치발을 들고 조심스레 주방을 돌아다녔고. 1차 기록이 끝난 다음 밖으로 나와 사무실로 향했다.

사무실에는 아일랜이 화장실 앞 의자에 앉아 양손으로 머리를 감싸 안고 있었다.

뉴원이 아일랜에게 다가가는 사이, 쇼쿠는 중요한 볼일이 있다며 핸드폰을 꺼내 들고 급히 현관 밖으로 나갔다.

아일랜은 누가 다가오는 기척에 얼굴을 들었다. 얼마나 약을 먹었는지 약 기운에 취해 눈앞이 흐릿했다. 그러나 청년을 알아보고 고개를 끄덕였다.

뉴원은 작가의 맞은편에 앉아 걱정스레 괜찮냐고 물었다.

"네... 괘, 괜찮아요. 참을 수 있어요."

아일랜은 억지로 기운을 짜내 답했다. 머리는 어서 움직이라고, 사건을 해결하라고, 스스로를 다그치는데. 눈앞은 자꾸만 흐려져 속이 메스꺼웠다. 그는 또다시 주머니에서 약통을 꺼내 손바닥에 털었다. 그러나 손에 떨어진 것은 겨우 한 알뿐. 그것을 마저 입에 넣고 약내가 확 풍기는 입을 우물거리며 뉴윈에게 물었다.

"후읍... 혀, 현장은 어떻던가요? 뉴윈 씨. 얼른 이야기를 듣고 싶어요. 자세히 좀 말해 주세요."

"글쎄요. 몇 가지 마음에 걸리는 게 있기는 했습니다." 하고 뉴윈은 또 한 번 속으로 의아해했다. 저토록 증세가 나빠 보이는데, 작가가 사건에 덤벼드는 모습이 의외인 듯. 더욱이 현장을 설명할라치면 피에 관한 묘사가 나올 수밖에 없으니 말이다.

그사이 볼일을 끝낸 쇼쿠가 사무실로 들어오다 뉴윈의 말을 듣고는 얼른 의자를 당겨 왔다. 두 사람의 맞은편에 자리를 잡고 앉은 그는 팔짱을 끼고 귀를 기울였다. 현장에서는 가타부타 말이 없던 청년이 자신과 반대로 현장이 이상하다는 말을 꺼내자 궁금증이 일었다.

아일랜이 잔뜩 찌푸린 얼굴로 되물었다. "그랬나요? 저도 자세히 보고 싶었는데. 피를, 보자마자 눈앞이 어지러워져서 잘은, 못 본 것 같아요. 우욱, 그런데 뭐가 마음에 걸린다는 거죠?"

"일단 부검을 해 봐야 알겠지만, 눈에 띈 건 두 가지 정돕니다. 그중 가장 이상한 건 쓰러져 있던 르네 부인이었고요. 거기서 도무지 이해되지 않는 걸 발견했거든요."

"뭐가 이상하다는 거요?" 쇼쿠가 참지 못하고 끼어들었다.

"네. 저도 궁금해요. 전 괜찮으니 자세히 다 설명해 주세요. 너무 디테일하고 끔찍한 묘사만 피해 주시면 고맙겠어요."

아일랜이 부탁하자 뉴윈은 조금 망설이다 입을 열었다.

"... 일단 제 생각일 뿐이지만. 부인은 어제 우리가 본 차림 그대로였습니다. 크림색의 울 니트 원피스와 같은 색의 양모 조끼를 입고 있었죠. 그리고 태아처럼 모로 누웠는데. 몸의 왼쪽을 바닥에 대고 냉장고와 팬트리가 있는 벽을 향해 누워 있었습니다. 그런데 위에서 내려다보니 눈에 띄는 상처가 있는 겁니다. 오른쪽 허벅지에 칼에 찔린 듯한 상처가 보였죠. 길이는 3,4cm 정도고 11자 모양으로 두 개가 나란히 나 있었습니다. 쇼쿠 씨도 보셨을 텐데요."

자신에게 눈길이 향하자, 의아한 표정을 짓고 있던 쇼쿠가 고개를 끄덕였다. "물론 봤소. 단번에 눈에 띄었으니까. 칼에 찔린 듯 털실이 틀어져 있고 상처에서 나온 피도 묻어 있었고."

"네. 잘 보셨군요. 그럼 그 상처가 세 가지 면에서 이상하다는 건 생각해 보셨나요?"

"세 가지나 이상하다고?" 하고 중얼거린 쇼쿠는 눈을 들어 천장을 올려다봤다. 그러나 잠시 후 고개를 가로저었다.

"이상한 건 하나밖에 모르겠는걸. 찢어진 자국과 상처가 깔끔해 보였다는 것. 그것 말고는 도저히 모르겠소만. 혹 두 개의 상처가 나란히 나 있었다는 건가? 수수께끼는 질색이니 얼른 설명해 줬으면 싶은데." 하고 상대를 재촉했다.

뉴윈은 다시 아일랜을 쳐다봤다. "아일랜 씨는 방금 제 설명에서 이상한 점을 찾으셨나요? 셋 중 하나라도."

어차피 그가 먼저 의욕을 보이기도 했고, 신경증을 가라앉히기 위해서라도, 피가 낭자한 현장 대신 추리로 머릿속을 채우는 게 나을 듯해, 청년은 질문을 이어 갔다.

"아일랜 씨, 한번 생각해 보세요. 쇼쿠 씨의 말에도 이상한 점이 잘 드러나 있으니까요. 르네 부인의 몸에 난 상처가 어딘가 이상하지 않나요?"

아니나 다를까 아일랜의 호흡이 조금 가라앉았다. 그는 미간을 찌푸리며 열심히 생각을 거듭했다.

"전, 정신이 없어서 모르겠어요... 하지만 깔끔해 보이는 상처가 하나가 아니라 두 개라면... 그건 부인이 저항하지 않았다는 뜻인가요. 첫 번째 공격을 받고도 움직이지 않아야... 상처가 깔끔하게, 나란히 11자로 나겠죠."

연신 머리를 끄덕이던 청년이 격려조로 답했다.

"네. 바로 그겁니다. 두 분의 말씀대로 두 개의 상처가 나란히 났다는 게 매우 이상합니다만. 부인이 범인의 공격을 눈치채지 못했다 하더라도 그것은 첫 일격뿐이죠. 범인이 칼로 허벅지를 찌를 때, 첫 일격은 부인이 눈치채지 못할 수도 있으나 공격을 받은 부인은 반드시 움직이거나 반응을 보였을 겁니다. 반사적으로 방어하든가 피하든가 했겠죠. 그런데 깔끔하게 나란히 난 상처를 보면, 부인은 두 번째 공격까지 아무 움직임 없이 받았다는 건데. 결박된 상태도 아닌데 두 번의 공격을 가만히 받고만 있었던 셈이 되는 겁니다." 그는 차분히 말을 이었다.

"두 번째 이상한 점은, 그 상처가 쇼쿠 씨와 제 눈에 단번에 띄었다는 점입니다. 부인은 모로 누워 있었는데. 위에서 내려다본 우리 눈에 곧바로 띈 상처는, 그 부위가 매우 이상하지 않나요? 만약 부인이 서 있거나 앉아 있을 경우, 그것은 오른쪽 허벅지의 바깥쪽이 됩니다. 전혀 급소가 아닐뿐더러 애초 찌르기 어려운 곳이죠. 몸통의 전면이나 후면이 아닌 허리 아래 허벅지, 그것도 앞쪽이 아닌 측면을 공격하려면 범인은 허리를 숙이고 칼을 옆으로 휘두르든가, 부인의 옆에 서서 역시 몸을 숙이고 칼을 찔러야 합니다. 어떤 동작을 해도 눈에 띄게 되죠."

뉴원의 설명에, 순간 칼을 휘두르는 남자가 떠올라 아일랜은 속이 울렁댔다. 그는 얼른 입을 틀어막았다.

반면 쇼쿠는 감탄하며 주먹 쥔 손을 다른 손바닥에 내리쳤다.

"그렇군. 허벅지 바깥쪽이라니. 확실히 상처 부위가 이상한 것 같소... 이전 사건에서 제법 화제에 올랐다더니, 과연 관찰력이 뛰어난 것 같군." 그리고 나머지도 궁금하다고 재촉했다.

"세 번째로 이상한 점은 그 자창에서 나온 피의 양이 많지 않다는 겁니다. 상처 주변에 묻어날 정도였는데. 부인이 입고 있던 원피스는 울 소재 니트였습니다. 그렇다면 흘러내린 피를 니트가 흠뻑 머금어야 하죠. 그런데 단지 피가 묻어 있는 정도라, 상처에서 나온 피의 양이 얼마나 적은지 알 수 있습니다."

"그래, 맞아. 확실히 그것도 이상하군."

"칼에 찔린 상처에서 나온 피가 길게 흘러내린 모양이 아니라 니트에 묻은 정도였다는 것 또한 부인이 공격당할 때, 서 있거나 앉아 있던 상태가 아니라는 것을 보여 줍니다. 결국 이런 사실들을 종합해 보면 결론은 사실상 하나인 것 같습니다만."

캐스터들을 돌아보며 뉴원은 설명을 마무리 지었다.

"그 상처는 르네 부인이 사망한 후. 즉, 저희가 본 모습 그대로 누워 있는 상태에서 공격받은 자국인 듯합니다. 물론 정확한 것은 부검을 해 봐야 알겠지만. 자창의 깊이와 모양, 그것이 수직으로 난 것인지, 비스듬히 찔러 들어간 모양인지 등을 종합적으로 살펴 판단해야겠지만. 아무튼 부인은 쓰러진 상태에서, 사후에 공격받았을 가능성이 높아 보입니다."

뜻밖의 결론에 쇼쿠가 흥분한 듯 빠르게 대꾸했다.

"그렇다면 범인은 그녀가 숨을 거둘 때까지 지켜보다 숨이 끊어진 걸 확인하고 칼로 찔렀단 말인가? 아니야, 그게 아니지. 죽은 걸 확인하려고 다시 찔러 봤다는 게 차라리 말이 되지." 그의 검은 눈동자가 혼란한 듯 흔들렸다. "하지만 죽은 사람을 다시 공격하다니 이해하기 어려운데. 뭐 때문에 그런 짓을 한단 말이오."

아일랜도 놀란 듯 중얼거렸다. "세상에. 죽은 후에 다시 칼로 공격했다구요? 그건 불필요한 정도가 아니라 도리어 위험한 행동 같은데요. 증거를 인멸하고 도망치기도 바빴을 텐데. 범인은 자신을 위험에 빠뜨리는, 그런 짓을 왜 한 거죠?"

작가의 호흡은 거의 정상으로 돌아온 듯했다. 그것을 다행이라 여기며 뉴윈이 두 사람의 질문에 답했다.

"이런 식으로 사망한 사람을 다시 찌르거나 공격하는 행위가 아예 드문 건 아닙니다. 종종 나타나는데. 그 이유는 대체로 세 가지 정도로 해석하죠. 먼저 범인이 살인에 있어 미숙하다고 보는 거죠. 그래서 상대가 죽었다는 사실에 확신이 없고 사망 징후를 알아보지 못해 다시 찌른 거라고 보는 겁니다. 다음으로 원한이 깊거나 잔인한 성격 때문이라고 원인을 파악하기도 하고요."

두 사람은 고개를 끄덕이며 잠자코 설명을 들었다. 뉴윈은 두 사람을 번갈아 쳐다보며 진지하게 말했다

"때문에 무엇보다 사체 통합소 직원들의 현장 검안과 부검이 최우선으로 실시되어야 할 겁니다. 어떤 사실도 함부로 추측해서는 안 되니까요. 부인의 몸에 난 상처와 바닥에 고인 피를 자세히 조사하고. 또한 두 사람이 범인에게 저항한 흔적이나 방어한 흔적도 조사해 주면 좋겠군요."

그때 쇼쿠가 확신에 찬 눈빛으로 뉴윈을 바라봤다.

"내 생각엔 원한 때문인 것 같소. 범행 동기를 원한으로 보고 조사하는 게 좋을 듯한데. 이 사무실을 포함해 귀중품을 찾은 듯한 물색흔이 일절 없으니 말이오."

그런데 하필 그 말에 아일랜이 무심결에 중요한 말을 꺼내고 말았다. "하지만 누가 르네 부인에게 원한을 가지겠어요. 오히려 부인이 복수를 원한 마당에."

"복수?" 뜻밖의 말을 들은 쇼쿠가 눈을 치떴다. 짧은 목을 빼고 목소리를 높였다. "복수라니. 그게 무슨 말이오?"

아차, 아일랜은 크게 당황한 표정으로 허둥거렸다.

뉴윈은 작가가 약 기운으로 몽롱한 탓에 실수한 거라 생각했다. 때문에 그를 탓하기보다 곤란한 상황을 정리하려 나섰다.

"그 이야기는, 조수대가 오면 조수대 팀장님이 있는 자리에서 전하는 걸로 하겠습니다."

그러나 이미 쇼쿠의 얼굴은 벌겋게 달아올랐다.

"무슨 꿍꿍이가 있었는지 모르겠지만 그냥 넘어갈 말이 아닌데... 두 사람은 르네 부인과 모종의 관계가 있었다는 말 아니오.

안 그래도 부인의 옷차림을 알고 있는 게 이상했는데. 어허, 그럼, 투자자란 것도 거짓말이고. 우리 몰래 무슨 짓을 하려 했단 말이오? 정체를 숨기고서?"

목에 핏대를 세우고 격렬한 어조로 노여움을 터뜨리는 남자에게, 아일랜은 그게 아니라고 몇 번이고 머리를 조아렸다. 속셈 같은 것은 없노라, 변명하며 속으로 제 실수를 탓했다.

재차 뉴윈이 사정을 전했다. "쇼쿠 씨가 의심하는 그런 일은 없습니다. 조수대가 오면 상세히 말씀드릴 테니 믿어 주시길 바랍니다. 지금 당장 말씀드릴 수 없는 건 저희 또한 참고인이 되기 때문입니다. 쇼쿠 씨와 저희도 참고인이자 용의자가 될 터라, 조사대 없이 함부로 발설할 이야기가 아니라는 겁니다."

하지만 추리에 집중하던 열기는 순식간에 가라앉고 분위기는 냉랭하게 식었다.

그러나 입을 다물고 있는 시간은 얼마 가지 않았다. 서로 꼬투리를 잡고 대립하기보다, 사건 해결을 위해 협력하는 게 더욱 다급했기 때문이다.

쇼쿠의 이마와 목덜미에 붉은 기가 가라앉자, 그것을 눈치챈 뉴윈이 다시 정중한 태도로 입을 열었다.

"저기 궁금한 게 있는데 물어봐도 될까요, 쇼쿠 씨? ... 여러분이 여기 오게 된 전후 상황에 대해 알고 싶습니다만."

청년의 질문에 쇼쿠는 각진 턱이 두드러지도록 입을 꽉 다물었으나, 결국 노여움을 누그러뜨리고 가볍게 혀를 찼다.

"이거, 원... 나도 기분이 불쾌한 관계로 말하고 싶지 않지만. 당신들과 달리 아량이 넓고 배포가 큰 어른으로서, 답해 주도록 하리다."

그는 몇 번 헛기침을 하고 답을 시작했다.

"다른 사람도 사정이 비슷하다 들었는데. 이번 월요일에 우편물을 하나 받았소. 체신청 봉투에 담긴 두툼한 안내문이었는데. 리조트 분양이라는 겉장을 보고도 무작위 광고로 여기지 않은 것은 내 이름이 함께 적혀 있었기 때문이고. 게다가 아날로그 우편물인 것도 외려 믿음이 가는 거요... 내용은 몬테 리조트에 대한 광고와 주민 센터의 개발 확정서, 방갈로를 파격적인 혜택으로 분양한다는 안내서 등이었는데. 세금만 부담하면 될 뿐, 거의 공짜로 이곳을 분양받을 수 있으니 정해진 날짜에 방문해 달라고 마지막 장에 쓰여 있었소만. 그래 어제 아침 와 봤더니 사람들이 여럿 와 있는 거요. 난 10시 30분쯤 도착했는데, 클로 씨와 맥그리어 교수, 크레일 씨가 도착해 있었고. 내가 온 후로는 에드 씨와 브리히도 씨, 할로우 씨가 차례로 도착했고."

"혹시 그 안내서를 볼 수 있을까요?"

"그게, 어제 여기 와서 오텀 씨에게 도로 건네줬기 때문에 가지고 있지 않소. 다들 마찬가지일 거요. 특별 행사라 본인을 인증하는 증명서로 제출하라고 쓰여 있어서 말이오. 여기 올 때도 남에게 일절 말하지 말고 안내문에 이름이 적힌 본인만 오라는 조건이 붙었었고."

"그 조건이 이상하다 생각지 않으셨나요?" 르네 부인에게 이미 이유를 들었지만. 정작 당사자의 생각이 궁금한 터라 뉴원이 되물었다.

쇼쿠는 망설임 없이 허리를 펴고 답했다.

"전혀 의심하지 않았소. 이상하다 생각할 필요도 없고. 이유를 함께 밝혀 놓았으니 말이오. 사람들에게 알려지면 전문 중개인을 섭외해 수수료를 주고 매매 절차를 밟아야 하는데. 중개인 없이 직거래하고 싶다고 쓰여 있었으니까."

"더욱이 공짜라. 경계심보다 조바심이 더 생겼을 테고요. 혹, 도착해서 별다른 일은 없었나요? 이상한 장면을 봤다거나, 누군가 의심스러운 행동을 했다거나."하고 뉴원이 또다시 물었다.

거기까지 질문이 나오자 쇼쿠가 끙하고 목에 핏대를 세웠다.

"그 말은 우리가 단순히 용의선상에 올랐다는 말이 아니라, 우리 중 누군가가 범인이라고 확신한다는 말처럼 들리는군. 우리가 피의자란 거지." 그러나 기분 나쁘다는 투는 아니었다. 자신이 생각해도 어제 묵었던 이들을 의심하는 게 당연했기 때문이다.

뉴원 또한 이유를 덧붙였다. "늦은 오후부터 눈이 내렸으니까요. 다른 곳에서 이곳으로 오기는 쉽지 않았을 겁니다. 산길은 물론이거니와 캄캄한 밤에 이프 호수 옆 도로로 오기도 쉽지 않았을 테고요."

타당한 이유를 듣자, 쇼쿠는 헛기침을 하고 답했다.

"흠. 도착해서 별일은 없었소. 우린 당신들보다 반나절 먼저 도착했을 뿐이라. 오후에 점심을 먹으며 인사를 나눴는데, 그때도 제각각 나타났다 금세 흩어졌을 거요… 난 에드 씨와 잠깐 대화를 나눴는데. 그가 부동산 사무실을 운영한다고 해서 여기가 진짜 개발될 것 같은지 물어봤던 거요. 그랬더니 그가 개발은 확정이고 우린 크게 횡재했다며, 소문나지 않도록 조심하라고 주의를 주었소만."

쇼쿠는 노련하게 질문을 이어 가는 뉴윈을 보고, 다시 반대편에 앉아 있는 아일랜을 힐끗 쳐다봤다. 그는 핏기 없고 어리벙벙한 얼굴로 앉아 있는데. 현장에 들어가지도 못하고 말실수나 하는 무급 캐스터를 보니, 그가 지금까지 사건을 해결한 것은 운이 좋았을 뿐이라는 생각이 들었다. 또한 이 핑크빛 사내의 운이라는 게 뉴윈 군이라는 것도 금세 알 수 있었다.

그러자 쇼쿠의 머릿속에 기막힌 생각이 번뜩 떠올랐다. '그래. 이번엔 내가 뉴윈 군을 이용하는 거야. 열심히 도와주는 척하다 마지막에 추리를 가로채는 거지.' 란 생각이 든 것이다. 즉, 아일랜과 뉴윈이 사건의 진상을 추리하도록 내버려두고. 조사가 끝나기 직전, 자신이 그 결론을 가로채 먼저 픽셔를 발표하면, 손쉽게 공을 빼앗을 수 있을 터였다.

대중의 관심은, 사건의 실체나 진실을 파헤치기보다, 얼마나 충격적인 소식을 얼마만큼 빨리 전하는가에 쏠리기 마련이다. 그래서 과거 미디어들이 '속보'를 그렇게 남발한 것이었다.

쇼쿠는 청년의 질문에 답하며 머리를 굴렸다. 진짜 중요한 정보나 추리는 감추고 상대의 추리를 캐내자고 몰래 다짐했다.

그사이 아일랜은 혼자만의 생각에 빠져 있었다. 르네 부인의 미소와 솟구치는 핏줄기의 환영 사이에서. 빵조각을 찾아 길을 더듬어 가는 중이었다.

쇼쿠에게서 필요한 답을 다 들은 뉴윈도 잠시 입을 다물었다. 어제오늘 있었던 일들과 현장에서 발견한 의아한 점들을 따져 연결해 보느라 생각에 몰두했다.

그렇게 세 사람은 저마다 각자의 생각에 잠겨 있었다.

잠시 후, 고요함을 깨뜨리는 피아노 선율이 어디선가 들려왔다. 생각에 골몰해 있던 아일랜이 고개를 드니 두 사람이 자기를 쳐다보고 있었다. 뒤늦게 정신을 차린 작가는 허둥지둥 주머니를 뒤져 핸드폰을 꺼냈다. 받아 보니 상대는 호버 편집장이었다.
편집장은 몹시 흥분한 어조로 다짜고짜 따져 물었다.
"아일랜 캐스터. 자네는 회사를 어떻게 보고 있는 건가?"
"네? 무슨 말씀이세요?" 귀를 찌르는 따가운 목소리에 아일랜은 핸드폰을 귀에서 뗐다 붙이며 되물었다.
"조금 전, 모닝이스트사의 픽셔들이 대대적으로 거기서 일어난 살인 사건을 알린 걸 모른단 말인가. 쇼쿠 캐스터가 거기 함께 있을 텐데? 그가 3대 중범죄 사건이 터졌으며, 자신이 입회 캐스터가 됐다고 디렉 편집장에게 연락했단 말일세. 살인 사건이라 조사가 개시되면 48시간 동안 입회 캐스터는 외부와 연락할 수 없으니 조사 개시 전에, 하나라도 더 많이 픽셔를 내라고 당부한 모양이고. 그래, 우리의 경쟁사인 모닝이스트사의 픽셔들이, 베이크 타운의 악몽이니, 관광객들을 경악에 빠뜨린 충격 살인이니 하며, '베이크 타운의 미치광이 살인 사건'이란 타이틀로 픽셔를 쏟아 냈는데. 베이크 타운의 한 리조트에서 끔찍한 살인 사건이 일어났으며, 모닝이스트사의 쇼쿠 캐스터가 입회 캐스터가 됐으니 사건의 전모를 가장 빨리 알려 주겠다는 광고를 대대적으로 함께 실어서 말이야."
편집장의 노기 띤 목소리가 얼마나 컸던지 떨어져 앉은 뉴원과 쇼쿠의 귀에도 똑똑히 들렸다. 그제야 중요한 볼일이란 게 회사에 연락하는 일임을 알게 된 뉴원은 희미한 비난을 담아 쇼쿠를 바라봤다. 그러나 쇼쿠는 도리어 곱지 않은 눈으로 아일랜을 보며 혀를 찼다.

"쯧쯧. 이런 사건이 벌어졌는데 아일랜 씨는 아직 회사에 연락하지 않았나 보군. 캐스터로서 본분을 망각하다니 실망인걸. 우린, 어떤 사건이나 사고도 소식을 접하는 즉시 미디어사에 먼저 알릴 의무가 있는데 말이야."

아일랜은 마치 편집장이 눈앞에 있는 양 계속 머리를 조아렸다. 그러나 더듬거리면서도 할 말은 했다.

"그, 그건 생각지 못했어요. 죄송해요, 편집장님. 하지만 여긴 베이크 타운이라고 하기엔 외따로 떨어진 곳인걸요. 더욱이 악몽을 꾸거나 충격받은 관광객은 한 명도 없구요."

"그런 말 같지 않은 소리를! 헤드라인은 보다 유명한 장소를 끌고 오는 게 픽셔의 기본 아닌가."

"참, 그런데 제가 여기 있는 건 어떻게 아셨어요?"

또다시 덤덤한 목소리로 질문을 던지는 아일랜에게 호버는 더욱 분통을 터뜨렸다.

"내가 직접 모닝이스트사의 디렉 편집장에게 연락했지. 사건의 피해자 중 하나가 오텀 씨라고 픽셔에 나온 걸 보고서 말이야. 어제, 베이크 타운의 리조트에서 일한다는 오텀 씨가 자네의 보조 캐스터 주소를 알고 싶어 내게 찾아오지 않았나. 그래, 혹시나 해서 디렉 편집장에게 연락했더니. 아니나 다를까, 자네도 거기 있다고 말하더군."

"네, 그랬었군요."

"그게 중요한 게 아니야, 아일랜 캐스터. 사건이 터지면 제일 먼저 회사로 연락해야 할 거 아닌가. 더욱이 Q1이라면서! 대중의 관심과 주목도가 가장 높은 살인 사건 말이야. 범인을 알 수 없어 범인이 잡힐 때까지 조회 수가 날개 돋친 듯 올라가는 Q1사건! 이미 모닝이스트의 픽셔가 조회 수를 독점했고. 우리 더블픽셔사는 자네의 그 멍청하고 돼먹지 못한 태도 때문에 화제에서 밀리고 말았어. 중범죄 Q1에 입회하게 됐으면서도 일절 연락이 없는 자네 때문에! 자넨 회사와 날 무시한 거야."

"아니에요, 편집장님. 갑자기 사건이 터져 미처 연락 드리지 못한 거예요. 게다가 피를 보는 바람에 신경증이 도져 정신이 없었구요."

"아니야. 자넨 날 물 먹일 작정이었어. 각오하고 있게."

세 길 네 길, 길길이 화를 내던 편집장은 거칠게 전화를 끊었다.

아일랜은 꺼진 핸드폰 화면만 바라보며 어쩔 줄 몰라 했다.

뉴윈은 안타까운 한숨을 내쉬고. 쇼쿠는 짐짓 안 됐다는 표정을 지었다.

2 DAY 1 - 오전 7:40

클로가 신고한 지 20여 분만에 사체 통합 관리소 직원들이 도착했다. 사망자가 둘이라는 신고를 듣고 검시관 두 명을 포함, 직원 여섯 명이 출동해, 곧바로 사건 현장에 붉은 금지선을 치고 현장 검안을 실시했다.

10여 분 뒤. 베이크 타운 조수대도 나타났다. 조수대를 이끄는 매드 팀장은 곧장 주방으로 향했으나. 현장 정리가 끝나지 않은 것을 보고 거친 손길로 짧은 뒷머리를 털며 물러났다.

원래 사망 현장에는 1차로 사체 통합 관리소 직원과 검시관이 출동하는 게 원칙이다. 그들의 현장 검안이 무엇보다 중요하기 때문이다.

현대인의 사망 원인은 매우 다양할뿐더러 과학 수사 기법은 나날이 발전을 거듭해. 대부분의 사망 사건은 현장과 시신에서 주요 증거를 수집할 수 있다. 그렇기에 사망 사건에서는 사해, 즉 시신을 전문적으로 다루는 통합소 직원들이 가장 먼저 현장으로 출동하며. 그들이, 죽음과 관련된 상황을 다각도로 조사하고 현장을 정리하는 게 최우선이 된 것이다.

통합소 직원들이 현장 검안으로, 자연사 혹은 사고사나 자살, 범죄 사건 등을 판단하고. 자살 사건이라 확인되면 컷-아웃 영상을 찍는 걸로 후처리를 끝내며. 범죄가 의심되는 경우 관할 조사 수색대에 연락하는 게 매뉴얼에 적시된 순서지만. 최초 발견자가 현장을 보고 범죄 사건이라 판단하면 조수대에 직접 신고할 수도 있다.

이번에도 현장을 본 클로는 이것이 범죄임을 확신했고, 사체 통합 관리소와 베이크 타운 조수대에 각각 연락을 취했다. 때문에 사체 통합소 직원들이 현장을 정리하기도 전에, 베이크 타운 조수대가 들이닥친 것이었다.

현장 검안이 한창 진행 중인 것을 본 매드 팀장은 귀찮은 발대식을 먼저 해치우기로 했다. 그녀는 통합소 직원들이 분주히 움직이고 있는 주방을 흘깃 보고, 곧바로 사무실로 와 캐스터들을 창가로 불러 모았다.

"발대식은 본부에서 하는 게 원칙이지만 융통성을 발휘하죠. 여기서 발대식을 하고, 곧바로 조사 수색을 개시하는 게 좋겠어요. 그 전에 먼저 이곳을 영상으로 기록해 주시겠어요? 이곳도 사건 현장에 포함되니까요."

팀장의 요청에 쇼쿠가 그럴 필요 없다고 즉각 답했다. "아일랜 씨와 내가 이미 캐스터용 카메라로 기록을 끝냈소. 본채와 주변 마당, 사무실을 포함해서 말이오. 그러니 바로 발대식을 진행해도 될 거요." 그러면서 그는 장갑과 신발을 감쌌던 비닐을 보여주며 자신들이 얼마나 조심스럽게 조사했는지 어필했다.

그것을 본 팀장의 눈가가 환해졌다.

"사건 조사에 경험이 많은 분들이시군요. 그런 분들이 입회하게 돼 정말 다행이에요. 그럼 발대식을 진행하겠어요. 그다음 본채와 객실을 수색하도록 하죠." 하고 고개를 끄덕인 다음, 곧바로 대원들을 불러 캐스터들 옆에 일렬로 세웠다.

팀장은 작고 통통한 체형에 붉은 기가 도는 머리를 보글보글하게 볶은 40대 여인이었다. 컬이 작은 파마와 화장기 없는 얼굴은 마치 장을 보러 온 부인처럼 소박해 보이나. 번득이는 갈색 눈동자와 조사를 진행하는 속도는, 그녀가 경험이 풍부하고 노련한 팀장임을 보여 주고 있었다.

매드 팀장은 먼저 대원들을 향해 낮게 손을 들었다.

"사건 사고가 잦은 철이야. 언제 또 다른 사건이 터질지 모르니 신속하게 조사를 진행할 생각이야. 집중해서 잘 따라와."

그리고 그녀는 캐스터들에게 카메라를 3대 중범죄 입회 모드로 바꿔 달라고 청했다.

아일랜과 쇼쿠가 카메라를 손보는 사이 매드 팀장은 만족한 얼굴로 고개를 끄덕였다.

"그러고 보니 입회 캐스터가 두 명인 점도 좋네요. 사건 조사에 입회하는 캐스터는 더도 말고 덜도 말고 둘 정도가 딱 좋더군요. 크로스 체크만 가능하게요."

곧이어 캐스터들이 안경을 쓰듯 카메라를 착용하자. 매드 팀장은 카메라를 번갈아 보며, 사건 개요와 입회 캐스터 소개, 조사 수색을 담당한 대원의 규모 등을 줄줄이 소개했다. 그렇게 3분여 만에 번갯불에 콩 볶아 먹듯 발대식을 끝냈다.

"... 이하, 입회 캐스터가 보조 포함 셋이므로, 참고인 조사는 팀장인 제가 단독으로 맡고. 다섯 명의 대원은 모두 현장 수색에 투입시킬 예정이에요. 사실, 베이크 타운에서 알파인 스키 대회가 열리는 바람에 대원들이 진행 요원으로 차출된 터라 셋 이상 출동하는 건 무리였거든요. 그런데 오전에 픽셔들이 대거 쏟아진 탓에 사람들의 관심이 스키 대회보다 이 사건에 더 쏠린 거예요. 그 덕분에 대원들을 다섯이나 빼 올 수 있었죠." 팀장은 대원들의 핸드폰을 수거하고 통신기를 나눠 주며 앞선 사정도 덧붙여 설명했다.

그녀의 능숙하고 빠른 진행에 캐스터들은 크게 감탄했다.

발대식을 마친 팀장은 첫 번째로 대원들에게 사무실과 본채 주변을 철저히 수색할 것을 지시했다. 그다음 다시 한번 세 사람을 따로 불러 모았다.

"먼저, 캐스터분들은 제가 도착하기 전 상황에 대해 알려 주세요. 세 분 또한 입회 캐스터이긴 하지만, 주요 참고인이란 점을 염두에 두고 말씀하시면 좋을 거예요."

그녀의 부탁에 이번에도 쇼쿠가 한발 앞으로 나섰다. 그는 투자 안내서를 받은 일부터, 여기 모인 사람들의 인상과 정보, 또한 어제저녁 만찬에서 있었던 일까지 빠짐없이 전했다.

요점을 간결하고 분명하게 전하는 쇼쿠를 보며, 아일랜과 뉴원은 내심 감탄했다. 과연 오랫동안 캐스터 일을 해 온 만큼 이야기를 잘 정리했다고 생각했다.

매드 팀장은 때때로 놀란 듯 탄식하거나 질문을 해 가며 이야기를 꼼꼼히 새겨들었다. 그리고 두 사람에게도 같은 것을 물었으나, 아일랜과 뉴원은, 쇼쿠 씨가 정리를 매우 잘했으므로 따로 덧붙일 게 없다는 말로 답을 대신했다.

사전 정보를 확인하는 일이 일단락되자 매드는 주방으로 다시 향했다. 현장 검안이 끝났으리라 생각하며 목을 빼고 주방을 들여다보지만 통합소 직원들이 여전히 현장을 살피고 있었다. 그녀는 한숨을 내쉬고 다시 사무실로 돌아와 대화를 이어 갔다.

"아직도 현장이 분주하네요. 그래서 세 분께 좀 더 이야기를 듣고 싶은데. 현장을 목격하고 어떤 인상을 받았는지 궁금해요. 세 분은 캐스터로서 사건 현장을 접하신 경험이 많을 테니, 이번 사건에 어떤 인상을 받았는지 의견을 말씀해 주세요."

이번에는 쇼쿠가 눈짓으로 두 사람에게 순서를 양보했다. 그러나 '현장을 본 인상'이란 말에 아일랜은 손으로 입을 틀어막았고, 뉴윈은 보조 캐스터일 뿐이라며 답을 사양했다. 할 수 없이 그가 다시 입을 열어야 했다.

"현장을 보자마자 느낀 것은 잔혹함이었소. 피해자가 둘이나 되는 데다 시뻘건 피 웅덩이를 보니, 범인이 잔인한 짓을 했다는 생각이 드는 거요. 또한 사건의 시작은 우발적이었으며 과정은 단순하게 진행된 듯했는데. 즉, 부인에게 원한을 가진 인물이 부인을 살해하고, 뒤이어 나타난 오텀 씨와 몸싸움을 벌이다 그를 마저 죽인 것 같다고 생각했소만. 또한 내 생각으로, 범인은 어제 여기 묵은 손님 중에 있을 것 같다는 거요."

"왜 그렇게 생각하시죠?"

"만찬이 끝난 게 9시를 넘긴 때라. 한밤에 이곳에 오기는 어렵지 않겠소. 더욱이 눈도 내렸으니."

그러냐며 고개를 끄덕인 매드는 발표를 지적하는 선생인 양 다음 순서로 아일랜을 지목했다. 그리고 같은 것을 물었다.

질문에 제대로 답하고 싶은 아일랜은 고개를 끄덕였다. 그러나 마음과 달리 현장의 피 웅덩이가 먼저 떠올라 숨이 거칠어졌다. 그는 입을 크게 벌렸다 오므렸다 하며 힘들게 답을 했다.

"저, 전 현장을 자세히 보지는 못했어요. 하지만 쇼쿠 씨의 말처럼 잔인한 짓을 했다고, 욱." 그는 짧은 숨을 후 내뱉으며 눈앞에 떠오른 붉은색을 지우려 애썼다. 그리고 좀 진정되자 다시 말을 이어 갔다.

"또한 저도 범인은 단순 강도는 아니라고 생각했어요. 이유는 두 가지인데. 먼저 이곳은 길을 잃었다고 착각할 만큼 외딴곳이기 때문이에요. 오다가다 강도가 들를 만한 곳이 아니죠. 두 번째 이유는 이곳은 리조트니까 손님이 있을 수 있잖아요. 정확한 수는 몰라도 크리스마스 시즌이니 손님이 있을 걸 예상했어야 해요. 혹은 손님이 없을 거라 생각했어도, 주차장에 주차된 차들이나 외등이 켜진 방갈로를 보면 손님들이 묵고 있음을 확인할 수 있었을 테고요. 그렇다면 범인은 모두가 잠든 한밤이나 새벽을 노려 움직여야 했는데. 이곳엔 숨어 있을 마땅한 공간이 없어요. 조용한 밤에 차를 몰고 오면 소리가 울렸을 테고. 한겨울에 동사를 각오하고 맨몸으로 와서 숨어 있던 것도 아닐 테고. 침낭이나 텐트를 지고 왔다고는 더욱 상상할 수 없으니까요. 따라서 저 또한 어제 여기 묵었던 손님 중에 범인이 있다고 생각해요. 방갈로에서 범행 시간을 노렸던 거라고. 거기서 또 하나 유추해 본다면... 그렇다면 범인은 이곳에 다른 손님이 여럿 있다는 걸 알았을 텐데. 그럼에도 불구하고 범행을 저지른 걸 보면, 매우 원한이 깊거나 대담한 인물, 아니면 범행을 저지를 수밖에 없을 만큼 궁지에 내몰린 인물 같아요."

두 사람은 무심한 표정으로 이야기를 들었지만, 뉴원의 회색 눈은 조금 커졌다. 아일랜이 제대로 추리에 집중하고 있었기 때문이다. 또한 그 의견도, 손님 중에 범인이 있다는 것은 자신의 결론과 비슷한 듯했으나, 제시한 이유가 전혀 달랐다.

궁지에 몰린 범인의 상황까지 추리해 내자. 뉴원은 "아, 그렇군요. 좋은 지적입니다. 아일랜 씨."하고 감탄해 마지않았다.

그러나 매드 팀장은 미간을 찌푸렸다. 저 캐스터는 아까도 쇼쿠의 말에 동의한다고 슬쩍 넘어가더니. 이번에도 쇼쿠 캐스터의 말에 숟가락을 얹을 뿐이 아닌가. 쓸데없는 군소리를 빼고 결론을 압축해 보면 저 뚱뚱한 핑크빛 남자는 쇼쿠 캐스터의 말을 단순 반복하는 것과 다름없었다. 범인은 이곳에 있는 손님 중 하나라고. 그런데 갑자기 보조 캐스터라는 삐쩍 마른 청년이 좋은 지적이라며 감탄하자, 갑자기 이 사람들은 뭔가 싶었다.

팀장은 재빨리 손을 내저으며 고개를 끄덕였다.

"아, 알겠어요. 한마디로 아일랜 씨도 쇼쿠 캐스터와 같은 생각이란 말이죠? 그럼, 손님들을 조사하면 되겠군요. 조사 범위가 정해져서 다행이에요."

그런데 아일랜은 눈을 들어 천장을 보며 한 마디 덧붙였다.

"하지만 이상하게 마음에 걸리는 게 있어요. 자세히 보지는 못했지만, 르네 부인이 쓰러져 있던 모습이... 머릿속에 박힌 듯 사라지지 않는걸요."

그 말에 뉴원은 또 한 번 크게 놀랐다. 방금 작가가 한 말은 자신이 의아하게 생각하는 것을 똑같이 가리키고 있었기 때문이다. 르네 부인의 죽은 모습. 그것이 의미하는 것은 무엇인가.

그러자 쇼쿠가, "그건 신경증 때문이라 생각되는데. 피나 시체를 못 본다고 했는데 그런 끔찍한 모습을 봤으니. 충격을 받아 머릿속에 장면이 박제된 게 아니겠소. 앞으로 캐스터를 계속할 생각이면 그런 장면은 빨리 잊어버리는 훈련을 하는 게 좋을 거요." 하고 쯧쯧 혀를 찼다. 그러고는 매드를 향해 믿음직하다며 고개를 끄덕였다.

"아무튼 팀장이 귀가 열린 똑똑한 분이라 참으로 다행이오. 이 사건은 도둑이나 강도의 소행이라 보기 어려우니, 원한에 의한 살인으로 보고 조사하면 될 거요. 애초 범행의 목적이 살인인 것 같단 말이오. 그리고 이제 막 든 생각인데, 범인이 둘 이상일 수도 있지 않을까 싶소만."

뜻밖의 주장에 나머지 세 사람이 서로를 돌아봤다.

매드 팀장은 중요한 실마리를 얻은 듯 허벅지를 탁하고 쳤다.

"맞아요. 피해자가 둘이니, 범인 혼자 두 사람을 죽이기엔 힘에 부쳤을 거예요. 아무리 나이 든 사람들이라 하더라도... 공범이라... 상당히 가능성 있는 주장이에요."

"아, 그게 아니오. 한 번에 2 대 2로 싸웠다는 게 아니고."

상대의 감탄에 한껏 고무된 쇼쿠가 점잖게 팀장을 타일렀다. 그리고 뉴윈이 했던 상처 이야기를 가로채 말을 이어 갔다.

"... 이처럼 우리는 르네 부인에게서 발견된 상처가 여러모로 이상하다는 걸 알아냈는데. 아무래도 부인이 죽은 후에 난 상처가 아닐까 싶은 거요. 그걸 염두에 두고 보면 공범이 아니라 단독범으로 두 사람이라는 말이오. 즉, 르네 부인을 죽인 사람과 오텀 씨를 살해한 사람이 따로 있는 게 아닌가. 누군가 르네 부인을 죽이고 도망치고. 두 번째 범인이 르네 부인이 사망한 걸 모르고 칼로 공격했으며, 그가 오텀 씨를 마저 죽인 것 같다는 거였소."

"오, 정말 똑똑한 분이시군요. 그 말이 맞는 것 같아요." 하고 팀장은 손을 맞잡고 감탄했다. 사건의 조사 방향과 더불어 범인이 둘이라고 특정되는 듯하자 그녀는 힘차게 손을 비볐다.

"이렇게 경험 많고 범죄를 잘 아시는 분이, 적극적으로 추리해 주셔서 정말 감사해요. 덕분에 범인도 곧 밝혀질 것 같아요."

팀장은 둥근 파마머리를 연신 끄덕이다 미덥지 못한 표정으로 두 사람을 돌아봤다.

"두 분도 쇼쿠 씨 말씀에 동의하시나요? 단독범 혼자 두 사람을 살해했다고 보기는 힘들 것 같은데. 사망한 부인에게 다시 흉기를 휘두른 걸로 봐서, 두 사람의 범인이 전혀 공모하지 않은 상태에서 범행이 이루어졌다는 게 자연스러운 설명 같단 말이죠. 르네 부인을 죽이고 달아난 범인이 하나. 사망한 부인을 다시 공격하고 오텀 씨를 죽인 범인이 하나. 따로 둘인 거죠."

과연, 그것도 타당한 추리인 것 같아 뉴윈이 고개를 끄덕였다. 대신 한마디 덧붙였다.

"부검에서 피해자들의 사망 시각이 확실히 차이 난다면, 주장을 뒷받침할 근거가 마련될 것 같군요."

그러자 쇼쿠가 얼른 대꾸했다.

"시간 차가 크지 않더라도 얼마든지 가능한 일이오. 여기서 독채까지 2, 3분이면 갈 수 있으니. 범인들이 서로 마주치지 않고 차례로 범행을 이어 가는 것도 얼마든지 가능하지."

팀장이 자신의 주장을 전적으로 받아 주자, 쇼쿠는 기분이 더욱 고양되었다. 그는 턱을 들고 자랑스레 눈썹을 치올리며 두 사람을 번갈아 쳐다봤다.

"그나저나 두 사람은 이제 숨은 사연을 털어놔야 할 듯싶은데. 아까부터 기다리는 중인데 이야기를 꺼낼 눈치가 영 안 보이니 말이오. 설마 조사를 훼방 놓을 생각도 아닐 테고. 그럼 입회 캐스터 자격도 박탈되고 곤란한 처지가 되지 않겠소." 하고 매드를 향해 잘못을 고발하는 양 언성을 높였다.

"팀장. 이 두 사람은 다른 손님들과 처지가 다르다고 했소. 우린 초대장을 받고 왔지만, 이들은 르네 부인과 따로 관계가 있다는 거요. 부인이 복수를 원했다는 말까지 했으니, 우리를 속인 사연부터 들어 봅시다."

난데없이 복수라는 단어가 튀어나오자 매드 팀장은 아일랜에게 한발 다가섰다. 그리고 압박하듯 매서운 눈으로 다그쳤다.

"그런 중대한 사실을 숨기고 있었단 말인가요. 어서 빨리 말해 보세요."

잘못을 들킨 아이처럼 아일랜이 우물쭈물 입을 열었다.

"그게... 저희는 의뢰를 받고 이곳에 왔어요. 어제 점심 무렵, 오텀 씨가 의뢰할 게 있다며 저희를 찾아왔거든요."

의뢰, 라는 말에 팀장과 쇼쿠가 동시에 턱을 치올리며 놀랐다. 쇼쿠는 "의뢰라고?" 되물으며 몸을 살짝 떨고. 팀장 또한 뜻밖의 숨은 사연에 놀란 듯 고개를 갸웃했다.

진정하라며, 뉴원이 차분한 목소리로 한마디 덧붙였다.

"피해자에 관한 내용인 데다 조사 방향을 좌우할 수 있어, 말하지 않은 겁니다. 방금 말했다시피 어제 묵었던 사람들이 용의선상에 올랐으며, 저희도 같은 입장이니까요."

"무슨 의뢰였죠?" 매드가 달려들 듯 캐물었다.

아일랜이 곧바로 답했다.

"부인의 의뢰는 사람을 찾아 달라는 것이었어요... 20년 전 사망한 따님의 이야기를 꺼내고는. 당시 이브 양은 임신한 상태였는데 그걸로 고민하다 사망에 이른 것 같다고요. 그 사건은 사고사로 판명됐으나. 부인은 따님의 죽음은 타살이며 범인이 있다고 생각했어요... 저희가 직접적인 살인이 아니라고 말씀드렸지만, 아무튼 임신과 관련된 사람을 찾고 싶다고 말씀하셨죠."

그리고 그는 오텀이 통나무집을 방문한 것부터 르네 부인을 만나 의뢰를 받고, 그것을 거절하기까지 과정을 상세히 전했다. 빵 조각을 찾느라 여러 번 장면을 떠올린 터라 기억은 선명했으며, 자신이 들은 말도 거의 외우고 있었다.

사정을 다 들은 팀장은 한 손으로 턱을 문지르며 심각한 어조로 말했다.

"그럼, 그 남자가 여기 있다는 건가요? 당시 임신으로 고민했다면, 어떤 장애나 제약이 있었을 듯한데... 그가 유부남일 가능성이 있겠군요."

그러나 뉴원이 재빨리 손을 들었다.

"그건 범위를 지나치게 제약하는 것 같습니다. 제 생각일 뿐이지만, '함께 이야기를 나눌 사람'이라는 평범한 말에 주목해 보면, 누구도 무관하다고 잘라 말할 수는 없을 것 같은데요."

그리고 다시 아일랜과 뉴원, 매드 팀장은 20년 전 이브 양의 사건에 대해 이야기를 나누기 시작했다.

세 사람이 대화를 나누는 사이. 쇼쿠는 연신 고개를 내두르거나 혀를 차고 있었다. 기분이 몹시 상한 듯. 결국 한차례 대화가 끝나자 그의 입에서 비난의 말이 튀어나왔다.

"르네 부인은 제정신이 아니었군. 20년 전 딸을 죽인 남자라니. 그 남자 때문에 그녀가 죽은 건지도 잘 모르면서 말이오."

그는 다시, "검시관이 사고사라 말했다는데. 무슨 엉뚱한 원한을 품고 우릴 초대한 건지. 미치지 않고서야 이런 오싹한 일을 벌일 수가 없지."라고 말을 덧붙였다. 그리고 "아니, 두 사람은 이런 중요한 이야기를 감추고 있었단 말이오?"라며 아일랜과 뉴윈이 큰 잘못을 저지른 양 눈을 치뜨고 노려봤다.

두 사람은 당황한 얼굴로 죄송하다고 사과했다.

한편 이야기를 들은 매드 팀장은 잠시 생각에 잠겼다. 미간을 찌푸린 채 얼마간 입을 다물었으나. 이윽고 양손을 허리에 짚고 한숨을 내쉬었다.

"후. 그럼 조사 방향이 복잡해지는데요. 쇼쿠 씨의 말을 듣고 르네 부인과 채무 관계가 있거나 부인에게 원한을 품은 사람을 찾아보려 했는데. 방금 들은 이야기를 바탕으로 유추해 보자면. 르네 부인이, 딸의 죽음과 관련 있는 사람을 찾으려다 되레 당했을 수도 있다는 말이잖아요. 사건이 훨씬 복잡해졌어요."

이브 양을 죽인 범인을 찾으려다 되레 당했다... 그 말에 동의하듯 세 사람도 서로를 돌아보며 고개를 끄덕였다.

그러나 팀장이 고민하는 시간은 그리 길지 않았다. 그녀는 노련하게 조사 방향을 수정했다.

"그럼, 1차 조사는 어제오늘 알리바이와 행적, 르네 부인이나 오텀 씨와 원한이 있을 수 있으니 피해자들과 직접적인 관계를 물어보도록 하죠. 그다음 2차 조사에서 20년 전 사건과 더불어 이브 양과의 관계를 조사하는 걸로 하겠어요. 참고인들이 각자 방갈로로 돌아가 격리된 다음, 불쑥 이브 양의 이야기를 캐묻는 거죠. 여기 모인 사람들 모두 그녀와 관계 있다고 하니. 갑자기 20년 전 일을 추궁하면 어떤 반응을 보이는지 살펴봐야겠어요."

"하지만," 하고 쇼쿠가 난처한 듯 중얼거렸다. "20년이나 지난 사건을 캐물어 봤자 기억 안 난다고 하면 그만 아니오. 우선 나부터도 원. 어제 오텀 씨의 말을 듣고 무슨 일인가 싶었으니. 오래 전 이야기를 꺼내 그저 어리둥절할 뿐이었소. 그런 일은 새카맣게 잊고 산 터라, 어이없을 뿐이었단 말이오."

"그건 문제없어요. 그런 핑계에 대한 대처법은 알고 있으니. 기억이 안 난다고 하면 기억나게 하는 방법이 있죠." 하고 팀장은 여유롭게 대꾸했다. 그리고 다시 아일랜에게 물었다. "그것 말고 또 감추고 있는 이야기는 없죠?"

거기서 아일랜은 잠시 망설였다. 자신이 몰래 부인과 약속한 일을 꺼내야 할까... 그러나 역시 고민하는 시간은 길지 않았다. 중범죄 사건을 조사함에 있어 자신은 초보였으며, 부인을 위해 한 명의 도움이라도 더 구해야 했기 때문이다.

결국 그는 낮게 손을 들고 남은 이야기가 있음을 알렸다. 그리고 복수를 끝내 달라고 했던 부인의 마지막 부탁을 전했다. 그러나 두 가지는 말하지 않았다. 빵조각이란 단어와 부인의 미소. 빵조각은 비유였기에 빼도 무리가 없는 단어였으며, 부인의 미소는 확신이 서지 않았기 때문이다. 진짜 자신이 본 게 맞는가. 그에 대한 답은 자신이 찾아야 할 숙제였다.

그러나 아일랜의 고민이 무색하리만큼 팀장과 쇼쿠는 별 반응이 없었다. 매드 팀장은, "결국, 부인은 거절을 받아들이지 않았단 말이군요. 끝까지 범인을 찾을 생각이었다니."라며 고개를 끄덕였고. 쇼쿠는 "집요하군. 완전 망상에다 집착이야."라고 질린다는 듯 고개를 휘휘 저을 뿐이었다.

단지 뉴원만이 뭔가를 생각하는 듯, 눈빛이 짙어지고 고개를 작게 끄덕였다.

아무튼 그것으로 부인에 관한 모든 이야기가 끝났다.
팀장은 서둘러 메모지를 꺼내 다른 것을 물었다.
"수색과 조사를 동시에 진행할 계획인데. 혹, 참고인들이 묵고 있는 방갈로를 알 수 있을까요?"
쇼쿠가 그녀를 보며. "내가 알고 있소. 독채마다 외관이 달라 누가 어떤 곳을 분양받게 될지 궁금해 알아보았으니 말이오." 하고 답한 다음, A동부터 묵는 사람을 차례로 알려 줬다.
얼른 메모를 받아 적은 팀장은 마지막 당부라며 입을 열었다.
"Q1사건이라 초동 조사 시간이 끝나면, 캐스터분들은 픽셔에서 사건의 전모와 범인을 밝혀야 할 거예요. 그때 가서 새로운 이야기가 나오면 조수대 팀장으로서 그냥 넘어가지 않겠어요. 부디 더 이상 감춘 이야기가 없길 바라겠어요."
그것은 아일랜과 뉴원에게 경고하듯 던진 말이었으나. 뜻밖에 쇼쿠가 아차 싶은 기분을 느꼈다. 그는 속으로 괜한 말을 했다며 후회했는데. 범인이 두 사람일지 모른다는 이야기를 한 것이 실수였다는 생각이 든 것이다.
팀장의 칭찬 때문에 우쭐해서 중요한 힌트를 주고 말았다며 뒤늦게 반성한 그가 얼른 손을 들었다.
그 신호를 알아차린 팀장이 무슨 일이냐며 돌아보자, 마이너 캐스터는 고개를 천천히 가로저었다.
"잠시 깜빡하고 있었소. 이게 Q1사건이라는 걸. 조사에 참여한 입회 캐스터들이 추리로 범인을 찾아야 하는데. 내가 그만 경솔하게 입을 놀린 듯해서 말이오." 그러면서 그는 두 사람을 흘깃 쳐다보고 팀장에게 부탁이 있다고 말을 이어 갔다.

"Q1사건은 입회 캐스터들이 경쟁자가 되는 걸 팀장도 알고 있을 거요. 그러니 이제부터 난 입을 다물 생각이라. 참고인으로서 조사 질문에는 성실히 답하겠지만, 사건에 대한 추리나 내 생각은 적극적으로 밝히지 않겠다는 말이오. 조사가 끝나는 대로 모닝이스트사를 대표해 픽셔를 발표해야 하니. 지금부터는 사적인 의견이나 추리는 묻지 않길 부탁하고 싶소."

"물론," 하고 매드도 선선히 고개를 끄덕였다. "알고 있어요. 법가원에 보내는 인터뷰 자료도 따로 제출하고. 사건의 추리도 제각기 픽셔로 발표한다는 걸. 또한 초동 조사가 끝난 후에는 입회 캐스터 각자가 참고인들 앞에서 픽셔를 발표해야 할 테고요. 하지만 언제든 제 귀가 열려 있다는 걸 기억해 주세요. 저에게 의견을 구하거나 추리를 검증받고 싶으시다면 도와드릴 준비가 돼 있다는 걸요."

팀장은 진지한 얼굴로 쇼쿠의 청을 수락했다.

3 DAY 1 - 오전 8:20

40여 분만에 드디어 사체 통합소 직원들이 현장 정리를 마쳤다. 네 명의 직원이 사망자들을 들것에 실어 밖으로 나가고. 주

검시관 마키가 현장에서 나와 사무실로 들어섰다. 그녀는 매드 팀장에게 다가가 한쪽 어깨를 톡톡 치며 친근하게 말했다.

"매드. 너도 빨리 도착했으니까 사전 인터뷰는 넘길까 하는데. 산 사람의 이야기를 듣는 건 도무지 힘들어서 말이야."

마키 에임스는 올해 나이 40세로 매드 팀장과 오랜 친구였다. 친구는 서로 닮는다고, 그녀 역시 까무잡잡한 피부에 보통 체격, 도톰한 얼굴에 동글동글한 눈매가 평범해 보이는 여인이었으나. 실제로는 베이크 타운에서 일어나는 사망 사건의 부검을 도맡아 하는 프로 중의 프로였다.

마키는 다시 희미한 눈웃음을 띠며 친구에게 속삭였다.

"난 한시바삐 두 사람의 이야기를 듣고 싶거든. 르네 부인과 오텀 씨가 들려주는 이야기가 궁금할 뿐이야. 어차피 Q1사건으로 접수됐으니 너도 서둘러 조사를 시작하고 싶을 테고. 범인이 더 깊이 숨어 버리기 전에 얼른 몰아붙여야 하지 않겠어?"

오랫동안 손발을 맞춰 일해 온 친구는 팀장의 심정을 훤히 꿰뚫고 있었다. 덕분에 매드는 살았다며 콧김을 내뿜었다.

"오케이. 내가 맡을게. 캐스터들과 얘기해 봤는데 조사 방향을 대충 잡은 것 같아. 그래서 할 일이 많아. 너도 얼른 돌아가서 하고 싶은 걸 해." 그다음 슬쩍 한마디 덧붙였다. "그리고 마키, 이건 빨리 출동한 것도 아니야. 30분이나 걸렸잖아. 몬테 리조트란 말을 듣자마자 출발했는데도 늦었지 뭐야. 어디든 5분 안에 도착하는 게 우리 조수대의 자랑인데."

그게 마음에 들지 않는 듯 매드는 손으로 짧은 뒷머리를 거칠게 털었다. 그러나 말속에는 은근한 자부심이 담겨 있었다.

"아무튼 제일 귀찮은 발대식을 끝내 버렸으니. 즉시 조사를 시작할 수 있어."하고 팀장은 주방 쪽으로 눈길을 던지고 다시 친구를 마주 봤다.

그러자 마키 검시관이 한결 낮은 어조로 말했다.

"바로 부검을 하겠지만. 각막의 상태나 시반을 보면 사망한 지 10시간이 채 되지 않았어. 어젯밤 9시 이후로 참고인들의 알리바이를 조사해야 할 거야. 그리고 또 하나, 부검 결과 뜻밖의 사실이 밝혀질지 몰라. 아무래도 현장과 사체의 상태가 묘하거든. 그래서 더더욱 빨리 사망자들과 이야기를 나눠 봐야 할 것 같아."

매드 팀장은 알았다며 친구에게 수고하라 인사를 전했다. 검시관이 물러가자 그녀는 곧장 대원들을 사무실로 불러들였다. 그리고 일일이 눈을 맞추며 지시 사항을 전달했다.

"자, 본격적으로 조사 수색을 시작할 거야. 먼저, 너트와 차피는 직원 숙소로 가서 참고인들의 몸수색을 맡아. 몸수색이 끝나면 직원 숙소도 둘이 수색하는 걸로 하고. 그리고 내가 부르는 대로 한 명씩 사건 현장으로 보내 줘. 제일 먼저 최초 발견자인 클로 씨부터 몸수색을 끝내고 이쪽으로 보내 줘. 칸나와 조시, 쿠란데는 손님들이 묵고 있던 방갈로와 자동차를 수색해. 쓸데없는 분란은 피하고 싶으니까 조사 후엔 현장을 원래대로 복구시켜 놓는 것 잊지 말고. 현장에 피가 낭자하니 혈흔이 묻은 옷과 신발을 찾는 데 중점을 둬야 할 거야. 또한 인터뷰가 끝난 참고인들은 숙소로 돌려보낼 예정이라. 수색 순서는 인터뷰 순서대로 해 줘. 제일 먼저 클로 씨가 묵었던 C동부터 수색해."

그녀가 손뼉을 딱 치며 신호를 보내자, 다섯 명의 대원은 네, 하고 답한 다음 모두 맡은 구역으로 흩어졌다.

매드는 곧장 세 사람을 돌아봤다.

"그럼, 우리도 조사를 시작해 볼까요? 현장에서 참고인들의 반응을 살피며 인터뷰를 진행하도록 하죠. 참고로 여기 계신 세 분은, 마지막에 서로서로 인터뷰를 진행할 생각이에요."

깔끔하게 정리를 마친 그녀는 잠시 후, 통신기를 들어 너트와 차피에게 빨리 달리라고 재촉했다. 그 말에 젊은 대원들은 눈길에 몇 번이나 고꾸라질 뻔하며 직원 숙소로 달려갔다.

숙소에 도착한 너트는 거실에 모여 있는 사람들에게 조수대용 카메라를 높이 들어 보였다. 그리고 가쁜 숨을 헐떡이며 팀장의 지시를 전했다.

"여러분. 지금부터 1차 조사를 시작하겠습니다. 저희들은 이곳 직원 숙소와 여러분의 몸수색을 담당한 너트와 차피라고 합니다. 수색 후엔 소지품 목록을 작성하고, 증거물이 될 만한 것은 따로 과학 조사대로 보낼 예정입니다. 다른 대원들은 여러분의 방갈로와 자동차를 수색할 텐데. 혹, 열쇠를 가지고 계신 분들은 지금 말씀해 주세요."

곧이어, 참고인들에게 자동차 열쇠와 방갈로 열쇠를 건네받은 차피가 밖으로 나갔다. 너트는 그가 돌아오기를 기다리지 않고 곧바로 맡은 일을 시작했다.

"그럼, 먼저 클로 씨부터 몸수색을 진행하겠습니다. 수색이 끝나는 대로 사건 현장으로 가서서 조사에 응해 주시면 됩니다. 그 다음은 지시에 따라 순서대로 현장으로 가 주시면 되고요."

그 말에 우울한 얼굴의 브리히도가 불쾌하다는 투로 물었다.

"아니, 몸수색을 왜 하는 거죠? 사건은 어젯밤 일어났는데."

"맞아요. 강도라면 한밤에 들어왔겠죠. 우리가 다 자고 있을 때요." 하고 클로도 항변조로 말했다.

그러자 참고인들을 많이 다뤄 본 너트가 차분히 응대했다.

"사건이 일어난 정확한 시각은 아직 밝혀지지 않았습니다. 또한 두 분은 범죄 관련 픽션를 잘 안 보시나 본데. 범죄를 다루는 픽션에 설명이 잘 돼 있거든요. 이 사건은 강도가 저지른 게 아닐 수 있으며, 여러분들이 용의선상에 올랐습니다. 그런데 범인 중에는, 결정적인 증거를 완벽히 감출 수 없다면 차라리 몸에 지니고 있는 게 안전하다고 믿는 이들이 있어서요. 때문에 만약 여러분 중에 범인이 있다면 중요 증거품을 소지한 채로 있을 수 있습니다."

설마, 했는데. 자신들에게 혐의를 두고 있음을 확실히 알게 된 사람들은 불안한 표정으로 입을 굳게 다물었다.

결국 안내받은 대로 제일 먼저 클로가 대원의 지시에 따라, 비어 있는 방으로 들어갔다. 그사이 차피도 돌아와, 두 명의 조사대원들은 클로의 몸수색을 시작했다.

조사대원들이 소지품을 살피고 목록을 작성하는 동안, 클로는 한결같이 어두운 낯빛이었다. 그리고 현장을 다시 봐야 하냐, 시신을 또 보는 거냐, 떨리는 목소리로 물었다.

그러자 젊은 차피가 친절하게 답했다. "현장은 검안과 정리가 1차로 끝난 상태라 괜찮을 겁니다."

그 말에 클로는 입술을 잘근잘근 깨물며 숙소 밖으로 나갔다.

차마 떨어지지 않는 무거운 발걸음으로 본채로 향했다.

4 DAY 1 - 오전 8:35

클로가 본채로 들어와 먼저 마주친 것은 아일랜의 새파란 얼굴이었다. 자신보다 몸집이 두 배나 큰 남자는 얼굴이 일그러진 채 괴상한 표정을 짓고 있었다. 도살장으로 끌려온 돼지인 양 가쁜 숨소리가 들리는데. 헉헉, 하는 소리에 조금 진정이 된 까닭은, 자신보다 아일랜의 상태가 더 걱정스러웠기 때문이다.

그는 사건 현장인 주방 앞에서 인터뷰를 시작했다. 먼저 43세 나이를 밝히고 그래픽 디자이너라는 신상 정보를 말한 다음, 사건과 관련된 주요 질문에 답했다.

이곳에 오게 된 계기는 쇼쿠의 말과 같았으며, 오늘 아침, 현장을 발견하게 된 경위와 행적에 관해서는 다음과 같이 답했다.

"... 전 어젯밤 사람들에게 계약을 포기할 거라 말했습니다. 아침에 돌아갈 거라고 했죠... 이유가 뭐 다른 게 있겠습니까. 안내문만 근사했지, 실제 와 보니 베이크 타운과 거리도 멀고 여러 가지로 마음에 들지 않아서요... 그래, 간밤에 생각과 고민이 많았습니다. 하지만 결국 결심을 굳히고, 아침에 일어나 짐부터 쌌죠. 얼마 후 밖이 좀 환해진 것 같아 방갈로 밖으로 나갔는데. 맥그리어 씨를 만났습니다. 전 C동이고 그는 B동에 묵었거든요. 그는 호숫가에 산책하러 간다고 했습니다. 우리가 대화를 나누는 사이 크레일 씨가 창을 열고 인사를 건네더군요. 난 두 사람에게 어제 말한 대로 투자를 포기하고 돌아갈 거라 했는데. 맥그리어 씨는 잘 가라 인사한 다음 호수로 향하고. 크레일 씨는 커피를 마시고 싶다며 외투를 걸치고 나왔고요. 그렇게 우리는 함께 본채로 왔습니다. 그런데 안으로 들어오니 전등이 꺼진 채로 아무도 없는 겁니다. 그게 좀 이상하긴 했는데. 어제 오텀 씨가 자기는 이른 새벽부터 사무실을 지킨다고 했거든요. 아무튼 크레일 씨가 전등 스위치를 찾는 동안 전 여기 식당으로 들어왔습니다. 그런데 여기도 어둑하고, 주방 쪽이 불이 환한 겁니다. 문도 활짝 열려 있고 해서,"

그의 눈동자가 반사적으로 주방을 흘깃 향했다.

"그래, 주방에 누가 있는 것 같아, 오텀 씨가 있는 것 같아 안을 들여다봤는데," 거기서 남자는 잠시 입을 다물었다. 그리고 한 번 침을 삼킨 다음 서둘러 말을 이었다 "바닥에 두 사람이 쓰러져 있었습니다. 특히 오텀 씨가 칼에 찔려 피가 낭자한데. 그걸 보자마자 비명이 터지더군요."

그는 마치 막혔던 숨이 터지듯 단번에 뒷말을 줄줄 이었다.

"제가 비명을 지르자 곧바로 크레일 씨가 달려오고. 크레일 씨도 현장을 보고 어찌나 놀라던지. 다리에 힘이 풀린 듯 몸을 비틀거리며, 피 웅덩이를 보고는 부인도 오텀 씨도 훨씬 전에 사망했다고 하는 겁니다. 난 정신이 없어, 그래, 뛰어나가 마구 소리치며 사람들에게 사건을 알렸고. 그러자 비명을 들은 사람들이 나타났습니다. 그다음 크레일 씨가 신고부터 하라고 해서 객실로 달려가 사체 통합 관리소에 신고한 다음. 살인 사건이 분명하니 베이크 타운 조수대에도 신고한 겁니다... 그리고 직원 숙소로 갔죠."

한차례 증언이 끝나자 뉴원이 손을 들었다. "혹시 오전에 본채로 오실 때 발자국을 봤나요?"

"네. 봤습니다. 그건 설피 자국이었는데. 본채 주변에 어지럽게 나 있어서. 전 오텀 씨나 새튼 씨라 생각했습니다."

그리고 매드 팀장이 중요한 질문이라며 뜸 들이듯 헛기침을 하고 물었다.

"어젯밤 만찬 이후로 무엇을 했는지 자세히 말씀해 주세요."

클로의 눈이 조금 커졌다 다시 가느다랗게 작아졌다.

"흠. 만찬이 끝날 무렵 다들 지친 듯했습니다. 독주를 마신 바람에 취하기도 했고요. 그래, 다 함께 식당을 나와 현관을 나섰죠. 그랬더니 눈을 치우고 있던 새튼 씨가 카트를 타고 가라고 하는 겁니다. 다른 사람들은 그냥 걸어가겠다고 하고. 에드 씨와 저만 카트를 이용했고요. 방갈로로 돌아간 다음에는 씻고 잠을 잤을 뿐. 그게 전부입니다. 본채를 나섰을 땐 찬 공기를 쐬고 술이 확 깬 듯했는데. 방갈로로 돌아오니 언 몸이 녹으며 취기가 도로 올라와, 다른 일은 할 수가 없었습니다."

"혹, 자다가 깨지는 않았나요?" 하고 뉴원이 물었다.

"아뇨. 아주 깊이 잔 것 같은데요. 원래 전 술을 마시면 잠에 곯아떨어지거든요."

"그럼, 간밤에 이상한 소리를 듣거나 이상한 장면을 목격하지는 않았나요? 수상한 사람을 봤다던가." 팀장이 재차 확인했다.

그제야 그 질문의 의미를 알아차린 클로는 한 번 더 생각에 잠졌다. "이상한 소리는 아니고 보도를 걷는 발소리를 들은 것 같은 데. 누가 빠른 걸음으로 걷는 듯해서… 하지만 잠결인 데다 아주 작은 소리라 잘못 들은 건지 모르겠군요."하고 답했다.

"그게 언제였죠?"

"전혀 모르겠어요. 깊이 잠들었다 살짝 깼을 때인 듯한데."

매드 팀장이 다시 질문을 던졌다. "혹시 르네 부인이나 오텀 씨를 예전부터 알고 있었는지. 따로 개인적인 관계가 있는 건 아닌지 궁금하군요."

그는 틀림없이 흠칫하고 놀랐으나. 이내 머리를 도리도리 내저었다. 그리고 어제 처음 만났다며 큰 소리로 답했다. 그가 이브 양의 친구이며 르네 부인을 안다는 걸, 팀장을 비롯해 모두 알고 있었으나. 1차 조사에서는 아무도 더 이상 추궁하지 않았다.

그 외 몇 가지 질문에 답하고 그는 묵고 있던 방갈로로 돌아갔다. 직원 숙소가 아니라, 묵고 있던 곳으로 돌아갈 수 있다는 말에 그는 크게 안도의 숨을 내쉬었다.

질문을 듣고 답하는 참고인의 표정은 물론, 마지막 제스처와 돌아가는 뒷모습까지. 아일랜과 쇼쿠의 카메라가 하나도 놓치지 않고 모든 것을 기록하고 있었다.

5 DAY 1 - 오전 9:00

두 번째로 불려온 사람은 크레일이었다. 팀장은 통신기로 현장에 나타난 순서대로 참고인을 부를 생각이라 전했다.

크레일 역시 주방 문 앞에 서서, 51세라는 나이와 더불어 타운 시내에서 개인 병원을 운영하는 내과 의사라고 직업을 밝힌 다음, 질문에 답했다.

오늘 아침 행적에 대한 그의 증언은 분명했다.

"난 아침 루틴이 정해져 있는데. 5시에 기상해 명상과 스트레칭을 하고 커피를 마시며 진료 스케줄을 정리하는 것이오. 그런데 어제는 오랜만에 술을 마셔서 그런지 시간이 좀 밀려, 명상을 끝내고 나니 어느새 밖이 어슴푸레한 거요. 두런두런 말소리도 들리고. 그래, 창문을 열었더니 클로 씨와 맥그리어 씨가 이야기를 나누고 있었소. 내가 인사를 건네자 클로 씨가 자기는 투자를 포기하고 돌아갈 거라며, 오텀 씨에게 인사하러 간다길래. 뭐, 내가 충고할 입장도 아니고. 난 커피 생각이 간절해서 외투를 걸치고 함께 본채로 갔소. 그런데 안으로 들어가니 사무실이 불이 꺼진 채로 어두운 거요. 그래 스위치를 찾고 있는데. 그사이 클로 씨가 식당으로 가는가 싶더니. 잠시 후, 비명 소리가 들려 깜짝 놀라 달려가 봤소. 그랬더니 클로 씨가 비명을 지르며 떨리는 손으로 주방 안쪽을 가리키는데... 가만 보니 바닥에 피가 낭자하고 두 사람이 쓰러져 있었소."

그 장면을 다시 떠올린 듯 그의 얼굴이 확 일그러졌다.

"얼마나 놀랐던지 다리가 후들거려 주저앉을 뻔했지 뭐요. 아무튼 우리는 비명을 지르며 밖으로 뛰쳐나갔고. 사람들이 놀란 얼굴로 뛰어오고. 그제야 정신을 차리고 내가 신고부터 해야 한다고 말했을 거요. 그랬더니 클로 씨가 숙소로 뛰어가고. 난 다시 사람들에게 사건 현장으로 들어가지 말 것을 당부했는데. 그 사이 캐스터들이 나타나 우리에게 지시를 내렸소. 자신들은 현장으로 들어가겠다며, 우리더러 직원 숙소에 모여 있으라는 거요. 그 이야기를 듣고 새튼을 따라 직원 숙소로 간 게 끝이오."

반듯한 이목구비의 의사는 간간이 이마를 찌푸리며 이야기를 전했다. 그리고 마지막엔 잠시 입을 다물고 기억을 되새기더니, 빠짐없이 이야기를 전했다며 고개를 끄덕였다.

처음으로 아일랜이 죽은 듯한 낯빛으로 손을 들고 나섰다.

"주방 안으로 들어가지 않으셨단 말씀이죠? 르네 부인과 오텀 씨가 사망한 걸 확인해야 하지 않나요?"

그 말에 의사는 도리어 코웃음을 쳤다.

"글쎄. 내가 직업을 밝혔는데 제대로 못 들은 거요? 의사로서 쓰러져 있던 두 사람이 이미 사망한 상태란 걸 한눈에 알 수 있었소. 부인의 청백색에 가까운 피부나 오텀 씨가 흘린 피 웅덩이가 암적색이 된 것만 봐도 그들이 몇 시간 전에 죽은 건 확실한 터라. 누구든 의사라면 현장을 보는 즉시, 사건 현장을 그대로 보존하는 게 중요하다 판단했을 거요. 조사 수색에 도움이 되도록. 그래서 다른 이들에게도 현장에 접근하지 말라 당부했던 거고."

그 답을 들은 매드 팀장의 눈가가 부드럽게 누그러졌다.

"정말 현명한 조치였어요. 또한 완벽히 모범적인 사례였고요. 이런 경우 아무것도 모르는 사람들이 시체를 확인한다, 증거를 찾는다, 하면서 아주 난장판을 만들어 놓거든요. 픽션에서 보고 배웠다면서 말이에요. 그 바람에 목격자들의 흔적과 범인의 흔적이 뒤섞여 감식하는 데 어려움을 겪곤 하죠."

그제야 자신이 엉뚱한 딴지를 건 것을 깨달은 아일랜은 좀 무안해졌다. 팀장에 이어 뉴윈까지 정중하게 머리를 조아리며 전적으로 공감한다고 말하자 더욱 몸 둘 바를 몰랐다.

한편 뉴윈은 크레일의 말을 들으며, 쇼쿠 캐스터와 자신이 현장을 어지럽힌 게 아닌가 걱정스러웠다. 자신들의 머리카락이나 말할 때 튄 침방울이 현장에 떨어져 있을 것만 같았다.

그다음, 어젯밤 행적에 대해서는 클로와 답이 비슷했다. 자신은 술을 깨려고 A동까지 걸어갔으며, 진료 스케줄을 정리하고 숙소에서 씻고 잠을 잤다는 것이다.

그리고 한밤이나 새벽에 이상한 기척을 느끼지 못했냐는 질문에도 순순히 답했다. "목이 말라 몇 번 깨기는 했지만. 바깥에 전혀 신경을 쓰지 않아 소리 같은 건 듣지 못한 것 같소. 실내가 워낙 방음이 잘 돼 있기도 했고."

그리고 팀장은 마지막 질문을 던졌다. 르네 부인이나 오텀을 이전에 알았느냐 물은 것이다. 그러자 처음으로 크레일이 입을 다물고 뜸을 들였다. 그러나 결국 한숨과 더불어 머리를 내저으며 솔직한 이야기를 털어놓았다.

"사실, 르네 부인은 알고 있었소. 오텀 씨는 여기 와서 처음 만난 사이고."

"르네 부인을 어떻게 알고 있죠?"

"어젯밤 만찬이 끝날 무렵, 오텀 씨가 20년 전 사건에 관한 이야기를 꺼냈소... 그때 여기서 죽은 이브 양의 이야기를 잠깐 꺼냈는데… 후, 사실 난 20년 전 이브 양의 주치의였던 터라, 그녀와 그녀의 어머니인 르네 부인을 알고 있으며, 그녀의 아버지인 로토니어 씨와도 친한 사이였다오."

이왕 이야기가 나온 김에 이브 양에 대해 물을까, 매드는 잠시 망설였다. 그러나 참고인들에게 말이 새 나갈 수 있으므로, 혼란을 줄이기 위해 애초 계획대로 밀고 나가기로 했다. 20년 전 사건은 2차 조사에서 캐묻기로 하고 대신 다른 걸 물었다.

"쇼쿠 캐스터가 말하길, 투자 안내서에 아무에게도 말하지 말고 오라는 조건이 있었다던데. 크레일 씨는 부인에게 뭐라 말하고 여기 온 건가요? 크리스마스 시즌이면 가족과 함께 있어야 하지 않나요?"

그러자 의사는 고개를 갸웃했다. "무슨 말인지 전혀 모르겠소만. 난 한 번도 결혼한 적이 없으니 말이오."

순간, 당황한 매드가 그러냐며 말을 얼버무렸다. 그리고 얼른 인사를 전한 다음 그를 숙소로 돌려보냈다.

6 DAY 1 - 오전 9:25

세 번째로 조사를 받으러 온 사람은 새튼과 그의 아내 비들이었다. 부부는 이런 상황이 낯설고 두려운 듯 일그러진 표정과 경직된 자세로 주방 문 옆에 자리를 잡고 섰다. 그러나 잔뜩 오그려

붙은 눈으로 연신 주방 너머를 힐끔거리는 게, 둘 다 궁금증을 참지 못하는 모습이었다.

비들 부인은 올해 30세로 남편과 동갑이었으며, 듬직한 남편에 비해 보통 키에 호리호리한 체구의 여인이었다.

두 사람은 미리 의논한 듯, 조사 질문에 새튼이 먼저 답하고 부인이 눈치를 보며 나중에 답하는 식으로 인터뷰에 응했다.

오늘 아침 일에 대해 묻자 새튼이 먼저 나섰다.

"오늘은 6시에 일어났습니다. 오텀 씨는 대개 4시에 일어나 마당을 청소하고, 사무를 보기 시작지만. 저희 부부는 손님들이 일어나신 후에 일이 시작되기에 일찍 일어날 필요가 없거든요. 그래, 여느 때처럼 일어나 밖을 보니 보도에 눈이 깔렸고, 빗자루로 쓴 흔적이 없는 겁니다. 그게 좀 이상하기는 했습니다만, 뭐. 오텀 씨가 어젯밤 손님들을 접대하고 술도 마셨으니, 청소도 못 하고 피곤해서 졸고 있나 생각했을 뿐입니다. 그다음 아침을 먹으려고 아내와 함께 샌드위치를 만드는 중이었는데, 갑자기 비명 소리가 들려 어찌나 놀랐던지... 당장 달려가 봤더니 본채 앞에서 클로 씨와 크레일 씨가 어쩔 줄 모르며 소리를 지르고 있었습니다. 클로 씨가 사장님과 오텀 씨가 살해당했다고 얼마나 고래고래 고함을 치시던지. 전 아무 경황이 없었습니다. 다행히 손님들이 나서 상황을 정리해 주셨는데. 크레일 씨는 현장을 어지럽히지 말라 당부하시고, 뉴윈 씨는 사체 통합소 직원이 올 때까지 모두 함께 있어야 한다고 말씀하시고, 쇼쿠 씨는 현장 검증을 하겠다고 하셔서. 신고를 마치고 돌아온 클로 씨와 함께 다른 손님들을 모시고 직원 숙소로 갔습니다."

비들 부인은 새침하게 단발머리를 귀 뒤로 넘기며 답했다.

"저도 남편과 같아요. 6시에 일어나 손님들이 부르실 때까지 대기하고 있었죠. 저와 남편은 손님들의 호출에 응하거나, 방갈로를 청소하는 게 주된 일이라. 때문에 손님들이 일어나야 일이 시작되거든요. 본채 일은 조금 손을 거드는 정도예요. 사무실은 오텀 씨가 맡고, 주방 일은 사장님이 도맡으시니까요. 사실 사장님은 요리뿐 아니라, 전기나 굴뚝, 지붕 수리까지 못 하시는 일이 없으셨어요. 20년이나 이곳을 운영하셨으니... 아무튼 오늘 아침도 남편과 함께 식사 준비를 하는데 갑자기 새된 비명 소리가 들렸어요. 무슨 까마귀 같은 큰 새가 목을 비틀며 우는 소리 같은 게. 그래, 남편을 따라 밖으로 달려갔다 그 소식을 들었죠... 두 분이 살해당했다는 말을 듣고 어찌나 무섭고 떨리던지. 아직도 진정이 안 되는 것 같아요... 어휴."

다시 가쁜 숨을 내쉬던 아일랜이 제일 먼저 손을 들었다.

"사무실과 식당에 전등이 꺼져 있었다는데. 원래 불을 꺼 놓는 건가요?"

"아뇨." 하고 새튼이 몸집에 비해 작은 눈을 깜빡였다. "이상하군요. 원래 본채는, 특히 사무실과 식당은 24시간 내내 불을 켜 놓는데. 손님들이 언제든 이용할 수 있게끔 말입니다. 지키는 사람이 없어도 전등은 끄지 않습니다만. 오텀 씨가 가끔 사무실에서 밤을 보낼 때가 있는데, 그때도 스탠드 정도는 켜 놓는걸요." 하고 고개를 갸웃했다.

다음은 매드 팀장이 나섰다. "두 분은 어젯밤 만찬 준비를 돕고 나서 무얼 하셨죠?"

"전 좀 쉬다가 사장님 지시로 눈을 치웠습니다. 만찬이 끝나고 손님들이 방갈로로 돌아갈 때 미끄러져 다치기라도 하면 큰일이라서요. 일단은 눈이 그친 터라, 빗자루로 쓸어 모아 현관 앞에 쌓아 놓고 바쁜데. 9시가 돼서 오텀 씨가 나왔습니다. 저더러 수고한다며 손님들은 좀 더 있다 나오실 거라 말하길래 좀 느긋하게 일을 마무리하는 중이었는데... 웬걸, 금세 다들 밖으로 나오시는 겁니다. 그래, 클로 씨와 에드 씨를 숙소까지 전기 카트로 태워 드렸습니다. 다른 분들은 그냥 걸어가시고. 몇 분은 주차장으로 가시는 것 같았고요."

"주차장에 간 건 누구누구였죠?" 아일랜이 얼른 되물었다.

"아마 맥그리어 씨와 브리히도 씨였을 겁니다... 아무튼 손님들을 모셔다드리고 전 마당으로 돌아가 하던 일을 끝냈습니다. 그리고 숙소로 가려는데. 참, 그때 맥그리어 씨가 못 보던 봉투를 끌어안고 숙소로 돌아가시더군요. 그다음은 숙소에서 손님들 호출을 기다리다 11시가 넘어 잠이 들었습니다."

조사원들은 서로 눈짓을 주고받았다. 수상한 행적이 나온 듯.

곧이어 비들 부인도 답했다. "전 만찬 준비를 끝내고 일단 숙소로 돌아왔어요. 그리고 만찬이 끝난 다음, 사장님의 호출로 다시 본채로 가 뒷정리를 도와드렸고요. 먼저 식당을 치우고 주방으로 가 보니 그새 사장님이 정리를 끝내고 설거지만 남아 있었어요. 설거지를 끝내고 숙소로 돌아왔을 때가 10시쯤이었을 거예요. 그 다음은 좀 쉬다 잠이 들었고요."

"혹시, 한밤에 이상한 소리를 듣지 않으셨나요? 바깥에 인기척이라든가, 누가 지나가는 소리라든가."

"글쎄요. 직원 숙소는 맨 끝에 있어, 바로 옆 동이 아닌 이상 바깥의 기척을 느끼기는 어려운걸요."하고 새튼이 답했다.

"오텀 씨는 만찬 이후 뭘 했는지 아시나요? 아주 중요한 질문인데 새튼 씨 말고는 제대로 답해 줄 사람이 없어서요."하고 아일랜이 창백한 얼굴로 목소리를 높였다.

다시금 뉴윈은 팀장의 뒤편에 선 아일랜을 힐끗 쳐다봤다. 그가 이제껏 조사에서 보였던 태도와 사뭇 자세가 다르다는 걸 모를래야 모를 수 없었다. 작가는 마치 열에 들뜬 사람처럼 조사에 집중하고 있었다. 핏기 없는 싸늘한 얼굴과 대조되는 뜨거운 열의였다.

아일랜의 질문에 새튼이, "아, 그러고 보니,"하고 묘한 답을 했다. "아내가, 오텀 씨가 직원 숙소에 있다가 한밤에 나가는 소릴 들었답니다."

"그게 무슨 말이죠? 자세히 말해 봐요." 팀장이 급히 청했다.

"말씀드렸다시피 만찬이 마무리되고, 손님들을 모셔다드리고 눈을 치우고 돌아오니 숙소에 오텀 씨가 있었습니다. 오텀 씨는 베란다에서 밖을 내다보고 있는데. 제가 들어온 것도 모른 양, 혼잣말을 중얼거리고 있었습니다. '안 될 일인데. 안 되는데.' 하는 소리를 들었거든요."

"말이 오락가락하는군. 자꾸 새로운 말이 나오고. 방금 증언도 잘못 들은 게 아닌가? 정말 그가 그런 말을 했다고 맹세할 수 있는가 말이지." 쇼쿠가 엄한 투로 다그쳤다.

기억이 산란해서 두서없이 말이 나오는 것뿐인데. 캐스터가 지나치게 깐깐하게 따지고 들자 새튼은 어깨를 움츠렸다.

"뭐, 제가 잘못 들었을 수도 있지만. 그땐 분명히 그런 말을 들은 것 같았습니다. 도대체 뭐가 안될 일인지 궁금해하다, 리조트를 분양하는 게 안될 일이라며, 속으로 대꾸했든요. 그다음 장화를 벗는데, 그 소리에 오텀 씨가 놀란 듯 뒤를 돌아보더군요. 그리고는 도망치듯 자기 방으로 들어가 버렸습니다."

직원의 말은 사람들의 머릿속에 많은 의문을 불러일으켰다.

새튼은 부인을 힐끗 보고 답을 이어 갔다. "그런데 방금, 아내가 여기로 오면서 말하길 새벽에 오텀 씨가 나가는 소리를 들었다는 겁니다."

사람들의 눈길이 일제히 비들 부인에게 향했다. 그녀는 어쩔 줄 몰라 하며 갈색 머리를 또 귀 뒤로 넘겼다.

"그게... 방금 숙소에서 나올 때 갑자기 그게 떠올랐어요. 한밤에 오텀 씨가 설피를 신고 나가는 것 같았거든요."

"그걸 어떻게 알죠? 설피를 신었다는걸." 아일랜이 물었다.

"오텀 씨는 설피를 신을 때면, 어이쿠 하는 소리를 냈거든요. 신발에 덧대기 위해 허리를 숙였다 펼 때요. 그런데 그 소리가 얼핏 들린 것 같았어요. 오텀 씨 방은 안쪽이고 우리는 현관 앞쪽 방이라. 아주 작은 소리였지만, 희미하게 알람 소리가 들려 잠이 깨고. 시계를 본 다음에 그 소리를 들은 것 같았어요."

"알람 소리까지 났단 말입니까? 그게 몇 시쯤이었죠?" 뉴윈이 재빨리 되물었다.

"아, 네, 저도 호출과 알람 소리엔 워낙 민감해서... 바로 잠결에 시계부터 확인했어요. 탁자 위에 놔둔 시계를 보니 1시 35분이었고요. 그 몇 분 뒤 오텀 씨가 힘든 소리를 내는 걸 들었죠."

"전기 카트를 타면 되는데. 설피를 신었단 말이죠? 오텀 씨는 운전을 못 하나요?" 하고 뉴윈이 새튼에게 물었다.

"아닙니다. 원래 오텀 씨가 전기 카트를 운전한걸요. 제가 오텀 씨에게 운전하는 법을 배웠습니다." 하고 직원이 답했다.

다음으로 매드 팀장은 혹, 이전에 르네 부인이나 오텀 씨와 아는 사이가 아니었는지 물었다. 그 질문에 부부는 황당해하는 기색이 역력했다.

"네? 저희 말인가요? 사장님과 오텀 씨는 여기서 일하며 알게 된 것뿐인데요. 여긴, 직업소개소에서 알선받아 왔을 뿐이고요. 그 이전엔 한 번도 본 적 없는 분들입니다." 그러면서 새튼는 자기들을 의심하냐며 목소리를 높였다.

그러나 여전히 아일랜은 자신의 질문에 집중하고 있었다.

"아까 말씀하신 걸로는 부족해요. 말했다시피 두 분이 르네 부인과 오텀 씨를 마지막으로 본 분들이라 다시 한번 묻겠어요. 만찬 전후로 오텀 씨와 르네 부인이 어때 보였는지 말씀해 주세요. 기분이라든가, 태도라든가. 뭐든 좋으니 보고 느낀 걸, 아주 사소한 것이라도 말씀해 주세요."

사뭇 간절한 목소리에 새튼은 입을 다물고 생각을 정리했다. 그리고 먼저 오텀에 대해 입을 열었다.

"그러니까... 오텀 씨는 만찬 직전엔 엄청 괴로운 것처럼 보였습니다. 전 투자자와 만찬을 하는 게 부담되는 모양이라 생각했고요. 그런 직함에 전혀 어울리는 사람이 아니니까요. 아, 제가 그리 생각했다는 게 아니고 오텀 씨가 직접 말한 겁니다. 자기는 어울리지 않는 자리라 부담만 된다고요. 아무튼 오텀 씨는 기분이 얼굴에 그대로 드러나는 타입이었는데, 어제 만찬 직전 주방에서 볼 때는 안색이 어찌나 안 좋던지. 잘 차려입은 양복이 상복처럼 보일 판이었죠. 얼굴이 백지장처럼 하얗게 질렸고 눈썹이 아래로 축 처져 완전 죽을상이었다니까요. 소심한 사람이 여러 손님을 만나니 그런가 보다 생각했지만, 이해가 가지 않을 정도로 심각하고 어두운 얼굴이었습니다. 반면 르네 사장님은 전혀 그런 기색 없이 평소와 똑같았습니다."

그러자 처음으로 비들 부인이 끼어들었다. 고개를 살짝 숙이며 단발머리를 귀 뒤로 넘기던 새침함은 사라지고, 인터뷰에 적응된 듯 얼굴을 쳐들고 좀 빠르게 말을 이었다.

"아뇨. 사장님은 평소와 다름없는 정도가 아니었어요. 오히려 평소보다 컨디션이 좋다고 해야 하나 집중력을 발휘했다 해야 하나, 아무튼 그랬어요. 사실 만찬 준비가 보통 시간이 걸린 게 아니거든요. 칠면조가 커서 오븐에서 거의 12시간을 구워야 했고 화덕 요리도 두 개나 만들어야 했으니까요. 그런데 사장님은 어찌나 일을 척척 해치우시던지. 4시 전에 그걸 전부 끝내셨어요. 표정도 우울하거나 걱정거리가 있는 게 아니라, 뭔가에 엄청 몰두하신 듯했고요. 나중에 테이블 세팅을 도와 달라 호출하셔서 주방으로 갔더니, 그때는 또 아주 편안해 보였는데. 저에게 파이 접시를 건네시며 잘 부탁한다고 미소를 지으셨죠. 말투가 얼마나 다정하던지. 처음 보는 모습이었어요. 제가 지금까지 봐 왔던 사장님은 마치 웃는 법을 잊은 사람처럼 굳은 얼굴이었는데. 그게

다 풀린 듯 보여... 그래, 저는 사장님이 여길 분양하는 게 정말 좋으신가 보다 생각했어요." 부인의 목소리는 슬픔에 겨운 듯 점차 잦아들었다.

그 말에 문득 아일랜이 고개를 들었다. "웃고 계셨다고요? 르네 부인이?"하고 묻는데. 어제 마지막으로 본 미소가 잘못 본 게 아니라는 생각이 들었다.

비들 부인은 자기도 놀랐다며 맞장구쳤다. "네. 사장님은, 준비가 완벽했으니 마지막까지 잘 끝날 거라며 웃으셨어요... 만찬 준비가 완벽했으니 계약이 잘 끝나길 기대하시는 것 같았죠."

그리고 갑자기 여인이 손뼉을 쳤다. "아! 그러고 보니 이게 있었어요."라며 황급히 패딩 조끼 주머니에서 메모지를 꺼내 내밀었다. "이걸 아일랜 씨에게 드리라고 했는데."

"아일랜 씨에게요? 비밀 쪽지인가요?" 팀장이 놀란 목소리로 되물으며 손을 뻗어 종이를 가로챘다. 안 그래도 아일랜의 이야기를 듣고 뭔가 더 있으리라 생각한 참이었는데. 자신의 마지막 복수를 해 달라며, 단지 말로만 부탁하고 끝낼 리가 없지 않은가, 의심하던 참이었다.

그러나 쪽지를 넘긴 비들 부인은 고개를 가로저었다. "그런 거면 제가 금방 기억했죠. 사장님이 건네주시자마자 제가 앞에서 읽어 본걸요. 쪽지엔 단지 우리가 할 일이 적혀 있을 뿐이었어요. 남편은 눈을 치우고, 오텀 씨는 주류 창고에서 술을 꺼내 오고, 저는 알펜 로즈 식기를 꺼내 테이블 세팅을 하라는 것과 마님이 직접 준비한 요리 이름이 적혀 있을 뿐이었어요. 평범한 내용이라 조끼 주머니에 넣고 깜빡했지 뭐예요."

팀장이 메모를 읽기 시작하자 다른 이들도 궁금한 얼굴로 그녀를 에워쌌다. 그러나 종이에는 비들 부인이 말한 것만 구체적으로 적혀 있을 뿐이었다. 제설제 종류와 창고에서 꺼내와야 할 술 종류와 술병의 수. 그리고 요리마다 조리 시간이 따로 적혀 있는 게 눈에 띄었을 뿐.

"칠면조 구이 오븐에서 12시간. 고기파이 오븐에서 30분. 돼지 갈비 화덕에서 15분. 그러고 보니 오븐과 화덕을 모두 썼군요. 하지만 이게 끝이에요." 마지막 줄까지 요리 이름을 전부 읽은 매드 팀장이 고개를 갸웃하며 종이를 살폈다.

메모의 의미를 알아내기 위해 캐스터들은 돌아가며 쪽지를 살펴봤다.

"혹시, 이 종이에 트릭이 숨은 게 아닐까 싶은데. 촛불로 그을려 본다든가 물에 띄운다든가. 아니면 특수한 용액에 반응한다든가, 하는 가능성도 생각해 봐야 하지 않나 싶소만." 주의 깊게 종이를 살피던 쇼쿠가 한마디 했다.

"그럼, 이 쪽지도 증거품과 함께 과학 조사대로 보내기로 하죠." 하고 팀장이 종이를 주머니에 챙겨 넣었다.

그사이, 새튼이 카메라를 보며 지친 목소리로 물었다.

"이제 얼추 끝나지 않았나요?"

그러자 매드 팀장이 고개를 저었다. "몇 가지 더 묻겠어요." 하고는. "비명 소리를 듣고 나갔을 때 손님들은 어땠나요? 혹, 수상한 행동을 하는 사람은 보지 못했나요?"라고 물었다.

그러자 부인은 생각을 더듬는 듯 눈을 끔뻑거렸다. 그리고 작게 고개를 내저으며 남편을 의지하듯 바라봤다.

한숨을 내쉰 새튼은 더욱 지친 목소리로 답했다.

"후. 글쎄요. 모두 당황하고 놀라신 듯했습니다. 딱히 이상한 점은 없었던 것 같은데요. 다들 허겁지겁 나타나셨을 뿐."

그때 쇼쿠가 나섰다. "그건 내 카메라 영상을 보면 될 거요. 난 비명이 들리자마자 FAC를 착용하고 달려갔으니. 사람들이 나타난 순서나 그들의 말과 행동, 표정이 기록돼 있을 거요."

누구보다 그 말이 반가운 사람은 새튼이었다. 그는 "팀장님, 말씀 들으셨죠? 영상이 있다는데요."하고 고개를 끄덕였다.

그사이 뉴윈이 다시 "설피를 본 적이 있나요?"라고 물었다.

"그건 모든 방갈로에 기본으로 두 켤레씩 마련돼 있습니다."

"그럼, 모두가 설피를 신고 다닐 수 있다는 말씀이군요."

"네. 이곳은 눈이 자주 오니까요. 또한 말씀드렸다시피 폭설이 아니라 눈발이 날릴 때조차도 설피를 신고 다니는 게 안전하고요. 개량이 잘 된 터라... 그리고 그런 체험이 독특하다고 좋아하는 손님들도 계시고요."

"혹시, 직원 숙소에서 손님들이 어떤 대화를 나누던가요? 다 함께 있을 때 누가 어떤 반응을 보였는지 궁금하군요, 부인."하고 팀장이 비들 부인을 지목해 물었다.

또다시 손님들에 대해 묻자 뉴윈은 팀장이 새튼 부부를 용의선상에서 완전히 배제했음을 알아차렸다.

비들 부인은 잠시 생각에 잠겼다, 천천히 답했다.

"저도 정신없는 데다 손님들도 흥분해서 떠드는 바람에 기억이 좀 뒤죽박죽인데. 아마 처음엔 클로 씨와 크레일 씨가 어떻게 현장을 보게 됐는지에 대해 말했을 거예요. 두 분이 흥분한 듯 떠들고 다른 분들은 이야기를 듣고만 있었죠. 저도 어찌된 일인지 궁금해 귀를 기울였고요. 어유, 말만 들어도 어찌나 무섭던지. 그러다 갑자기 클로 씨가 더 이상 말하고 싶지 않다고 신경질적으로 손을 흔드는 거예요. 애초 아무도 이야기해 달라고 한 적 없는데. 혼자 떠들다가 그런 말을 하니 좀 황당했어요. 클로 씨는 성격이 예민해 보이고 좀 불안정해 보이던데요."

어이없었다며 부인이 입을 다물자, 새튼이 나머지 사람들에 대해 답을 이어 갔다

"그다음엔 맥그리어 씨와 브리히도 씨가, 치안이 엉망이다, 강도가 든 것 같다고 떠들었습니다. 그런데 갑자기 에드 씨가 방갈로 분양에 대해 말을 꺼냈죠. 그러자 크레일 씨가 계약이 어떻게 되는 거냐 궁금해했고요. 그러자 에드 씨가 다시 나서, 이번 사건은 매우 안타까운 일이지만 자기들은 권리가 있다고 분명히 말하더군요. 그리고 계약을 끝까지 진행시킬 생각이라 말했는데. 전 다른 분들은 회의적일 줄 알았습니다만... 두 사람이나 끔찍하게 살해당한 곳이니까요... 그런데 모두 이구동성으로 좋은 기회라 함께하겠다고 말씀하시더군요. 아, 클로 씨만 빼고요. 나머지 분들은 꼭 이곳을 분양받겠다며. 이런 사건은 금방 잊힐 거라든가, 아니면 아예 공포 체험 콘셉트로 리조트를 꾸미는 것도 괜찮을 거라며, 아이디어를 주고받기도 했고요. 참, 저희 부부는 그대로 고용해 주겠다며 선심 쓰듯 말씀하신 분도 있으셨는데. 하지만 아내와 저는 무서운 생각만 들어, 솔직히 이곳을 나가고 싶을 뿐입니다. 저희는 돌아가신 분들과 3년 가까이 함께 생활했으니까요... 쉬, 잊힐 것 같지 않아서요." 새튼은 길게 한숨을 내쉬었다.

그다음에도 한동안 여러 질문이 이어졌다. 그 바람에 새튼 부부는 다른 사람의 배나 되는 시간 동안 인터뷰를 해야 했다. 나중에는 새튼과 비들 부인이 힘들어하는 기색이 역력했으므로 매드 팀장이 달래듯 사정을 설명했다. 피해자에 대해 증언할 수 있는 사람은 둘뿐이라는 사정을 설명하고 질문을 이어 갔다.

그렇게 1차 조사를 마치자, 매드 팀장은 부부에게 단단히 약속했다. 2차 조사는 1차 증언을 확인하는 걸로 끝내 주겠노라고. 또한 중요한 증언을 해 줘 고맙다는 인사도 여러 번 곁들였다. 그다음 증인들의 인권을 무시했다는 말이 나오기 전에 두 사람을 직원 숙소로 돌려보냈다.

7 DAY 1 - 오전 10:15

네 번째로 불려온 이는 에드였다. 그는 올해 나이 55세로 베이크 타운 시내에서 부동산 중개업을 하고 있으며, 또한 투자 상담도 겸한다고 말한 다음, 증언을 시작했다.

"비명 소리가 들렸을 땐 아직 침대 속이었는데. 깊이 잠들었던 건 아니고 비몽사몽간이었을 거요. 누가 단말마처럼 짧은 비명을 연달아 내지르고 사람들이 달려가는 소리가 들렸소. 어제 오후 눈이 내리고 날이 으슬으슬 추워 이중창을 꼭꼭 닫아 두었는데도 그 소리가 들린 걸 보면 어지간히 큰 소리였던 모양이라. 아무튼 눈을 떠 밖을 내다보니 이미 몇 사람이 모여 있고. 무슨 일인가 싶어 외투를 걸치고 나가, 사건에 관한 이야기를 들었소. 그리고 캐스터들의 지시를 따라 직원 숙소로 갔을 뿐이오."

이번에도 아일랜이 핏기 없는 얼굴로 먼저 손을 들었다.

"원래 늦게 일어나시나요? 혹, 어젯밤 만찬이 끝나고 방갈로에서 다른 일을 하시느라 늦게 잠든 건 아닌지 궁금하군요."

팀장이 곧바로 질문을 덧붙였다. "어젯밤 만찬 이후 행적에 대해 말씀해 주시죠."

흠, 하고 팔짱을 낀 에드는 의뭉스럽게 답을 비껴갔다.

"쓸데없는 질문 같은데 답을 해야 할지 모르겠군. 다들 숙소에 혼자 묵었으니 증언을 확인할 방법이 없지 않은가 말이오."

대신 아일랜에게 눈길을 던지며 그의 질문에 답했다. "평소 수면 시간은 5시간 정도로 정해 놓은 터라 일찍 일어나는 편이오. 어젯밤 술을 마시긴 했지만 그리 취하지는 않아 할 일을 하고 잠자리에 들었소. 숙소에서 계약서와 안내문을 점검하다 2시쯤 잠들었는데. 투자 계약서라는 건 아무리 꼼꼼히 읽어도 지나치지 않은 법이라서 말이오."

"그럼 혹시 오텀 씨가 지나가는 소리를 듣지 않았나요? 방금 비들 부인이 오텀 씨가 새벽 1시 반경에 밖으로 나갔다고 증언했거든요."하고 아일랜이 질문을 이어 갔다.

그러자 세 사람이 동시에 아일랜을 힐끔 쳐다봤다. 참고인에게 질문할 때 저런 식으로 정보를 흘리는 것은 명백히 초보적인 실수였기 때문이다. 아일랜의 실수에 쇼쿠과 매드 팀장의 얼굴이 굳어졌다.

그런데 에드가 덥석 그 말을 받았다. "오텀 씨가 나갔다라... 그러고 보니 잠들기 전 얼핏 발자국 소리를 들은 것도 같고."하고 작게 중얼거리다 확신에 찬 목소리로 답했다. "그렇군. 확실히 누가 지나가는 소리를 들은 것 같소."

그런데 뜻밖에 아일랜이 그건 거짓말이라고 대꾸했다.

"에드 씨, 왜 거짓말을 하시죠? 방금 이중창을 꼭꼭 닫아두었다고 말씀하셨잖아요. 이중창은 방음이 잘 돼 발소리 정도는 들리지 않았을 텐데요."

에드는 잠시 입을 다물었다. 그리고 곧바로 "그럼, 이건 유도신문이었단 말이군."하고 화난 듯 아일랜을 노려봤다.

"네. 다른 분들의 증언에 의하면 에드 씨는 살인 사건에 전혀 충격을 받지 않은 듯하니까요. 모든 관심이 투자에 쏠려 있다는데. 지나치게 냉정하신 것 아닌가요? 왜 듣지 못한 소리를 들었다고 말씀하신 거죠?" 아일랜이 질문의 이유를 밝혔다.

그러나 에드는 코웃음을 쳤다.

"흥. 그건 내가 굳이 가면을 쓰지 않고 실리적이고 솔직한 태도를 보였기 때문 아니오. 발소리 또한 들은 게 아니고 직접 봤기 때문이고. 계약서를 검토하다 답답해서 잠깐 창문을 열었는데. 그때 손전등 같은 불빛을 봤소. 누가 설피를 신고 작은 손전등을 들고 본채를 향해 가던데, 그 뒷모습을 봤단 말이오."

"그게 누구였나요?"

"글쎄... 워낙 사방이 어두웠던 터라 정확히 알 순 없고. 단지 전기 카트가 아니라 설피를 신고 움직이길래 오텀 씨라 생각했을 뿐이오."

그 답에 사람들은 입을 다물었다. 아일랜이 말하지 않은 설피 얘기가 나왔으니 그의 진술은 비들 부인의 말과 일치했다. 즉, 오텀이 새벽에 일어나 본채로 간 것은 사실인 듯.

그때, 뉴윈이 질문을 이어받았다. "혹, 그 후에 시끄러운 소리가 들리지 않았나요? 창을 열고 있었다면서."

만약 오텀이 그 시각 움직였다면 그는 본채로 들어가 범인과 마주쳤을 것이다. 몸싸움이 벌어졌다면 소리가 났을 테고. 아무리 본채와 방갈로가 수십여 미터 떨어져 있다고 해도 한밤에 고요한 곳에서 울리는 소리라면 그가 듣지 않았을까. 만약 에드가 이중창을 닫기 전 싸움이 벌어졌다면, 다투는 소리를 들었을 가능성이 있었다.

그러나 에드는 무심하게 고개를 가로저었다.

"딱히 이상한 소리가 들렸던 것 같지는 않군. 말했다시피 으슬으슬 추워져 곧바로 창문을 닫았으니 말이오. 창을 연 건 1분이 될까 말까 할 거요."

잠시 침묵이 흐른 다음, 팀장이 마무리 질문을 던졌다.

"혹 르네 부인이나 오텀 씨를 이전에 알고 있지 않았나요?"

그 질문에 에드는 망설이다 결국 고개를 끄덕였다.

"어젯밤 이상한 이야기가 나오더라니... 오텀 씨는 처음 본 사이고, 르네 부인은 알고 있었소. 예전에 사업을 시작할 때 잠깐 교류가 있던 사이라. 하지만 서로 연락하지 않은 지 오래고. 어제 만찬에서 그 이름이 나오기 전까진, 이곳이 그녀와 관계 있는 곳인지 전혀 모르고 있었소." 그리고 입을 다물었다.

그는 다시 몇 가지 질문에 답했고. 수색이 끝났으니 방갈로로 돌아가도 된다는 말에 크게 기뻐하며 밖으로 나갔다.

에드가 돌아간 후, 조사원들은 짧게 이야기를 나누었다.

그러나 아일랜은 대화에 끼지 않고, 푸른 눈을 치떠 창밖을 바라보며 혼잣말을 중얼거렸다. "에드 씨의 말은 다른 참고인들의 증언과 차원이 다른 증언인데요. 상황을 더욱 분명하게 만드는 말인 것 같아요."

그것이 정말 혼잣말인지 사람들에게 건네는 말인지 알 수 없으나. 궁금증을 참지 못한 쇼쿠가 얼른 되물었다.

"무슨 말을 하는 건지 모르겠군. 에드 씨의 증언이 다른 참고인과 무엇이 다른지도 모르겠고. 어차피 각자 숙소에 홀로 있었던 데다 다른 참고인들 말 역시 확인할 수 없는 증언 아니오. 클로 씨도 크레일 씨도 혼자 잠을 잤다고 한걸. 왜 에드 씨의 증언만 유독 차원이 다르다고 하는 건지 모르겠소만."

그러자 아일랜이 말을 어물어물 내뱉었다. 이번에도 혼잣말인지 쇼쿠의 질문에 대한 답인지 모를 만큼 작은 목소리였다.

"오텀 씨가 움직인 시간을 확인해 줬으니까요. 시간이 이상하잖아요. 오텀 씨가 움직인 시간이. 그는 왜 그런 시간에 움직인 걸까요."

후, 쇼쿠는 한숨을 내쉬며 고개를 저었다. 원래도 이상하기 짝이 없던 무급 캐스터가 사건 현장을 본 충격으로 신경증에 시달리다 머리가 맛이 갔다고 생각했다. 결국 그는 아일랜에게 따지는 대신 매드 팀장에게 말했다.

"아일랜 씨가 무슨 말을 하는지 모르겠소. 사건이 한밤에 일어난 건 모두가 진작에 추측했던 사실인데. 오히려 에드 씨의 증언으로 알리바이의 증명이 더 어려워졌을 뿐 아니오. 새벽 1시가 넘은 때라면 모든 사람이 독채에 있고, 잠이 들었던 때라. 오히려 목격자를 찾기도 어렵고 용의자들만 많아진 셈이니."
 팀장은 그 말이 맞다며 혼란하다는 듯 한숨을 내쉬었다.
 그러나 아일랜은 두 사람이 대화를 나누는 동안에도 '시간'이란 단어만 자꾸 중얼거릴 뿐이었다.

8 DAY 1 - 오전 10:40

 다섯 번째로 불려온 맥그리어는 침통한 표정이었다. 그는 신상정보를 묻는 말에 대뜸 자신의 처지에 대한 한탄을 늘어놓았다.
 "난 베이크 대학의 미디어 커뮤니케이션 학부에서 강의하다, 3년 전 퇴임했소. 그 후로 지금까지도 할 일을 찾고 있는 중이오만... 후, 처음엔 의욕에 넘쳐 이것저것 공부도 하고, 별별 사업 분야를 기웃거리며 설명회도 쫓아다녔는데. 새로 일을 찾기가 영 쉽지 않은 거요. 할 수 없이 지금은 아내와 딸이 운영하는 화장품 사업을 도와주고 있는데... 그게 마스크를 비롯해 오가닉 미용 제품을 파는 일이라 적성에 맞지도 않고... 그래, 고민하던 차에 리조트 투자에 관한 제안을 받았는데. 안내문을 보자마자 이거다 싶어 어찌나 기쁘던지. 실로 좋은 기회란 생각이 들어 꼭 참여하겠다 연락하고, 약속대로 여길 찾아온 거요."
 그다음 그는 아내와 딸의 등쌀에 못 견디겠다고 한차례 하소연한 다음, 매드 팀장에게 다음 질문이 뭐냐고 물었다.

"오늘 아침 행적에 대해 진술해 주세요."

"오늘 아침이라면... 어제 도착해 주변을 둘러봤는데, 수익이 날지 좀 미심쩍은 거요. 개발이 곧 수익을 보장하는 건 아니라서 말이오. 예전에도 부동산 투자를 잘못해 크게 손해를 본 적이 있는데. 그때도 개발이 확정된 토지를 빚까지 내서 사들였지만. 산업단지 승인 고시까지는 일사천리로 이루어지더니, 실제 공장이 입주하기까지 6년이나 걸린 거요. 그래, 단지가 완성될 때까지 기다리다 수익은커녕 이자가 눈덩이처럼 불어나 크게 고생한 적이 있는데. 그 후로 아내가 자꾸 그 얘길 꺼내며 투자는 잘 따져 보라고 신신당부를 하는 거요. 그래, 이곳엔 어떤 휴양 시설이 들어올 수 있을지 확인할 생각으로, 아침 일찍 일어나 이프 호수 주변을 한 바퀴 돌아볼 참이었는데."

차근차근 말을 잇던 남자는 드디어 본론으로 들어갔다.

"옷을 두툼하게 챙겨 입고 밖으로 나가니 클로 씨가 앞에서 서성대고 있었소. 그에게 인사를 했더니 깜짝 놀라며, 날 보자마자 자기는 투자를 포기하고 돌아갈 거라는 거요. 그렇게 잠깐 대화를 나누고 난 호숫가로 향했소. 그런데 얼마쯤 가다 핸드폰을 놓고 온 걸 알아차리고는, 요즘엔 건망증이 심해서 말이오. 아무튼 그걸 가지러 되돌아가는 중에 비명 소릴 들었소. 사람들이 숙소에서 뛰어나오길래, 나도 그들을 따라 허둥지둥 본채로 가 사건이 일어났다는 이야기를 듣고... 그다음 저 사람들의 지시에 따랐을 뿐이오." 그는 손으로 캐스터들을 가리켰다.

"그때 설피를 신으셨죠?" 하고 뉴원이 물었다.

"당연히 신어야지. 낙상 사고를 당하면 큰일이라 여기서는 항상 설피를 신고 다녔소. 잘못 미끄러져 다치는 일이 없도록 밖에 나갈 땐 미리 챙겨 신고 나갔소만."

"혹 설피를 신고 본채 주변이나 앞마당을 다니셨나요?"

뉴윈의 질문에 맥그리어는 눈에 띄게 당황했다. 그는 사람들의 눈을 슬쩍 피했다.

"... 모르겠소. 잠시 산책 겸 마당을 돌아다녔는데. 아무튼 본채 안으로 들어가지는 않았소." 하고 말끝을 흐렸다.

미심쩍은 답이었지만 팀장은 다른 질문을 했다. "어젯밤 만찬 후에 뭘 하셨죠? 주차장 쪽으로 가셨다는 얘길 들었는데."

"누가 그런 얘길." 교수는 화를 내며 거짓말이라고 대꾸했다.

별일 아닌 듯 건넨 말에 반응이 격하게 나오자, 매드가 의심스레 눈을 치뜨며 질문을 보충했다. "새튼 씨가 봤다고 하던걸요. 주차장 쪽으로 갔다가 나중에 이상한 봉투를 안고 방갈로로 가시더라고. 그건 무슨 봉투였죠?"

그 말을 들은 교수는 자신의 모습이 들켰다는 것을 확실히 알아차렸다. 그러자 불쾌함과 당황함을 감추지 못한 표정으로 잠시 입을 다물었다. 그리고 다시 답을 말할 때는, 앞선 진술과 달리 말을 우물거렸다.

"사실, 차로 간 건... 아내에게 전화하기 위해서였소. 아내가 일이 어떻게 되는 건지 궁금해한 터라... 이곳을 분양한다는 안내장에는 아무에게도 알리지 말고 오라고 쓰여 있었는데. 말했다시피 투자에 실패한 후로 아내의 감시가 심해, 속일 수가 없었소. 그래, 말을 하고 온 바람에 조건을 어긴 게 마음에 걸려 차에서 몰래 통화를 하고... 누가 봤을까 싶어 싣고 다니던 마스크가 담긴 종이 가방을 들고 나온 것뿐이오."

"혹, 간밤에 이상한 소리나 기척은 듣지 못했나요?"

"전혀 듣지 못했소만. 세 사람도 알다시피, 어젯밤 내가 술을 가장 많이 마셨을 거요. 그래, 방갈로로 돌아와 씻고 바로 잠이 들었을 뿐이오." 하고 맥그리어는 캐스터들을 돌아봤다.

잠시 후, 매드 팀장이 르네 부인과 오팀 씨를 아느냐고 물었다.

"혹 두 사람과 이전에 알던 사이가 아니신가요?"

질문을 들은 맥그리어는 두툼한 눈썹을 손끝으로 문지르며 길게 한숨을 내쉬었다. "후... 그건 전혀 상관없는 질문인 것 같소만. 오팀 씨는 틀림없이 어제 처음 만난 사이고... 르네 부인도 별 기억에 없는 듯한데, 말이오." 그리고 남자는 입을 다물었다.

교수는 이제까지 나온 참고인 중 가장 불성실한 태도로 조사에 응했다. 답변 또한 의혹을 불러일으키는 것이 많았다.

결국 매드가 참지 못하고 교수에게 경고하듯 말했다.

"네 알겠어요. 이걸로 1차 조사를 마치도록 하죠. 하나만 더 말씀드린다면. 나중에 2차 조사도 진행될 텐데, 그땐 방금 말씀하신 답변 중 몇 가지는 보충 설명을 하셔야 할 거예요. 저희가 충분히 납득할 수 있게끔." 그 목소리는 사근사근했다.

그러나 뻔뻔한 노교수는 반대로 기세를 높였다.

"아니. 불행한 사건임에는 틀림없지만. 아무 상관없는 일로 왜 이렇게 시달려야 하는지 모르겠군... 나 역시 팀장에게 한마디 충고하겠는데. 조사를 빨리 끝내는 게 좋을 거란 말이오. 방금까지 직원 숙소에서 어떤 대화들이 오간 줄 모르나 본데. 나뿐만 아니라 다들 불만이 많은 듯했으니."

매드는 최선을 다하겠다는 말로 답을 대신했다. 그리고 남자를 독채로 돌려보냈다.

교수가 현장을 나가자 조사원들은 잠시 이야기를 나눴다. 그가 먼저 밖에 있었으나 클로보다 늦게 나온 듯 거짓말을 한 것과 설피 자국에 대한 답이 미심쩍다는 점, 답을 얼버무리고는 도리어 화를 내는 점 등이 수상하다고 팀장이 성토하듯 말을 내뱉었다.

쇼쿠도 동의한다며 불쾌한 얼굴을 했다.

그러나 뜻밖의 중요한 핵심은 아일랜의 입에서 나왔다. 작가는 이번에도 멍한 얼굴로 혼잣말을 읊조리듯 말했다.

"맥그리어 씨는, 부인의 눈치를 많이 보는군요. 간섭도 많이 받는다고 하고. 부인의 입김이 얼마나 센지 알 수 있을 듯해요. 또한 따님의 정확한 나이는 알 수 없으나, 현재 아내와 딸이 하는 사업을 돕고 있다고 말씀하셨으니. 20년 전에도 확실히 유부남이었을 것 같은데요."

그것은 팀장이 맨 처음 지적한 말이었다. 이브 양이 임신으로 우울했다면 상대가 유부남이기 때문이 아니겠는가. 때문에 작가가 무엇을 지적한 건지 알아차린 매드가 얼른 고개를 끄덕였다.

9 DAY 1 - 오후 11:05

그다음 불려온 브리히도는 우울한 정도가 아니라 하늘이 무너진 듯한 얼굴이었다. 43세에 베이크 타운의 작은 리조트에서 경비 팀장을 맡고 있다는 그는, 질문에 답할 때마다 소맷부리며, 옷자락, 코트 단추를 만지작거렸다. 그리고 힘들게 답을 이어 갔다. 오늘 아침 행적에 대해 그는 이렇게 답했다.

"전 6시가 넘어 눈을 떴습니다. 하지만 머리도 아프고 기운이 없어 침대에 널브러져 있었죠. 계속 누워 있을 생각이었는데 입 안이 쓰고 목이 말라 어쩔 수 없이 일어났습니다... 냉장고에서 물을 꺼내 마시고. 그다음 화목난로에 불을 지피고. 그걸 보고 있노라니 도로 잠이 쏟아지는데... 사실 어젯밤 만찬이 끝날 무렵... 좀 정신이 없었거든요... 그렇게 난롯불을 보며 졸고 앉았는데 비명 소리가 들렸습니다. 그걸 듣고 거의 무의식적으로 밖으로 뛰쳐나갔습니다만." 그 후, 사건 이야기를 듣고 캐스터들의 지시에 따랐다고 답을 마쳤다.

다시 매드 팀장이 어젯밤 일에 대해 물었다. 그는 여전히 산만하게 손으로 옷자락을 만지작거리며 답했다.

"어젯밤은 솔직히 좀 충격이었습니다. 이브의 이야기가 나와서요."라며 말하다 말고 캐스터들의 얼굴을 돌아가며 살폈다. 모두가 그 이야기를 알고 있다는 듯 고개를 끄덕이자, 그는 잠시 꾸물거린 다음, 다시 답을 이어 갔다.

"전 사실, 이브와 잠깐 사귀었거든요. 그런데 어젯밤 전혀 생각지도 못한 이야기가 나온 겁니다... 그녀의 죽음에 관한... 제제야 제게 일어난 이 모든 일이 이해됐는데... 안 그래도 이상하다 생각했었거든요. 전 지금까지 어떤 일이고 순탄하게 진행된 적이 없어, 학교 시험이나 직장 면접도 두세 번은 떨어지는 게 기본이 었으니까요. 그런데 이렇게 좋은 기회가 내게 오다니, 의심했어야 했는데. 드디어 나도 운이 풀리는가, 태평한 생각만 했더랬죠. 그런데 결국 이런 끔찍한 사건에 휘말리고 보니. 그럼 그렇지, 란 생각이 들더군요."

"어젯밤 방갈로로 가기 전 주차장으로 갔다던데요." 참고인이 중요한 답을 빠뜨리고 넘어가자 팀장이 그 점을 콕 찍어 물었다.

그러자 브리히도는 체념한 미소를 띠며 고개를 끄덕였다.

"네. 이제부터 그걸 말씀드릴 참이었는데... 어젯밤 이브의 얘기를 듣고 머리가 복잡해서 잠시 산책을 했습니다. 산책이라기보다는 주차장으로 가서 차에 멍하니 앉아 있었죠. 그러고 차에서 나와 가만히 풍경을 살펴보니, 이곳이 20년 전 바로 그 펜션이었다는 걸 뒤늦게 알아보겠더군요... 그걸 깨닫자 뭔지 모를 불길한 예감이 들고 소름이 확 끼쳤습니다... 그래, 한참이나 풍경을 멍하니 보다 방갈로로 돌아갔습니다."

"주차장에서 다른 사람은 보지 못했나요?" 아일랜이 물었다.

그는 곧바로 고개를 끄덕였다.

"아마, 맥그리어 씨였을 겁니다. 앞쪽 검은 세단에 앉아 있는데. 풍채가 워낙 좋은 분이라 밖에서도 훤히 보이더군요. 누구와 통화를 하는 중인 듯했고요. 전, 그 차를 지나쳐 맨 안쪽에 있는 제 차로 갔습니다. 생각에 잠겼다 나왔을 때는 아무도 없었고요. 그다음은 방갈로로 돌아와 씻고 잠이 들었습니다."

"오텀 씨나 르네 부인과 다른 관계는 없나요? 이전에 아는 사이가 아니었는지 궁금하군요." 매드 팀장이 1차 조사에서 가장 중요한 질문을 던졌다.

브리히도는 이번에도 선선히 고개를 끄덕였다.

"네. 오텀 씨는 전혀 모르는 사이입니다. 르네 부인 또한 이브에게 이야기로 들었을 뿐. 실제로 만난 건 20년 전 이곳이 펜션이었을 때 놀러 왔다 잠시 뵀을 뿐입니다."

부인의 이야기를 꺼낼 때 브리히도는 불안한 듯 눈동자가 흔들렸지만, 답은 평범하게 끝났다.

그다음 몇 가지 질문에 답하고 그는 숙소로 돌아갔다.

10 DAY 1 - 오후 11:30

마지막은 점성술사 할로우였다. 그가 식당으로 들어서자 캐스터들은 흠칫하고 놀랐다. 남자는 두꺼운 플란넬 셔츠와 모직 바지 위에 두툼한 양모 숄을 두르고 나타났는데. 아침엔 워낙 경황이 없었던 터라 알아보지 못했지만. 지금 보니 믿기지 않을 만큼 어제와 다른 모습을 하고 있었다.

어깨를 덮는 검은 머리를 고무줄로 대충 묶고, 민얼굴에 장신구를 걸치지 않은 점술가는 51세라는 나이보다 10년은 젊어 보였으며. 무엇보다 지극히 평범한 중년 남자의 모습이었다. 때문에 팀장을 제외한 세 사람은 조금 충격을 받았다.

그러나 그는 캐스터들의 반응을 예상했던 듯. 어제와 별반 다르지 않은 태도로 오늘 아침 일에 대해 답했다.

"아마 비명이 들리기 직전 잠을 깼을 거예요. 뭔가 이상한 기운을 느꼈거든요. 불길하고 꺼림칙한 기운이 정수리 위쪽에서 술렁거려. 눈을 뜨자마자 거실로 나가 커튼부터 걷었죠. 그런데 구름이 잔뜩 껴서 날이 흐리더군요. 밖을 내다봐도 마음은 가라앉지 않고. 기어이 멀미가 나듯 속이 울렁거리는데. 거실에서 서성대는 중에, 아니나 다를까 비명 소리와 다급한 외침이 들리더군요. 사람들이 달려 나가는 소리도 나고. 그래, 이거였구나, 란 생각이 들었지만... 바로 나가진 않았어요. 오히려 차분히 정신을 집중한 후에 밖으로 나갔죠. 그다음은 사건 이야기를 듣고 직원 숙소에서 다른 이들과 함께 머물렀을 뿐이에요."

답을 마친 남자는 명상하듯 눈을 감고 심호흡을 했다.

매드 팀장은 다시 어젯밤 행적에 대해 물었다. 할로우는 곧바로 눈을 뜨더니 또 묘한 이야기를 했다.

"어젯밤, 만찬을 끝내고 숙소로 돌아와서는 좀 바빴어요. 향과 초를 태우며 방갈로 뒤에서 위령 의식을 치렀거든요. 혼령을 위로한 후에는 타로점을 쳤는데. 만찬장에서 짐승의 꼬리 같은 그림자가 길게 어룽대는 걸 봤기 때문이에요. 마치 악마의 꼬리처럼 보이기도 해서... 불길함을 느껴 정신을 집중해 오라를 다스리고, 12시 정각에 맞춰 점을 쳤죠."

"결과를 물어봐도 될까요?" 아일랜이 물었다.

"기본 리플 셔플에, 가까운 미래를 보는 쓰리 카드 스프레드를 사용했어요. 결과만 말하자면, 마이너의 쓰리 소드, 투 소드. 그리고 메이저 아르카나 11번 저스티스가 나왔고요."

"그걸 해석하면 어떻게 되나요?" 역시 아일랜이 물었다.

"해석은 내담자의 질문과 상황에 따라 다르게 풀이되지만. 기본 키워드는, 극심한 고통과 마음의 상처, 양 갈래의 선택과 갈등. 그리고 공평과 정의의 심판 정도가 될 거예요."

"그건 누구의 미래를 가리키는 건가요?"하고 뉴윈이 물었다.

"개인을 떠올리며 점친 게 아니라서. 아마 여기서 일어날 상황을 암시한 듯했어요. 굳이 카드의 주인공을 지목하라고 한다면 아무래도 이곳의 대표인 오텀 씨가 되겠죠."

캐스터들은 알았다는 듯 고개를 끄덕였다.

그러자 매드 팀장이 물었다.

"혹, 12시 전후로 이상한 소리를 듣거나 하지는 않았나요?"

"네. 매우 집중하고 있어 아무 소리도 듣지 못했어요. 아무튼 어제까지는 투자를 긍정적으로 생각했는데, 오늘은 다른 생각이 드는군요. 단순 사고도 아니고 살인 사건이라니. 다시 한번 생각을 좀 해 봐야겠어요."

"흥. 카드로 점을 치면 될 텐데. 투자해서 이익을 볼지 손해를 볼지 물어보면 간단히 끝날 일을 가지고." 쇼쿠가 딴청을 피우듯 중얼거렸다.

그 의도를 알아차린 할로우가 그를 비웃었다.

"그건 제가 설정한 금기라서요. 내담자인 시커에 한해 미래를 점치는 걸로 제한을 뒀죠. 어제 장난에 응하지 않은 이유도 그렇고, 자기 미래를 보는 일도 마찬가지예요. 자기 점을 치기 시작하면 눈이 멀거든요. 카드 해석을 자꾸 유리하게 하려 들기에 필경, 영감이 떨어지게 되고. 카드를 섞을 때조차 민감도가 낮아지는 셔플이 되죠."

마지막으로 매드 팀장이 손을 들고 중요한 질문을 던졌다.
"혹시 르네 부인이나 오텀 씨를 이전부터 알고 있었나요?"
그 질문에 할로우는 지금까지 답한 그 누구보다 주저 없이 입을 열었다.
"어젯밤에도 전 솔직하게 이야기했어요. 여기 살았던 이브 양을 알고 있다고. 20년 전 저와 친했던 여학생이었는데. 르네 부인은 그녀의 어머니로 알고 있어요. 사적으로 아는 관계는 아니었고요. 오텀 씨는 이전엔 한 번도 본 적 없는 사이에요."
그는 전혀 거리낄 게 없다는 말로 답을 끝냈다.
조사원들은 몇 가지 더 묻고, 그를 방갈로로 돌려보냈다.
"이제야 제대로 치장할 수 있겠네요."라며 점성술사는 서둘러 밖으로 나갔다.

11 DAY 1 - 오후 11:50

이제, 1차 조사 대상은 입회 캐스터들만 남아 있었다.
팀장은 먼저 쇼쿠에게 영상을 확인하자고 했다. 그러자 쇼쿠가 FAC에 찍힌 영상을 보여 주는데. 본채로 달려가며 찍힌 영상조차 흔들림이 보정된 듯 장면이 또렷하고 선명했다.
아일랜과 뉴원도 자신들이 보지 못한 모습이 담긴 터라, 화면에 집중했다.
첫 장면은, 멀리 본채 현관 앞에서 클로와 크레일이 새파랗게 질린 얼굴로 어쩔 줄 몰라 하는 모습이었다. 두 사람은 큰일 났다, 이게 무슨 일이냐, 발을 동동 구르다, 쇼쿠가 나타나자 정신을 차린 듯, 크레일이 신고부터 해야 한다고 외쳤다. 그다음, 새튼와 비들 부인이 허겁지겁 직원 숙소 쪽에서 나타나고. 다시 에드와 맥그리어 교수가 방갈로 쪽에서 모습을 드러냈다. 곧이어 아일랜과 뉴원도 각자 카메라를 들고 본채로 달려왔다.

증언대로 맥그리어는 설피를 신은 모습이었으며, 할로우가 숄을 걸치고 맨 나중에 천천한 걸음으로 나타났다. 중간중간, 크레일이 사건을 목격하게 된 경위와 현장을 보존해야 하니 본채로 들어가지 말 것을 당부하는 소리와 사람들이 놀라는 소리, 탄식을 내뱉는 소리가 들리고. 마지막에 클로가 신고를 해야 한다며 방갈로로 달려가는 것까지 잘 찍혀 있었다.

차례차례 나타난 사람들은 모두 당황하고 놀란 표정이었으며. 옷차림도 허겁지겁 잠옷에 외투를 걸치거나 바지춤을 추스르지 못한 모습이었다. 대충 걸친 외투를 뒤늦게 여미거나 끌고 나온 신발을 고쳐 신는 이들도 있어 특별히 수상해 보이는 사람은 없었다.

단지 그들 중 맥그리어 교수만 외투를 단단히 갖춰 입고 설피까지 착용하고 있어 눈에 띄는 듯했다.

영상을 확인한 매드 팀장은 잘 봤노라, 먼저 인사를 하고. 뒤이어 방금 본 장면에서 수상해 보이는 사람은 없냐고 물었다.

아일랜과 뉴원은 서로 눈을 마주 보았고. 이후 쇼쿠 캐스터와도 눈을 마주쳤지만. 세 사람 다 머리를 가로저었다.

"아무리 봐도 모두 크게 놀라고 당황한 표정이라 이상한 사람은 없는 것 같소만."하고 쇼쿠가 말하자, 아일랜과 뉴윈도 같은 생각이라며 고개를 끄덕였다.

팀장 역시 같은 생각이라고 대꾸했다. 그리고 그녀는 "그럼, 이제."라고 입을 연 다음, 쇼쿠부터 1차 조사를 시작하겠노라 말했다. 그리고 질문은 앞선 참고인들과 같으니, 생각하고 답해 달라, 부탁했다.

쇼쿠는 고개를 끄덕인 후. 먼저 아일랜의 카메라를 똑바로 보며 46세, 모닝이스트사의 혐오 섹션 마이너 캐스터라고 직업과 소속을 밝혔다. 그리고 오늘 아침에 대해 여유롭게 입을 열었다.

"나 또한 여느 때와 비슷한 아침이었소. 아일랜 씨도 알겠지만, 캐스터의 하루란 참으로 빤하기 그지없는 게 우린 항상 픽셔와 함께하니 말이오. 오늘 아침도 해 뜰 무렵, 잠에서 깨자마자 곧바로 FAC를 켜고 모닝이스트사에서 나온 픽셔를 찾아보는데. 요즘엔 대형 사건은 없어도, 연말이라 픽셔들이 쏟아지는 때라서 말이오. 그래, 먼저 혐오 섹션 픽셔를 읽고. 속이 쓰려 약을 찾아 먹은 다음, 분노 섹션 픽셔로 넘어갔는데. 첫 픽셔를 읽다, 비명 소리를 들었을 거요. 순간 뭔가 터졌다 싶어 FAC를 착용하고 바닥에 던져둔 외투를 걸치고 밖으로 달려 나갔는데. 내가 제일 먼저 도착해 르네 부인과 오텀 씨가 죽었다는 말을 듣고, 나머지 사람은 영상에 나온 그대로요. 그다음 사람들을 정리하고, 아일랜 씨, 뉴윈 씨와 함께 사건 현장을 기록했소만."

중간중간 목이 메는지 침을 삼켜 가며 답하던 남자는, 질문의 순서를 기억한 듯 두 번째로 어젯밤 일에 대해 답했다.

"어젯밤 일도 에드 씨 말이 맞는 게, 특별히 다른 일을 한 게 더 이상하지 않냐 말이오. 나 또한 배도 부르고 술도 취하고 해서 숙소에 들어간 후로 씻고 금세 잠이 들었을 거요. 아, 그 전에 스키 대회에 관한 픽션를 서너 편 읽었는데. 앞으로 자주 쓰게 될 픽션라 공부 겸해서 말이오. 잠이 든 후로는 깊이 잠들어 이상한 소리는 전혀 듣지 못한 것 같고."

그는 다시 마지막으로 르네 부인에 대해 답했다. 이미 아일랜의 증언으로 자신이 이브 양과 어떤 관계인지 팀장도 알고 있는 터라, 솔직하게 말하는 게 좋다는 걸 알고 있었지만, 최대한 자신에게 유리하게 답을 꾸며 전했다.

"이브 양과는 대학 클럽에서 만난 사이였을 뿐. 펜션에 놀러 온 것도 겨울 방학은 항상 베이크 타운에서 스키를 즐기는데. 그걸 알고 이브 양이 초대해서 온 것뿐이오. 그때 처음 르네 부인을 만났다고 기억하는데. 솔직히 부인에 대해서는 아무것도 기억나는 게 없소. 모습이나 성격도 전혀 떠오르지 않고. 좀 깐깐한 부인이었던 것 같다고 희미하게 느낌만 떠오르는 정도요. 오팀 씨는 어제 처음 만난 사이로, 다른 사람들과 마찬가지로 전혀 모르는 사이오만."

그리고 그는 소름이 돋는다는 듯 몸을 떨었다.

"사실, 암만 생각해도 소름 끼치는 게 단지 20년 전 여기 묵었다고 복수의 대상이 됐다는 것 말이오. 정말 아무리 이해하려 해도 이해되지 않는데. 한 부인의 병적인 망상과 집착 때문에 엉뚱한 사람들이 피해를 보고 있으니, 원. 맥그리어 교수의 말처럼 아무 상관없는 사건으로 얼마나 많은 사람이 피해를 보는지… 불쾌할 뿐이오."라고 피해를 강조하며 자신은 사건과 관련 없음을 강변했다.

그런데 그 말에 아일랜이 고개를 갸웃했다.

"하지만 이 일은 르네 부인 탓이 아니에요. 살인범 때문이죠. 그가 이브 양을 죽였기 때문 아닌가요."

그러자 혐오 섹션 캐스터는 대번에 비난의 화살을 아일랜에게 돌렸다. 그는 르네 부인 대신 아일랜에게 화를 터뜨리며, 핏기 없는 얼굴에 대고 손가락질을 했다.

"그 말은 틀렸소, 아일랜 씨. 얼토당토않은 복수심을 품고 우릴 여기로 불러들인 사람은 르네 부인이니까. 아니, 암만 딸이 죽었다 해도 20년 전 사건 아니오. 이젠 잊을 때도 됐지. 이렇게 여러 사람을 괴롭힐 필요가 있느냐 말이오. 게다가 이브 양의 사건은 사고사라 결론 난 걸로 기억하는데. 부인도 그렇고 아일랜 씨도, 살인범 운운하는 게, 애초 번지수를 잘못 짚었다고는 생각지 않는 거요? 20년 전 사건은 사고일 뿐, 범인이 없다면 어쩔 거냐 말이오. 쓸데없는 분쟁에 휘말리지 않으려면, 경솔한 말은 삼가는 게 좋을 것 같소만."

자신의 말에 조금도 틀린 점이 없다는 것을 확신한 쇼쿠는 기세등등하게 따지고 들었다. 카메라에 조사 과정이 기록되고 있는 터라, 매서운 눈초리를 하고 기고만장한 투로 말했다.

아일랜은 완전히 기가 죽어 목을 움츠렸다. 뉴원도 정곡을 찔린 듯 한마디도 대꾸하지 못했다.

분위기가 험악해지자 매드 팀장이 재빨리 수습을 위해 나섰다. 그녀는 1차 조사의 마지막 참고인이라며, 아일랜과 뉴원을 불렀다. 그리고 어젯밤 일과 오늘 아침 행적에 대해 물었다.

두 사람 역시 따로 전할 말은 없었다. 간밤에 방갈로로 돌아가 몇 마디 이야기를 나누고 잠이 들었을 뿐.

아일랜은, 부인의 부탁을 떠올리며 만찬 장면을 복기했다고 답했으며. 그 후 잠이 쏟아져 잠자리에 들었고. 오늘 아침도 뉴원이 이름을 외쳐 부르는 바람에 잠에서 깼다고 답했다.

뉴원도 특별한 일은 없었다고 말했다. 단지 잠결에 지나가는 발소리를 들었는데, 오텀 씨인 것 같았다며 그 이유를 밝혔다.

"저희는 H동에 묵었던 터라, 창밖을 가로질러 가는 발소리는 직원 숙소에서 나온 이였다고 생각했습니다. 그래서 오텀 씨라 생각한 겁니다."

그는 곧이어 오늘 아침은, 창밖에서 이야기를 나누는 소리에 잠이 깼으며. 일어나서 커피를 마시러 본채로 가려고 준비하던 차에 비명 소리를 들었다고 했다. 소리를 듣자마자 카메라를 챙기고, 아일랜을 깨워 FAC를 챙기게 한 다음, 함께 본채로 달려갔노라고, 청년은 답을 마쳤다.

그걸로 아일랜과 뉴원의 1차 조사는 금세 끝이 났다.

매드 팀장이 두 사람을 마지막 참고인으로 정한 이유가 그 때문이었다. 아일랜과 뉴원은 이브 양에 대해 전혀 모를뿐더러 그녀와 아무 접점이 없는 완벽한 타인이었다. 때문에 두 사람의 1차 조사는 최단 시간에 금세 마무리되었다.

12　DAY 1 - 오후 12:30

캐스터들을 끝으로 1차 조사가 끝나고 매드 팀장은 본부로부터 연락을 받았다. 사무실에서 자료 조사를 담당하는 솔 대원의 연락이었다. 대원이 전해 온 것은 피해자들의 유언장에 관한 것이었다. 그것은 매드 팀장이 신고를 받고 출동하기 전, 솔 대원에게 지시해 놓은 조사였다.

보고를 받은 매드 팀장은 다시, 참고인들의 이름을 불러 주고 피해자들과 관계를 조사하라고 전했다. 그다음 통신기를 주머니에 넣고 자신이 들은 내용을 곧장 캐스터들에게 알려 주었다.

"출동하기 전 미리 조사를 지시해 놓은 게 있거든요. 피해자인 르네 부인과 오텀 씨의 재정 상태와 유언장에 관한 것이요. 그 결과가 나왔으니 알려 드리도록 하죠."

"역시 노련한 분이로군. 그래, 내용이 어떻소?"

"부인의 재정 상태는 조금 위험했다는군요. 채무는 없지만 당장 유통 가능한 현금성 자산이 없어, 리조트가 거의 전부나 마찬가지라고. 때문에 운영비가 문제였을 듯하다는데요. 또한 유언장의 내용은 한마디로 오텀 씨가 리조트의 운영권 전부를 상속받는 걸로 돼 있고요. 물론 새튼 부부의 급여와 퇴직금을 따로 보장한다는 조건이 붙고… 그런데 하필 그녀의 유언장에 입회 증인으로 오텀 씨와 새튼 씨의 사인이 있다고 해요. 두 사람이 증인 란에 사인을 했다고요."

"그렇다면 오텀 씨는 자기가 이 리조트를 물려받게 될 것을 알았단 말이오?"

"그건 모르죠. 유언장에 입회 증인으로 서명한다 해도 내용은 가린 채, 사인 란에만 서명하는 경우도 많으니까요. 자세한 건 새튼 씨에게 물어봐야겠어요."

"그런데 오텀 씨도 사망했으니. 이제 어찌 되는 건지 모르겠소만. 오텀 씨의 유언장도 있는 거요?"

"아뇨. 오텀 씨는 예금액이 상당했다고 하는데. 여기서 받은 급여를 거의 그대로 저축한 모양이에요. 대신 따로 유언장을 남기지 않아 상속인을 찾아야 할 것 같다는데요. 참고로 르네 부인의 유언장에 만약 오텀 씨가 상속 절차가 마무리되기 전 사망할 경우, 리조트와 남은 재산은 두 군데 지정된 복지 재단에 기부하게끔 돼 있다고 하고요."

"저기 유언장은 언제 작성됐나요?" 아일랜이 물었다.

"한 달 전에 작성된 게 최종 유언장이라는데요."

"한 달 전이면 오텀 씨가 대표가 된 바로 그즈음이네요. 이곳을 분양하기로 마음먹은 때에 맞춰 유언장이 작성되다니. 시점이 묘한데요." 뉴윈이 한마디 덧붙였다.

한차례 조사가 마무리되자 매드 팀장이 상황을 정리했다. 그녀는 이번에도 융통성을 발휘해 깔끔하게 정리를 진행했다.

"1차 조사는 참고인 인터뷰를 함께 진행했으므로 영상을 다시 시청할 필요는 없을 거예요. 보고서도 저 혼자 쓸 계획이고. 그러니 곧바로 인터뷰의 복기와 정리에 들어가도록 하죠. 혹, 인터뷰를 듣고서 미심쩍거나 의심스러운 부분은 없는지 말씀해 주세요." 그리고 쇼쿠를 보며 한마디 했다. "딱히 여러분의 추리를 캐낼 생각은 없어요. 각자 알아서 내용을 조절해 주세요."

알았다고 답한 쇼쿠가 먼저 입을 열었다.

"참으로 난감한 게, 아무리 봐도 1차 조사에서 특별히 수상한 사람은 없는 것 같으니 말이오. 진술 태도만 놓고 보면, 맥그리어 씨가 앞뒤 맞지 않는 말을 하는 데다 감추는 게 많은 것 같고. 에드 씨는 왠지 미꾸라지처럼 진술을 회피하는 느낌이고. 할로우 씨는 감추는 게 없는 듯 보이지만, 뭔가 신비주의로 포장해 장막 뒤에 숨은 듯하고... 그리고 솔직히 문제는 따로 있는 게." 그는 다부지게 팔짱을 끼고 혀를 쯧쯧 찼다.

"도무지 원한 관계를 찾아낼 수 없다는 거요. 딱히 르네 부인에게 원한을 가진 것처럼 보이는 인물이 없는데. 만약 동기에서 원한을 빼고 나면 금전이나 이익을 노렸다는 것인데. 그렇다면 이런 상황에서 끝까지 투자를 고집하는 에드 씨가 수상한 것 같소만." 그리고 그렇게 추리한 이유를 덧붙였다.

"그가 간밤에 르네 부인이 사장이라는 말을 듣고 혼란에 빠진 게 아닐까 싶은 거요. 그리고 오텀 씨가 대표여야 공짜로 방갈로를 분양받을 수 있다고 생각해 부인을 살해한 게 아닌가, 그런데 하필 그 장면을 들키는 바람에 할 수 없이 오텀 씨마저 죽인 게 아닌가. 지금은 그 정도밖에 떠오르질 않소."

"무슨 말씀이세요. 그건 너무 지나치잖아요. 겨우 방갈로를 분양받기 위해 사람을 죽이다니요." 이야기를 듣던 아일랜이 핼쑥한 얼굴로 되물었다.

그러자 쇼쿠가 다시 한번 작가를 향해 흰자위를 굴렸다.

"아일랜 씨야말로 무슨 말을 하는 거요. 겨우 방갈로라니. 범죄 픽셔를 한 번도 보지 못한 사람이 아니고서야 그런 소릴 못 할 텐데 말이오. 얼마나 적은 돈 때문에 얼마나 많은 살인이 일어나는지 모른단 거요? 바로 며칠 전에도 가게에서 거스름돈 3백 골드 머니를 받는 걸 보고, 그걸 강탈하려고 몰래 뒤따라가 사람을 죽인 사건도 일어난 터에. 빵 한 조각 값인 3백 골드 머니로도 사람을 죽이는 판에, 공짜로 얻을 수 있는 방갈로 정도면 살해 동기가 되고도 남는걸. 쯧쯧."

한껏 멸시하듯 아일랜을 쳐다보던 남자는 끝내 혀를 찼다.

그런데 그 말은 뜻밖에 아일랜이 아니라 뉴원에게 충격을 준 듯. 회색 청년은 갑자기 "어?"하고 외치고는, 뭔가 깨달은 듯 눈썹을 찌푸린 채 쇼쿠를 뚫어지게 응시했다. 그러나 곧바로 그 생각을 떨치려는 듯 머리를 흔들고, 다시 입을 열었다.

"... 하지만 원한과 질투 때문이라면, 전 새튼 씨가 의심스럽습니다. 그는 오텀 씨가 대표가 된 데 불만이 많아 보였거든요. 사실, 저 또한 르네 부인뿐 아니라 오텀 씨가 함께 살해된 게 이해되지 않는데. 범행을 목격해서 오텀 씨를 살해한 게 아니라면 애초 두 사람 모두에게 불만을 품은 사람이 범인일 수 있으며, 그렇다면 새튼 씨가 동기 면에서 가장 의심스럽지 않을까 합니다. 그에 더해 부인도 있으니, 부부가 함께라는 게 왠지 범행을 저지르기 좋은 조건인 것 같고요."

얼굴에 티를 내지 않으려 애썼지만 쇼쿠는 그 말에 속으로 크게 반색했다. 그 주장이 옳다 싶고 실마리를 얻은 듯싶었다. 범인이 두 사람이라는 것은 자신이 처음 주장한 말 아닌가. 그 구체적인 형체가 드디어 드러난 듯.

청년의 말에 매드 팀장도 버릇처럼 뒷머리를 털며 투덜댔다.

"하긴 피해자들에게 공통적으로 살해 동기를 가질 만한 사람은 새튼 씨뿐인 것 같군요. 다른 참고인들은 모두 오텀 씨를 처음 봤다고 했으니. 아무튼 참고인들과 피해자들 사이에 뭔가 연결고리가 나오면 솔 대원이 연락할 거예요."

그리고 그녀는 아일랜을 바라보며 동의하냐 물었다.

그사이 아일랜은 또 혼자만의 생각에 잠겨 있었는데. 질문을 듣지 못했는지, 엉뚱한 말을 꺼냈다.

"하지만 참고인이 더 늘어날 수도 있죠."

"그게 무슨 말이죠?"

"탐문할 사람이 더 있다는 말이에요. 뉴윈 씨와 제가, 어제 이곳으로 오는 도중, 수상한 사람을 만났거든요. 투명 인간처럼 얼굴을 꽁꽁 숨긴 남자였어요." 그러면서 산길에서 만난 남자에 대해 자세히 이야기를 전했다. 검은 털모자와 목도리로 얼굴을 가리고 목소리가 낮고 허스키한 남자였다고.

말만으로도 지나치게 수상한 묘사에 반문하는 팀장의 목소리가 높아졌다. "세상에. 그렇게 수상한 사람을 만났다고요? 그런데 왜 그 이야기를 하지 않았죠?" 또 이야기를 감췄냐, 책망하는 투였다.

아일랜은 고개를 가로저었다.

"처음에 말씀드렸다시피 외부인의 범행으로 보기는 힘들었으니까요. 그런데 그가 마음에 걸리는 게, 왠지 그 사람은 여길 들렀다 가는 것 같았거든요. 아니, 적어도 이곳을 확실히 아는 사람이었구요. '조금만 더 가면'이라고 길을 알려 줬으니까요. 더욱 이상한 건 뉴윈 씨 말에 의하면 그의 차는 우리가 멀어질 때까지 꼼짝하지 않았다고 해요."

"혹, 번호판을 봤나요?"

"아뇨. 워낙 다급하게 뛰어내려서 못 봤어요. 대신 다크 그레이의 픽업트럭이었어요. 차종은 트리마였구요."

"번호판은 가리고 있었습니다. 일부러 가린 듯 눈 덮개가 덮여 있었죠."하고 뉴윈이 한마디 덧붙였다.

"그렇다면 더욱 수상하군요. 솔에게 연락해 부근의 방범 카메라로 말씀하신 차종을 수배해야겠어요. 통신 기록도 조회하고. 그 김에 호수 뒤편 도로를 오간 차들도 함께 조사해 보죠."

팀장은 당장 통신기로 대원들에게 지시를 내렸다.

"너트, 수색 범위를 넓혀야겠어. 차피와 함께 당장 이프 호수 부근을 조사해. 혹 캠핑객들이 있으면 인상착의를 기록하고 탐문도 하고. 어제 오후 검은 목도리와 모자로 얼굴을 가린 수상한 사람을 본 적 없는가, 회색 트리마를 본 적 없는가, 물어봐. 뭔가 나오면 즉시 나한테 연락해. 알았지?"

그녀는 다시 다른 대원들을 호출해 수색 상황을 보고받았다. 세 명의 대원은 마지막 자동차를 수색하고 있다고 했다. 팀장은 수색이 끝나는 대로 본채로 올 것을 당부했다. 그다음 조수대 본부에 연락해 솔 대원에게 방금 말한 내용을 전달했다. 몬테 리조트와 연결된 국도의 CCTV 위치를 파악하고, 지난 사흘간 영상 기록을 확보하라 지시를 내렸다.

"특히, 어제 오후 4시부터 6시 사이, 이프 호수 주변 도로와 반대쪽 산길을 드나든 차량을 찾아내. 그중 회색 트리마는 따로 추적을 걸어 놔. 차주를 찾으면 쿠란데에게 연락해 신병을 확보해."

지시를 끝낸 팀장은 사무실에서 화이트보드를 떼어와 식탁에 올려놓고, 매직으로 써 가며 두 번째 정리를 시작했다. 일사천리로 일을 처리하는 솜씨와 속도에 캐스터들은 다시 한번 감탄을 금치 못했다.

매드 팀장은, "제가 간단하게 1차 진술 결과를 인터뷰 순서대로 정리해 볼게요. 세 분은 맞는지, 중요한 내용이 빠진 게 없는지 확인해 주세요."라며 글을 써 내려갔다.

1. 어젯밤. 만찬 이후 참고인들 행적
-클로. 카트를 타고 숙소로 이동. 고심 끝에 투자 포기 결심.
-크레일. 숙소에서 병원 진료 스케줄 정리. 씻고 잠듦.
-새튼 부부. 만찬 뒷정리 도움. 10시경 정리 끝남. 11시 잠듦. 비들 부인, 1시 35분 알람 소리와 오텀 씨 나가는 기척 들음.
-에드. 숙소로 돌아와 투자 안내서와 계약서 검토. 새벽 무렵, 본채로 향하는 오텀 씨로 추정되는 인물 목격.
-맥그리어. 자동차에서 부인과 통화. 화장품 봉투를 들고 숙소로 돌아옴. 씻고 잠듦. 부인의 간섭과 감시가 심함.
-브리히도. 주차장에서 맥그리어 목격. 자동차에서 한동안 생각에 잠겼다 방갈로로 돌아감.
-할로우. 방갈로 뒤에서 위령 의식 치름. 12시 카드점 침.
-쇼쿠. 숙소에서 스키 대회 관련 픽셔 검색. 읽다 잠듦.
-아일랜. 뉴원. 숙소로 돌아와 잠깐 대화 후 잠자리에 듦. 뉴원. 창밖으로 지나가는 발소리 들음. 오텀 씨로 추정.

2. 오늘 오전. 목격자들 상황. 쇼쿠 캐스터 카메라 영상 기록

-클로, 집 정리 후 밖으로 나감. 산책하러 가는 맥그리어 만남. 인사 후 크레일과 함께 본채로 감. 두 사람 사건 현장 목격. 사람들에게 알림. 클로 최초 목격자로 사체 통합 관리소와 베이크 타운 조수대에 각각 신고. 입회 캐스터들 제외, 참고인들 직원 숙소에서 다 함께 대기.

3. 특이 사항

-본채 주변에 설피 자국.

-본채 사무실, 식당 전등 꺼져 있었음.

-어제 오후 리조트 부근에서 아일랜 팀 수상한 남자 목격.

-20년 전 이브 양의 사망 사건과 관련성 있음. 르네 부인, 아일랜 팀에게 복수 의뢰. 의뢰받은 두 사람 제외하고, 참고인들 모두 이브 양 사건의 참고인과 동일.

-르네 부인에 대해 모른다고 답한 사람들: 클로. 맥그리어. 에드는 사업상 르네 부인만 아는 것으로 답함.

"이것 말고 추가할 게 있을까요?" 팀장이 물었다.

그녀의 빠르고 정확한 정리에 캐스터들도 집중력을 발휘해 열심히 따라갔다. 그리고 쇼쿠와 뉴윈은 추가할 게 없다고 답했다.

그러나 아일랜은 조용히 손을 들었다.

"특이 사항에 르네 부인의 메모와 오텀 씨가 움직인 시간도 포함해 주세요. 이 두 가지도 꼭 따져 봐야 할 것 같아서요."

매드 팀장은 선선히 고개를 끄덕이고 매직으로 건의받은 내용을 적어 넣었다.

5부 뜻밖의 위기

1 DAY 1 - 오후 1:10

한바탕 조사가 끝나고, 캐스터들은 그때까지 아무것도 먹지 못했다는 것을 깨달았다. 쇼쿠가 배를 슬슬 문지르며 점심을 먹자 말했고, 뉴원은 사건 현장인 주방은 쓸 수 없다는 말을 덧붙였다. 그러자 팀장이 거침없이 사람들을 밖으로 내몰았다.

오직 아일랜만 배고픔을 느끼지 못했다. 속에 있는 걸 몽땅 게워내고 목구멍이 따가울 정도로 신물만 올라오는데, 멀미하듯 속이 울렁거려 비스킷 한 조각도 삼킬 수 없을 듯했다. 그러나 사정을 모르는 매드에게 이끌려 마당을 가로질러야 했다.

캐스터들을 몰아 밖으로 나온 팀장은 주차장 입구에 세워 둔 조수대 차량으로 향했다. 9인승 승합차의 트렁크를 열자 두 개의 아이스박스가 나란히 실려 있었다.

팀장은 박스를 살짝 움직여 보고 그중 무거운 쪽을 꺼내 바닥에 내려놨다. 그리고 밀폐식 레버를 젖히자 안에는 레토르트 제품을 비롯한 식재료가 들어 있었다.

"준비가 철저하시군요." 뉴원이 박스를 내려다보며 감탄했다.

"비상식량이죠. 장기 조사에 들어간다 싶으면 두 개를 다 채우고 다니고요. 조사 수색은 결국 체력전이니까요."

씩씩하게 답한 팀장은 쇼쿠와 함께 아이스박스를 본채 사무실로 날랐다. 그리고 새튼 부부를 불러와 함께 샌드위치를 만들기 시작했다.

큼직한 통밀빵을 두껍게 잘라, 햄과 양상추, 적양파에 케첩을 바르자 그럭저럭 한 끼 식사가 마련되었다. 세 사람은 계속 샌드위치를 만들고. 자동차 수색을 마친 대원들이 본채로 와 참고인들이 머무르는 숙소로 빵과 음료수를 날랐다.

그렇게 한 차례 배달을 마친 다음 직원 부부는 숙소로 돌아갔다. 그리고 남은 조수대 대원과 캐스터들만 사무실에서 식사를 시작했다.

매드 팀장이 대원들에게 참고인들의 반응을 물었다.

조시가 말도 말라며 손을 흔들었다. "모두 고맙다고 하면서도 초동 조사가 언제 끝나는지 집요하게 묻던걸요. 발대식을 7시 반에 시작했으니 48시간을 계산해 보라 하고 도망치듯 나왔어요."

칸나도 목을 빼고 끼어들었다. "초동 조사 중에 사건 현장을 떠날 수 있는 요건에 대해서도 몇 사람이나 물어봤어요. 수고했다는 말은 없고 불만만 터뜨려서 얼마나 무안했는지 몰라요."

"역시, 맥그리어 교수의 말대로네요." 하고 팀장은 캐스터들을 돌아봤다. 그리고 이내 식사에 집중했다.

그때 아일랜이 문득 안심한 목소리로 혼잣말을 했다. "그럼 모레 아침까지 시간이 있군요. 사건을 조사할 시간이 충분한 듯해요." 그리고 잠시 후, 그는 눈을 접시로 돌렸다. 시간이 꽤 남은 걸 알자 뒤늦게 허기가 몰려온 듯. 그러나 빵에서 흘러나온 붉은 소스를 보자 구역질이 치미는 바람에 도로 고개를 돌렸다.

아무 사정을 모르는 팀장은 "별다른 일이 터지지 않으면 시간은 충분할 거예요."라며 어서 먹으라고 접시를 밀어 주었다.
 그때 뉴원이 냅킨으로 입을 닦으며 의미심장한 말을 꺼냈다.
 "아일랜 씨. 만약 뜻밖의 사실이 밝혀지면, 초동 조사가 중지될 수도 있습니다. 남은 시간이 아예 없을 수도 있으니, 조사할 게 있다면 빨리 하셔야 할 겁니다."
 "네? 뜻밖의 사실이요?" 아일랜이 뉴원을 보며 되물었다.
 뉴원은 아일랜을 힐끗 쳐다보고 팀장에게 말했다.
 "제 생각일 뿐이지만, 팀장님. 먼저 부검 감정을 듣고 2차 조사를 시작하는 게 좋을 듯한데요. 마음에 걸리는 게 있어서요."
 그 말에 팀장은 안 그래도 식사를 마치는 즉시 통합소에 연락할 생각이었다고 답했다.

 서둘러 샌드위치를 두 개나 먹어 치운 매드는 손에 묻은 빵가루를 털며 캐스터들을 살폈다. 이미 세 명의 대원들은 남은 샌드위치를 싸 가지고 이프 호수로 출발한 뒤였다. 너트, 차피 대원에게 점심을 건네고 함께 수색에 참여하기 위해서였다.
 뉴원과 쇼쿠는 식사를 마쳤고, 아일랜은 식욕이 전혀 없다는 것을 확인한 팀장이 통신기를 꺼냈다.
 "저도 마키가 현장이 이상하다고 한 게 마음에 걸렸어요. 부검 결과를 알아보고 2차 조사를 계속하죠."
 그녀는 곧장 사체 통합 관리소에 연락했다. 신호가 가고 잠시 후 상대방이 답을 하는데. 친구의 목소리임을 확인한 팀장이 곧바로 입을 열었다.
 "마키, 나야. 부검은 끝났지? 네 말이 신경 쓰여서 말이야."

"마침 연락 잘 했어, 매드. 급히 전할 말이 있었거든."

통신기 너머 검시관의 목소리는 뜻밖에 다급했다. 중요한 내용이 있음을 짐작한 팀장이 다 같이 듣자며 통신 상태를 오픈했다. 그러자 검시관의 영상이 통신기 화면에 나타나고 스피커로 목소리가 크게 울렸다.

마키 검시관은 머리가 젖은 걸로 봐서 부검을 끝낸 지 얼마 안 된 듯했다. 그녀는 화장기 없는 얼굴에 또박또박한 말투로 캐스터들에게 부검 결과를 전했다.

"두 사람 중, 먼저 르네 부인의 사인에 대해 알려 드릴게요. 부인의 사인은 질식사였어요. 정확히는 비구폐색 질식사로, 기도가 막힌 게 아니라 코와 입이 막혀 사망한 걸로 판명됐고요."

비구폐색. 그 단어가 아일랜과 뉴윈의 귓속을 파고들었다. 두 사람은 저도 모르게 서로를 돌아봤다.

매드 팀장이 되물었다. "정확히 뭘로 숨이 막힌 거야?"

그 말에 마키 검시관의 메마른 얼굴이 살짝 일그러졌다.

"그게, 조사 결과가 당황스러워. 특정할 만한 게 나오지 않았거든. 콧속과 입안의 상피 조직도 검사하고 혈액을 비롯해 장기 조직 검사도 해 봤는데. 독극물이나 유독 가스는 일절 검출되지 않았어. 어제저녁 섭취한 음식물 외에 알코올과 수면제 성분만 나왔을 뿐이야. 더 놀라운 건 신체에 상흔이 전혀 없다는 거야. 구타당한 흔적이나, 저항흔, 방어흔이 하나도 없을뿐더러. 피부에 남은 흔적이라곤 사망한 자세 그대로 왼쪽 뺨이 바닥에 짓눌린 자국뿐이었어. 현장 바닥의 석재타일 무늬가 뺨에 남았는데. 그것도 강한 물리력으로 제압당한 흔적은 아니고, 자고 일어났을 때 베개 자국이 남는 정도였을 뿐이야."

하나하나 짚어 주는 어조에서 검시관의 당황함이 고스란히 느껴졌다. 그녀는 말을 계속했다.

"또한 사체를 크게 움직인 흔적도 없었어. 한마디로 부인은 손을 모으고 모로 누운 듯한 자세 그대로 잠을 자듯 사망한 것 같아. 사실 현장 조사 때 사무실에서 약 상자를 보고, 그 안에 수면제를 확인했거든. 부검 결과 동일한 수면제 성분이 나왔어. 결국 그녀가 술과 약을 함께 음용해, 불행한 사고를 당한 것 같아."

"사망 시각은 어떻게 돼?"

"혈액 취하 및 시반, 사체 경직도를 모두 검사했는데. 그에 더해 위와 십이지장의 음식물이 어느 정도 소화된 상태인 걸로 봐서 오늘 오전 12시부터 새벽 2시 사이로 추정돼."

"그럼 발견되기 예닐곱 시간 전에 사망했단 말이군." 확인하듯 말을 중얼거린 매드는 재차 부검 결과를 되물었다. "아무튼 의심스러운 흔적이 없단 말이지?"

검시관이 고개를 끄덕였다.

그때까지 캐스터들은 잠자코 가만있었다. 검시관의 당황한 얼굴만 들여다보는데. 쇼쿠과 뉴원은 검시관의 설명이 무엇을 의미하는지 알아차렸으며, 매드 팀장 역시 그 내용을 짐작했기에 단도직입적으로 물었다.

"네가 무슨 말을 하는지 알겠어, 마키. 그러니까 주 검시관이자 부검의로서, 르네 부인의 죽음을 법가원에 어떻게 보고할 건지 말해 줘. 한마디로 요약해 주면 좋겠어."

간단히 말해 달라는 말에 마키 검시관은 침을 한 번 삼키고 흔들림 없는 눈으로 화면을 바라봤다. 당황한 표정은 사라지고 망설임 없이 답을 내놓았다.

"부검 결과, 르네 부인은 사고사일 가능성이 높아."

사고사. 이미 눈치채고 있었으나 막상 그 단어가 튀어나오자, 탄식인지 실망인지 모를 한숨이 사람들 입에서 새어 나왔다.

"저기, 허벅지에 난 상처는 어떻소? 그건 사망 후에 생긴 것 같던데. 그렇다면 적어도 누군가 타인이 부인을 공격했다는 말이 아니오." 하고 쇼쿠가 날카롭게 지적했다.

마키가 고개를 끄덕였다. "맞아요. 그건 부인이 사망한 후에 공격받은 상처였어요. 처음엔 자창의 깊이가 워낙 얕아 자해한 흔적인 줄 알았는데, 아니었죠. 칼끝이 수직으로 들어간 데다 혈액의 양도 적어 사후 찔린 상처로 판명됐어요."

그리고 마키 검시관은 오른손을 들어 이마를 짚더니 한숨을 내뱉었다. 그리고 더욱 힘든 얼굴로 말을 이었다.

"그런데 어떻게 말해야 할지 모르겠는데. 그 상처를 낸 흉기는 오텀 씨를 찌른 칼과 동일하다는 게 밝혀졌어요. 칼끝의 모양이 일치했거든요."

매드 팀장이 대꾸했다. "마키, 그건 우리도 예상하고 있었어. 부인이 사망했다는 걸 모르고 누군가 그녀를 공격했고. 뒤이어 나타난 오텀 씨를 같은 사람이 공격한 게 아니냐는 말이 나온 참이야."

그런데 뉴원이 착 가라앉은 목소리로 입을 열었다.

"그게 아닐 겁니다. 팀장님, 모든 열쇠는 오텀 씨가 쥐고 있을 듯한데. 오텀 씨의 부검 감정도 속히 들어 보도록 하죠."

영상 속 검시관이 청년의 말에 반응했다. 그녀는 뉴윈을 슬쩍 쳐다보고 매드 팀장을 불렀다.

"매드, 방금 얘기 들었지? 그 청년의 말대로야. 사실 오텀 씨의 부검 결과가 더 놀라워. 너도 받아들이기 힘들 것 같은데."

검시관은 잠시 뜸을 들인 다음 말을 이었다. "사실, 현장 검안에서 마음에 걸렸던 건 르네 부인이 아니라 오텀 씨였거든. 결국 과학 조사대와 내가 부검한 결과를 토대로 보면, 예상했던 결과이긴 한데…"

"뭔데 그래. 빨리 말해 봐." 매드 팀장이 재촉했다.

"오텀 씨의 사인은 실혈사야. 가슴에 찔린 자상에 의한 과다 출혈로 사망했어. 또한 사망 시간도 르네 부인과 같은 시간대로 추정됐고. 그의 혈액에서는 알코올만 검출됐을 뿐, 수면제는 나오지 않았어. 마찬가지로 다른 약물이나 독극물도 검출되지 않았고. 마약 검사도 철저히 했지만 나오지 않았어. 문제는 흉기에 오텀 씨의 손바닥 장문과 지문만 또렷이 남아 있었다는 거야. 다른 지문은 일절 찾을 수 없었어. 더욱이 남은 지문을 토대로 추론해 보면 오텀 씨가 두 손으로 칼 손잡이를 모아 쥐고 있었던 것으로 보여. 현장의 혈흔 또한 오텀 씨 것뿐이고."

그녀의 당황함을 이해한 듯, 뉴윈이 다시 끼어들었다.

"마키 검시관님. 아일랜 캐스터의 보조를 맡고 있는 뉴윈이라고 합니다. 저도 오텀 씨의 몸에 난 상처를 살펴봤습니다. 왼쪽 팔뚝에 난 상처에 대해 설명해 주시면 간단하고 빠르게 설명하실 수 있을 것 같습니다만."

"아, 맞아요. 그게 좋겠네요."라고 검시관이 대꾸하자, 다른 세 사람은 의아하게 서로를 바라보았다. 검시관과 회색 청년은 같은 생각을 하고 있으며, 서로 무슨 말을 하는지 알고 있는 듯했으나, 세 사람은 도무지 영문을 알 수 없었다.

마키 검시관이 설명을 이어 갔다.

"매드. 오텀 씨는 복부에 6cm 넘는 자창이, 왼쪽 팔뚝에도 자창이 두 군데 나 있었어. 그 외 상처는 없고. 팔과 허벅지에 타박상이 있었지만 오래된 것들이라 사인과는 직접적으로 관련 없는 것들이야."

"그건 오텀 씨가 여러 번 공격받았다는 뜻이군요. 특히, 현장 바닥에 그릇과 조리 도구가 흩어진 걸 보면 몸싸움이 벌어진 듯합니다만."하고 쇼쿠가 주도권을 뺏기기 싫다는 듯 끼어들었다.

그러자 검시관이 곧바로 머리를 흔들었다. "아뇨. 그 상처는 타인에게 공격받은 게 아니에요. 다른 방어흔이 없으니까요. 그 자창 외, 얻어맞거나 긁힌 흔적도 없고, 머리카락이 뭉텅 빠지거나 살점이 튄 흔적도 없고요. 단지 복부와 왼쪽 팔뚝에 칼에 베이고 찔린 상처만 남아 있단 말이죠. 그 자창을 낸 흉기는 일반적인 식도로 추정됐으며, 그것 역시 오텀 씨 가슴에 박혀 있던 바로 그 칼인 듯했어요. 상처와 칼날, 칼끝의 모양이 일치했으니까요."

차분히 답하던 검시관은 흠, 숨을 내뱉고 뉴윈에게 부탁했다.

"전, 부검 결과 오텀 씨의 복부와 팔에 난 상처는 같은 유형이라 판단했어요. 그리고 오텀 씨의 사망 유형을 특정했죠. 뉴윈 씨라고 했죠? 당신이 알고 있는 듯하니, 매드에게 잘 전해 주길 바라겠어요. 얼굴을 보니 매드는 아직도 제가 무슨 말을 하고 싶은지 모르는 눈치인 것 같으니까요."

"알겠습니다. 오텀 씨의 몸에 난 상처들은, 깊이가 얕고, 표면이 거칠며, 방향이 일정하게 나란히 나 있단 말씀이시죠?" 하고 뉴윈이 묻자 마키 검시관이 바로 그거라고 답했다.

답답함을 참지 못한 팀장이 나섰다. "무슨 말이야? 마키. 네가 똑바로 설명해 줘. 뉴윈 씨에게 미루지 말고."

검시관은 양손을 허리에 짚고 크게 한숨을 내쉬었다. "매드, 뉴윈 씨가 말한 건, 오텀 씨의 상처가 자살 사건에서 보이는 주저흔이냐는 질문이었어. 나도 이런 결과가 나올지 몰라 당황스럽지만. 어쨌든 부검 결과는 그래."

마키는 다시 한번 후, 하고 한숨을 내쉰 다음 이번에도 한마디로 요약해 답했다. "부검 결과 오텀 씨는 자살로 밝혀졌어. 오텀 씨는 SD사건으로 처리해야 될 것 같아."

"뭐? SD사건이라고? 자살? 오텀 씨가 자살했단 말이야?" 놀라 눈이 휘둥그레진 팀장은 앵무새처럼 같은 말을 되풀이했다.

"그래. 타살의 핵심 증거가 발견되거나 범인의 자백이 있다면 또 모르지만. 그게 없다면 SD사건이 될 거야. 제1 조건인 유서가 없다면 'SD추정 사건'으로 결론 날 테고."

허, 하고 매드 팀장은 속에서 우러나는 탄식을 내뱉었다.

그 순간, 아일랜이 손을 들었다. 지금껏 질문 하나 못했지만. 마키 검시관의 추론이 틀렸다는 생각이 들었다.

"왜 그렇게 말씀하시는 거죠? 오텀 씨는 칼에 찔려 윽, 사망했어요. 범인에게 공격받은 거예요."

그러자 쇼쿠가 뒤늦게 무릎을 쳤다. "아하, 오텀 씨에게 방어흔이나 다툰 흔적이 일절 없다고 강조하더니. 그 상처들은 스스로 몸에 낸 거란 말이었군요."

검시관이 고개를 끄덕였고. 아일랜은 어리둥절한 얼굴이었다.

뉴윈이 작가를 보며 친절하게 설명을 덧붙였다.

"아일랜 씨. 생각해 보세요. 어제 오텀 씨는 인사불성 상태가 아니었습니다. 술이나 약물에 취하지도 않은 오텀 씨가 흉기로 공격을 받았는데. 상처는 칼로 인한 것뿐이며, 상처가 모두 비슷한 모양이라는 건 이상한 일이죠. 오텀 씨가 범인에게 실제 공격 받았다면 상처는 여러 부위에 불규칙적으로 났을 겁니다. 그런데 복부와 팔뚝에 난 상처는 모양이 비슷하고 얕게 났으므로, 그건 스스로 자기를 벤 상처로 보는 게 타당합니다." 그리고 중요한 설명을 덧붙였다.

"혹은, 다른 상대가 있어, 상처를 낼 동안 가만히 있었다면, 이런 경우도 오텀 씨가 범인에게 협력했다는 말이 되며 '촉탁 자살'로 분류됩니다. 즉, 죽고 싶어 남의 손을 빌린 것이 되죠. 어찌 됐든 결론은 자살이 되는 겁니다."

"하지만 상대가 무서워서 가만히 있었을 수도 있죠. 그게 아니면 협박에 의해 억지로 자해한 것일 수도 있고. 아닌가요?" 아일랜이 다시 반박했다.

초보적인 질문이었으나 뉴윈은 역시 설명을 이어 갔다.

"결코 그렇게 볼 수 없습니다. 포박당하거나 구금된 흔적이 없으니까요. 특히 다리 쪽에 상처가 없으니, 그는 도망치거나 저항할 수 있었다는 말입니다. 그런데 오직 복부와 팔뚝에 난 상처만 존재한다면. 그건 자살자들에게 흔히 나타나는 주저흔으로 볼 수밖에 없습니다."하고 청년은 한숨을 길게 내쉬었다.

그는 다시 보충 설명을 덧붙였다. "주저흔이란, 죽음을 결심한 사람이 자신을 공격할 때 공통적으로 나타나는 흔적입니다. 단번에 치명상을 입히지 못하고 망설이는 바람에, 비슷한 부위에 자해한 상처가 여러 개 남는데. 대체로 상처가 얕고 비슷한 모양을 띠죠. 또한 절단면이 깨끗하지 못한 것도 특징 중 하나고요."

함께 설명을 들은 매드 팀장의 동글동글한 얼굴이 확 일그러졌다. 그녀는 겨우 답을 받아들인 듯 천천히 되물었다. "그러니까 마키, 네 말은, 오팀 씨가 자살했다는 거지?"

그러자 마키 검시관이 안타까운 얼굴로 고개를 끄덕였다.

"그래, 매드. 다른 증거도 있어. 통합실 부속, 과학 조사대에서 사건 현장에 떨어져 있던 그릇과 주방 기구에서 채취한 지문을 분석했는데. 그건 전부 단 한 사람, 오팀 씨의 지문이었어. 오팀 씨의 지문밖에 없었다는 거야."

"그게 무슨 말이야?"

"그러니까 오팀 씨가 어떤 이유에서 그릇을 깨고 현장을 어지럽힌 것 같아. 검사 결과가 그래. 주방에는 르네 부인과 오팀 씨의 흔적만 나왔을 뿐. 다른 사람의 흔적은 발견하지 못했어."

이야기를 듣고 있던 캐스터들과 팀장은 이제야말로 꼼짝없이 입을 다물어야 했다. 단 한마디도 대꾸할 수 없었다. 그것은 범인에게 패배한 것도 아니고, 조사에 실패한 것도 아니지만, 왠지 낭패한 기분을 감출 수 없었다.

현장의 침울한 분위기를 알아챈 마키 검시관이 입을 열었다.

"매드, 직원을 시켜 부검 감정서를 그곳으로 보낼 테니, 직접 읽어 봐. 그걸 보면 이해될 거야. 아무튼 부검을 끝내고 나니 나도 당황스러워. 솔직히 현장에서는 가능성이 반반이었는데. 결과는 Q1이 아니라 다른 결론으로 나와서 말이야."

"아직도 믿을 수가 없어." 또다시 매드가 어이없다는 듯 중얼거리자, 검시관은 한결 차분한 어조로 친구를 위로했다.

"그렇게 낙담하지 마. 조수대는 객관적인 증거와 참고인들의 증언을 수집할 뿐이잖아. 사건의 진상을 추리하고 결론을 내리는 것은 입회 캐스터의 일이야. 아무튼 부검 감정 결과 두 사람은 각각 사고사와 SD사건이 될 듯해. 솔직히 나도 이런 경우는 처음이라 당황스럽긴 하지만."

검시관은 다시 한번 낮게 후, 하고 한숨을 내쉬었다. 그 숨결에서 오히려 다른 여지는 없으며 결론이 분명함이 느껴졌다.

세 사람 중 가장 먼저 정신을 차린 이는 쇼쿠였다. 그는 더 이상 왈가왈부할 필요가 없다고 느꼈으며, 상황을 정리했다.

"뜻밖의 결론이긴 하지만. 사체 통합소의 부검 결과가 그렇게 나왔다면 재론의 여지는 없는 것 같소... 트윈 풀 사건 때 라이브 픽셔에 등장했던 이 두 사람의 흉내를 내 보자면. 뭐, 죽음에 얽힌 모든 가능성을 열어 놓고 조사한 결과, 뜻밖의 사실이 밝혀졌으며. 르네 부인은 사고사, 오텀 씨는 그것을 발견하고 절망해 스스로 목숨을 끊었다고 볼 수밖에 없을 것 같소만." 그리고 명쾌하게 결론을 내렸다. "아무튼 Q1사건은 아닌 거요."

그쯤 되자 매드 팀장도 고개를 끄덕일 수밖에 없었다.

"뭐, 부검 결과가 그렇다면 어쩔 수 없지. 그럼, 어떻게 되는 거야. 중범죄 Q1이 아니라 사고사와 SD라... 머리가 복잡하네. 아무튼 슬슬 정리하란 말이지?"라고 친구에게 물었다.

그리고 친구가 고개를 끄덕이자 팀장은 캐스터들을 돌아봤다.

"마키가 부검 감정서를 법가원에 제출하면, 곧바로 조사 중지 명령이 떨어질 거예요. 수색은 일단락되고 참고인들은 집으로 돌아가는 거죠."

그때 아일랜의 머릿속에 떠오른 것은 두 여인이었다. 가슴에서 피가 솟구치는 여인과 의미심장한 미소를 띠고 있는 여인. 그 모습들이 겹쳐지는가 싶더니. 어느새 붉은 선혈을 두른 여인이 미소 띤 얼굴로 자신에게 말을 건넸다. 당신을 믿어요...

가만히 몸을 떨고 있던 아일랜이 머리를 좌우로 흔들었다.

"아니에요. 이 사건은 아직 모든 게 모호해요. 아무것도 해결되지 않았어요. 어떻게 될지 모르니, 제발, 시간을 좀 주세요."

그는 다시 팀장을 향해 애원하듯 말했다. "제발요. 얼마만이라도." 안타까운 목소리로 중얼거리다가 손으로 통신기를 가리켰다. "마키 씨에게 하나만 더 묻겠어요."

매드는 내키지 않았으나 입회 캐스터의 부탁은 들어줄 수밖에 없었다. 그래서 상대를 다급하게 외쳐 불렀다.

"마키. 잠깐 기다려 봐. 아일랜 캐스터가 할 말이 있대."

아일랜은 통신기를 건네받아 화면 속 상대에게 물었다.

"마키 검시관님. 르네 부인과 오텀 씨의 죽음을 각각 사고사와 자살 사건으로 확정 지을 수는 없는 거죠?"

"그게 무슨 말이죠?"

"그러니까 르네 부인을 사고로 위장해 살해할 수도 있고, 오텀 씨도 마찬가지라는 말이에요. 용의주도한 범인이라면 흔적을 남기지 않았을 수 있잖아요. 100% 확실하게 결과를 단정 지을 수는 없지 않나요?"

그 말에 상대는 잠시 입을 다물었으나 애매하게 수긍했다.

"그건 그렇죠. 우리가 사건을 실시간으로 목격한 게 아닌 이상, 실제 이런 일이 일어났다고 100% 단정 내릴 순 없죠. 그러나 90% 이상의 확률로, 사건은 부검 결과가 알려 준 대로 일어났을 거예요. 르네 부인은 수면제와 술을 음용해 기력이 빠진 채로 불행한 사고를 당했으며, 오텀 씨는 자해를 시도하다 마침내 자살에 이르렀어요. 오텀 씨를 찌른 흉기와 죽은 르네 부인에게 사후 상처를 입힌 흉기는 같은 것이고요. 즉, 오텀 씨가 르네 부인에게 상처를 냈으며, 현장을 어지럽히고 스스로 목숨을 끊은 거예요." 하고 말했다.

그리고 검시관은 팔짱을 꼈다 풀었다 하며 뜸을 들이다 다시 입을 열었다.

"만약 다른 일이 있었다면 그걸 찾아내는 것은 당신의 몫이겠죠, 아일랜 씨. 전 사해가 보여 주는 것 말고는 상상하지 않도록 훈련받았으니까요. 증거와 진술로 사건을 재구성하는 건, 캐스터인 당신의 임무예요."

"그렇다면 부디 검시관님. 조금만 더 시간을 주시면 안 될까요. 제발 부탁드리겠어요. 법가원에 부검 감정서를 보내는 것을 몇 시간만이라도 미뤄 주세요."

뜻밖의 부탁에 마키 검시관은 지체 없이 고개를 가로저었다.

"그건 곤란해요. 전 제 일에 자부심을 가지고 있어요. 절차에 따른 부검과 그 감정 결과를 정리해, 신속하게 부검 감정서를 법가원에 전달하는 게 제 지침이자 의무예요. 변명이나 거짓말로 법가원을 속이는 짓은 할 수 없어요." 그녀는 단호하게 딱 잘라 말했다.

아일랜은 청이 단박에 거절당하자 어쩔 줄 몰라 했다.

그때 뉴윈이 나섰다. 통신기를 얼른 낚아채 상대에게 말했다.

"그렇다면 마키 검시관님, 이건 어떨까요. 아일랜 씨와 제가 2차 부검을 요구하는 걸로요."

"아, 2차 부검." 검시관이 잠시 주춤하며 목을 뒤로 뺐다.

"네. 현장 검안과 부검 결과가 완전히 상반되는 것이라, 다시 조사했다고 하면 법가원을 속인 게 아닙니다. 아직 두 사람의 죽음에 얽힌 진실은 아무것도 밝혀지지 않았으며, 자살이라 하더라도 그 동기와 과정을 알아내지 못한 것도 사실이고요. 때문에 입회 캐스터의 자격으로 재부검을 요구하겠습니다. 이렇게 되면 검시관님은 지침을 어길 필요가 없으며… 단지 저희가 부탁드릴 것은, 검시관님이 만족하실 만큼 돌아가신 두 분과 완벽한 대화를 나눠 달라는 겁니다. 르네 부인과 오텀 씨와요."

아일랜은 부검이나 조사 절차에 대해 하나도 몰랐다. 그러나 실낱같은 희망이 보이자 숨을 멈추고 검시관을 바라보았다.

뉴윈 역시 그녀를 보며 답을 기다렸다. 자기 일에 자부심이 큰 사람은 그 심리에 부응해 주는 게 좋고. 특히 완벽주의자들은 그 지점을 건드리며 부탁하는 게 좋다고 알고 있다. 그렇기에 그리 걱정은 되지 않았다.

과연, 잠시 후 검시관의 입에서 부드러운 음성이 흘러나왔다.

"뭐, 내 성에 찰 수는 없겠지만… 사흘 밤낮을 두 사람에게 매달릴 수는 없으니까 말이에요. 아무튼 알겠어요. 그 요청이라면 받아들일 수 있겠어요. 2차 부검을 진행하도록 하죠. 법가원에 2차 부검을 실시한다 보고하고. 감정서 또한 2차 부검 후에 종합해 작성하겠다고 전하겠어요."

그리고 그녀는 이제 얘기는 끝난 거냐 물었다. 뉴윈이 감사 인사를 전하고, 통신기를 매드 팀장에게 건넸다.

팀장 또한 캐스터들에게 더 요청할 게 없나 확인하고는, 친구에게 수고하라 인사를 보냈다. 마키 검시관도 같은 인사를 끝으로 화면 밖으로 사라졌다.

아일랜은 뉴윈에게 고개를 숙였다. "덕분에 시간을 벌었어요. 고마워요. 뉴윈 씨." 그리고 팀장에게 물었다. "그럼 이제 조사를 계속할 수 있나요? 팀장님."

그 질문에 팀장이 한 손으로 다른 손의 팔꿈치를 받치고, 손등을 턱에 대고 답했다.

"그렇게 된 것 같네요, 아일랜 씨. 사실, 사망 사건에서 사고사나 SD사건으로 판명되면 유족들이 조사를 요구하지 않는 한 조사 시간이란 있을 수 없거든요. 단 1분도 참고인들을 붙들어 둘 수 없고, 강제 조사나 압수수색도 할 수가 없죠. 아무튼 아직 제대로 밝혀진 게 없는 데다 미심쩍은 점이 많았는데. 저도 조사를 종결하기 아쉬운 차에 정말, 다행이에요."

"사고사가 되면 아예 조사가 안 되는군요."하고 아일랜이 작은 소리로 중얼거렸다.

그러자 뉴윈이 아일랜의 말을 정정해 주었다.

"그냥 조사가 아니라 '강제' 조사가 안 되는 겁니다. 범죄와 사고는 엄연히 다르니까요. 사고사라면 참고인들은 사고의 목격자일 뿐이라. 그들의 인권을 보장하기 위해 어떤 것도 강제할 수 없는 것이죠. 아일랜 씨가 우연히 교통사고 현장을 목격했다고 생각해 보세요. 아일랜 씨는 단순 목격자일 뿐이라, 그 처참한 사건에 대해 진술을 거부할 수 있습니다. 사체 통합 관리소나 조수대, 그 누구도 아일랜 씨에게 진술을 강요할 수 없으며, 또한 현장에 아일랜 씨를 붙잡아 둘 수도 없죠."

아일랜이 고개를 끄덕이자 뉴원은 설명을 이어 갔다.

"참고로, 사망 사건에서는 부검 결과가 거의 절대적인 증거자료로 인정됩니다. 부검에서 밝혀진 사망 유형과 그 원인이 사건을 판단하는 중요한 근거가 되죠. 때문에 마키 검시관이 사고사와 자살 사건으로 추정해 감정서를 제출한다면, 법가원에서 즉시 조사에 제동을 걸 겁니다. 그렇게 조사 중지 명령이 떨어지면 초동 조사는 곧바로 정지되죠."

그리고 뉴원은 아일랜에게 재차 확인했다. "하지만 아일랜 씨는 틀림없이 부검 결과에 의문을 품고 계신 거죠?"

"네." 하고 아일랜이 답하자 뉴원도 고개를 끄덕였다.

"사실, 저도 그렇습니다. 부인의 죽음이 단순 사고라는 게 실로 믿기 어렵습니다만… 그녀는 남편인 로토니어 씨와 더불어 수년간 복수만 생각했다고 했으니까요. 그런데 이토록 허무하고 어이없이 눈을 감지는 않았을 듯한데. 혹은 사고사라 하더라도 뭔가 내막이 있을 듯하니, 좀 더 사정을 캐 보도록 하죠."

아일랜은 고개를 끄덕이고 팀장을 바라봤다.

"저기. 마키 검시관님이 두 번째 부검을 완료하는 데 시간이 얼마나 걸릴까요?"

질문의 요지를 눈치챈 매드가 곧장 답했다.

"우리에게 남은 시간을 묻는 거라면, 대략 두세 시간이라고 해두죠. 그 이상은 어림없어요. 르네 부인과 오텀 씨, 둘이라 그 정도 시간이 걸릴 뿐이지. 마키는 손이 빠르고 눈이 아주 매섭거든요."하고 고개를 절레절레 내저었다.

그사이 쇼쿠 캐스터는 홀로 조용히 생각에 몰두하고 있었다. 사실, 결론은 확실히 나지 않았는가 말이다. 부검 결과를 보면 핵심 상황은 모두 판명된 상태였다. 르네 부인은 사고사, 오텀 씨는 자살로. 비어 있는 부분은 부가적이고 부수적인 스토리텔링뿐.

그는 두 개의 사망 사건을 연결하고 완성할 스토리를 찾느라 생각에 골몰하고 있었다. 그것만 만들어 내면 자신의 픽션은 완성될 참이었다.

그러다 문득 마이너 캐스터는 검은 눈동자를 치떴다. 곧장 경쟁자들을 노려보는데. 왜 두 사람은 부검 결과를 받아들이지 않는가, 궁금한 것이다. 그리고 보니 동료인 워크가 말하길, 그들은 남을 속이는 데 능숙한 것 같다고 한 게 떠올랐다.

트윈 풀 호텔 사건이 큰 화제를 일으키자, 증인으로 나섰던 워크는 나중에 동료들에게 이렇게 하소연했다. "이야, 아일랜 씨와 뉴윈 군에게 완전히 속았어. 인터뷰를 하러 올 땐 전혀 그런 낌새가 없었는데. 중립적으로 조사하는 척하면서 몰래 자신들에게 유리한 증언을 수집했을 줄이야."라고 주절거렸다.

쇼쿠도 그 말을 여러 번 들었으며, 겉으로는 위로하는 척했다.

그러나 속으로는 이용당한 놈이 멍청한 거라고 비웃었다.
하지만 이제 두 사람의 말과 행동을 직접 겪어 보니. 그 말이 새삼 또렷하게 떠오르는 것이다. 이토록 분명한 결과를 받아들이지 않고 딴지를 걸다니. 뭔가 꿍꿍이가 있음이 분명하며, 거기 넘어가면 안 된다는 경계심이 들 뿐이었다.
마이너 캐스터는 전략적인 태도로 두 사람을 지켜보자 다짐했다. 그리고 반드시 그들보다 한발 앞서 스토리를 완성하자고 경쟁심을 불태웠다.

2 DAY 1 - 오후 1:50

시간이 얼마 남지 않았다. 매드 팀장은 사정을 전하지 않고, 대원들을 닦달했다. 사용한 흔적이 있는 설피를 찾았느냐, 뭔가 확실한 증거를 찾아라, 수상한 사람은 없었느냐, 통신기로 같은 말을 반복했다.
팀장의 성화에 대원들은 이유를 알지 못한 채 대답을 하고. 꽁지에 불붙은 새 마냥 다급하게 수색 반경을 넓혀 갔다.
그리고 곧바로 너트가 본채로 불려 와 수색 결과를 발표했다. 그는 좀 어리둥절한 얼굴이었다. 1차 수색을 일단락하고 늦은 오후에 결과를 발표하라 들었는데, 갑자기 불려 왔으니 말이다. 그럼에도 불구하고 대원은 배운 대로 차분히 발표를 시작했다.
"그럼, 참고인들이 묵고 있던 방갈로와 자동차를 수색한 결과를 알려 드리겠습니다. 수색 결과 증거물이 될 만한 것들이나 조사가 필요해 보이는 것은 증거물 상자에 담아, 저기 갖다 놓았습니다."

그러면서 너트는 팀장과 캐스터들을 이끌고 캐비넷이 있는 벽 쪽으로 다가갔다. 그리고 바닥에 줄줄이 놓인 증거물 상자들을 가리키며 입을 열었다.

"이곳 방갈로는 주차장에서 가까운 순서대로 A동부터 H동까지 총 여덟 채가 있습니다. 방갈로는 본채의 통유리창 쪽을 바라보며 일렬로 놓였고. 각 객실은 지그재그 모양으로 나 있으나 실제 확인해 보니 본채로 오는 거리는 어느 객실이나 비슷했습니다. 아주 계획적으로 잘 만들어져 있더군요. 그럼 A동부터 객실 순으로 조사 결과를 말씀드리겠습니다."

그리고 너트는, 먼저 알아야 할 것이 있다며 말을 계속했다.

"각 숙소를 수색한 결과, 피 묻은 옷이나 장갑 등은 일절 나오지 않았습니다. 참고인들의 소지품은 대체로 간소했으며 휴대폰과 양말, 속옷, 세면도구와 자동차 열쇠처럼 공통적인 것은 따로 확인하시면 될 겁니다. 또한, 자동차와 숙소, 그리고 참고인들의 몸수색에서 나온 물품 중, 사용한 흔적이 있거나 특징적인 것만 짚어 말씀드리겠습니다."

이미 캐스터들은 범인이 없을 수도 있다는 이야기를 들은 터였다. 그러나 부검 결과를 듣지 못한 대원은 성실하게 수색 결과를 알렸다. 교육받은 대로 일일이 상자를 짚어 가며 증거물 목록을 읽어 주었는데. 수집된 증거물은 다음과 같았다.

A동, 크레일- 의료 서적. 병원 진료 파일. 전자면도기. 간이 호흡기를 비롯한 응급처치 도구 상자. 명상용 도구 세트. 싱잉볼.

B동, 맥그리어- 투자 관련 서적 세 권. 만년필과 필기도구가 담긴 가죽 필통. 장지갑. 비단 안대와 귀마개 등이 담긴 수면 도구 세트. 미용 마스크가 담긴 봉투. 사용한 흔적이 있는 설피.

C동, 클로- 남성용 화장 도구 세트. 디자인 스케치 파일. 실리콘 마스크팩. 액세서리 케이스. 실크 스카프와 목도리.

D동, 쇼쿠- 캐스터용 카메라 및 미디어 장비 일체가 담긴 케이스. 면도칼을 비롯한 쉐이빙 도구 세트.

E동, 에드- 돋보기안경과 극세사 클리너. 렌즈 세척 도구 세트. 비단 손수건. 각종 투자 안내서와 계약서가 담긴 파일.

F동, 브리히도- 망치와 드릴이 담긴 공구 상자. 경비봉과 손전등을 비롯한 경비 도구 세트. 맹견용 입마개와 초크 체인.

G동, 할로우- 카드 상자와 타로 카드 세 벌. 3단 액세서리 케이스. 화장품 파우치. 비단 장갑. 향초와 향이 담긴 갑. 머리와 어깨에 두를 수 있는 비단 숄.

H동, 아일랜- 아이스크림 한 통. 초코칩 쿠키 두 상자. 꿀차 한 통과 초콜릿 다섯 봉지. 장갑과 고글을 세트로 맞춘 스키 장비 두 벌. 빈 화분과 씨앗 봉지. 볏짚으로 만든 밧줄.

H동, 뉴원- 전문가용 카메라 장비 세트. 잡지 한 권.

직원 숙소- 청소도구 세트, 조리용 칼과 가위. 앞치마 두 벌과 두건. 방갈로를 비롯한 주류 창고와 그 외 건물을 드나들 수 있는 열쇠 꾸러미.

마지막 상자까지 수집한 증거물 목록을 불러 준 너트는 아일랜을 힐끔거리며 한마디 덧붙였다.

"사실, 아일랜 씨가 짐이 좀 많았습니다. 스웨터와 카디건, 모직 바지도 서너 벌씩 챙긴 데다, 자동차에 방한용 단화와 털장화. 두툼한 양말도 일곱 켤레나 실려 있었거든요."

그 말에 팀장이 의아한 눈으로 아일랜에게 며칠이나 묵을 생각이었냐고 물었다. 작가의 창백한 얼굴에 오랜만에 작은 홍조가 떠올랐다. 그는 이틀만 묵을 생각에 간단히 챙긴 짐이라 답했다.

팀장은 다시 몸을 돌려 맨 앞 상자로 갔다. 그리고 상자에 붙은 목록을 재차 들여다보며 너트에게 따로 지시를 내렸다.

"목록 중에 르네 부인을 흔적 없이 질식시킬 만한 것들이 눈에 띄는데. 지금부터 우리가 골라내는 걸 사체 통합 관리소로 가져가. 당장 DNA 검사를 의뢰해."

왠지 다급해 보이는 팀장을 이해할 수 없어 너트는 고개를 갸웃했다. 그사이 캐스터들과 팀장은 서둘러 증거물 상자에서 수상해 보이는 물건들을 꺼냈다. 팀장은 주머니에서 르네 부인의 쪽지도 꺼내 너트에게 건네주었다. 곧이어 수색 대원은 양팔에 증거물 봉투를 한 아름 모아 들고 밖으로 달려 나갔다.

캐스터들만 남자 팀장은 사건 현장으로 가 보자고 제안했다.

네 사람은 정리가 끝난 주방으로 갔다. 쇼쿠와 뉴윈은 오전에 구석구석 현장을 돌아다녔던 터라, 놓친 것을 찾거나 전체적으로 살피려 노력했고. 매드 팀장은 처음으로 들어와 본 사건 현장을 샅샅이 훑어보며 돌아다녔다.

그러나 아일랜은 출입문에서 몇 발 들어가지도 못했다. 흐린 눈을 하고 바닥을 외면한 채, 고개를 들어 통유리창 너머 풍경을 응시했다. 어제 자신이 아름답다고 느낀 그림 같은 전경은 그대로였다. 직원 숙소를 포함한 아홉 개의 독채가 유리창 너머 왼편에서 오른편으로 나란히 펼쳐져 각기 다른 외관을 뽐내고 있었다. 그는 그 모습을 한없이 바라보았다.

주방을 살피느라 바쁜 쇼쿠는 뒤늦게 멍하니 서 있는 아일랜을 발견했다. 이토록 중요한 사건 현장을, 조사는커녕 볼 수조차 없다니. 쯧쯧, 하고 그는 속으로 혀를 찼다.

그때 문득 뉴윈이 고개를 들었다. "누가, 왜, 사무실과 식당의 불을 껐을까요?"

팀장도 같은 생각 중이었다며 힐끗 사무실을 쳐다봤다.

"그러게요. 르네 부인이 사고사라면 이해할 수 없는 일이에요. 두 곳 다 온종일 불을 켜 놓는 곳인데. 사고로 죽기 전 부인이 불을 끄고 싶었다 보기도 어렵고. 불의의 사고라면 평소와 다름없었을 테니까요. 갑자기 사무실과 식당의 불이 꺼진 후에 부인이 사망했으니, 왠지 전등이 꺼진 것과 부인의 죽음이 연관 있다는 생각을 떨치기 어려워요." 그러면서 그녀는 조심스레 뒷말을 덧붙였다 "혹, 정말 범인이 있어 범행을 저지르기 위해 미리 불을 끈 게 아닐까요?"

그러나 뉴윈은 금세 고개를 가로저었다.

"그건 논리에 맞지 않습니다. 만약 부인을 공격하려면 아무 기척 없이 곧장 주방으로 들어가는 게 좋으니까요. 또한 처음에 살의가 없었다면 더욱 불을 끄지 않았을 테고요. 오히려 우발적으로 범행을 저지르고 도망쳐 나올 때, 현장을 감추기 위해 불을 껐다고 보는 게 맞겠죠."

"하지만, 부검 결과를 생각해 보면 범인은 따로 없으니. 역시 르네 부인이나 오텀 씨가 껐다는 얘기가 되겠네요. 그리고 만약 부인이 사무실과 식당의 불을 껐다면, 그녀의 죽음은 사고사가 아니라 계획된 것에 가깝지 않을까요."라고 매드 팀장이 손으로 부인의 사체가 있던 곳을 가리켰다. "사실, 전 르네 부인 또한, 단순 사고사가 아닌 듯싶거든요. 아일랜 씨에게 마지막까지 복수를 부탁한 것만 봐도 그렇고."하고 팀장은 적극적으로 자신의 생각을 밝혔다.

뉴윈은 그 말에 긍정도 부정도 하지 않았다. 대신 또 다른 점을 지적했다.

"두 번째 이상한 점은 바닥에 깨진 그릇이 전부 물기 하나 없이 깨끗했다는 것입니다. 제 기억이 맞다면 어젯밤 만찬에 사용된 그릇이 아니었거든요. 비들 부인이 말한 브랜드의 그릇과 접시가 아니었죠. 오전에 쇼쿠 씨와 현장을 살필 때 보니, 사용한 것은 식기 세척기에 들어 있는 듯했습니다. 깨진 그릇들은 저 식기장에서 떨어진 것인데. 보다시피 저렇게 식기장 문이 양쪽으로 활짝 열린 것으로 봐서, 바닥의 그릇은 누군가 일부러 문을 열고 꺼내 깨뜨린 것처럼 보였습니다."

"그건 오텀 씨가 한 일이지. 마키 검시관이 다 말해 줬잖소. 지문으로 밝혀졌다고." 쇼쿠가 다시 반문했다.

"그래서 제 생각은 본채의 불을 끈 사람도 오텀 씨일 확률이 높다는 겁니다. 그가 불을 끄고 그릇을 일부러 꺼내 깨뜨린 거죠.

그 이유를 찾아야겠어요." 하고 뉴원이 눈을 내리깔았다.

그 말을 들은 순간. 번개같이 쇼쿠의 뇌리를 스치는 생각이 있었다. 그것은 바로 오텀 씨가 그런 짓을 한 이유였다. 그런데 그 답은 전혀 어렵지 않은 것이었다. 어린아이라도 금방 알아차릴 만큼 당연한 답일 뿐. '그런데 왜 뉴원 군은 에둘러 말하는 거지? 일부러 답을 모르는 척 시치미를 떼는 것 같고...' 마이너 캐스터는 오히려 그게 궁금할 지경이었다.

그러나 그는 그 이유 또한 금세 알아차렸다. 아마, 저 청년은 자신을 견제하기 위해 은근히 말을 돌린 것 같았다. 경쟁자인 자신을 속이기 위해... 그러나 눈치 빠른 자신은 그 이유를 곧장 알아차린 것이다. 그리고 그 이유를 알아차리자, 사건의 진상도 손에 잡힐 듯 가까이 다가왔음을 알 수 있었다.

거기까지 생각이 미치자 쇼쿠는 시원한 탄성을 내지르고 싶었다. 답답한 모래언덕을 헤매다 마침내 오아시스를 발견한 듯. 울컥 터져 나오는 기쁨의 환성을 억누르는 게 힘들 정도였다.

'역시, 그런 거였어. 그래서 오텀 씨가 불을 끄고 그릇을 깨뜨린 거야.' 그는 속으로 연신 고개를 끄덕였다. '됐어. 내가 이겼군.' 이란 생각에 절로 턱이 올라가는데. 혹, 다른 이가 눈치챌까 싶어 도로 목을 움츠렸다. 그리고 주변을 둘러보니, 매드 팀장과 뉴원은 아직도 여러 가능성을 이야기하는 중이었다.

그는 다시 실질적 경쟁자인 아일랜을 돌아봤다. 통통한 작가는 오늘 아침부터 얼굴엔 흙빛밖에 남아 있지 않았다. 그러나 그것조차 생기 있었다 생각될 만큼 지금은 완전히 썩어 문드러진 진흙 덩이 같은 얼굴을 하고 있었다. 그렇게 촛농처럼 흘러내린 얼굴로 멍하니 창밖을 바라보던 남자가 일순간, 표정을 싹 바꿨다.
쇼쿠는 그 표정을 보고 깜짝 놀라 순간 목을 움츠렸다. 무급 캐스터의 표정이 얼마나 괴상한지. 그것은 꼭 눈을 뜨고 악몽을 꾸는 사람처럼 보였다.

3 A동 - 크레일

현장을 꼼꼼히 점검한 팀장은 2차 조사를 위해 캐스터들과 함께 방갈로로 향했다. 어렵사리 얻은 시간을 아끼자며 팀장은 몇 번이나 시계를 확인하고 종종걸음으로 발을 옮겼다.
첫 번째 방갈로 앞에 도착한 매드 팀장은 캐스터들을 돌아봤다. 그리고 속삭이듯 목소리를 낮췄다.
"우린 아직 부검 결과를 정확히 모르는 거예요. 이게 마지막 인터뷰가 될 수 있으니 모두 궁금한 건 빠짐없이 묻도록 하세요. 또한 최대한 빨리빨리 조사를 진행해야 할 테고요."
그녀는 긴장한 눈빛으로 아일랜과 뉴원을 쳐다봤다.
"만약 20년 전 사고와 이번 사건이 연관 있다 생각되면 이번 진술에서 증언을 확보해야 할 거예요. 살인 사건이 일어난 줄 알고 사람들이 정신없는 틈에 말이죠. 지금은 다들 혐의를 벗기 위해 협조적으로 증언할 테지만. 한 번 초동 조사가 중지되고 나면 나중에 재개되더라도 참고인들의 태도가 완전히 달라지거든요. 제 경험상 확실히 그랬어요. 그땐 참고인들이 기억나지 않는다며 묵비권을 행사하는 경우가 대부분이었으니까요."

뉴윈도 아일랜을 돌아보며 한마디 덧붙였다.

"알겠습니까? 아일랜 씨. 갑자기 튀어나온 질문이라 모두 당황할 테고 이런저런 얘기를 늘어놓을 텐데. 그걸 빠짐없이 모두 기록하는 겁니다. 그래야 나중에라도 조사를 재개할 만한 증언을 찾아낼 수 있을 테니까요."

쇼쿠도 눈에 착용한 카메라를 손끝으로 올리며 맞장구쳤다.

"맞는 말이오. 이게 SD사건으로 결론 나면 별로 좋을 게 없으니. 픽셔는 3대 중범죄가 조회 수도 높고, 그중에서도 Q1사건이 제일 인기가 많지 않소. 그러니 끈질기게 물고 늘어져 수상한 점을 찾아내도록 합시다." 그는 자신의 결론과 정반대 주장을 입 밖으로 꺼냈다. 상대가 함정에 빠지길 바라며.

그런데 그런 쇼쿠의 말은 아일랜의 귀에 좀 이상하게 들렸다. 왜냐하면 그 자신도 20년 전 사건의 관계자였기 때문이다. 그러나 의혹을 감추고 아일랜도 고개를 끄덕였다.

"네. 돌아가신 르네 부인을 위해 진실을 꼭 찾고 싶어요."

이윽고 팀장이 벨을 누르자 크레일이 문을 열어 주었다.

실내는 구식 벽난로와 오래된 가구가 고풍스러운 분위기를 물씬 풍기고 있었다. 조사원들은 운치 있는 벽난로 앞 소파에 둘러앉았다. 연통과 굴뚝이 있는 난로에는 따뜻하고 환한 불꽃이 제법 크게 타오르고 있었다.

팀장은 먼저 1차 진술을 간단히 확인했다. 크레일은 자신의 진술이 맞노라 차분한 어조로 답했다.

그다음 20년 전 사건과 이브 양에 대한 질문을 듣자, 그는 잠시 입을 다물고 생각에 잠겼다. 그러나 이미 1차 진술에서 그녀에 대해 밝혔던 터라 당황하거나 곤란해하는 기색은 없었다. 그는 20년 전 이곳에 묵은 일에 대해 곧바로 진술했다.

"당시, 난 개인 병원을 막 개원한 참이었소. 베이크 대학 근처의 신축 빌딩이었는데. 여러 분야의 전공의들이 모여 서로에게 도움을 준 터라, 얼마 지나지 않아 자리를 잡을 수 있었던 거요... 이브 양은 아마 추수감사절 즈음, 과민성 위경련인가로 진료를 받으러 왔고, 그녀의 보호자였던 르네 부인과 로토니어 씨는 진료 결과를 상담하며 알게 됐소... 그러다 로토니어 씨와 제법 친해졌는데, 나중에 그가 병원이 학교와 가깝다며 나에게 이브의 주치의가 돼 달라 말하는 거요... 그리고 딸을 잘 부탁한다며 이곳으로 초대한 걸로 기억하고 있소만."

"이브 양은 어떤 사람이었나요?" 뉴원이 물었다.

"그녀는 신체적으로도 건강했고 정서적으로도 안정적인 사람이었다고 기억하오만."

"혹시 임신에 관한 이야기는 듣지 못했나요? 그녀는 임신 때문에 우울했다고 하던데요." 매드가 단도직입적으로 캐물었다.

전후 사정 설명도 없이 튀어나온 질문에 크레일은 크게 놀란 듯했다. 얼굴을 찌푸리고 생각에 잠겼다, 다시 입을 열었다.

"임신이라니. 처음 듣는 이야기요. 우울하다는 인상을 받은 적도 없고. 물론 위경련 증세가 호전된 후로는 한 달에 한 번 정도 병원을 방문한 것으로 기억하는데... 아무튼 그런 이야기는 들은 기억이 없소만. 혹 잘못 안 게 아닌지 되레 묻고 싶을 뿐이오."

그러자 아일랜이 가슴을 폈다. "아뇨. 당시 증거품으로 임신 사실을 확인한 테스트기가 발견됐거든요. 또한 그녀가 그 일 때문에 우울증과 불면증에 시달린 듯하다는 증언도 있었고요. 저기 궁금한 게 있는데, 임신 테스트기는 얼마나 정확한 건가요? 과연 그 결과를 신뢰할 수 있는지 궁금해요."

"그건 사용 시기를 얼마나 잘 지켰는지에 따라 다를 거요."

"사용 시기가 따로 있나요?" 이번엔 뉴윈이 물었다.

그러자 그는 의료인으로서 아는 대로 답해 주었다.

"임신을 하면 hCG라는 일명 임신 호르몬이라 불리는 호르몬이 급격히 증가하는데. 그걸 확인하는 게 임신 테스트기요. 대신 그 호르몬이 증가한 걸 제대로 확인하려면, 관계일로부터 최소 열흘, 2주가 지난 후에 확인하는 게 좋을 거요."

매드가 턱을 들고 궁금한 것을 물었다. "사실, 그런 일로 그녀가 우울했다면 상대가 문제가 있기 때문일 거라 추측했는데. 혹, 사망 당시 아기의 아빠를 찾을 수는 없었을까요?"

그 말에 그는 또다시 생각에 잠겼다, 얼마 후 고개를 끄덕였다.

"내가 알기로 방법이 있기는 한데. 임신 6주째부터 태아의 DNA가 엄마의 혈액 속에 흐르기 시작하고, 임신 7주가 되면 검사 가능한 양의 태아 DNA가 모체의 혈액에 축적되는 걸로 알고 있소. 그럼, 엄마의 DNA, 태아의 DNA, 아버지로 추정되는 남성의 DNA를 차세대 DNA 서열 분석 방법으로 비교해 혈연관계를 확인할 수 있다고 하오만. 그러나 모체의 혈중 태아 DNA 양은 개인차가 커서. 같은 임신 주 수라도 실제 그 정도 양이 있는지는 검사해 보지 않으면 알 수 없을 거요. 또한 아버지로 추정되는 남성의 DNA도 확보해야 비교 가능하니 말이오. 때문에 의사로서 소견을 묻는다면 가능성은 반반이라 답하겠소. 임신 후 7주가 지났다 하더라도, 알아낼 수도 있고 알 수 없을지도 모르고." 그리고 그는 한마디 덧붙였다. "가장 확실한 건 그녀가 직접 말해 주는 것이었을 거요."

"전문적인 의견을 말씀해 주셔서 감사해요." 팀장이 머리를 조아렸다.

그러자 의사는 손을 저으며 인사를 사양했다.

"아무튼 처음 듣는 이야기지만, 당시 조사를 시도했다면 유의미한 결과를 알아낼 확률이 절반은 됐을 거라 생각하오만."

"안타깝게 됐죠. 그녀의 죽음이 타살이었다면 경찰이 검사를 시도해 봤을 거예요. 그런데 사고사로 결론 나는 바람에 무리하게 진행하지 않은 듯해요." 하고 매드 팀장이 대꾸했다.

"당시 여기서 어떻게 지내셨나요?" 다시 뉴윈이 물었다.

"그때도 경찰에게 그 질문을 들은 듯한데. 내 기억엔 산행을 다녀와서 숙소에서 쉬었을 거요. 당시도 그렇게 답했을 거고."

"이브 양의 죽음을 알고 어땠나요?" 아일랜이 물었다.

"크게 놀라고 당황했소." 그리고 크레일은 뒤늦게 고개를 갸웃했다. "그러고 보니, 갑자기 예전 사건을 왜 캐묻는 건지 모르겠소만. 혹시, 오늘 사건과 20년 전 사건이 무슨 연관이라도 있는 거요?" 하고 물었다.

르네 부인의 의뢰에 대해 전혀 모르는 참고인으로서 당연한 의문이었으나, 질문을 들은 조사원들은 당황했다.

매드 팀장은 뒷머리를 털며 답을 얼버무렸다. "아, 여러 가능성을 알아보는 중이었어요. 조사에 응해 주셔서 감사해요."

그리고 조사원들은 몇 가지 질문을 더 하고 답을 들은 다음, 인사를 하고 밖으로 나왔다.

4 B동 - 맥그리어

"그다음은 맥그리어 교수예요."라고 캐스터들을 돌아본 다음, 매드 팀장은 곧바로 방갈로 현관의 벨을 눌렀다.

잠시 후, B동의 문이 열리고 조사원들은 차례차례 안으로 들어갔다. 실내는 리클라이너 소파를 비롯해 깔끔하게 꾸며져 있고 커다란 주류 장식장이 자리 잡고 있었다. 그런데 거실 바닥에는 짐이 흩어져 있는 게 몹시 어수선했다.

"혹시 몰라 없어진 게 있는지 확인하는 중이었소."라며 맥그리어는 바닥에 늘어놓은 짐을 손으로 가리켰다. 그리고 당당하게 뒷말을 덧붙였다. "수색 대원들을 의심한다는 말은 아니고. 여길 뒤질 때, 소지품이 소파 아래나 가구 밑에 들어갔을 수도 있을 것 같아 점검하는 중이었단 거요."

"너무 의심이 많으신 것 같네요. 저희 대원들도 경력이 많은데. 그런 초보적인 실수는 하지 않는걸요." 어깨를 추어올린 팀장은 기분 나쁜 표정을 감추지 않았다.

아무튼 거실로 들어서기도 어렵고 시간도 없는 터라, 조사원들은 문 앞에 선 채로 인터뷰를 진행했다.

매드 팀장은 1차 진술을 확인하고, 곧바로 20년 전 사건에 대해 물었다. 그러자 맥그리어는 부리부리한 눈을 부릅떴다.

"그런 건 대답할 의무가 없을 텐데. 왜 지나간 일을 꺼내는 건지 도무지 모르겠소만. 난 기억나는 게 없어서 말이오."

그러자 매드가 손을 맞잡고 사정을 전했다.

"피해자가 두 사람이나 되는 데다 픽셔들이 쏟아져 나왔거든요. 때문에 철저히 조사하는 것뿐이에요. 또한 어젯밤 만찬에서 이브 양의 이야기가 나왔다는데. 오텀 씨 입에서 20년 전 사건이 언급되고, 이브 양의 어머니인 르네 부인과 오텀 씨가 사망했으니, 과거 사건과 연관성을 조사하는 건 당연한 수순 아니겠어요? 부디 흉악범을 잡기 위해 협조를 부탁드리겠어요."

그녀는 정중하면서도 강력하게 압박했다. 그리고 곧바로 "이브 양을 어떻게 알게 됐는지, 당시 여기 묵게 된 이유도 들었으면 하는데요." 하고 다시 캐물었다.

할 수 없이 맥그리어가 한발 물러났다.

"흠. 난 그녀의 담당 교수였고, 그녀는 많은 학생 중 하나였을 뿐이오. 물론 예쁘고 야무진 데다 성적도 좋아, 인기가 꽤 많았다고 기억하는데. 나도 여러모로 보살펴 주기도 해서, 그녀가 감사함을 표하며 여기로 초대했을 거요."

"20년 전 당시, 여기서 어떻게 지냈는지 말씀해 주세요."

"나, 참. 진짜 중범죄 사건만 아니라면 참지 않았을 거요. 도대체 20년 전 일을 기억하는 사람이 몇이나 있다고 그런 질문 같지 않은 질문을 하는지." 맥그리어는 다시 화를 터뜨렸다.

"당시 참고인으로 담당 순경에게 진술하셨을 텐데. 그 진술만이라도 말씀해 달라는 거예요. 기억나지 않는 건 아니시겠죠?"

"왜, 아니겠소. 하나도 기억나지 않는구만."하고 맥그리어는 언성을 높였으나. 두 대의 카메라가 자신의 얼굴을 빤히 비추는 걸 보자 한숨을 내쉬었다. 그리고 좀 누그러진 투로 답했다.

"딱 이맘때였는데. 난 크리스마스는 항상 아내와 딸과 함께 보내기로 약속했지만, 그때는 크리스마스가 사흘 정도 남은 터라 혼자 하룻밤 묵었을 뿐이오. 이 방갈로는 지금도 깨끗하지만, 그때도 막 개장한 후라 아주 쾌적하게 지낸 것 같고... 난 낚시를 좋아해 호수에서 얼음낚시를 했을 거요. 온종일 낚시를 즐기다 해가 기운 후에 여기로 돌아왔을 테고... 저녁을 주문해 시켜 먹고 방갈로에서 쉬었을 뿐이오."

"혹시 다른 손님을 만나신 적은 없나요?"

"그때도 여기 객실에 전부 손님이 묵고 있었지만. 단지 오가며 마주쳤을 뿐이었소. 지나가며 눈인사를 하는 정도였고. 함께 식사를 하거나 차를 마신 사람은 없었소."

그때 아일랜이 손을 들었다. "당시 왜 혼자 오신 거죠? 따님과 부인이 함께 오지 않은 이유가 있나요?"

그 질문에 맥그리어는 낭패한 얼굴로 턱을 긁적였다.

"... 아내는 몸이 약한 편이고 추위를 많이 타, 겨울엔 꼼짝하지 않고... 딸도 다른 약속이 있었던 걸로 기억하오만. 더욱이 이브 양이 임시 개장인 것처럼 말한 터라, 내가 먼저 와 보고 좋으면 나중에 아내와 함께 오려고 했을 거요."

곧이어 뉴윈도 날카롭게 그를 쳐다보며 물었다. "방금 말씀 중에 이브 양을 여러모로 보살펴 주셨다고 하셨는데. 당시 이브 양이 만나던 남자에 대해 들은 이야기는 없으신가요. 그녀는, 사망하기 전 뜻밖의 임신으로 우울한 상태였다고 합니다만."

이번엔 교수의 눈동자가 황망하게 흔들렸다. 그러나 답변은 금세 튀어나왔다.

"거, 참. 내 말을 오해했군. 난 어디까지나 지도 교수로서 학업에 관련된 걸 지도하고 도움을 줬다는 말이었을 뿐이오. 그걸 보살폈다고 표현한 것뿐... 사적인 문제를 상담받을 만큼 가깝게 지낸 적도 없거니와, 어떤 학생과도 그렇게까지 친밀하게 지내지는 않소. 교수라는 직이 그리 한가하지 않을뿐더러, 특히 연말에는 공식 행사가 많아 매우 바빴다고 기억하오. 그래, 여기서 하루 쉬기로 하고 편안히 묵은 거요."

교수는 내친김에 가슴을 내밀고 거칠게 말을 이었다.

"그보다 어이없는 건 이브 양의 죽음은 사고라고 기억하고 있소만. 또한 그녀는 당시 성인이었으니 자유롭게 행동할 수 있고 행동에 책임만 지면 될 뿐 아니오. 도대체 뭐가 문제라는 건지 모르구만."

어투가 좀 거칠다 싶은데. 가만히 듣고 있던 아일랜이 입을 열었다. "방금 하신 말씀은 이해가 가지 않는데요."

"뭐가 이해할 수 없다는 거요?"

"이런 경우, 즉, 임신으로 우울해했다면 뭔가 다른 문제가 있다고 생각하는 게 일반적이지 않나요? 상대가 문제가 있다거나, 강체 추행이라거나... 그런데 교수님은 그녀의 임신이 그녀가 자유롭게 선택한 일인 양 말씀하시는군요. 마치 이브 양의 사정을 알고 계셨던 것처럼." 아일랜이 푸른 눈을 둥글게 떴다. "그녀가 그러던가요. 자신은 성인이라 어떤 일이라도 책임을 져야 한다고? 그렇다면 그 일에 관한 대화를 나누셨다는 말씀인데,"

누가 봐도 알 수 있을 정도로 교수의 두툼한 광대와 목덜미가 불에 덴 듯 벌게졌다. 그러나 사람들의 따가운 시선을 느낀 맥그리어는 흥분을 가라앉히려 애썼다. 흥분하면 할수록 불리해진다는 걸 알고 있었기 때문이다.

"그런 건 본인에게 듣지 않아도 알 수 있는, 상식적이고 당연한 말 아니오. 성인이라면 어떤 일을 하든 책임만 지면 되지. 도대체 20년 전 사건을 가지고 뭘 어쩌려는 건지 모르겠군."

"그럼 교수님은 이브 양의 죽음을 알고 어땠나요?" 아일랜이 낮은 어조로 다시 캐물었다.

"뭐 안타깝기는 하지만. 솔직히 난 그 이후로 그 사건을 한 번도 떠올린 적도 없거니와 기억하기도 싫었소. 내가 부모도 아니고 주변에 죽은 이가 한둘도 아니고. 그런 사건을 신경 쓸 필요가 뭐가 있냔 말이오. 내 일만 신경 써도 바쁜 판국에. 예전에 죽은 학생의 사건이라니. 원." 그는 불쾌한 심정을 감추지 않고 퉁명스럽게 말했다.

그러자 매드 팀장이 아일랜을 밀치듯 앞으로 나섰다.

"그럼 다른 질문을 하죠. 오늘 아침 본채 주변을 돌아다니신 이유가 뭐죠? 쇼쿠 씨 영상에 보도와 마당에 남은 설피 자국은 하나였거든요. 수색 결과 사용한 흔적이 있는 설피는 맥그리어 씨 것뿐이었고요. 그런데 1차 조사에서 답을 얼버무리셨잖아요. 사건 현장에 가까이 갔던 이유에 대해 말씀해 주셔야겠는데요."

화를 내며 감정적으로 대응하기엔 그 질문은 심각한 것이었다.

발자국과 눈이 묻은 설피가 영상으로 남아 있다니. 교수는 도망갈 데 없이 궁지에 몰린 표정으로 사람들을 둘러봤다. 그러나 한풀 기가 꺾인 얼굴로 입을 열었다.

"그건, 어젯밤 오텀 씨의 이야기를 듣고 여기가 어떤 곳인지 깨달았기 때문이오. 예전에 이브 학생이 초대했던 바로 그 펜션이었다는 생각이 떠올라... 설마 하면서 한 바퀴 둘러봤을 뿐. 그리고 호숫가로 가려다 클로 씨를 만난 거요."

"혹시 그때 다른 사람을 만나진 않았나요? 이상한 장면을 봤다거나."

"전혀 없었소. 단지 깜빡 속은 게 섬뜩하다고나 할까. 틀림없이 여기도 20년 전 내가 묵었던 곳인데 이렇게 완전히 새로 꾸며 놓았으니 말이오. 날 속이려고 작정한 이유가 궁금하고 섬뜩할 뿐이었소." 하고 맥그리어는 새삼 방갈로 안을 둘러봤다. 그리고 고개를 내둘렀다.

아무튼 그의 어투가 누그러졌으므로 조사원들은 몇 가지 질문을 더 이어 갔다. 그리고 새로운 사실들을 알아냈다.

특히 20년 전 당시, 딸의 나이가 이브 양과 같은 20대였음을 알아낸 팀장은 눈을 번뜩였다.

조사를 끝내고 밖으로 나온 팀장은 캐스터들을 돌아보며 크게 고개를 끄덕였다.

"맥그리어 교수라면, 이브 양의 임신이 꽤 성가셨을 듯하군요. 아니, 성가신 정도가 아니라 매우 곤란했을 것 같아요."

5 C동 - 클로

다음으로 캐스터들은 C동의 클로를 만나러 갔다. 독채 내부는 세련되고 모던하게 꾸며져 있는데, 특히 컬러가 클로의 차림과 어울리는 모노 톤으로 통일돼 있었다.

안으로 들어선 조사원들을 소파로 이끄는 클로의 태도 또한 마치 집주인처럼 자연스러웠다. 아일랜은 내부를 살펴보고 마지막으로 자리에 가 앉았다.

오는 길에 조사 내용에 대해 간략히 의논을 끝낸 팀장은 날카로운 지적으로 대화를 시작했다.

"1차 조사에서 르네 부인을 모른다고 하셨는데. 클로 씨는 이브 양과 어렸을 적 친구였다고 들었어요. 좀 더 많은 이야기를 들을 수 있을 거라 기대하고 왔으니. 이제는 솔직하게 답해 주시길 바랄게요."

아니나 다를까 클로가 의자 깊숙이 허리를 묻으며 경계심을 드러냈다.

"갑자기 이브라니, 당황스럽군요... 제가 뭘 더 알고 있다는 건지도 잘 모르겠고. 아무리 친구라도, 20년도 훨씬 전의 일인데 말입니다. 대학에 입학하고는 자연스레 멀어졌는데. 전 베이크 타운과 멀리 떨어진 사우스 포트로 이사를 가, 거기서 대학을 다녔거든요. 혹, 그런 사건이 없었더라도 연락이 지속되었을지는 의문입니다만... 전 매우 바쁘게 살았던 터라."

"그럼, 단도직입적으로 묻겠어요. 클로 씨가 계약을 포기한 건 이브 양의 이야기가 나왔기 때문 아닌가요? 그게 마음에 걸려 급히 떠나려 한 거라 생각하는데요."하고 매드가 물었다.

그 질문에 잠시 눈을 내리뜬 남자는 결국 고개를 끄덕였다.

"맞습니다. 그 때문입니다. 20년 전 죽은 친구의 이름이 갑자기 튀어나오니. 기분이 상하는 건 당연하지 않나요."

"글쎄. 친구였다면서 이름이 나왔다고 기분이 상할 것까지야. 도망치듯 돌아가려 한 것도 수상한 것 같소만." 쇼쿠가 의심의 눈초리를 던졌다.

"점점 더 이상하게 몰아가는군요. 어렸을 적부터 알고 지냈을 뿐인데 말입니다. 친구라는 것도 친했다는 의미가 아니라, 따로 연락하던 사이라는 뜻이고. 기분이 상했다는 것도 다른 나쁜 의미가 아니라, 뭔가 꺼림칙하다는 의미였습니다."

클로는 냉담한 태도를 유지했다. 그게 방어 전략인 듯. 그러나 카메라에 그런 반응을 남기는 것은 불리함을 깨닫고, 마음을 가라앉히려 후, 하고 숨을 내쉬었다.

"제가 좀 냉정했군요. 그 당시에도 친구니 뭐니 하며 꽤 시달린 기억이 있어 그렇습니다. 이브와 친했다며 성가시게 조사를 당했거든요. 사건이 있고, 5, 6년이 지난 후까지 저와 이브 사이를 물어보는 사람도 있었고요. 그 때문에 불쾌한 기분이 들었나 봅니다... 하지만 이브는 얌전했고, 전 활발한 성격이라 그녀가 절 동경하고 쫓아다닌 것뿐이었습니다. 각자 다른 대학에 들어간 후로 연락은 점차 뜸해졌는데. 그러다 부모님이 펜션을 시작했다며 놀러 오라는 초대를 받았습니다. 마침, 대학에서 만난 친구들도 겨울이면 베이크 타운에서 스키를 즐긴다기에 이곳을 소개하면 좋겠다고 생각해서 초대에 응했을 뿐이고요."

"당시 오랜만에 이브 양을 만나 무척 반가웠겠군요."

"뭐 그렇다고 해 두죠. 하지만 이브는 매우 바빴습니다. 이곳도 막상 와 보니 손볼 데가 많았고요. 직접 와 보고 느낀 건데. 숙소는 안락했지만 다른 서비스가 부족해서. 숙박료가 파격적으로 저렴하지 않은 이상 이런 궁벽진 곳에 친구들이 묵으려 할까 걱정스러울 정도였죠."

"그럼 그녀의 임신에 대해서도 몰랐겠군요." 팀장이 물었다.

클로는 놀란 듯 잠시 입을 다물었다, 다시 얼굴을 들었다.

"전혀 몰랐습니다. 오랜만에 만난 친구에게 다짜고짜 그런 이야기를 털어놓을 사람은 없지 않을까요?"

"그녀의 죽음을 알고 어땠나요?" 아일랜이 물었다.

"사실, 전날 밤에 술을 좀 마셔 늦게까지 잠을 잤습니다. 경찰이 나타나 문을 두드리는 바람에 황망하게 놀라 잠에서 깼던 기억이 나는군요. 그때 경찰에게 이브가 죽었다는 이야기를 들었는데. 처음엔 술이 덜 깼나 싶을 정도로 놀랐습니다. 정말 무슨 이야기를 하나 싶었을 뿐. 당황하고 놀랐던 것 같습니다." 그는 그때 기억이 되살아난 듯 얼굴을 찌푸렸다.

"술을 마셨다고요? 혹시 이브 양과 함께 마셨나요?" 매드가 꼬투리를 잡았다.

"아뇨. 그때도 순경이 그걸 집요하게 캐물었죠. 나중에 알고 보니 이브도 혼자 술을 마시고 있었다고 하던데. 그러다 잘못해 사고를 당했다고 들었습니다."

"클로 씨는 왜 혼자 술을 마셨는지 물어봐도 될까요?" 뉴윈이 차분히 고개를 들고 그를 바라봤다.

그 말에 참고인의 얼굴이 심각하게 굳었다. 그리고 얼마 후, 그가 다시 입을 열었다. "또 그 이야기를 꺼내야 한다는 게 불쾌하지만. 과거 조사 기록과 비교할 테니 솔직히 답하겠습니다. 그때 여자 친구와 헤어졌거든요." 그는 한결 조심스러운 투로 말을 이었다.

"그때 사귀던 친구는 이곳 베이크 타운에 살았는데. 장거리 연애가 힘들다고 했습니다. 전 방학만 손꼽아 기다리며 이곳으로 내려왔는데. 만나자마자 이별을 통보받았죠. 그래, 술을 진탕 마셨고. 다음 날 사우스 포트로 돌아가려 했습니다... 사실 그녀는 이브와 친했는데. 같은 대학에 다녔거든요. 그래, 전날 오후에 이브를 찾아가 왜 그녀를 말리지 않았느냐, 따져 물었는데. 본채에서 이브에게 소리치는 걸, 누가 들었던 모양이더군요."

"아, 그래서 다른 참고인들보다 더욱 시달렸을 거요. 다른 사람들은 아무도 조사받을 때 크게 시달렸다고 말하지 않았으니까." 쇼쿠가 고개를 끄덕였다.

매드 팀장이 다시 꼬투리를 잡은 듯 캐물었다. "그렇다면 클로 씨는 당시 이브 양이 무척 미웠을 듯한데요. 오후에는 말다툼으로 끝났지만. 밤에 술을 마시다 술김에 원망이 치솟은 게 아닌가요? 주체하지 못할 만큼."

클로는 화들짝 놀라며 극구 부인했다. "아뇨. 그런 일은 없었습니다. 멀리 떨어져 대학을 다닌 게 이유였는데. 장거리 연애로 헤어진 걸, 이브를 미워한들 뭐하겠습니까. 단지 이브가 옆에서 그녀를 잘 설득해 주었더라면 하고 바랐을 뿐입니다. 그래서 섭섭하다, 언성을 높였을 뿐이고요."

"사고 당시 이브 양을 마지막으로 본 게 언제였나요?"

"여기 방갈로에서 맥주를 마시기 시작했는데. 술이 떨어지는 바람에. 아마, 10시 무렵 본채로 갔을 겁니다. 그때는 본채가 아니라 이브네가 살던 독채였고요. 아무튼 현관에서 벨을 눌렀는데, 얼마 후, 이브가 나오더군요. 제가 술이 없냐 묻자, 그녀가 곧바로 주방에서 이것저것 챙겨 나왔습니다. 압생트 한 병과 안주로 나초와 과카몰리를 함께 담아 줘서. 그걸 받아 여기로 돌아와, 마시다 잠들었을 뿐입니다."

조사원들은 일제히 입을 다물었다. 클로가 20년 전, 마지막으로 이브를 만난 사람이라는 게 밝혀진 듯했다.

그런데 문득 뉴원이 고개를 갸웃했다. "이브 양이 주방에서 술을 가지고 나왔다고요?"

클로가 고개를 끄덕이자, 매드가 청년에게 물었다.

"그게 어때서요?"

"아, 어제 오텀 씨가, 술은 따로 술 창고에 보관한다고 말한 게 기억나서 말입니다."라 답한 청년은 이내 깊은 생각에 잠겼다.

그러자 이번엔 아일랜이 언성을 높였다. "압생트라구요? 당신은 압생트를 알고 있군요. 그런데 왜 어제는 모른 척했죠?"하고 따져 묻는데. 그가 어제 맥그리어에게 술병을 가리키며 이름을 묻던 모습이 선명하게 떠올랐기 때문이다.

아, 한탄을 내지른 클로는 흠칫 어깨를 떨었다. 그러나 아일랜을 똑바로 주시하며 다시 항변조로 말했다.

"당시는 물론이고 어제까지도 술 이름은 몰랐습니다. 단지 초록색 술병만 기억에 남았는데. 어제 맥그리어 씨가 이름을 말해 줘 알게 된 거고요. 그래서 방금은 이름으로 답한 것뿐입니다."

"이브 양은 당시 어떤 상태였나요?" 뉴윈이 질문을 바꿨다.

"그건, 기억나지 않는데요. 전 그때 좀 취했으니까요. 그녀가 걱정스런 목소리로, 눈길에 미끄러지지 말고 조심해서 돌아가라고 말한 건 기억납니다. 배웅도 해 준 것 같은데. 당시에도 그렇게 진술했을 겁니다. 솔직히 본채를 찾아갈 때부터 기억이 띄엄띄엄 날 뿐이라 정확한 건 아닙니다. 지금은 더욱 희미하고요."

몇 가지 질문에 이어, 매드 팀장이 마지막으로 1차 진술을 확인했다. 그는 자신이 한 진술이라 답하고 조사를 마쳤다.

방갈로를 나서자 팀장이 캐스터들을 돌아봤다.

"클로 씨가 몹시 수상한데요. 단지 이브 양의 이름이 나왔다고 투자를 포기한다는 것도 그렇고. 그 바람에 최초 목격자가 됐으니까요. 게다가 답변하는 태도도 지나치게 냉정하고."

그러나 뉴윈이 고개를 가로저었다.

"하지만 20년 전 당시, 술에 취했다면 그렇게 완벽하게 흔적을 지우기 힘들었을 겁니다. 사고사로 보일 만큼."

그러자 쇼쿠가 흥, 하고 콧방귀를 뀌었다. "방금 진술은 전부 참고인의 입에서 나온 진술이라는 걸 잊지 말았으면 하오만. 자신에 대해 진술하는 말을 순진하게 덥석 믿을 순 없지 않나 이 말이오. 술에 취했단 건 거짓말이고, 그가 이브 양에게 원한을 품을 수 있는 사람이란 게 중요한 것 같소만."하고, 그는 매드 팀장의 편을 들어 주었다.

6 E동 - 에드

D동은 쇼쿠 캐스터가 묵고 있는 곳이라 나중으로 미루고 조사원들은 E동으로 향했다. 이 독채는 외부를 회색 콘크리트로 마감해 도회적인 느낌을 주었으며 내부에도 화목난로가 놓여 깔끔한 느낌을 강조했다.

에드는 짐을 말끔히 정리한 뒤였다. 가방을 싸서 현관 앞에 둔 것을 보니 금방이라도 여길 떠날 듯한 태세였다. 물론 조사가 중지될지 모른다는 걸 알고 한 일은 아닐 것이다.

조사원들이 문 앞에 놓인 가방을 물끄러미 내려다보자, 에드는 사람들을 안으로 들이며 변명하는 투로 말했다.

"아, 조사가 끝나는 대로 떠나려고 짐을 싼 것뿐이오. 조금이라도 시간을 아끼고 싶어… 솔직히 예전엔 Q1사건을 보면, 범인을 특정하지 못한 사건에 초동 조사를 48시간만 한다는 게 이해되지 않았는데. 대충 수박 겉핥기로 조사를 끝내겠구나 싶기만 하고 말이오… 그런데 직접 당해 보니 48시간은 지나치게 긴 것 같으니, 원. 인권을 침해하지 않도록 대여섯 시간이면 충분하지 않은가 싶소만." 그는 솔직한 심정을 토로했다.

그 마음을 충분히 이해한다며 매드 팀장은 공감을 표했다. 그리고 소파에 자리를 잡고 앉자마자 본론으로 들어갔다. "먼저 1차 진술을 확인하겠어요."하고는 그의 진술을 불러 주었다.

가만히 이야기를 들은 에드는, "맞소. 내가 말한 그대로요. 만찬을 끝내고 카트를 타고 여기로 돌아왔고. 계약서를 검토하다 씻고 잠이 들었을 뿐이오."하고 고개를 끄덕였다.

그사이 캐스터들도 자리를 잡고 앉았다. 아일랜은 이번에도 실내를 꼼꼼히 살펴보고 돌아와 마지막에 자리를 잡았다.

팀장은 캐스터들을 슬쩍 쳐다보고 본론으로 들어갔다.

"중요한 진술이 나와서 묻지 않을 수가 없네요. 오늘 사건이 20년 전 사건과 관련이 있을지 모른다는 제보가 있어서요. 어젯밤 오텀 씨가 말한 바로 그 사건인데. 이브 양의 안타까운 죽음에 관한 사건을 조사하는 중이에요. 다른 분들에게도 같은 질문을 던졌고, 에드 씨에게도 같은 걸 묻겠어요."

그 말에 에드는 대번에 눈가를 찌푸렸다. "그 오래된 일을 캐서 뭘 하겠다는 거요. 솔직히 가족 일도 아니고, 기분 좋은 일도 아닌 끔찍한 사건을 누가 기억이나 한다고. 난 정말 하나도 기억나지 않는데, 무슨 답을 하란 말인지 모르겠소만."

그러자 팀장이 쐐기를 박듯 말했다. "혹, 모른다고 말씀하시면 안 될 거예요. 본부에 있는 조사팀이 20년 전 사건의 조사 기록을 찾고 있거든요. 그것과 오늘 진술을 대조해 볼 생각이에요."

사실, 20년 전 사건은 사고사로 결론 난 터라 증거와 증언이 제대로 수집되지 않았다는 걸 매드도 알고 있었다. 더욱이 경찰 조직이 조사수색대로 바뀔 때, 대대적으로 자료 정리에 들어갔다는 것도 알고 있지만, 시치미를 떼고 압박해 들어갔다.

효과는 즉시 나타났다. 에드의 눈동자가 이리저리 흔들리며, 그림자처럼 옅은 얼굴에 주름이 진해졌다.

"그래봤자 별 소용 없을 거요. 내가 기억이 안 난다는데. 당신들이 뭘 어쩌겠냔 말이오."

그러나 매드도 손가락을 깍지 끼고 이리저리 비틀며 말했다.

"아무튼 오늘 터진 사건이 워낙 흉악한 범죄라. 저희는 모든 걸 확인할 수밖에 없어요. 이브 양과 어떻게 알게 됐는지, 어떤 관계였는지 말씀해 주세요."하고 물었다.

에드는 옅은 눈썹을 찡그렸으나. 다음 순간 캐스터들이 착용한 카메라를 힐끗 쳐다보고 포기하듯 입을 열었다.

"이브 양은 당시 베이크 대학에 다녔는데. 여기 산길로 통학하기가 힘들어, 대학 근처에 집을 구하고 있었소. 내가 그 사정을 알게 돼 아파트를 빌려줬고, 그녀가 임대해 살았던 거요."

"이브 양은 어떤 사람이었나요?" 뉴원이 물었다.

"그때 나는 투자자들과 함께 대학 근처 아파트를 여러 채 구입해 세를 놨소. 그녀는 세입자 중 한 명이라 사적으로 알고 말고 할 게 없는 사이였을 뿐. 지금 기억나는 건 집을 깔끔하게 썼다는 정도인데. 그런 학생은 드물어 나도 그녀가 마음에 들었소. 아, 그러니까 집주인으로서 흡족했다는 거요. 요즘엔 더하지만. 그때도 두어 달만 지나면 집을 아주 돼지우리처럼 난장판으로 해 놓는 학생이 많아. 주말마다 파티를 벌이거나 난동을 피워 골치를 썩이던 참이었는데. 그녀는 집주인으로서 마음에 드는 세입자였을 뿐이오. 물론 그녀도 주말에 친구들을 초대했지만 파자마 파티 같은 걸 즐기고, 깔끔하게 놀았을 거요."

그리고 그는 잠시 뜸 들이다 입을 열었다. 그것은 조사원들에게 꼭 필요한 증언으로. 누구도 묻지 않았는데 먼저 털어놓은 진술이었다.

"그때 어떤 남자가 주변에 맴도는 것 같았는데. 아내가 같은 남자가 들락거리는 걸 봤다고 한 게 얼핏 기억이 났소만... 어젯밤 오텀 씨 이야기를 듣고, 이런저런 생각을 하다 보니 그게 떠오르는 거요... 당시 아내가 외출하고 돌아오면 종종 그런 얘길 했는데, 내가 직접 본 게 아니라 더 해 줄 말은 없을 거요."

그 말에 뉴원이 다급하게 되물었다. "혹, 어떤 사람이라고 부인이 말씀하지 않으셨나요? 남자의 인상착의에 대해 아주 작은 거라도 알고 싶습니다만."

아일랜 또한, "꼭 부탁드려요. 사실 그때 이브 양은 임신을 한 듯했거든요. 혹시 그 일에 대해 알고 계신 건 없나요?"하고 중요한 사실을 꺼내 물었다.

그러자 에드는 흠칫하다 머리를 내둘렀다. "그건 또 무슨 말이오? 난 전혀 몰랐소만." 그리고 한마디 덧붙였다. "아마, 좀 구부정한 느낌의 남자라 들은 것 같은데. 그것 말고는 전혀 기억나는 게 없으니, 아무리 부탁해도 더 해 줄 말이 없는 걸 어떡하겠소."

"이브 양의 사건이 있던 날 행적에 대해 말씀해 주세요. 이곳에 어떻게 묵게 됐는지도요." 매드가 다시 질문을 던졌다.

"20년 전, 여길 어떻게 왔냐고 묻는 거요? 나, 참."

그는 팔짱을 끼고 고개를 돌려 사람들을 외면했다. 그러나 얼마 후 다리를 비스듬히 꼬고 앉으며 어이없다는 투로 답했다.

"당시에도 여러 번 진술했지만 로토니어 사장의 초대를 받고 여기 묵었을 뿐이오. 원래 로토니어 사장과 펜션 사업으로 알게 된 터라. 그래, 이브 양에게 아파트를 빌려준 것도 로토니어 사장에게 사정을 들어 그리했던 거고. 그랬더니 그가 고맙다며 이곳으로 초대한 거였소. 여기 와서는 계속 주변을 돌아다니며 여기저기 살펴보느라 바빴는데. 개발하기에 좋은 호재가 있을까 해서 말이오. 아무래도 전문가로서 안목이 있다 보니, 언젠가는 이곳이 개발되지 않을까 싶어... 물론 20년이나 걸릴 줄을 몰랐지만 말이오. 아무튼 그런 구상을 하며 주변을 돌아다녔을 거요. 저녁 무렵엔 식사를 하러 방갈로로 돌아왔고. 좀 쉬다, 밤에는 주변이 또 어떤가 싶어 해가 진 후에도 호수 주변과 등산로를 돌다 한밤에 돌아온 걸로 기억하고 있소만."

"이브 양의 죽음을 알고 어땠나요?" 아일랜이 차분히 물었다.

"다른 사람들은 어떤지 모르겠으나 놀랍고 당황스러울 뿐이었소. 전날까지 전혀 그런 낌새가 없었는데. 경찰에게 사고사라는 말을 전해 듣고, 진짜 이게 무슨 날벼락인가 싶었지만... 불행한 사고야 언제든 일어날 수 있으니, 원."

"저기, 그때 왜 부인과 함께 오지 않으셨죠?" 남자의 얼굴을 가만히 바라보던 아일랜이 다시 한번 질문을 던졌다.

남자는 이번에도 옅은 눈썹을 살짝 찌푸리며 천천히 답했다.

"... 방금 말하지 않았소. 여기가 개발될지 어떨지 시찰하듯 돌아다녔다고. 사실 처음 초대받자마자 그 목적을 떠올렸던 터라... 일을 해야 하니 아내에게 함께 가자고 말하지 않은 걸로 기억하고 있는데, 말이오."

그다음 캐스터들은 몇 가지 질문을 더 하고, 에드의 2차 조사를 마무리했다.

7 F동 - 브리히도

그다음은 브리히도였다. 방갈로에서 혼자 대기하고 있던 남자는 벨이 울리자 덤덤히 문을 열고 조사원들을 안으로 맞이했다.
내부는 최신식 삼중 새시로 마감돼 있어, 들어가자마자 외부 소음이 확 줄어드는 걸 체감할 수 있었다. 덕분에 소파에 앉은 캐스터들은 다른 곳보다 더욱 안락하고 고요한 느낌을 받았다.

브리히도는 따뜻한 실내에서 모직 외투까지 걸친 차림이었다. 그는 외투 깃을 올리며 변명하듯 지레 이유를 털어놓았다.
"여자 친구에게 맡겨 놓은 코코가, 걱정돼서 말입니다. 칸나 대원에게 듣길 돌볼 가족이 있으면 초동 조사 중에도 여길 나갈 수 있다던데. 애완견도 가족이나 다름없다 생각하는데요."
"그래서 소지품에 맹견 입마개가 있었군요." 뉴윈이 뭔가를 떠올린 듯 고개를 끄덕였다.
매드 팀장이 알았다며, 곧장 1차 진술을 확인했다.
남자는 어제 만찬에서 봤던 불안한 눈빛은 말끔히 사라지고. 매우 신중한 얼굴로 이야기를 들었다. 팀장이 불러 주는 진술을 다 듣고 천천히 고개를 끄덕였다. 자신이 한 진술이 맞노라, 답하고 입을 다물었다.
시간에 쫓기는 관계로 팀장은 곧장 20년 전 사건을 꺼냈다. 그 이야기가 튀어나오자 남자의 짙은 갈색 눈동자가 흔들렸다.
"왜 갑자기 그 사건이 튀어나오는 건지 모르겠습니다."

"그럴 만한 사정이 있어서요. 제보가 있었거든요. 몇 가지 질문에 답해 주시면 돼요." 팀장이 짧게 대꾸했다.

"거절한다면 묻지 않을 건가요?" 뜻밖에 냉소적으로 되물은 남자는 의자 깊숙이 엉덩이를 대고 팔짱을 꼈다. 어디 질문해 보라는 듯 긴 턱을 들었다.

첫인상과 다르게 다소 거칠어 보이는 남자를 보며 아일랜은 머리를 갸웃했다.

매드는 이번에도 시간이 없는 관계로 가장 중요한 것을 먼저 물었다. 이브와 사귄 일에 대해 물은 것이다.

그러자 브리히도는 대번에 긴 콧등에 주름을 잡았다.

"누가 그런 말을 했는지 모르겠지만. 이브라면 그리 말하지 않았을 겁니다. 제가 일방적으로 쫓아다닌다고 말했겠죠. 그래, 불쌍해서 만나 줬노라고. 뭐 그걸로도 그때는 행복했으니까요."

"당시 여기 묵을 때도 그녀와 사귀던 사이였소?"

"아뇨. 고등학생 때 만나기 시작해, 대학에 들어가고 얼마 후, 헤어지자고 통보를 받았습니다. 이유는 듣지 못했고요. 그냥 절 만날 수 없다고만 해서... 저에게 질렸나 보다, 생각했습니다."

"그럼, 헤어진 사이인데, 여기 초대받아 왔다는 건가요?" 매드가 의심스럽다는 눈길로 그를 주시했다.

"초대받은 게 아닙니다. 손님으로 당당히 예약하고 왔죠."

"어떻게 여길 알았죠? 당시는 펜션이었던 데다 막 개장한 터라 유명하지도 않았을 텐데요." 뉴원이 고개를 갸웃했다.

그러자 남자가 처음으로 당황한 듯했다. "이렇게 말하면 이상하게 들릴 걸 알지만... 이브의 주위를 맴돌고 있었습니다. 스토킹은 아니었고. 부모님이 여기서 사업을 시작했다는 걸 알고 도움이 될까 해서 왔습니다."

"그건 혼자만의 착각이지. 2년이나 주위를 맴돌았으면 상태가 심각했구만." 쇼쿠가 큰 목소리로 비난했다.

그제야 잘못 말했다는 것을 깨달은 브리히도는 어제처럼 입매가 우울하게 처졌다. 느긋하게 기댔던 몸을 등받이에서 떼고 허리를 구부렸다.

"아무튼 그녀의 죽음과 전, 아무 관련 없습니다. 마찬가지로 오늘 사건과도 연관 없으니, 모함하는 말을 듣고 싶지는 않습니다. 이상한 질문이나 비난도 받고 싶지 않고요." 묵비권을 행사하겠다는 듯, 답을 회피하는 뉘앙스였다.

곧바로 매드 팀장이 노련하게 대응했다.

"이상한 질문은 아니에요, 브리히도 씨. 나중에 심리가 벌어지고 법가원에 제출된 영상을 확인해 보면 아시겠지만. 어떤 제보가 있었고, 그에 따라 모든 참고인에게 공통으로 던진 질문이니까요. 그럼, 다시 묻겠어요. 20년 전 사건이 있던 날 무엇을 했는지, 당시 행적에 대해 말씀해 주세요." 그리고 팀장은 다른 참고인들은 성실히 답했노라, 한마디 덧붙였다.

브리히도는 현관을 멀거니 바라보다 다시 맞은편의 조사원들을 바라봤다. 그리고 입을 열었다.

"... 그때 전 이브를 도우려 애썼습니다. 우리가 다시 만날 수 있다고 희망을 품었더랬죠. 그래, 어떡하든 좋은 인상을 남기고 싶어. 르네 부인과 로토니어 씨가 베이크 타운으로 볼일을 보러 가자, 곧바로 그녀를 찾아갔습니다. 그리고 본채에서 일손을 도왔죠. 그녀가 식사를 만들면 방갈로로 나르기도 하고. 그때는 방갈로마다 벽난로가 있어 땔감을 채워 두기도 하고. 마당에 눈도 치웠습니다. 그녀가 무척 고마워했던 게 기억나는군요. 그리고 저에게 미안하다 말했고요... 전, 그게 좋은 조짐 같았습니다. 그녀의 마음이 움직인 것 같다고. 그래, 들뜬 마음을 억누르고, 8시 무렵 이 방갈로로 돌아왔습니다. 그녀가 싫어할 만한 일은 절대 하지 않기로 다짐했으니까요. 사귈 때도 이브에게 답답하다는 소릴 들을 정도였는데... 그렇게 혼자 들떠, 여기서 쉬었을 뿐입니다."

그 말에는 이브의 임신을 모른 듯한 정황이 담겨 있었다. 그래서 매드 팀장이 그 점을 확인하듯 캐물었다. 브리히도는 깜짝 놀라며 이브의 임신에 대해 전혀 몰랐다고, 머리를 내저었다. 그리고 그의 얼굴은 더욱 어두워졌다.

아일랜이 차분한 어조로 질문을 던졌다. "이브 양의 죽음을 알고 어땠나요?"

"아침에 갑자기 경찰이 출동하고 사건을 전해 들었는데. 처음엔 충격으로 아무 정신이 없었습니다. 그런데 순경이, 폴록 씨였나, 아무튼 그분이 꼬치꼬치 제 행적을 캐묻는 걸 보고, 아차 싶은 겁니다. 잘못하면 의심받겠구나 싶어 걱정이 컸는데. 쇼쿠 씨의 지적처럼 그녀를 쫓아다닌 걸로 오해받을 수 있으니까요. 게다가 그녀가 죽었으니, 제가 순수하게 그녀를 도왔다는 걸 증명해 줄 사람도 없고." 하고 브리히도는 한숨을 내쉬었다. 그다음 답을 마무리했다. "심지어, 이브에게 이별 통보를 받은 주제에 여기까지 따라와 묵은 거냐고 순경이 따질 때는 눈앞이 캄캄했습니다. 다행히, 그 후에 사고사로 결론이 나 집으로 무사히 돌아갈 수 있었죠." 그것뿐이라고 그는 강변하듯 말했다.

"지금은 어떤가요? 이브 양에 대해 어떤 느낌이 남았는지 말씀해 주세요."하고 아일랜이 다시 한번 물었다. 작가의 핏기 없는 얼굴은 슬픔이 담겨 있었다.

반면 남자의 얼굴은 담담했고 답은 짧았다. "지금은 단지, 안타까울 뿐입니다. 그녀를 기억하지 않은 지 오래됐으니까요. 너무 힘든 기억이라서요."

그 답변에 모두 수긍하듯 고개를 끄덕였다.

오직 아일랜만이 "하지만," 하고 안타까운 듯 중얼거렸다.

다시 몇 가지 질문을 더한 조사원들은 기록을 끝내고 방갈로에서 물러났다.

8 G동 - 할로우

마지막은 점성술사의 숙소였다. 그의 방갈로에 들어서자 제일 먼저 진한 향내가 확 끼쳤다. 실내는 은은한 간접 조명만 켠 채, 검붉은 커튼을 겹겹이 쳐, 순간 방갈로가 아니라 마치 그의 타로 천막에 들어선 듯한 느낌이었다.

문안으로 들어선 조사원들은 공간의 분위기에 압도돼 멈칫했고, 아일랜은 신기한 듯 사방을 돌아다니며 여기저기를 살폈다.

어느새 할로우는 화장을 마치고 옷을 갈아입었는데. 처음 만난 때처럼 장신구를 치렁치렁 늘어뜨린 모습으로 돌아가 있었다.

공간의 분위기를 장악한 주인은 두꺼운 커튼 앞에 위풍당당하게 앉아 손으로 맞은편 의자를 가리켰다. 둥근 테이블 너머 1인용 의자가 나란히 준비돼 있어. 손짓에 따라 자리에 앉고 보니, 조사원들은 정말 자신들이 상담자가 된 듯한 기분이었다.

의심 많은 쇼쿠가 다리를 비스듬히 꼬고 앉은 채 짓궂은 눈웃음을 쳤다. "매드 팀장. 이 사건을 타로점으로 봐 달라고 하면 어떻겠소. 할로우 씨가 미래를 꿰뚫어 본다니. 잡혀가는 범인을 알려 주면 내가 상담료를 지불할 용의가 있소만."

이 사건은 범죄도 아니고 범인이 없을 수 있다는 얘길 들었지만. 쇼쿠는 어제처럼 또다시 상대를 시험하듯 그런 말을 꺼냈다.

그러자 할로우가 커다란 왼손에 놓인 카드 한 벌을 다른 손으로 쓰다듬으며 피식 웃었다.

"훗. 그런 부탁은 범인이 아닌 사람이 해야 할 텐데요. 쇼쿠 씨는 자신의 처지를 전혀 모르고 있군요. 자신이 가장 의심스럽다는 것을." 비현실적인 아이의 목소리로 상대를 비웃었다.

뜻밖의 대꾸에 마이너 캐스터는 화들짝 놀라, "무슨 소릴 하는 거요."라고 항의했다.

그러나 아이의 목소리는 흔들리지 않았다. 할로우는 쇼쿠를 똑바로 노려보며 반격을 개시했다.

"어젯밤 이브에 대해 곰곰이 생각해 봤거든요. 그랬더니 몇 가지 수상한 이야기가 떠오르던걸요. 그중 하나가, 쇼쿠 씨에 대한 이야기였고요. 이브가 말하길, 동아리 클럽에서 만난 선배가 호감을 표하는 게 부담스럽다고 했는데. 그가 멘토를 자처해 접근하는 바람에 더욱 곤란하다고 한 게 기억났지 뭐예요."

쇼쿠가 말을 끊으려 했지만, 점술가의 말은 더욱 빨라졌다.

"물론 그 이상은 말하지 않겠어요. 난 상담자의 사적인 이야기를 꺼내는 아마추어는 아니니까. 대신 이런 지적은 어떨까 싶군요. 오늘 아침, 당신이 아주 수상했단 점이요. 듣기로 쇼쿠 씨가 제일 먼저 현장에 나타났다던데. 카메라를 착용하고서 말이죠. 마치 살인 사건이 일어난 걸 알고 있는 것처럼 준비를 마치고 왔다고 들었어요. 그 후엔 지금 끼고 있는 그 고글 같은 카메라로 우리를 돌아가며 전부 찍었지만. 정작 중요한 건 당신 자신은 찍히지 않았다는 거죠... 어제 당신이 그런 말을 하지 않았나요? 사망 사건을 만나는 건 일생일대의 천운이라고. 지금 쇼쿠 씨는 정말 기쁘겠군요. 두 사람이나 사망한 사건을 만났으니, 하늘이 내린 행운을 거머쥐었지 뭐예요."

천진난만한 아이의 목소리와 의뭉스럽게 비꼬는 말이 만들어내는 부조화는 그 어떤 비판보다 신랄하고 강렬했다.

그 바람에 점성술사가 한마디 할 때마다 쇼쿠는 허허, 가쁘게 혀만 차야 했다. 그러나 초로의 캐스터는 패배한 낯빛으로 분한 기색만 띨 뿐, 반격을 전혀 하지 못했다.

여유로운 미소를 짓던 할로우는 카운트 펀치를 날렸다.

"또한 당신이야말로, 사건을 조작하기에 매우 유리한 위치에 있다는 걸 자각해야 하지 않나요? 나 같은 사람도 그걸 알고 있는데. 3대 중범죄 사건에서 조수대보다 더 큰 권한을 가지고 있는 이는 입회 캐스터이며. 입회 캐스터 없이는 초동 조사도 시작하기 어렵잖아요. 그뿐만 아니라 맨 마지막에 사건을 분석하고 범인을 추리하는 것도 입회 캐스터의 권한이고요. 바꿔 말하면 당신이 사건을 제멋대로 분석할 수 있으며, 픽션에서 아무나 대고 범인으로 지목할 수 있죠. 당신이 사건을 자신에게 유리하게 조작할 수 있고, 손쉽게 남에게 범행을 뒤집어씌울 수 있단 말이에요. 훗... 오전에 직원 숙소에서 모두 그런 말을 하던걸요. 당신은, 참혹한 살해 현장을 목격한 걸 가지고 천운이라 말하는 사람인데, 드디어 천운을 만나 좋겠다고 말이에요."

쇼쿠는 완전히 녹다운된 듯했다. 처음엔 머리만 흔들다 나중엔 팀장과 뉴윈을 둘러보고 결국 새파랗게 질린 얼굴로 입술만 실룩거렸다.

사실 할로우의 우려는 팀장과 뉴윈도 알고 있던 것이었다. 그러나 다른 사람의 입을 통해 듣는 것은 임팩트가 달랐다.

담백하고 여유로운 미소를 짓고 있던 점성술사가 한마디 덧붙였다. "그러므로 의심스러운 쇼쿠 씨 대신 결백한 아일랜 씨와 뉴윈 씨에게 질문을 받고 싶군요. 팀장님도 괜찮고요."

"그, 그게 무슨 소리요. 아일랜 씨나 뉴윈 씨도 나와 같은 입회 캐스터요."하고 쇼쿠가 목구멍을 쥐어짠 소리로 반발했다.

그러나 점성술사의 눈빛과 목소리는 확신에 차 있었다.

"아뇨. 두 사람은 결백해요. 이번 사건에선 말이죠... 아직은."

그러자 시간이 부족한 관계로 매드가 손을 휘저으며 나섰다.

"네, 네. 그렇게 하죠. 할로우 씨, 제가 먼저 질문할게요"하고 그녀는 먼저 1차 진술을 확인했다.

남자는 은은한 미소로 이야기를 들은 다음, 고개를 끄덕였다.

그사이 아일랜은 하고 싶은 질문을 머릿속으로 정리했다. 그리고 팀장이 진술 확인을 끝내자, "할로우 씨가 먼저 말씀하셨으니 이브 양에 대해 묻겠어요."하고 입을 열었다. "당시 이브 양이 곤란한 사정을 의논했다면, 다른 이야기도 하지 않았는지 궁금하군요. 혹, 그녀의 임신에 대해 알고 있었나요?"

점성술사는 잠시 미간을 찌푸렸으나, "네. 그 이야기를 들었어요."라고 시원스레 고개를 끄덕였다. 그러나 자세한 뒷얘기는 잘라 버렸다. "딱 그것까지만요. 그 일로 카드점을 친 것도 아니었으니까요. 사건이 있기 며칠 전 이브 양이 혼자 절 찾아왔는데. 그냥 우두커니 앉아만 있는 거예요. 심각한 고민이 있는 듯 조용히 자리를 지켰는데... 그랬더니 잠시 후, 그 이야기를 꺼내더군요. 또한 그 일로 점을 치기보다 제 조언을 듣고 싶다고 했고요. 그래서 여러 이야길 해 줬을 뿐이에요."

"그건, 할로우 씨에게 상담할 내용은 아닌 것 같은데요. 점을 친 것도 아니라면 더욱 이상한 일이고요." 매드가 의심스레 고개를 갸웃했다.

순간 할로우의 얼굴이 어두워졌으나 이번에도 선선히 답을 꺼냈다. "아, 저도 아이가 있었거든요. 지금은 세상에 없지만."

그럼 그 아이 같은 목소리는... 그 아이의 소리인가... 캐스터들과 매드 팀장은 입을 다문 채 같은 생각을 했다.

할로우는 어두운 낯빛으로 증언을 이어 갔다.

"그녀는 책임감이 강했어요. 전 그녀가 기대하는 답이 아닌, 지극히 현실적인 조언을 해 줬고요. 그러자 그녀는 결국 자신이 책임지는 수밖에 없다고 하더군요. 각오를 단단히 한 듯했어요. 물론 전 책임지는 방법 같은 건 묻지 않았어요. 대신 응원한다며 격려를 전했죠."

그다음 그는 신비한 능력을 발휘하기라도 한 듯, 질문을 듣기 전에 답을 스르르 입 밖으로 흘려보냈다.

"20년 전 사건이 있던 날 전 여기 묵었어요. 이브가 와 달라고 했는데. 그녀는 결심이 섰다며, 부모님과 임신에 대해 이야기를 나눌 거라 했어요. 그 후엔 저의 도움이 필요하다고 해서. 전 SOS 신호로 알아듣고, 그녀를 돕기 위해 이곳으로 왔어요."

그 말은 르네 부인의 주장을 뒷받침하는 증언이었다. 정말 그녀는 임신에 관한 이야기를 부모님께 솔직히 전할 생각이었던 것이다. 그렇다면 함께 말할 사람이라는 것도 그 일과 관계된 남자가 맞을 듯했다. 그제야 뉴윈이 비로소 고개를 끄덕였다.

"구체적으로 무슨 도움이 필요하다고 했죠?" 매드가 물었다.

할로우는 고개를 가로저었다. "그건 구체적으로 말하지 않았어요. 전혀 짐작할 수도 없었고. 단지 제 차가 필요하다고 얼핏 말한 걸로 봐서, 어딘가로 떠날 생각이었던 듯해요."

"상대 남자도 차가 있었을 텐데요. 이곳까지 왔다면."

"... 그래서 그와 함께 가려는 건 아니라고 생각했어요."

그러자 매드가, "역시 그는 유부남이었거나, 확실히 문제가 있었던 사람 같군요." 하고 중얼거렸다.

"그녀의 죽음을 알고... 어땠나요?" 아일랜이 물었다.

그러자 점성술사의 얼굴은 왠지 슬퍼 보였다. 처음으로 그는 평범한 사람처럼 눈꼬리를 늘어뜨리고 슬픈 어조로 답했다.

"솔직히 그 일은 지금까지도 제게 가장 큰 충격으로 남아 있어요... 왜냐하면 전혀 눈치채지 못했으니까요. 전 꽤 높은 확률로 사고가 일어날 걸 알 수 있는데. 상대의 이마 언저리에 흐물흐물

한 검은 그림자가 물결처럼 드리우는 게 보이거든요. 그런데 그날 그녀의 안색은 멀쩡했어요. 전혀 사고의 낌새를 눈치채지 못했죠. 그런데 그런 일이 일어나... 한동안 충격을 받아 일을 쉬었더랬죠." 후, 하고 내뱉는 한숨은 성인의 목소리였다.

그러자 반격의 기회를 잡아챈 쇼쿠가 재빨리 끼어들었다.

"흥. 이제 기억나는군. 그때 여기 손님 중에 점성술사가 있다고 들었는데. 전혀 사고를 맞추지 못해 사기꾼이 아닌가 생각했는데. 바로 당신이었어." 그는 거만하게 얼굴을 쳐들었다. "당신이야말로 다른 사람을 모함하기 전에 스스로 반성해 보는 게 어떻겠소, 할로우 씨. 당신에 대해 사람들이 뭐라 말하는 줄도 모르고. 어제 오후, 나 또한 당신에 대해 사람들이 이러쿵저러쿵 떠드는 소릴 들었단 말이오."

그러면서 그는 검은 눈동자를 치떠 할로우를 노려봤다.

"흥, 당신이 사고수를 잘 맞추는 것도, 순전히 베이크 타운에 한정해 먹히는 것 아닌가 말이오. 원래 겨울 스포츠가 사고로 다칠 확률이 높으니, 때려 맞추기 쉽지 않냐고 남들이 수군대는 것도 모르고."

당한 대로 갚아 주는 캐스터를 보며 매드가 좀 놀란 듯했다.

쇼쿠는 눈을 치뜨며 하고 싶은 말을 끝까지 했다. "과연 당신과 나, 둘 중 누가 속임수를 쓰는지 모르겠소만. 방금 이브 양에게 들었다는 말도 전부 당신 말일 뿐이잖소. 상담해 주는 척, 파렴치한 짓을 한 사람이 당신이 아니라는 걸, 누가 어떻게 증명하겠소."하고 몇 배로 되갚았다.

그 말에 이번에는 할로우가 입을 다물고 눈을 피했다.

아무튼 필요한 진술이 나온 것 같아 팀장은 그의 근황에 대해 몇 가지 질문을 던졌다. 그 답을 듣고 조사를 끝냈다.
점성술사는 자리에 앉아 인사를 건넸으며, 조사원들은 출입문 앞에서 인사를 전하고 밖으로 나왔다.

9 직원 숙소 - 새튼, 비들

직원 숙소는 다른 방갈로와 구조가 판이했다. 주방과 식당이 따로 마련돼 있고, 살림살이를 보관하는 수납장과 가구들로 채워져 있어, 일반 주택이나 다름없어 보였다.

캐스터들이 나타나자 새튼과 비들 부인은 완연히 기대하는 표정으로 사람들을 맞았다. 2차 조사는 1차 조사를 확인하는 걸로 끝내겠다는 팀장의 말을 기억한 듯. 조사원들을 안으로 들이는 대신 부부가 현관 앞으로 와 손을 모으고 섰다.
그것을 알아차린 매드는 가볍게 헛기침을 했다. 그리고 1차 증언을 확인하는데, 부부는 연신 고개를 끄덕이며, 맞노라 답했다. 그리고 1차 진술 확인을 끝냈다는 팀장의 말에 새튼이 먼저 뒤돌아섰다. 그 뒤통수에 대고 팀장이 질문을 던졌다.
"저기, 새튼 씨. 르네 부인의 유언장에 참관 증인으로 사인을 하셨던데. 유언장의 내용을 알고 있었나요?"
순간 새튼이 발을 멈추더니, 천천히 뒤로 돌았다. "네? 그게 무슨 말씀이신지?" 되물으며 넓은 어깨를 으쓱했다.

"요즘은 사망 사건에서 고인의 유언장을 확인하는 일이 가장 중요한 일이라서요. 당연히 이번 사건도, 르네 부인의 죽음으로 누가 이익을 보는가, 중요한 문제를 먼저 조사했죠. 그 결과 부인의 유언장에는, 오텀 씨와 새튼 씨가 직접적인 혜택을 보는 걸로 돼 있던데... 하필 유언장 작성 시, 참관 증인도 오텀 씨와 새튼 씨 두 사람이라서요. 그래서 묻지 않을 수가 없네요. 새튼 씨는 유언장의 내용을 알고 있었나요?"

팀장은 의심스러운 눈길을 감추지 않았다. 그사이 다른 캐스터들은 부인의 얼굴을 살피는데. 그녀의 떨리는 눈동자가 이미 부부가 유언장의 내용을 알고 있음을 암시하고 있었다.

새튼은 그런 부인을 힐끗 쳐다본 후 고개를 끄덕였다. "네, 알고 있었습니다. 한 달 전, 사장님이 유언장을 만드시고 저희에게 내용을 읽어 주신 다음, 사인을 부탁하셨거든요... 그래서 알고 있었습니다."하고 답하는데. 왠지 체념한 듯한 목소리였다.

"그럼, 불만이 많았겠군." 쇼쿠가 슬쩍 떠보듯 물었다.

그러자 새튼이 항변하듯 머리를 휘휘 내저었다.

"물론 처음엔 불만도 있었습니다. 하지만 금세 불쾌한 감정은 사라졌죠. 왜냐하면 오텀 씨 혼자서는 이곳을 운영할 수 없다는 걸 아니까요. 더욱이 사장님이 돌아가신 후라니... 정신적 지주나 다름없는 르네 사장님이 안 계신 곳을, 이 리조트를, 오텀 씨가 운영할 수 있다고요? 허수아비 같은 오텀 씨가, 혼자서요?"

직원의 어조가 한껏 높아지며 눈빛도 당당해졌다. "말도 안 된다는 걸 저희 부부는 잘 알고 있었습니다... 때문에 만약 그런 일이 일어난다면, 실질적으로 저희 부부가 이곳을 운영하게 될 거라 믿었습니다... 그래서 저희는 그 후로 더 열심히 일한걸요."

남편의 말이 맞다고, 부인은 연신 고개를 끄덕이며 맞장구쳤다.

부부의 태도와 진술에는 망설임이 없었다. 확신에 찬 답을 들은 조사원들은 알았다며, 곧바로 숙소에서 물러났다.

10 D동 - 쇼쿠

남은 방갈로는 캐스터들이 묵는 독채였다. 조사원들은 먼저 가까운 H동으로 향했다. 아일랜과 뉴윈의 숙소였다.

두 사람이 앞서 들어가 살펴보니, 실내는 오늘 아침 뛰어나올 때와 다른 점이 없었다. 수색 대원들이 수색을 마치고 원래대로 정돈해 놓았다는데. 실로 감쪽같이 치워 놓은 모습이라 놀라울 따름이었다.

매드 팀장은 H동은 대충 둘러본 다음, 쇼쿠의 방갈로로 가자고 재촉했다. 거기서 2차 조사를 마무리하겠다는 것이다. 쇼쿠는 자신만 의심받는 것 같다며 떨떠름한 표정으로 투덜댔다. 그러나 곧바로 사람들을 데리고 자신이 묵었던 방갈로로 향했다.

D동은 덕트를 통해 따뜻한 공기가 흘러나오는 난방 시설에 전기난로까지 갖추어 실내가 아주 따뜻했다.

매드가 먼저 소파에 자리를 잡고 앉아 중요한 점을 지적했다.

"그럼 20년 전 유부남이었던 사람은 에드 씨와 맥그리어 교수,

할로우 씨로군요."

그다음 그녀는 아일랜과 뉴윈에게 1차 진술을 확인했다. 두 사람은 팀장의 맞은편에 앉아, 진술이 맞노라, 답했다.

그사이 쇼쿠는 자신의 짐과 가방을 꼼꼼히 살핀 후, 소파로 돌아와 빈자리에 앉았다. 매드는 쇼쿠가 자리에 앉자마자 그에게도 1차 진술을 확인했다.

간단히 확인을 끝낸 쇼쿠는 곧바로 할 말이 있다고 손을 들었다. "먼저 할로우 씨가 한 말은 전부 엉터리라는 걸 밝혀야겠소. 난 이브 양에게 관심을 가진 적이 없을뿐더러 멘토도 그녀가 먼저 청해 왔을 거요... 단지 그 정도 사이였을 뿐. 다른 관계는 없었다는 걸 알아주길 바라겠소."라며 아일랜의 카메라를 정면으로 주시했다.

"그럼 그녀에 대해 잘 모르시겠군요." 뉴윈이 확인하듯 물었.

"바로 그거요. 그냥 아는 사이일 뿐이라고 몇 번이나 말했잖소. 여기 초대받은 것도 클로 씨와 비슷한 이유로. 친구들 사이에서는 내가 리더 격이라 그들을 대표해 묵은 거요. 미래에 좋은 고객이 될 거라 생각한 모양인데. 한마디로 단순한 초대였으니 부디 엉뚱한 오해는 없길 바랄 뿐이오."

그리고 그는 다시 팀장을 보며, 질문을 알고 있으니 1차 조사와 마찬가지로 차례대로 답하겠다, 말했다.

"당시에 난 이틀 정도 묵었는데. 평범하게 지냈을 뿐이오. 낮에는 베이크 타운에서 놀다 오후에 돌아와 쉬는 게 전부였고. 친구들도 여기 묵는다면 비슷하게 시간을 보낼 것 같아. 그래, 시내로 오갈 수 있는 루트를 찾아본 기억도 얼핏 떠오르고."

"어떤 루트가 있었나요?" 뉴윈이 물었다.

"당시에는 차가 다니는 길은 하나뿐이었소. 어제 우리가 왔던 산길 말이오. 직원에게 듣기로 이프 호수 뒤편으로 다른 도로가 난 모양이던데. 당시에 다른 도로는 없었을 거요."

"이브 양은 어떤 타입이었는지, 인상을 말씀해 주세요." 아일랜이 물었다.

"조용하고 차가운 이미지에다 좀 도도한 여학생이었다고 기억하고 있소. 난 거리감을 느꼈고 오히려 다른 친구들이 친하게 지냈을 거요."라고 쇼쿠는 또다시 발을 빼듯 답했다.

"그녀의 죽음을 알고 어땠나요?" 아일랜이 연이어 물었다.

"글쎄. 워낙 경황이 없어... 처음엔 크게 놀랐지만 사고사란 말을 듣고 안타까운 심정이 들면서 낭패한 기분도 들고 그랬던 것 같소. 솔직히 지금도 어쩔 수 없는 사정이라 이야기하는 것뿐이오. 그 후로 그 사건이나 그녀를 떠올린 적이 없으니."

그 말에 아일랜의 목소리가 문득 공허하게 바뀌었다. "그런데 왜 모두 이브 양의 이야기를 기피하는 걸까요? 쇼쿠 씨도 그렇고 다른 분들도... 분명히 그런 인상을 받았거든요." 그는 가라앉은 목소리로 한마디 덧붙였다. "그게 너무 안타까워요."

뉴윈은 그제야 아일랜이 여러 참고인에게 같은 질문을 던진 것을 알아차렸다. 이브 양의 죽음을 알고 어땠느냐, 하는.

그러자 쇼쿠는 오히려 이상하다는 얼굴로 아일랜을 빤히 쳐다봤다. "글쎄. 난 아일랜 캐스터가 이해가 안 되오만. 솔직히 그런 불쾌한 일을 떠올려 도움이 될 게 뭐 있다고. 좋은 추억도 사라지는 판에 나쁘고 불쾌한 기억을 굳이 떠올릴 필요가 어디 있냐 말이오. 그것도 이미 20년 전에 죽은 사람의 기억을... 할 수만 있다면 깨끗하게 잊고 사는 게, 삶에 도움이 될 것 같으니. 원."하고 불퉁하게 대꾸했다.

"기억이란 게 꼭 살아가는 일에 도움이 돼야 하나요?" 아일랜이 혼란스러운 듯 쇼쿠를 바라보며 재차 반문했다.

그러자 쇼쿠는 허허, 하고 헛웃음을 터뜨렸다.

"아일랜 씨는 케케묵은 로맨스 소설을 쓴다더니. 그렇다 하더라도 현실에서 도태되지 않기 위해 좀 더 노력하는 게 어떨까 싶은데... 내가 최근 참석한 장례식이 무엇이었냐면, 바로 온라인 장례식이었소. 그 미망인이 장례식을 치른 곳도 사우스 포트 휴양지의 풀빌라였으니 말이오. 그때 그 부인이 말하길, 하필, 자기가 휴가를 온 때에 남편이 사망했다고, 끝까지 타이밍을 못 맞추는 남자였다고 흉보듯 말하던데. 난 그냥 웃어넘기고 말았소만... 지금은 그게 현실이란 말이오. 하물며 작가라면서 현실을 관통해 앞서 나가지는 못할망정 뒤처져서야 되겠냐, 이 말이오."

순간 아일랜은 자신에 대한 비난보다, 한 사람의 죽음이 타인에게 얼마나 냉담하게 받아들여지는지를 안 듯했다. 그는 한숨 섞인 목소리로 더욱 울적하게 말했다.

"어제 투명 인간을 만났다고 생각했는데... 그가 아니라 이브 양이 투명 인간인 것 같네요. 다른 이에겐 보이지 않고, 사랑하는 사람에게만 보이는 투명 인간요... 남들에겐 보이지 않아도 사랑하는 가족의 기억으로 실루엣을 두르고, 어머니 곁에 함께 살아온 이브 양이....... 지금도 세상엔 많은 투명 인간들이 있겠죠. 사랑하는 사람의 곁을, 안타깝게도 너무 일찍 떠나 버린 이들이요."

어느새 아일랜의 귓가에 부인의 목소리가 되살아나고 있었다. '20년의 세월 동안 우린 웃기도 전에 눈물을 흘렸고, 웃는 도중에도 눈물을 흘렸으며, 웃고 나서도 뒤돌아 눈물을 훔쳤죠. 언제나 우리 등에 죽은 이브가 매달려 있었으니까요.' 그렇게 이브 양은 그 어머니 곁에서 사랑의 기억으로 함께 살아 온 것이었다.

그 말이 이해 불능이라는 듯 쇼쿠는 머리를 절레절레 흔들었다. "흥. 투명 인간은 무슨. 르네 부인 역시 산 사람은 살아야 한다는 경구를 기억하면 좋지 않았겠소. 딸은 이제 세상에 없다는 걸 인정하고. 이 복잡하고 어지러운 세상에 정신 똑바로 차리고 사는 게 마땅했을 거란 말이오. 눈에 보이는 것만 믿어도 속기 쉬운 혼란한 세상에. 그렇게 죽어 사라진, 보이지도 않는 딸에게 집착해, 정신을 놓고 살다니, 원."

그는 얼음장처럼 차가운 말을 서슴없이, 너무도 당당하게 내뱉었다. 아일랜은 그 말에 몸이 얼어붙은 것처럼 우두커니 앉아 있었다. 머릿속까지 냉기가 스며들어 살얼음이 끼고, 귓가에 버석버석 얼음장이 깔리는 소리가 울리는 듯했다.

딸의 죽음을 둘러싼 이들의 이기적인 태도에 르네 부인은 얼마나 외로웠을까... 그 생각을 하자 아일랜은 등이 욱신거렸다. 그 아픔과 고통이 심장을 파고들어, 얼굴에 열꽃이 피고, 숨에서 쇳소리가 흘러나오기 시작했다.

그때 매드 팀장의 외투 주머니에서 삐삐하고 통신기가 울렸다. 그 소리에 네 사람이 일시에 동작을 멈췄다.

그 벨 소리가 어떤 소식을 가져온 것인지 알 것 같아 아일랜은 심장이 덜컥 내려앉았다. 그의 고통은 한층 더 심해졌다.

매드 팀장도 선뜻 주머니에 손을 넣지 못했다. 잠시 한숨을 내쉬고 통신기를 꺼내 들자, 익숙한 목소리가 들렸다.
마키 검시관은 아일랜에게 절망적인 소식을 전했다.
"매드, 2차 부검도 얼추 끝났어. 게다가 교통사고 사망자가 들어오고 있어 더 이상 시간을 끌 수도 없어."
"결과는 어때? 새로 나온 건 없어?"
"없어. 그래서 연락한 거야. 부검 감정 결과 르네 부인은 외력에 의한 죽음이라 볼 수 없어. 원인 불명의 사고로 인한 질식사일 뿐이야. 오텀 씨의 죽음도 마찬가지고. 이번엔 전신의 출혈반도 모두 살폈는데. 자살 사건, SD가 확실해."
또한 검시관은 서둘러 증거품 조사 결과도 알려 주었다.
"아까 너트 대원이 가져온 증거품도 과학 조사대에서 우선적으로 검사했다는데. 비단 스카프와 손수건, 안대와 미용 마스크에서도 르네 부인과 오텀 씨의 DNA는 검출되지 않았다고 해. 검출된 DNA는 모두 참고인들 것으로 추정될 뿐. 만약 비교 샘플이 있으면 정확히 누구 것인지 확인할 수 있겠지만. 사건과는 관계없을 듯해. 메모 쪽지도 평범한 종이에 볼펜으로 쓴 것이라 하고."
마치 풍선에 구멍이라도 난 양. 매드 팀장의 볼과 입에서 푸후후 하는 한숨 소리가 새어 나왔다.
"그렇담 어쩔 수 없지. 범인도 타살의 증거도 찾지 못했으니, 초동 조사가 중지될 수밖에."
"그렇다니까." 맞장구를 친 검시관은 최후통첩을 내렸다.
"이제 부검 감정서를 법가원으로 발송할 생각이야. 부 검시관에게 내가 다시 한번 보고서를 검토하고 발송하겠다고 했어. 대략 30분은 걸릴 것 같고. 그 이후엔 법가원이 얼마나 빨리 조사 중지 명령을 내릴지 모르겠지만. 1시간 안에 결정될 거야. 참, 조수대로 보낼 감정서는 현장이 아니라 본부로 보낼게. 어차피 조사가 중지될 테니까. 본부로 복귀해서 검토해 봐."

"알았어. 정말 고마워."

매드 팀장은 진심을 담아 친구에게 인사를 전했다. 그리고 통신기를 주머니에 챙겨 넣은 다음, 세 사람을 돌아보며 두 손을 힘없이 쳐들었다.

"자, 초동 수사는 이제 종결이에요. 마무리를 하죠."

11 헤드올

매드 팀장과 캐스터들은 본채로 돌아왔다. 초동 수사를 중지하라는 명령이 내려오면 픽셔를 정리하고 종결식을 하기 위해 모두 사무실에서 대기하고 있었다.

그때 수색 대원 쿠란데가 한 남자를 데리고 사무실로 들어섰다. 사정을 모르는 그는 남자를 떠밀며 흥분한 목소리로 외쳤다.

"팀장님. 아일랜 씨가 어제 산길에서 만났다던 그 사람입니다. 솔 대원에게 연락받고 곧장 주소로 찾아가 데려왔는데. 베이크 타운 시내에서 전기상을 하고 있었습니다."

조사대원과 함께 들어온 남자는 어제처럼 파카에 얼굴을 파묻을 듯이 하고 털모자를 썼다. 그러나 이번에는 쉴 새 없이 움직이는 유독 작은 눈동자가 또렷이 보였다. 그는 눈동자뿐 아니라 손을 연신 비비며 고개를 두리번거리는 게, 매우 불안한 듯 보였다.

매드 팀장은 한발 늦었다고 생각했으나. 아직 조사 중지 명령이 내려온 것도 아니고, 그냥 돌려보내는 것도 우스워 일단 인터뷰를 시작했다. 의자를 권하고 질문을 시작했다.

"나이와 이름, 직업을 말해 봐요."

남자는 의자에 앉아 연신 주위를 둘러보며 답했다.

"33세, 헤드올이라고 합니다. 타운 시내에서 작은 가게를 하는데. 조명 설비 공사를 비롯해 전기 공사를 하고 있습니다."

남자는 불안한 눈동자만큼이나 답변도 우물거렸다.

"오늘 아침 픽셔가 잔뜩 나왔으니 이곳에서 일어난 사건을 알고 있겠죠? 어제 이곳에 왔다던데, 이유를 말해 봐요."

"아뇨. 전 여기 온 적 없습니다. 이 부근에 얼씬도 않고,"

발뺌하려던 남자는 누군가 한발 앞으로 나서는 것을 봤다. 뒤늦게 캐비넷 끝에 서 있던 아일랜을 발견한 남자는 흠칫 놀라며 말을 맺지 못했다. 자신이 어제 마주친 남자가 캐스터인 줄 상상하지 못한 듯. 그러나 얼굴을 철저히 숨겼다는 걸 떠올리고는 "이 리조트에 온 적도 없는걸요."라며 양손을 홰홰 저었다.

아일랜은 그에게 다가가며 손등을 가리켰다.

"하지만 어제 산길에서 저에게 길을 가르쳐 줬잖아요. 전 얼굴은 못 봤지만 그 손은 틀림없이 본 걸요. 화상 자국이 있는 털이 많은 손등요."

그러자 화들짝 놀란 헤드올은 젓고 있던 손을 재빨리 뒤로 감췄다. 그러나 쿠란데가 손목을 낚아챘고. 매드 팀장이 단번에 그를 압박했다. "그럼, 통신 기록을 조회해 볼까요? 핸드폰을 들고 다녔으면 어제 오후 당신이 여기 있었다는 게 기지국을 통해 밝혀질 텐데. 요즘엔 확실한 증거에 발뺌하거나 제대로 답변하지 못하면, 어떤 처벌을 받는지 알고 있죠?"

팀장의 시선을 피하며 아랫입술을 잘근잘근 깨물던 헤드올은 결국 고개를 푹 떨구었다.

"전 일하러 온 것뿐입니다. 어제 갑자기 일을 맡게 돼서요. 정당하게 일하러 온 사람을 가지고. 뭘 잘못했다고 이러시는지 모르겠군요."하고 부루퉁하게 아랫입술을 내밀었다.

"어허. 그럼 누가 무슨 일을 맡겼는지 말해야죠. 빙빙 돌리지 말고. 진짜 일만 하러 온 거면." 조사가 종결될 것을 모르는 쿠란데가 가느다란 목소리를 한껏 높였다.

"정말 일하러 왔었다니까요." 헤드올은 눈을 치떴다. "좀 수상한 일이었지만. 힘도 들지 않고 어렵지 않은 데다 돈도 많이 준다고 해서 온 것뿐입니다." 그리고 그는 내친김에 말을 이었다. "어제 오후 전화를 한 통 받았는데, 누가 크리스마스 다음 날, 이곳 몬테 리조트의 전기를 끊어 달라 부탁하는 겁니다. 사무실이 있는 본채 전기를요. 그러면서 여기 들러 서킷 박스를, 그러니까 차단기가 있는 두꺼비집 위치를 미리 확인하고 가라고 하더군요. 대신 무작정 본채로 오지 말고, 산길로 오다 보면 주차장이 나올 테니 거기서 전화하면 박스 위치를 알려 준다고 했고요."

"그걸 부탁한 사람이 누구였죠? 상대를 직접 만나진 않았고요?" 뜻밖의 진술에 매드가 궁금함을 참지 못하고 되물었다.

"저기... 이름이나 신분을 밝히진 않았지만... 여기 사장님이라고 했습니다. 수상한 일이니, 얼굴을 잘 가리고 자동차 번호판도 잘 가리고 오라고 당부했고요."라며 헤드올은 뜻밖의 말을 한마디 덧붙였다. "나이가 지긋한 노부인의 목소리였죠."

그의 진술에 사람들의 눈이 커지고, 모두 화들짝 놀랐다.

매드 팀장이 얼른 캐스터들을 둘러보며 말했다.

"참고인들 목소리를 대조해 보겠지만, 아무래도 르네 부인인 것 같은데요. 그녀가 헤드올 씨에게 수상한 일을 맡긴 듯해요."

"아니, 그럼 이유는 뭐라던가. 그런 일을 맡기는데 덥석 하겠다고 나서지는 않았을 거 아닌가." 쇼쿠가 대뜸 따지고 들었다.

"당연히 이유를 물었습니다. 그랬더니 리조트 시설이 낡아 손볼 곳이 많은데, 보험 회사가 까다롭게 군다고 하시더군요. 그러면서 전기 배선이 고장 난 것처럼 만들어 주면 보험료를 청구할 거라고 했습니다. 그게 제일 손쉬운 방법이라고. 이런 곳은 틀림없이 여러 보험에 들어 있을 테니까요."

"헤드올 씨. 그건 불법입니다." 뉴원이 엄한 투로 지적했다.

그러자 헤드올은 엉큼하게 웃었다. "헤잇, 참. 요즘 픽셔를 안 보시나 보네. 다들 암암리에 몰래 하는 일 아닙니까. 요즘엔 이정도는 애들도 하는걸요. 일부러 다치고서 보험사에 돈을 뜯어내는 수법이죠."

"그래서, 일은 어떻게 진행됐죠?" 매드가 요점을 캐물었다.

"먼저 착수금을 입금받았습니다. 그걸 확인하고 늦은 오후에 이곳으로 왔죠. 아니나 다를까 해가 기울 때라 밖에서 서성대는 사람은 없었습니다. 그래, 주차장에서 전화로 분전반의 위치를 듣고. 본채 뒤로 가서 서킷 박스와 커버 나이프 스위치를 확인하고... 상태를 좀 살피면서 어떻게 하면 사고로 끊어진 걸로 보일까, 구상한 다음 차로 돌아갔습니다. 그때까지는 아무에게도 들키지 않아 다행이라 생각했는데. 하필 산길에서 요상한 분홍색 차를 만나는 바람에 솔직히 당황했습니다. 그래, 길을 알려 주고 아무래도 찜찜해서 노부인께 전화를 걸었죠. 그랬더니,"

"뭐라고 하던가요?" 팀장이 조급하게 얼굴을 들이밀었다.

"사람들 눈에 띄지 않도록 조심하라 하셨는데. 산길에서 그만 몬테 리조트를 찾는 방문객을 만났다고 솔직히 말씀드렸죠. 그런데 별 반응이 없으시더군요. 물론 제가 염려하실 필요 없다, 목도리와 모자로 얼굴을 잘 가렸다고 말씀드렸지만... 아무튼 걱정했던 것과 달리 곤란하다거나 큰일이라고 말씀하지는 않으셨습니다. 그냥 알았다고만 하시고 통화가 끝났죠."

그 말에 다른 이들은 묵묵부답으로 팔짱을 꼈다. 헤드올의 말이 무엇을 의미하는지 알아내기 위해 생각에 잠겼다.

오직 쇼쿠만이 그 증언의 의미를 알 수 있었다. 아니, 의미를 알아들은 정도가 아니라, 그 증언으로 모든 추리가 일시에 완성된 듯했다.

그는 순간 눈앞에 환해지며 희열이 차올랐지만. 이번에도 흥분한 티를 내지 않으려 기분을 억눌렀다. 주먹을 입에 대고 큼큼, 헛기침을 하며 기쁨의 탄성을 목으로 밀어 넣었다. 마키 검시관의 이야기로 흐릿하게 윤곽이 드러난 스토리가, 뉴원의 질문으로 뼈대를 드러냈고, 마지막 헤드올의 증언으로 살을 붙여 공고히 완성된 듯했다. 이제, 그는 사건의 실체를 모두 알게 됐으며, 머릿속에 사건의 전모가 또렷이 그려지고 있었다.
 그사이 뉴윈이 손을 들고 차분히 따져 물었다.
 "평소 픽셔를 많이 읽는 것 같은데. 그럼 오늘도 몬테 리조트에서 일어난 살인 사건을 픽셔를 통해 알았을 텐데. 왜 자발적으로 조수대를 찾아가 이야기하지 않았습니까? 사건 전날 행적이면 매우 중요한 증언인데요."
 그러자 헤드올이 어이없다며 눈을 치떴다.
 "그거야말로 무슨 말씀인지 모르겠군요. 아니 살인 사건이 터졌는데. 그것도 Q1사건이라는데. 조수대를 찾아가라고요? 조사가 어떻게 진행될지 알 수도 없는 판에? 가만있어도 이렇게 잡혀온 걸, 뭣 때문에 귀찮은 일에 제 발로 뛰어들어야 하죠?"
 남자는 제 말이 맞지 않냐며 사뭇 당당해졌다. "네, 맞아요. 픽셔는 열심히 읽고 있습니다. 구독하고 있는 캐스터들도 수십 명이고. 이런 경우 묵비권을 행사하라고, 이미 캐스터들에게 잘 배워 알고 있습니다. 하지만 별로 속일 게 없어 다 말씀드린 겁니다. 전 여기 잠깐 들렀을 뿐이니까요. 아직 전기를 끊은 것도 아니고. 오늘 와서 이렇게 질문에 답한 것만도 할 일은 다 한 거 아닙니까. 거리낄 게 없어 동행에 응한 거죠. 한 사람이 아니라 두 사람이나 죽은 바람에 성의껏 협조하는 거라고요." 하고 가슴을 내밀며 당당하게 답했다.
 그때 머릿속으로 정리를 끝낸 쇼쿠가 행동을 개시했다. 그는 아일랜을 흘깃 쳐다보며 은근슬쩍 혼잣말을 중얼댔다.
 "쯧쯧. 아일랜 씨가 번거롭게 쓸데없는 말을 했어. 투명 인간이니 뭐니, 사람들을 잔뜩 놀래기만 하고."

그 목소리는 모두가 알아들을 만큼 충분히 컸다. 쇼쿠는 다시 매드 팀장을 향해 얼굴을 돌렸다.

"굳이 참고인들 음성을 비교할 필요는 없을 거요, 팀장. 전기를 끊을 수 있는 서킷 박스 위치를 알고 있다면 보나 마나 르네 부인일 테니. 또한 그 이유는 보험 때문이 아니라 다른 사정이 있는 것이고. 난, 이 사건이 어떻게 이루어진 건지 이제 다 알아낸 것 같소만."

그 말에, 말을 한 장본인을 빼고 모든 이들이 일시에 크게 놀랐다. 팀장은 처음엔 눈만 슴벅슴벅하다, 쇼쿠가 확신에 찬 듯 고개를 끄덕이자 눈빛이 확 바뀌었으며, 헤드올까지도 오, 하고 탄성을 내지르며 그를 존경하듯 바라봤다.

매드가 다행이라며 손을 맞잡고 물었다.

"정말인가요? 쇼쿠 씨. 전 두 사람의 사인은 알겠지만, 사건이 어떻게 일어난 건지는 좀 막연할 뿐이었는데. 쇼쿠 씨가 알아내셨다니 천만다행이에요." 그리고 내용을 알려 달라 재촉했다.

그러나 쇼쿠는 고개를 가로저었다.

"어차피 이제 곧 법가원으로부터 중요한 통보가 올 테고, 그 사실을 참고인들에게 알려야 하니. 내가 나서 정리하는 게 어떻겠소, 팀장? 이번 사건의 전말과 더불어 숨겨진 진실에 대해 상세히 밝힐 생각인데. 나 또한 참고인이었던 터라, 다른 참고인들이 공감할 수 있도록 이야기를 전달할 수 있을 것 같아서 말이오."

작달막한 남자는 팀장에게 여유롭고 당당한 태도로 자신의 계획을 전했다. 심지어 표정조차 여유를 되찾아 치켜 올라간 눈매가 누그러져 보이기까지 했다.

모두 조용히 그 말을 듣고 있는데, 아일랜이 목을 뺐다.

"분전반의 위치를 안다고 해서 르네 부인이라 장담할 순 없어요. 참고인들이 어제 처음 방문한 것도 아니고. 모두 20년 전 여기 묵었잖아요. 그때 전기에 대해 알게 된 사람이 있을 수도 있죠. 본채는 리모델링을 하지 않았고, 했다 하더라도 전기 공사를 했는지 알 수 없으며, 전화로 통화했다면 목소리를 위조할 수도 있어요. 그러니까 헤드올 씨에게 수상한 일을 맡긴 사람이 정말 르네 부인인지 확인해야 하지 않나요?"

그 말에 쇼쿠는 속으로 크게 비웃었다. 카메라로 모든 말과 행동이 다 기록되는 중인데. 방금 아일랜의 말은 완벽한 실언이자 실책이었기 때문이다. 그는 곧바로 넌더리가 난다는 듯 머리를 흔들었다.

"흥. 아까부터 궁금했는데. 아일랜 씨는 왜 사건의 진실을 받아들이지 않는지 모르겠소. 과학 조사의 핵심이라는 부검 결과에 대해서도 딴지를 걸지 않나. 이 정도면 고집이나 아집을 넘어, 사건의 진실을 은폐하고 싶은 듯 보이니 말이오. 그게 아니면 조사를 방해하는 게 목적인 것처럼도 보이고."

작가가 더 곤란해지기 전에 뉴윈도 차분히 오류를 지적했다.

"아일랜 씨. 목소리를 위조하더라도 성대 주변의 근육 또한 나이가 들기 때문에 연령대를 감추기는 힘듭니다." 그리고 또 한마디 덧붙였다. "더욱이 다른 사람이라면 본채의 전기를 끊어 달라고 할 이유가 없습니다. 그것도 크리스마스가 지난, 다음 날에 말이죠."

"범인이 범행 날짜를 그날로 정한 것일 수도 있잖아요. 전기가 끊긴 캄캄한 곳에서 범행을 저지를 생각이었던 거죠. 그리고 헤드올 씨가 르네 부인의 목소리를 알고 있었던 것도 아니고. 성대모사가 특기가 아니라도 적당히 나이 든 노부인의 목소리를 흉내 내는 건 가능하지 않나요?" 작가는 고집스레 주장을 굽히지 않았다.

뉴원은 더욱 당황했다. 눈썹을 찡그리고 곤혹스러운 얼굴로 아일랜을 살폈다. 그러고 보니 작가의 상태가 평소와 달랐다. 온종일 굶다시피 한 작가는 눈두덩이가 퀭할 뿐만 아니라, 얼굴이 벌겋게 달아올라 있었다. 군데군데 붉은 발진도 보였다.

"어... 아일랜 씨, 어디 아프신 게 아닌가요?"

그 말에 다른 사람들이 아일랜의 얼굴을 들여다봤다. 작가는 이제 쌕쌕하고 가쁜 숨을 몰아쉬는 중이었다.

"쳇. 몸이 아프면 아프다고 할 것이지. 아무튼 아일랜 씨가 왜 그런 엉뚱한 소리를 했는지 알겠소. 몸이 안 좋으니 머리도 굳어 안 돌아가는 것 아니겠소."하고 쇼쿠 캐스터도 화를 누그러뜨리고 한마디 했다. "숙소로 돌아가 쉬어야 할 것 같은데."

매드 팀장이 걱정스레 한마디 했다. "여기는 우리에게 맡기고 아일랜 씨는 그만 돌아가 쉬세요." 그리고 뉴원에게 그를 데려가라 말하려는데. 그때 통신기가 울렸다.

본부로부터 온 호출이었다.

팀장은 크게 한숨을 내쉬고 통신기를 꺼내 내용을 전달받았다. 그녀는 통화를 하며 연신 캐스터들을 곁눈질했다. "그래. 알았어. 응. 알고 있었어."라고 고개를 끄덕였다.

캐스터들도 마침내 올 게 왔다는 듯. 어깨를 으쓱거리거나 머리를 살살 젓고 눈을 바닥으로 향했다. 수색 대원 쿠란데와 헤드올만 무슨 일인지 몰라 어리둥절한 얼굴이었다.

이윽고 대화를 마친 팀장은 사람들에게 들은 내용을 전했다.

"타임 오버예요." 하고 그녀는 먼저 두 손을 들어 허공에서 X자를 만든 다음. "법가원에서 초동 조사 중지 명령을 내렸어요. 우린 조사 수색에서 손을 떼야 하고. 재조사를 개시하고 싶으면 결정적인 증거를 찾으라고 했다네요. 완벽한 핵심 증거요." 하고 말을 마무리했다.

"그런 게 있을 리 없지." 쇼쿠가 입속말로 대꾸했다.

"그러니, 이만 정리해야 할 것 같아요. 그나저나 참고인들에게 사정을 잘 전달해야 할 텐데," 팀장은 눈썹을 찌푸리며 말끝을 흐렸다. "걱정스러운 건, 혹시라도 우리가 일부러 조사를 늦춰 사람들을 붙잡고 있었다는 오해를 받을 수 있다는 거예요."

그러자 쇼쿠가 여유롭게 손을 들었다.

"그것 역시 내가 설명하도록 하겠소. 사건에 숨겨진 진실을 알고 나면 모두 이해할 수밖에 없을 거요. 참고로 이 추리는 처음 현장을 보고 막연히 떠올린 가설 중 하나였는데, 부검 결과와 헤드올 씨의 증언 덕분에 옳다는 걸 확인하게 된 거요."

그리고 그는 헤드올을 바라봤다. "때문에 내 픽셔를 완성하려면 헤드올 씨가 꼭 필요한데. 픽셔를 발표하는 동안 증인으로 함께 있어 주길 부탁하고 싶소."

픽셔를 발표하는 자리라는 말에 헤드올은 고개를 끄덕였다.

"그러죠. 어떤 픽셔라도 도움을 줄 수 있다면 꼭 도울 생각이었으니까요. 물론 그 픽셔에 제 이름도 등장하겠죠?"라며 살짝 만족한 표정을 지었다. 그리고 쇼쿠가 고개를 끄덕이자 기쁨을 감추지 못했다.

"조사 과정과 초동 조사 중지에 관한 건 제가 설명해야 하는데. 정말 설명을 맡겨도 괜찮을까요?" 다시 한번 매드가 망설여진다는 투로 쇼쿠에게 물었다.

"내가 추론한 결론을 전하다 보면 초동 조사가 중지됐다는 걸 자연스럽게 알게 될 테니. 같은 말을 중복할 필요는 없을 거요. 또한 Q1사건으로 미리 픽셔가 나간 터라 많은 사람이 조사 결과를 기다리고 있어, 조사 경과보다 사건의 전모를 밝히는 픽셔를 한시바삐 발표하는 게 좋을 것 같고. 보다시피 아일랜 캐스터는 상태가 좋지 않은 데다 이 사건을 제대로 추리한 것은 나뿐이라. 내가 진실을 밝힘과 동시에 초동 조사가 중지됐다고 알려도 괜찮을 것 같단 말이오. 더 나아가, 난 우리가 얼마나 열심히 조사에 임했으며, 이 사건이 얼마나 어려웠는지도 설명할 생각이라오."

그리고 쇼쿠는 마지막 요청이라며 팀장에게 한마디 덧붙였다.

"단지, 나도 픽셔를 정리할 시간이 필요하니. 참고인들에게 짐을 꾸리라 하고 30분 후에 여기로... 아, 식당에 자리가 많으니 식당에 모이라고 전해 주겠소? 그러니까 지금부터 30분 후에 저 식당에서 참고인들에게 픽셔를 발표할 수 있도록 뒷정리를 부탁하고 싶소만."

쇼쿠의 요청에 매드는 얼마든지 가능하다며 고개를 끄덕였다. 그녀는 먼저 곁에 있는 쿠란데에게 짧게 사정을 설명했다. 그리고 수색 중인 대원들에게 연락해 쇼쿠의 요청을 전달했다. 그다음 아일랜과 뉴원에게 어떡하겠냐고 묻는데. 그사이 아일랜의 상태는 급속도로 악화된 듯. 그는 헉헉대며 가쁜 숨을 몰아쉬다 갑자기 기침을 쿨럭거리는 것이다.

"아일랜 씨를 당장 숙소로 데려가세요." 매드는 조수인 뉴윈에게 서둘라고 말했다.

그러자 아일랜이 뉴윈의 옷소매를 잡아당겨 그의 귀에 대고 뭐라 속삭였다. 말을 듣는 내내 고개를 갸웃하면서도, 뉴윈은 팀장에게 작가의 말을 대신 전했다.

"아닙니다. 신경증이 도져 그렇다는군요. 아일랜 씨는 원래 피를 보지 못하는데, 끔찍한 현장을 목격한 바람에 증상이 심해졌을 뿐이랍니다. 열도 좀 나는 듯한데. 아무튼 참고인들이 올 때까지 식당에서 쉬겠다고 합니다."하고 고개를 저었다.

뉴윈의 말에 매드 팀장은 "고집이 센 분이로군요."하고 혀를 찼다. 그러나 이내 그러라고 답했다.

잠시 후, 쇼쿠는 생각을 정리할 겸 짐을 챙기기 위해 D동 방갈로로 갔다. 매드 팀장은 쿠란데와 헤드올을 데리고 밖으로 나갔다. 혹시 다른 증거가 있을지 몰라 분전반을 직접 살펴보기 위해서였다.

12 아일랜, 뉴윈

아일랜과 뉴윈은 식당으로 들어가 맨 안쪽에 자리를 잡고 앉았다. 그곳은 어제 만찬에서 오텀이 앉았던, 주방 출입문 바로 앞자리였다.

"아일랜 씨, 이 자리가 정말 괜찮은가요?" 뉴원이 어깨를 틀어 뒤편 주방을 바라보고, 다시 의자에 앉은 아일랜을 내려다봤다. 주방에 피 웅덩이가 그대로 남아 있어 염려스러운 것이었다.

걱정스레 묻는 청년에게 아일랜이 고개를 끄덕였다. "네. 전, 괜찮아요, 뉴원 씨."하고 답하는데. 그 얼굴은 붉은 열기로 뒤덮였고 목소리도 바람 새는 소리가 섞여 있었다.

그러나 둘만 남게 되자 눈빛이 한결 또렷하게 반짝이고 있어 뉴원도 "다행입니다."라고 대꾸했다. 그리고 의아함을 감추지 못하고 다시 그에게 물었다. "혹, 무슨 생각이 있는 건가요?"

청년의 질문에 아일랜이 고개를 끄덕였다. 그는 어느새 허리를 세우고 바른 자세로 앉았는데. 답하는 어조도 꽤 분명해졌다.

"저도... 이 사건의 진상에 관한 추리를 끝냈거든요... 그래서 그것을 뉴원 씨에게 검증받고 싶어요... 제가 완성한 추리를."

작가가 추리를 완성하다니... 그 말은 뉴원에게 새로운 선언처럼 들렸다. 상상도 하지 못한 뜻밖의 말에 청년의 눈은 휘둥그레졌다. 그 놀라움은 어제오늘 느꼈던 놀라움과 완전히 다른 종류의 것이었다. 사망 사건에서 느낀 감정이 '경악스러움'이었다면 작가의 말에서 느낀 감정은 '경이로움'에 가까웠다.

범죄와는 전혀 관련 없는, 더욱이 피가 낭자한 사건과는 따로 동떨어진 세계에 살고 있던 작가가... 그가 직접 추리한 살인 사건의 내막이라니... 그 진실은 무엇이란 말인가.

뉴원은 뛰는 가슴을 진정시키며 고개를 여러 번 끄덕였다. 그리고 "네. 말씀해 보세요. 저도 듣고 싶습니다."라 격려하듯 말하고, 의자를 당겨 와 옆에 앉았다.

"시간이 없으므로 짧게 말씀드릴게요."라고 말한 작가는 잠시 입을 다물었다. 처음 해 보는 추리라 말이 엉킬 것 같았는데. 무엇보다 먼저 전해야 할 내용은 '빵조각'에 관한 일이었다.

작가는 빵조각을 언급하기 전에 먼저 확인하듯 물었다.

"뉴윈 씨도 추리를 끝내셨죠? 뉴윈 씨라면 반드시 이 사건의 숨겨진 진실에 대해 생각하고 결론을 내리셨을 거라 믿어요."

그 말에 뉴윈이 고개를 끄덕이자 다시 질문이 이어졌다. "그렇다면 뉴윈 씨의 추리는 부검 결과와 일치하는지 궁금해요."

뉴윈은 작가의 질문에 당황했으나, 솔직하게 그렇다고 답했다.

"네. 저도 추리는 끝났습니다. 또한 부검 결과와 제 추리는 거의 일치했고요. 문제는 몇 가지 의혹이 남는다는 건데... 혹, 아일랜 씨의 생각은 다른가요?"

작가는 일말의 망설임도 없이 고개를 끄덕였다.

"사실, 제가 뉴윈 씨에게 말하지 않은 게 있었어요. 그것은 제가 제대로 본 건지 자신이 없어, 전하지 못했던 이야기예요. 사소한 것들이라 생각하는데..."

그러면서 그는, 르네 부인이 자신에게 몰래 부탁할 때의 장면을 상세히 전했다. 이번에는 아까 빼놓았던 두 가지, 빵조각이란 말과 부인의 미소에 대해 자세히 전달했다.

"과연... 그런 일이 있었군요."하고 이야기를 들은 청년은 작게 탄식했다. 그리고 그 두 가지는 결코 사소한 것이 아니며, 자신이 그것을 알았다면 추리가 달라졌을 거라 말했다.

"그렇기에, 아마 아일랜 씨의 추리가 제 생각보다 진실에 가까울 것 같습니다만."라고 다시 한번 격려를 전했다.

그 말에 힘을 얻은 아일랜은 청년의 회색 눈을 바라보며, 드디어 이야기를 시작했다.

"뉴윈 씨가 이해하기 쉽게. 제일 먼저, 제가 추리한 결론부터 말씀드리겠어요. 그다음 근거를 하나씩 말해 보도록 하죠."

그리고 작가는 크게 심호흡을 했다. 그때 등 뒤로 누군가의 시선이 느껴지는데. 자신을 격려하듯 다독이는 눈길이 느껴지는 것이다. 그는 슬쩍 고개를 돌려 주방을 쳐다봤다. 거기 피 웅덩이를 밟고 서 있는 여인들이 있었다. 투명한 실루엣의 여인들이 어른거리는 듯.

다시 고개를 돌려 청년을 바라본 아일랜은 저도 모르게 얼굴이 확 일그러졌다. 물기가 어룽어룽한 눈에서 붉은 뺨 위로 금세라도 눈물이 떨어질 듯. 고통을 견디며 그가 입을 열었다.

"이것이 바로 제 추리의 결론이에요. 전 사건은 이렇게 일어났다고 생각해요."

그리고... 마침내... 작가는 자신이 추리해 낸 사건의 진실과 그것을 뒷받침하는 근거를 조목조목 짚어 나갔다.

이야기를 듣고 있던 뉴윈은, 간간이 눈을 크게 뜨고, 창밖을 바라보거나 주방을 돌아봤다. 그리고 "그렇군요.", "그게 그런 의미였네요.", "아, 이제 이해가 됩니다."라며 맞장구를 거듭했다. 그는 놀라운 심경을 조금도 감추지 않았고. 작가에게 연신 감탄과 격려의 말을 전했다.

이윽고, 아일랜은 르네 부인의 미소로 이야기를 마무리했다.

"... 전, 부인의 미소와 부탁이, 그런 의미였다고 생각해요."

뉴윈도 찬찬히 고개를 끄덕였다.

"그렇군요. 잘 들었습니다. 처음 말했듯 아일랜 씨의 추리가, 보다 진실에 가까운 설명이라 생각됩니다. 실로 아일랜 씨가 아니었다면 이 사건은 결코 해결되지 못했을 것 같군요."

작가의 핼쑥한 얼굴은 더욱 슬픈 빛을 띠었다.

"르네 부인과 약속했으니까요. 이 일은 르네 부인이 그 누구도 아닌 제게 부탁한 일이구요. 전 그녀가 마련해 놓은 빵조각을 따라간 것뿐이에요."

"저 또한 르네 부인에게 헌사를 바치고 싶군요. 부인은 정말 대단한 분이셨습니다. 자신에게 필요한 사람이, 제가 아니라 아일랜 씨라는 걸 정확히 알아보셨던 걸 보면."

청년은, 어쩌면 르네 부인은 처음부터 아일랜을 불러 오고 싶었을지 모른다고 생각했다. 이미 자신들에 대한 조사를 끝내고. 단지 사망 사건에 면역이 안 된 작가를 돕기 위해, 맨 처음 자기를 끌어들인 게 아닐까. 그래서 자기에게 일을 의뢰하면서도, 한 팀이라고 작가를 함께 데려오라 시킨 게 아닐까 싶었다.

다시 얼마 후, 뉴윈은 얼굴을 돌려 창밖을 보는 척하며 지나가는 투로 물었다. "사실, 전 아일랜 씨가 처음부터 르네 부인의 이야기에 공명한 게 아주 의아하다고 생각했습니다."

"공명이라... 참으로 어울리는 단어네요."

"네. 단지 같은 감정을 느낄 뿐 아니라. 아일랜 씨는 부인과 함께 울어 주었다, 생각하니까요. 두 분 다 마음으로 울고 있었던 듯한데. 혹, 그녀에게 공명한 이유가 따로 있을까요?"

그 질문은 작가에게, 여인의 가슴에서 솟구치는 붉은 핏줄기를 떠올리게 했다. 그는 재빨리 입을 틀어막고 고개를 저었다.

그 모습에 뉴윈은 주제넘은 궁금증은 가슴에 묻기로 했다. 그리고 그의 과거를 캐묻기보다 오늘 사건으로 다시금 화제를 돌렸다. 사실, 아일랜의 추리에는 중대한 문제가 있었기 때문이다.

"그나저나. 아일랜 씨의 추리를 증명하는 문제가 남아 있군요. 그걸 어떻게 밝혀 보여 줄 건지 방법을 궁리해야겠어요."

"네. 저도 그걸 생각해 봤는데... 그래서 방금까지 헤드올 씨가 들은 게 르네 부인의 목소리가 아닐지 모른다고, 억지로 트집을 잡은 거예요."

거기까지 말한 아일랜은 갑자기 목구멍이 찢어질 듯 거친 기침을 토해 냈다. "사실, 방법은 이것밖에 없는 것 같아서요." 그리고 또다시 목구멍에서 쇳소리를 내며 기침을 거듭했다. 그 바람에 작가의 얼굴은 보랏빛으로 부풀고. 그는 격렬한 기침을 토해 내며 한 마디, 한마디씩 말을 전해야 했다.

뉴윈은 용케, 기침 때문에 조각조각 난 말들을 머릿속에서 기워 아일랜이 전하고자 하는 방법을 알아들었다. 얼른 다 알아들었다며, 더 이상 말하지 않아도 된다고 작가를 다독였다. 그리고 잠시 생각에 잠긴 다음. 몇 가지 구체적인 내용을 추가해 작가가 제시한 방법을 더욱 정교하게 다듬었다. 그것을 알려 주니, 아일랜도 그게 좋겠다며 고개를 끄덕였다.

30분은 쏜살같이 흘러갔다.

참고인들은 영문도 모른 채 짐을 정리했고. 시간에 맞춰 본채로 왔다. 그다음 팀장의 지시에 따라 캐비넷 앞에 놓인 소지품 상자 중 자신의 것을 찾아 들고 식당으로 들어섰다.

 팀장은 참고인들에게 한 줄로 나란히 앉을 것을 부탁했고, 그들은 커다란 유리창을 마주 보는 자리에 일렬로 앉았다. 그다음 다시 팀장의 지시에 따라, 상자를 열고 자신의 소지품을 점검했다. 지갑과 액세서리 같은 게 모두 있는지 꼼꼼히 확인하는 사이, 너트가 검사를 마치고 가져온 증거품을 도로 나눠 주었다. 사람들은 그것을 다시 받아 상자나 가방에 챙겨 넣었다.

 참고인들은 모두 소지품을 찾아 다행이라는 듯 안도한 표정을 지었는데. 몇몇 사람은 이런 과정이 어떤 의미인지 알아차린 듯했다. 짐을 정리하고 증거품을 돌려받는 게 무슨 의미인지 안다는 듯. 그들의 표정은 한결 누그러졌으며, 자세도 편안히 의자에 기대앉은 모습이었다.

 아일랜과 뉴윈은 식탁의 맨 끝자리에 얌전히 앉아 있었다. 아일랜은 커다란 담요를 망토처럼 두르고 몸을 떨고 있는데. 얼굴은 열꽃이 피어 검붉게 달아올랐고. 보조 캐스터 뉴윈은 그 곁에 바짝 붙어 앉아 어쩔 줄 모른 채, 허둥거리고 있었다.

6부 진실. 그리고 후폭풍

1

식당에 사람들이 모였다. 증인인 헤드올과 참고인들, 매드 팀장을 비롯한 조수대 대원들이 자리를 차지하고 나니, 20인용 테이블은 빈자리가 둘밖에 남지 않았다.

사무실 출입문 앞에 의자를 당겨 온 쇼쿠는, 자리에 앉는 대신 등받이를 손끝으로 튕기며 뒤에서 서성대고 있었다. 그는 승리의 기쁨을 만끽하면서도 동시에 흥분을 가라앉히려 애썼다. 이 사건은 자신에게는 그야말로 천재일우의 기회였다. 3대 중범죄로 시작해 뜻밖의 반전으로 결론 난 사건은, 잘만 요리하면 메이저 캐스터로 갈 수 있는 황금 티켓이 될 만한 것이었다.

사건도 사건이려니와 자신을 돋보이게 해 줄 멋들어진 조역이 함께했다는 것도 그의 기분을 고무시켰다. 최근 화제를 몰고 다니는 아일랜 캐스터와 조수인 뉴원 군은, 사건을 멋지게 요리한 자신의 곁에서 장식용 가니쉬 역할을 제대로 해 주었다.

사실 그가 시간이 필요하다고 한 것은 생각을 정리하기 위함이 아니었다. 그는 방갈로에서 추리를 정리하는 대신, 디렉 편집장에게 전화를 걸었다. 그리고 얼른 그간의 사정을 짧게 전했다. 아니나 다를까 편집장은 잘했다는 칭찬을 아끼지 않았다.

그녀는 "트윈 풀 사건으로 이용당한 걸 보복할 기회네요. 우리도 그쪽 캐스터들을 이용해 조회 수를 올려보도록 하죠."라며 만족한 고양이처럼 그르렁댔다. 또한 법가원에서 초동 조사 중지 명령이 내려왔으니 픽셔 제한 조치도 풀렸을 거라며, 당장 대대적으로 광고할 생각이라 전했다.

그 말이 기쁘면서도 쇼쿠는 의아한 점을 물었다. "제가 단독 입회인 양 픽셔가 나갔는데. 아일랜 캐스터를 어떻게 이용한다는 말씀인가요?"

그러자 디렉 편집장은 거침없이 답했다. "아일랜 캐스터가 함께 입회한 걸 나중에 알았다고 하죠. 초동 조사 기간이라 사건 관련 픽셔를 낼 수 없어 정정 픽셔를 낼 기회가 없었다고 하면 그만이에요."

그리고 그녀는 쇼쿠를 격려했다. "이제 발표할 픽셔에서 쇼쿠 씨가 그들이 얼마나 무능하고 조사에 방해만 되었는지 밝히면 돼요. 사건 해결에 공을 세운 것은 오직 모닝이스트 사의 쇼쿠 캐스터뿐임을 스스로 알리는 거죠... 그런 의미에서 오늘 픽셔는 텍스트가 아닌 영상으로 발표하는 게 좋을 듯하군요."

"그럼 라이브 픽셔로 진행할까요?"

"아, 실시간 라이브는 무리고. 10분 정도 시간 차를 두는 게 좋겠어요. 쇼쿠 캐스터가 전송한 영상을 편집실에서 받아, 손을 본 다음 내보내는 걸로 하죠. 최고의 편집자들을 붙여 줄 테니 그리 알고 있어요."

그 말을 듣고 쇼쿠는 날아오를 듯 기뻤다. 그렇게만 되면 자신의 픽셔가 조회 수 1등을 차지하는 것은 물론이고. 캐스터 트랜드 차트에 이름을 올리는 것도 가능한 일이었다.

마이너 캐스터의 기대가 점점 부푸는 사이, 어수선한 실내가 정리되었다. 분위기가 한결 정숙해진 것을 알아차린 쇼쿠가 고개를 들어보니. 식탁을 사이에 두고, 자신의 오른쪽에 참고인들이, 왼쪽에 조수대 대원들이 나란히 앉아 있었다.

그는 사람들을 향해 몸을 돌린 다음, 양발을 벌리고 뒷짐을 졌다. 우뚝 선 자세에 입매를 한일자로 다물어 지금부터 전할 내용이 심각한 사안이라는 걸 은연중에 알렸다. 그다음 시선을 먼 곳에서 앞으로 죽 훑어오며 사람들과 눈을 마주쳤다.

참고인들 눈에는 의아함과 궁금증이 어렸으며, 자신의 입만 바라보는 듯한데. 무슨 일이냐, 어서 말해 보라는 눈빛은 어찌 보면 간절해 보이기까지 했다.

그리고 쇼쿠는 다시 자신의 맞은편 끝에 앉아 있는 경쟁자들을 힐끗 쳐다봤다. 그 자리에 수다스러운 핑크빛 작가와 영리한 회색 청년은 사라지고 없었다. 대신 병든 닭처럼 열에 들떠 고개를 꾸벅거리고 있는 덩치 큰 남자와 그 곁을 지키는 초라한 회색 청년이 있을 뿐이었다.

자신에게 집중된 뜨거운 관심에 답하듯 쇼쿠는 주먹을 입에 대고 큼큼, 헛기침을 했다. 이미 카메라는 녹화 모드로 바뀌어 자신이 보는 장면을 영상으로 기록해 모닝이스트사의 편집실로 전송하는 중이었다.

이윽고 쇼쿠는 입을 열었다. 첫마디는 준비되어 있었다.
"지금부터 여러분께 이번 사건의 픽셔를 발표할까 합니다. 참고로 사건 해결만 목이 빠져라 기다리고 있을 시민들을 위해 제

픽셔는 영상으로 제작할 예정이며, 지금부터 발표가 끝날 때까지 모든 장면을 기록해 법가원과 미디어사에 전달할 계획이라는 점을 미리 알려 드리겠습니다."

그는 픽셔용 말투로 친근하게 설명을 시작했으며, 보호경 모양의 카메라를 손으로 매만졌다. 그다음 다시 입을 열었다.

"제일 먼저 여러분께 알려 드릴 소식이 있습니다. 초동 조사 시간이 끝나기도 전인데 픽셔를 발표한다고 하니, 눈치채신 분도 있겠지만. 한마디로 오늘 사건은 해결되었다는 것입니다."

오, 사람들 입에서 반가운 탄성이 터졌다. 그것은 실로 그들이 바라 마지않는 소식이었다. 그러자 사람들은 이토록 기쁜 소식을 전한 쇼쿠가 사건을 해결한 영웅임을 알아차렸다. 그들은 기쁨을 감추지 못하고 경원하는 눈빛으로 그를 쳐다봤다.

찬탄에 찬 눈빛을 온몸으로 받으며 쇼쿠는 말을 계속했다.

"이처럼 하루가 채 지나기도 전에 사건을 해결할 수 있었던 것은, 매드 팀장님과 조수대 대원들, 캐스터들이 힘을 모았기 때문입니다. 더불어 저희가 조사에 전력을 다하는 동안 여러분이 아낌없는 협조를 해 주신 덕분이고요. 때문에 바로 제가, 이토록 어려운 사건을 해결할 수 있었던 거죠."

이제 참고인들은 안도의 숨을 내쉬었다. 집으로 돌아갈 수 있겠다며 얼굴이 환해지고. 몇몇 사람은 수고했노라 맞은편 대원들에게 작게 박수를 보내기도 했다.

쇼쿠의 이야기로 인해, 참고인들이 반감을 가지기는커녕 조수대의 노고를 인정해 주자, 매드 팀장도 답례로 여기저기 목례를 했다. 그리고 마지막으로 저만치 앞에 선 캐스터에게 인사를 전했다. 속으로는 우려하던 상황을 넘겼다며 한시름 놨다.

마이너 캐스터는 당당히 발표를 이어 갔다.

"그러나 사건이 해결된 것보다 더 기쁜 것은, 놀라운 진실이 모습을 드러냈다는 사실입니다. 정말 까딱 잘못했으면 어둠에 묻혀 사라졌을지 모를 진실 말입니다. 아마 이 픽셔가 나가고 나면 시민들은 경악을 금치 못할 것이며, 보복과 복수에 대해 많은 생각을 하게 될 것입니다. 그만큼, 오늘 제가 해결한 사건은 매우 독특하고 보기 드문 사례이며. 지금까지 범죄 사건에 관한 픽셔를 수없이 읽고 발표했던 저로서도 전모를 짐작하기 어려운 힘든 사건이었습니다. 실로 역대급 난제 중 난제였던 사건이었다 할 수 있죠." 그는 심각하게 눈썹을 일그러뜨렸다.

그러자 자리에 앉은 이들의 눈에 호기심이 어렸다. 그러고 보니 사건이 해결됐다는 말은 범인을 잡았다는 말 아닌가. 그들은 머뭇거리며 범인이 궁금한 듯 서로를 돌아봤다.

의심과 호기심이 가득한 눈짓을 보며 쇼쿠는 내심 웃음을 터뜨렸다. 사실 이 사건은 부검으로 모든 게 밝혀졌으며. 자신의 추리는 그것을 바탕으로 순식간에 완성된 것이지만. 온갖 수식어를 갖다 붙여, 경악의 함성이 터지고 오싹한 전율이 감도는 놀랄 만한 사건으로 만들 속셈이었다.

그리고 그런 계산 하에 나온 서두가 제대로 먹혀든 듯. 사람들은 자신의 말, 한 마디 한 마디에 표정이 시시각각 변했다.

그는 다시 손을 들고 맞은편에 앉은 두 사람을 가리켰다.

"그럼, 사건을 설명하기 앞서 먼저 드릴 말씀이 있습니다. 오늘 사건의 히든 키가 된 두 청년의 이야기입니다. 저들이 저희를 속인 것에서부터 이 사건은 시작됐다고 할 수 있으니까요."

그의 손짓에 사람들이 고개를 반대로 돌렸다. 저만치 끝에 아일랜과 뉴원이 앉아 있는데. 작가는 열에 들떠 헉헉대며 가쁜 숨을 몰아쉬고 있고, 보조 캐스터는 옆에서 그를 부축하는 중이었다. 그런데 회색 청년은 자신의 두 배나 되는 거구의 남자를 붙들고 있느라 힘에 부친 듯, 이마에 핏대가 불거져 있었다.

다시 쇼쿠의 목소리가 들리자 사람들은 시선을 돌렸다. 나이든 캐스터는 차분히 이야기를 이어 가는 중이었다.

"알고 보니, 아일랜 씨와 뉴원 군은 투자자가 아니었습니다. 감쪽같이 우리를 속인 것이죠. 두 사람은 피해자 중 한 명이자 이곳의 사장인 르네 부인에게 따로 일을 의뢰받아 여기, 몬테 리조트에 왔다고 하는데. 그 의뢰라는 것이 얼마나 기겁하고 경악스러운 것인지... 달리 표현할 말이 없을 정돕니다."

여기서 쇼쿠는 길게 한숨을 내쉬었다. 그리고 단숨에 말을 내뱉었다. "부인은 저들에게, 20년 전 죽은 이브 양의 이야기를 전하며, 딸을 죽인 범인을 찾아 달라고 했답니다. 그게 의뢰였다고 하죠."

"뭐라고요!"

"그게 무슨?"

"이건 원. 무슨 말을 해야 할지 모르겠군."

브리히도와 크레일, 맥그리어가 차례로 놀란 소리를 내질렀다. 그리고 눈을 돌려 아일랜과 뉴원을 쳐다봤다. 동시에 다른 참고인들도 비난의 눈초리로 두 사람을 돌아봤다.

그러나 이번에도 쇼쿠의 목소리가 들리자, 설명을 듣기 위해 다시 눈을 쇼쿠에게로 돌렸다.

"두 사람이 부탁받은 이야기를 구체적으로 말씀드리자면 다음과 같습니다."하고 짧게 숨을 내쉰 다음, 그는 말을 이어 갔다.

"르네 부인은 '20년 전 이곳에서 딸이 죽었으며 그날 묵었던 사람 중에 범인이 있다, 그들을 모두 초대했으니 범인을 찾아 달라, 그에게 사과받고 복수를 끝내고 싶다, 그래야 눈을 감은 후에도 딸과 남편을 볼 수 있을 것 같다'고 말했다는데. 다행히 두 사람도 복수라는 단어를 듣고 의뢰를 거절했다고 합니다. 저들도 복수라는 단어에 담긴 불온한 의미를 눈치챘던 바. 그것은 의뢰 내용과 상반되는 것으로, 단순히 사람을 찾거나 사과받는 걸 복수라고 하지 않는다는 걸 알아차렸다는 거죠. 복수라는 것은, 자기가 입은 피해를 돌려주는 행위이므로 어떤 물리적 행동을 할지 모른다고 의심해 거절했다고 하니. 여러분은 너무 노여워하지 않으셔도 될 듯하군요."

쇼쿠는 승리자로서 너그러운 태도를 보였다. 한껏 의기양양해진 목소리가 실내를 채우며 퍼져 나갔다.

"그러나 그보다 중요한 것은 따로 있습니다. 두 사람은 복수라는 말에 주의를 기울였지만, 전 다른 부분에 주목했거든요. 바로 부인의 말 중, '복수를 끝내고 싶다. 그래야 죽은 후에도 남편과 딸을 볼 수 있겠다'라는 구절인데. 거기 르네 부인의 숨은 의도가 고스란히 담겨 있는 듯했습니다... 그 말이 왠지, 죽음을 각오한 듯한 뉘앙스처럼 느껴졌는데. 또한 그녀는 뒤이어 '너무 힘들다, 이제는 평안과 안식을 바란다, 복수를 끝내고 편히 쉬고 싶다.'라는 말도 덧붙였다고 합니다. 그런데 이 말 역시 죽음의 분위기를 강하게 풍기는 것 같았습니다."

그리고 쇼쿠는 눈을 낮게 내리떠 사람들을 바라봤다. 낮은 목소리로 그들에게 천천히 되물었다.

"여러분은 어떻게 생각하십니까. 평안과 안식, 복수를 끝내고 쉬고 싶다는 말에서 어떤 느낌을 받으셨는지 궁금합니다. 아마 대부분 저와 같은 생각을 하지 않으실까 생각되는데."

후, 숨을 내뱉은 그는 고개를 끄덕이며 말을 계속했다.

"사실, 르네 부인은 진작에 죽음을 각오했던 것입니다. 딸의 복수를 위해 자신의 생명을 던질 결심을 한 것이죠. 그 결심은 단단했으며 준비는 철저했습니다. 물론 그녀 혼자 준비한 것은 아닐 겁니다. 제 추리로는, 3년 전부터 일을 꾸민 듯한데. 우리가 듣기로 3년 전, 로토니어 사장이 독채의 외관을 바꾸고 '몬테 리조트'로 이름을 바꿨다고 했으니까요. 즉, 이들 부부는 그때부터 준비를 시작한 것입니다. 부부는 20년 전 딸의 사고를 겪고 엉뚱하게 그날 묵었던 우리를 의심했으며, 우리 중 범인이 있다는 망상에 사로잡혀 조사를 재개하고 싶었던 거죠. 그래서 당시 펜션이었던 이곳을 몬테 리조트로 바꾸고, 오텀 씨를 대표로 내세운 다음, 투자를 미끼로 우리를 불러들인 것입니다. 우린 아무것도 모른 채 헛된 희망에 부풀어 이곳으로 달려왔고. 르네 부인의 끔찍한 덫에 걸려들고 말죠."

쇼쿠의 목소리는 점차 고조되었다. 그의 말은 마치 연극풍의 대사처럼 리드미컬했고, FAC에 무대 위 주인공처럼 녹화되고 있었다. 그는 아랫배에서 호흡을 끌어올려 진중하게 이야기를 전달했다.

"그렇게 부인은 덫을 깔았습니다. 우리를 타깃으로 해서. 그녀는 우리를 어떤 상황에 몰아넣어 자신의 복수를 완성할 생각이었던 겁니다."

둘러앉은 사람들은 이야기에 빨려든 듯 귀를 기울였다. 절로 허리를 펴고 목을 빼 쇼쿠를 쳐다보는데. 마치 쇼쿠의 목소리에 조종당하듯 숨조차 크게 뱉지 못하고 긴장된 얼굴로 그의 얼굴만 바라봤다.

여기까지 충분히 분위기를 고조시켰다고 생각한 쇼쿠는 드디어 가장 중요한 단어를 던지기로 마음먹었다. 그는 천천히 고개를 들고 배를 부풀리며, 마침내 이 사건을 관통하는 핵심 단어를 꺼내 들었다. 바로 '자살'이었다.

"르네 부인은 자신의 원한이 엉뚱한 망상인지도 모른 채, 우리를 원망하며, 우리를 궁지로 몰아넣기 위해 머리를 짜냈습니다. 이곳에 조수대를 불러들여, 20년 전 사건을 재조사할 생각을 했죠. 있지도 않은 범인을 잡을 계획을 수년간 세웠는데. 그것을 실행할 방법은 하나밖에 없었습니다. 바로 조수대가 출동할 사건이 터지는 것이죠. 그 사건에 20년 전 사건의 그림자를 겹쳐 놓는 것이었습니다. 부인은 그렇게, 조수대가 출동할 만한 사건을 만들기 위해! 스스로 목숨을 던지기로 했습니다. 한마디로 그녀의 죽음에 감춰진 진실은 바로, 자살, 이란 것입니다. 그녀는 오팀 씨를 시켜 촉탁 자살을 했으며. 오팀 씨는 그녀의 명령으로, 그녀가 타살당한 양, 범죄 사건이 일어난 양, 현장을 위장했습니다. 그리고 그 역시 부인의 명령에 따라 자살한 것이죠. 사건은 그렇게 일어난 것입니다."

"맙소사."

"헉. 뭐라고!"

"세상에. 그럴 수가."

"아니. 어떻게 그런 일이."

"믿을 수 없군."

"미쳤어. 미친 거야."

깜짝 놀란 참고인들의 외침이 줄줄이 비명처럼 터져 나왔다. 쇼쿠의 바람대로 그들은 경악의 외침을 터뜨렸으며, 소름이 끼친 듯 몸을 떨었다. 조사 과정을 하나도 몰랐던 참고인들은 쇼쿠의 결론에 앉은 자리에서 엉덩이가 튀어 오를 만큼 놀랐는데. 그것은 뒤통수를 얻어맞은 정도가 아니라, 눈앞에서 세상이 뒤집힌 듯한 결론이었다. 사람들은 눈을 크게 부릅뜨고 턱이 빠질 정도로 입을 크게 벌렸다.

"그게 정말이란 말이오?" 크레일이 다시 한번 묻고.

"믿을 수 없어요. 그런 일은." 하고 중얼거리던 클로가 재빨리 맞은편의 매드 팀장을 쳐다봤다. "팀장님도 쇼쿠 씨의 픽셔에 동의하시나요?" 하고 물었다.

그러자 비슷한 추론을 했던 매드 팀장이 고개를 끄덕였다.

그 후로 사람들은 아일랜과 뉴원 쪽을 쳐다보지 않았다. 오롯이 쇼쿠의 설명에만 집중했다.

쇼쿠는 꼿꼿이 서서 말을 계속했다.

"이것은 놀랍지만 의심할 나위 없는 진실입니다. 왜냐하면 부검 결과가 오직 그것이 사실이라고 뒷받침하고 있기 때문입니다.

부검 결과 르네 부인은 수면제와 술을 음용한 상태에서 호흡이 막힌 사고사로 결론이 났습니다. 그녀의 몸에서는 어떤 독성 물질이나 유독 가스도 나오지 않았고, 외력이나 물리력의 흔적 또한 전혀 나오지 않았습니다. 또한 그녀의 허벅지 위에 자창이 있는데, 그것은 사후에 생긴 것이며 오텀 씨의 가슴에 박힌 칼과 같은 흉기에 찔린 것으로 판명됐습니다. 즉, 부인을 찌른 칼과 오텀 씨의 가슴에 박힌 칼은 같은 것입니다. 그런데 그 칼에서는 오직 오텀 씨의 지문과 장문만 나왔다고 하죠. 또한 두 사람은 사망 추정 시간도 같았습니다. 두 사람 다 오늘 오전 12시부터 새벽 2시 사이에 사망했다고 하더군요."

"도저히. 믿을 수가 없어요."하고 브리히도가 한숨을 쉬었다.

"이건 정말 상상할 수도 없는 결론이오."하고 크레일이 고개를 저었다. "난 현장을 보자마자 누가 두 사람을 살해했다고 생각했는데,"하고 말끝을 흐렸다.

쇼쿠는 거침없이, 막힘없이, 설명을 이어 갔다.

"마키 검시관은 오텀 씨의 왼팔과 복부에 난 상처 역시 자살자들에게서 발견되는 주저흔과 비슷하다고 말했습니다. 상처의 방향이 나란하고, 깊이가 얕으며, 단면이 깨끗하지 못하다고 했죠. 또한 그의 가슴에 꽂혀 있던 칼 손잡이에 남은 장문과 지문을 토대로 사건을 재구성해 보면. 오텀 씨는 두 손으로 칼 손잡이를 모아쥐고 자신의 가슴을 찌른 것으로 판명됐고요. 피 웅덩이는 모두 오텀 씨의 피였으며 주방 바닥에 있던 주방 도구와 깨진 그릇에서도 오텀 씨의 지문만 나왔다고 하니. 다른 결론은 있을 수가 없습니다."

그리고 그는 다시 헤드올의 이야기를 전했다. 사람들의 놀라움과 흥분이 그를 조바심치게 했고, 그 바람에 순서가 조금 꼬인 듯했지만, 설명에 박차를 가했다.

"사실, 검시관은 사고사로 결론을 내렸지만. 전 르네 부인은 자살한 거라 생각합니다. 오텀 씨의 도움을 받아 스스로 생을 마감한 거죠. 그녀의 마지막은 오텀 씨 손에서 이루어졌으니. 사무실 상비약 상자에 있던 수면제를 구입한 것도 르네 부인이며. 그것을 가져와 술과 함께 먹고 잠이 든 것도 부인의 의지였습니다. 그녀가 죽음을 준비했다는 증거가 여럿 있습니다만, 그중 헤드올 씨의 증언이 가장 결정적이라 생각합니다. 바로 여기 앉아 있는 헤드올 씨의 증언에 따르면."하고 쇼쿠는 자신 앞에 앉아 있는 헤드올을 한 손으로 가리켰다. 그러면서 말을 이었다.

"헤드올 씨는 타운 시내에서 전기 공사를 업으로 하는데. 어제 르네 부인이 전화를 걸어 와, 다음 주에 본채의 전기를 끊어 달라 했다는군요. 그리고 오후에 리조트에 들러 미리 분전반 위치를 확인해 보라고 했다는데. 묘하게도 사람들에게 들키지 않도록 얼굴과 자동차 번호판을 가리고 오라, 말했다는 겁니다."

참고인들의 시선이 일제히 헤드올에게 향했고, 그는 어색하게 고개를 끄덕였다.

"그게 이상하지 않나요?"하고 쇼쿠가 참고인들에게 물었다.

"이상한 게 한두 개여야 말이지. 도대체 본채 전기를 왜 끊어야 하며, 그게 자살과 무슨 관련이 있다는 건지 모르겠소."하고 크레일이 고개를 갸웃거렸다.

"아닙니다. 크레일 씨. 전기를 끊는 게 중요한 게 아니고, 굳이 다른 사람에게 부탁했다는 게 핵심이죠." 캐스터는 가볍게 숨을 들이마시며 검지를 흔들었다.

"이곳의 전기를 끊으려면 굳이 다른 사람을 불러들일 필요가 없습니다. 비들 부인의 증언에 따르면 르네 부인이 이곳의 전반적인 일을 전부 손봤다고 하니까요. 전기를 끊거나 어딘가를 고장 내는 건 일도 아니었을 겁니다. 더욱이 본채는 원래 부인이 가족과 함께 살던 집이 아닙니까. 한마디로 자기 손으로 충분히 할 수 있는 일을 가지고, 굳이 외부인을 불러들인 거죠."

"그런데 저 사람은 왜 그런 일을 수상한 일을 맡은 거요?" 하고 크레일이 또 한 번 고개를 갸웃했다. "그런 수상쩍은 일을 해 주다니 이해할 수가 없군."

그 말에 헤드올이 어깨를 움츠리며 변명하듯 대꾸했다. "보험 때문이라고 했으니까요."

쇼쿠가 증인을 위해 보충 설명을 했다.

"르네 부인은 건물이 오래돼 보험 회사로부터 보상을 받고 싶다고 했답니다. 그중 전기가 고장 나는 게 속이기도 쉽고 편하다고 했다는데. 그래서 헤드올 씨가 속은 겁니다. 그러나 부인이 헤드올 씨를 부른 진짜 속셈은 따로 있었습니다. 전기를 끊기 위해서가 아니라 헤드올이란 사람 자체가 필요했던 거죠."

"저 사람이 필요했다고요?" 클로가 되물었다.

"네. 얼굴을 꽁꽁 가린 수상한 사람을 목격하게 하는 것이 진짜 목적이었던 겁니다. 자살을 타살로 위장하기 위해서는 범인처럼 보이는 수상한 사람이 목격되는 게 제일 좋습니다. 자그마치 20년간 복수라는 망상에 사로잡힌 르네 부인은 필경 제정신이 아니었던 겁니다. 그녀는 홀로 죽어 있던 이브 양의 사인이 사고로 밝혀졌음에도 불구하고 엉뚱하게 우리를 의심했으며, 그날 여기 있었다는 이유만으로 우리 중에 범인이 있다고 믿었습니다! 그리고 있지도 않은 범인을 찾아내기 위해 어리석고도 참담한 방법을 선택했죠. 자신의 목숨을 걸어 재조사를 하게 만드는 것 말입니다. 부인은 '복수'는 그 방법이 다양하고 누구나 복수를 하며 살아간다고 말했다는데. 즉 그녀가 말한 복수는 우리가 일반적으로 생각하는 복수는 아니었습니다. 그녀는 이브 양을 죽인 범인을 찾을 수 있도록 재조사를 원한 겁니다. 자신의 죽음을 이용해! 자신의 시체를 이용해! 20년 전 사건을 소환하고 우리 중에 숨어 있다고 생각한 범인을 잡을 계획이었던 겁니다."라고 쇼쿠는 주먹을 들어 보이며 확신에 차 머리를 끄덕였다.

"세상에! 20년이나 지난 딸의 사건을 소환하려 했다고? 자신의 시체로 범죄 사건을 만들고 우리를 범인으로 내몰려 했다니. 정말 어이가 없군." 에드가 얼이 빠진 듯 고개를 내저었다.

"정말 경악스럽군. 이브 양은 크리스마스를 사흘 앞두고 사고로 혼자 죽어 있었다고 분명히 밝혀졌는데. 그 사건을 가지고 우리를 하나하나 짚어 가며 20년이나 의심했다니. 소름마저 끼치는걸." 맥그리어는 부르르 몸서리를 쳤다.

"그래서 있지도 않은 범인에게 올가미를 씌우기 위해 같은 날 같은 모습으로 죽었다는 거요? 우리 중 누군가에게 혐의를 씌울 생각으로? 실로 끔찍하기 짝이 없구만." 크레일도 한탄했다.

"안 그래도 이상한 일이 있었어요! 이브가 죽고 몇 년 뒤, 저와 이브에 대해 묻고 다닌 사람이 있었는데. 설마, 르네 부인이 시킨 일인가 의심만 했는데, 그게 맞았단 말이로군요. 정말 지독한 망상이에요." 클로는 더욱 크게 격앙했다.

"하지만 믿기지 않는데요. 두 사람 다 자살이라니."하고 브리히도는 낮게 중얼거렸다. 그리고 혀를 찼다.

그러자 여전히 흥분한 목소리로 클로가 다시 외쳤다. "역시 르네 부인은 오텀 씨를 이용해 스스로 목숨을 끊었군요. 현장을 보자마자 얼핏 그런 생각이 들긴 했는데. 이제야 말하지만, 마치 오텀 씨가 그녀를 공격한 것처럼 보였거든요."

그 말에 에드가 상당히 동요한 얼굴로 고개를 끄덕였다.

"그렇군. 이제 알겠어. 누가 봐도 끔찍한 사건이 발생했는데. 그 전날 얼굴을 꽁꽁 가린 수상한 인물이 목격됐다면 살인 사건으로 넘겨짚기 딱 좋지."

바로 그거라며 손짓으로 에드를 가리킨 쇼쿠가 말을 이었다.

"물론 헤드올 씨의 증언뿐만 아니라 새튼 씨의 증언도 있습니다. 그의 말에 따르면, 오텀 씨가 어젯밤 심각한 투로 '안 될 일'이라고 계속 중얼거렸다는데. 그게 르네 부인에 관한 일이었던 겁니다. 부인은 죽음을 각오했고 타살로 위장할 것을 명령했으나. 그것은 결코 해서는 안 될 일이었죠. 그러나 부인의 결심은 확고했으며. 오텀 씨는 평생의 은인인 르네 부인의 부탁을 거절하지 못했습니다. 결국 그는 새벽에 본채로 와 먼저 사무실과 식당의 불을 껐습니다. 오텀 씨는 순박한 사람이라, 흉기의 지문도 지우지 못할 정도로 범죄에 지식이 없었죠. 그래서 살인범들은 캄캄한 데서 몰래 사람을 습격한다고 생각한 겁니다."

"아, 그래서 불이 꺼져 있었던 거군요." 매드 팀장이 저도 모르게 탄성을 내질렀다. 그리고 수긍하듯 고개를 끄덕거렸다.

"네. 바로 그겁니다. 그리고 그다음 오텀 씨는 주방으로 들어가 수면제를 먹고 잠든 부인을, 지시받은 대로 비단 수건 같은 걸 이용해 질식사시킵니다. 그다음 범죄 사건인 것처럼 식기장에서 그릇과 주방 도구를 꺼내 현장을 어지럽히고, 칼로 부인을 다시 한 번 공격한 다음, 스스로 목숨을 끊었습니다. 드러난 모든 증거가 그러한 사실을 가리키고 있습니다. 사실 흔적 없이 부인을 질식시킬 만한 것들이 여러분의 소지품에서도 나왔지만, 조사 결과 부인의 DNA는 검출되지 않았습니다. 그 이유는 오텀 씨가 부인을 죽음에 이르게 만든 사람이기 때문이며. 이곳을 손금 보듯 훤히 알고 있는 오텀 씨가 그 증거물을 감추거나 없앴다면 그 누구도 찾아내지 못할 것입니다."

이제 그는 일사천리로 말을 이어 갔다.

"르네 부인과 남편인 로토니어 씨는 지난 세월 딸의 죽음에서 벗어나지 못했습니다. 그들은 그날 밤 우리 중 누군가가 딸을 죽였다는 의심을 안고 살았으며. 결코 그 생각을 떨칠 수 없었습니다. 그사이 남편이 죽고 홀로 남은 르네 부인은 더욱 그 생각에 집착하게 되어. 반드시 범인을 잡을 결심을 합니다. 그러자면 사건을 일으킬 수밖에 없었고. 그래서 자신의 목숨을 걸고 사건을 일으켜 딸의 사건을 소환한 것입니다... 사건은 이렇게 진행됐습니다. 부인은 먼저 투자를 미끼로 우리를 불러들입니다. 그리고 저 두 사람을 불러, 아일랜 씨와 뉴원 씨에게 아무래도 딸은 살해당한 것 같다고, 범인을 잡고 싶다며 일을 의뢰하죠. 그러나 그 진짜 목적은 20년 전 사건을 알리는 것이었습니다. 두 사람이 의뢰를 거절해도 부인이 덤덤해 보였으며, 아일랜 씨에게 계획과 달라진 게 없다고 말한 것도 그 이유 때문입니다. 두 사람이 거절하든 말든 그건 중요한 게 아니니까요. 부인의 목적은 오직 조수대가 이브 양의 사건을 재조사하도록 만드는 것이었을 뿐." 쇼쿠는 누구도 끼어들 틈 없이 말을 이어 갔다.

"조수대가 오면 두 사람은 의뢰받은 일을 털어놓을 테고. 자연스럽게 조수대의 시선은 20년 전 사건으로 쏠릴 테니까요. 아니나 다를까, 매드 팀장은 아일랜 씨에게 의뢰에 대한 이야기를 듣자마자 이렇게 말했습니다. '르네 부인이 딸을 죽인 범인을 잡으려다 되레 당했을 수도 있다'고요. 즉, 부인의 의뢰가 알려져야, 20년 전 사건의 범인에게 초점이 맞춰지는 겁니다. 조사 또한 그를 찾는 것으로 귀결될 테고요. 그렇게 조사하다 보면 범인이 드러날 거라, 부인은 생각했습니다. 그래서 이브 양이 죽은 날짜에 맞춰, 이브 양과 같은 모습으로 죽음을 꾸미기까지 한 거죠."

그리고 쇼쿠 캐스터는 참고인들의 기억을 일깨웠다. "여러분들이 더 잘 아실 겁니다. 우린 직접 조사를 당했으니까요. 2차 조사에서 우리는, 20년 전 사건에 대해 질문을 받고 답해야 했죠. 바로 그것이 부인의 계획이었으며, 조수대와 우리 모두, 깜빡 속았던 것입니다."

과거의 불쾌한 기억을 떠올려야 했던 사람들은 고개를 끄덕였다. 쇼쿠는 동질감을 자극하듯 불쾌한 얼굴로 사람들과 눈을 마주쳤다. 그러면서 보충 설명을 이어 갔다.

"일주일 전, 그녀는 우리에게 투자 안내서를 보냅니다. 베이크 타운의 후광을 업을 수 있는 데다 개발이 확정된 리조트를. 그것도 공짜로 분양받을 수 있다는데, 방문을 거절할 사람은 세상에 단 한 명도 없을 겁니다. 의심스럽더라도 일단 와 보기는 할 테죠. 그렇게 우리는 이브 양이 죽은 날에 맞춰 여기 도착합니다. 오전에 우리가 모두 도착한 것을 확인한 그녀는 다음으로 오텀 씨에게 지시를 내려 아일랜 씨와 뉴윈 씨를 이곳으로 불러들입니다. 그리고 다시 헤드올 씨에게 전화를 걸어 전기를 끊어 달라 부탁하는데, 얼굴을 꼭꼭 가린 채 이곳으로 오라고 하죠. 본채 주변에 어슬렁대는 것을 누군가 볼 거라 생각했지만. 아이러니하게도 우리는 그를 보지 못합니다. 대신 아일랜 캐스터와 뉴윈 씨가 돌아가는 헤드올 씨와 마주치게 되죠. 그다음 그녀는 리조트에 도착한 젊은 캐스터들에게 복수 운운하며 일을 의뢰합니다. 자신이 죽는다면 20년 전 딸의 사건과 관련 있음을 암시한 거죠."

검지를 펴 보이거나 주먹을 쥐고 흔드는 등. 쇼쿠 캐스터는 다양한 제스처를 써 가며 이야기를 전했다. 그 누구보다 본인이 자신의 이야기에 도취된 듯.

"아마 르네 부인은, 오텀 씨에게 만찬 직전 모든 계획을 밝혔을 겁니다. 왜냐하면 만찬에서 그가 꺼낸 화제는 본인과는 관계없는 것들이었으니까요. 사적 제재법과 복수, 이브 양 사건이었을 뿐. 그 때문에 새튼 부부가 만찬 직전에 본 오텀 씨는 '죽을상'이었고, 만찬 후에도 고뇌에 빠진 모습이었습니다. 그러나 아무리 고민해도 오텀 씨는 평생의 은인인 부인의 명령을 따를 수밖에 없었습니다. 만찬이 끝날 무렵 이브 양의 이야기를 꺼내 우리에게 20년 전 사건을 환기시킨 것도 부인의 명령이었으며. 이브 양이 죽은 때 이브 양처럼 홀로 주방에서 잠든 부인을 질식사시킨 것도 부인의 명령이었을 겁니다. 그 후 범죄 사건으로 현장을 위장하고 스스로 목숨을 끊은 것까지도."

이야기가 거기까지 이어지자, 사람들의 놀라움은 가라앉고 대신 두려움이 번졌다.

"제정신이 아니에요. 정말." 클로의 목소리가 떨렸다.

"광기 어린 망상이로군." 하고 에드도 머리를 내둘렀다.

"그래도 끝까지 부인을 말렸어야지. 그런 명령을 따르다니. 오텀 씨도 어이가 없군." 크레일이 끌끌, 하고 혀를 찼다.

설명은 끝난 듯했다. 그러나 쇼쿠에게는 더욱 중요한 순간이 남아 있었다. 경쟁자에 대한 마지막 공격이… 그는 디렉 편집장의 복수와 대대적으로 광고될 자신의 픽셔를 위해 경쟁자인 두 청년을 향해 어조를 높였다.

"애초 저 두 청년은, 부인의 망상을 실현하기 위한 어릿광대들이었습니다. 의뢰는 핑계일 뿐. 자신의 죽음을 타살로 위장하기 위해 부인은 저들을 선택했죠. 르네 부인은 트윈 풀 사건의 픽셔를 보고 두 사람을 알게 됐다는데, 그 말은 아주 의미심장합니다. 얼핏 보면, 유명한 사건 덕분에 두 사람을 알게 됐다는 말 같지만, 그 라이브 픽셔를 보신 분들은 알 겁니다. 그건 죽음에 얽힌 진실을 찾아내는 쇼로 보이지만, 조금만 더 들여다보면." 하고 그는 가볍게 냉소를 터뜨렸다.

"훗. 자살인 줄 알았던 사건이 타살로 판명된 사건이었으니. 바로 르네 부인이 꼭 원했던 결론이 아닌가, 말입니다. 딸의 사고사도 타살로, 자신의 자살도 살인 사건으로 뒤바꾸고 싶었던, 부인이 원하는 스토리의 픽셔였던 거죠."

오. 어허. 그렇군. 자리에 앉은 사람들은 또 한 번 전율에 휩싸인 듯 몸을 떨었다. 갖가지 탄성을 내뱉으며 몸을 문지르는데. 모두가 소름을 가라앉히려 애쓰는 듯 보였다.

쇼쿠는 속으로 회심의 미소를 지은 채, 겉으로는 노골적으로 분노를 터뜨렸다. 그는 한 손을 들어 반대편 끝에 앉은 청년들을 손가락으로 마구 내리찍듯 가리켰다.

"저 두 사람은, 르네 부인이 바랐던 어릿광대의 역할을 실로 충실히 해냈습니다. 그녀의 죽음이 20년 전 사건과 관계있음을 사람들에게 알렸고! 수상한 헤드올 씨를 목격한 데다! 자살을 타살로 주장한 전적을 살려 오늘 사건에서도 검시관의 이야기를 듣지 않았으니까요! 결코 진실을 인정하지 않았죠. 아일랜 캐스터와 뉴윈 군은 르네 부인에게 철저히 이용당했을 뿐만 아니라, 사건 해결에 있어 사사건건 방해만 될 뿐이었습니다."

쇼쿠는 사건을 풀이할 때보다, 아일랜과 뉴윈을 책망할 때 더욱 목소리를 높였다. 그리고 기세등등하게 그들을 손가락질했다. 마치 그들이 끔찍한 범행을 저지르기라도 한 듯. 그러면서 속으로 디렉 편집장이 원한 장면을 멋들어지게 만들어 낸 자신에게 감탄하고 있었다.

그러자 쇼쿠의 어조가 높아질 때마다 더욱 호흡이 가빠지던 아일랜은 그 손가락질에 실제 목젖이 찔린 양 두 손으로 목을 움켜잡았다. 그리고 쿠울럭 쿨럭쿨럭, 사레들린 기침을 격렬하게 쏟아냈다.

그러자 쇼쿠는 더욱 흥분해 손을 들어 손날로 가격하듯 청년들을 향해 마구 내리치고, 양팔을 벌려 과장된 몸짓을 했다.

"애초 르네 부인이 저 두 사람을 발견하지 못했다면 이런 사건을 꾸미지 못했을 겁니다. 이런 끔찍한 계획을 상상만 할 뿐. 결코 실행할 생각을 하지 못했겠죠. 그런데 안성맞춤으로 이용할 꼭두각시들을 찾아냈기에 사건을 결행한 겁니다. 바로 저 두 사람을 찾아냈기에 말입니다. 저들이야말로, 바로 오늘 벌어진 끔찍한 참사의 원흉인 것입니다."

신랄하다 못해 뼈아픈 지적에 아일랜은 기침에 이어 괴로운 신음 소리를 냈다. 으헉, 흐헉, 헉헉, 숨을 헐떡이기 시작하더니 점점 가빠진 호흡은 금방이라도 멈춘 채 숨이 넘어갈 듯했다.

사뭇 위험한 숨소리에 뉴원이, "앗! 아일랜 씨." 외마디 비명을 내질렀고. 매드 팀장이 "누가 응급 처치를, 크레일 씨, 도와주세요."하고 발을 동동 구르며 소리쳤다. 사람들이 일제히 자리에서 벌떡 일어섰다. "저러다 숨이 막히겠어요. 빨리요."하고 클로가 손을 부들부들 떨며 금방이라도 다시 시체를 볼 듯 비명을 질러댔고. 크레일이 재빨리 응급 치료 키트에서 간이 호흡기를 꺼내 사람들을 헤치고 아일랜에게 달려갔다.

그제야 쇼쿠는 놀란 얼굴로 슬며시 입을 다물었다. 너무 심하게 몰아붙인 게 아닌가. 혹, 사고가 나면 어떡하나. 순간 두려운 생각이 훅 끼치는 바람에 멀거니 앞만 바라보았다.

그사이 자신에게 달려온 의사의 손을 잡고 아일랜이 격렬하게 숨을 헐떡거리며 애원했다. "무, 물 좀 갖다주세요. 제발. 쿨럭, 쿨럭." 크레일이 당장 자리에서 일어나 주방에서 물을 받아 오는 동안에도 아일랜은 목이 찢어질 듯 괴로운 기침을 내뱉었다. 그리고 가슴을 마구 쥐어뜯었다. 그러다 눈앞에 물컵이 보이자마자 허겁지겁 컵을 움켜쥐고 입술을 갖다 댔다.

"안 됩니다. 아일랜 씨. 천천히, 마시세요."하고 뉴윈이 큰 소리로 외치고. 맥그로우와 에드가 그가 급하게 물을 마시지 못하도록 힘을 다해 컵을 잡고 버텼다. 그러나 아일랜도 기를 쓰고 기어이 물을 벌컥벌컥 들이켰다. 그러다 결국 급하게 마신 물이 도로 치받친 듯, 그는 거북하게 입을 오므리고 가슴을 주먹으로 쾅쾅 쳤다. 그의 입가에 물이 줄줄 흘러내렸다.

사람들은 자리에 앉지도 못하고 그들을 지켜보고 있었다.

잠시 후, 다행히 물을 삼킨 아일랜은 기침이 잦아드는 듯. 경련도 서서히 멈추는 듯했다. 숨넘어가기 일보 직전이었던 작가가 좀 진정되자, 사람들도 놀란 가슴을 쓸어내렸다. 어휴, 하고 다들 안도의 숨을 내쉬는데.

겨우 한바탕 소란이 가라앉는가 싶은 때.

문득 작가가 몸을 비틀거리며 자리를 잡고 섰다. 자기를 말리려던 사람들의 손길을 오히려 뿌리치고. 손바닥으로 탁자를 짚어 몸을 지탱한 채, 폐에서 공기가 새는 듯한 소리로 입을 열었다.

"제, 제, 생각은 쇼쿠 씨와 달라요."

무슨 소리냐는 듯 사람들이 고개를 갸웃했다.

아일랜은 한 손으로 가슴을 탁탁 두들긴 다음, 홀쭉해진 뺨과 초췌한 눈을 양손으로 슥슥 문질렀다. 정신을 찾으려 애쓰는 듯한 모습을 보이다, 얼굴에서 손을 떼고 다시 식탁을 짚었다.

"르네 부인은, 그런 일을 하지 않았어요... 그녀는 여러분을 의심하지 않았고... 저희를 이용하지도 않았어요... 전, 지금부터 부인을 위해... 제가 가지고 있는 모든 힘을 짜내... 그녀를 변론해 보겠어요."

열에 들뜬 작가는 최후의 기력을 짜내는 듯 보였으며, 테이블을 양손으로 짚어 겨우 몸을 지탱한 채 사람들을 둘러봤다.

"모두들 자리에 앉아 주세요. 지금부터 르네 부인이 어떻게 죽음에 이르렀는지 제 생각을 말씀드리죠."

그 목소리가 너무 간절해, 사람들은 얼떨결에 자리로 돌아갔다. 의자를 박차고 일어섰던 사람도 의자를 당겨 앉았다.

뉴윈은 아일랜에게 모든 걸 맡기기로 했다. 그가 왜 처음부터 르네 부인에게 그토록 깊이 공명했는지 사연은 듣지 못했지만. 죽은 이브 양의 이야기에 왜 그렇게 동요했는지 알 수는 없지만. 그는 아일랜이 일어서느라 내팽개친 것들을 조심스레 정리하고 의자에 가만히 앉았다.

2

"이 사건은 반드시 해결하겠노라, 돌아가신 르네 부인과 약속했어요. 저 자신과도 약속했구요... 물론 최종 판단은 법가원에서 내릴 테지만... 전 부인을 위해 최선을 다할 생각이에요."

아일랜은 자신의 목소리가 녹슨 쇳소리와 비슷하다고 느꼈다. 때문에 자신의 목소리에서 비릿한 피 냄새를 맡고 말았다. 그는 극도의 고통을 느끼며 괴로운 표정으로 잠시 입을 다물었다.

그러나 사람들은 여전히 어리둥절한 얼굴이었다. 다른 결론이 있다는 말처럼 들리지만, 그럴 리가 없다는 걸 알기에 이야기보다 아일랜의 상태가 더욱 걱정스러웠다. 때문에 참고인들은 눈썹이나 이마를 찌푸린 채, 작가를 바라보고 있었다.

아일랜은 누가 봐도 몸 상태를 알 수 있을 정도로 몰골이 초췌했다. 얼굴은 옅은 보라색에, 열이 차올라 콧등과 볼에 발간 열꽃이 피었으며, 땀에 젖은 금발이 해초처럼 이마에 들러붙었다. 그 모습을 보니 그가 열에 들떠 헛소리를 하는 게 아닌가 싶을 뿐. 다른 결론이 있으리라고 믿어지지 않는 눈치들이었다.

사람들의 걱정을 알아차린 팀장이 만류하듯 나섰다. "아일랜 씨, 사건은 해결됐어요. 약을 먹고 쉬는 게 좋겠어요. 입회 캐스터가 쓰러지면 제가 곤란해져요."라며 자리에서 일어서려 했다.

그러자 뉴윈이 팀장을 제지하듯 손을 들어 막았다. "아일랜 씨가 쓰러지면 제가 책임지겠습니다. 일단 아일랜 씨의 이야기를 들어 주시면 감사하겠습니다."

그리고 청년은 다른 사람들에게도, "아일랜 씨는 그 어느 때보다 사건에 집중했습니다. 부디 이야기를 들어 주시길 부탁드리겠습니다."하고 고개를 숙인 다음, 곁에 선 아일랜을 올려다봤다. 이제 말하라는 듯.

그사이 아일랜은 호흡을 골랐다. 후후, 짧은 숨을 몇 번 내뱉고 입을 열었다. 사람들의 우려를 불식시키려는 듯, 목이 꽉 잠긴 소리로 서둘러 이야기를 시작했다.

"쇼쿠 캐스터의 추리는 몇몇 의문점을 풀지 못했어요. 그리고 오류로 보이는 것들이 있구요. 먼저 르네 부인의 질식사 방법이에요. 만약 오텀 씨가 흔적이 남지 않는 비단 수건을 썼다면, 직접 손으로 코와 입을 막아 압박해야 해요. 오텀 씨는 지문도 닦지 않을 정도로 순박한 사람이라, 쇼쿠 씨 말이 맞다면, 힘껏 숨을 막아 압박했을 거예요. 그러나 부인은 힘으로 억눌린 흔적이 얼굴과 머리 주변, 어디에도 없어요. 또한 부인을 움직인 흔적도 없고. 사고사로 판명될 정도로 다른 증거가 발견되지 않은 것도 이상한 일이죠. 말씀드렸다시피, 오텀 씨는 어떤 흔적도 남기지 않고, 완전 범죄로 보일 정도로 깔끔하게 촉탁 자살을 돕기 어려운 사람이니까요. 현장에서 비단 수건을 철저히 감췄다는 것도 앞뒤가 맞지 않아요. 오텀 씨라면 현장 근처에서 처리했을 듯한데요."

그리고 작가는 한 번 숨을 크게 들이마셨다.

"르네 부인이 남편과 함께 사건을 기획했다는 말에는 동의해요. 그렇기에 부부가 수년간 계획했고, 르네 부인이 실행에 옮겼다면, 그 복수의 계획은 우리의 예상보다 훨씬 치밀하고 완벽할 거예요."라고 중요한 점을 강조했다.

그 순간 아일랜의 눈앞이 붉게 물들었다. 여인의 가슴에서 솟구치는 핏줄기가 환영처럼 떠올랐으나, 그는 말을 계속했다.

"두 번째, 쇼쿠 씨의 픽셔에는 큰 오류가 있어요. 부인의 의뢰는 '복수를 끝내는 것'이었다는 점 말이에요. 남편과 딸에게 약속한 것도 '복수의 끝'이었죠. 쇼쿠 씨 말처럼 하나밖에 없는 목숨을 걸었다면 생명은 하나뿐이므로, 이번에 반드시 복수를 끝내야 해요. 두 번의 기회는 없으며 다시는 복수할 수 없다구요. 그렇게 단 한 번의 복수를 각오한 부인이, 하나밖에 없는 목숨을 건 이유가, 단지 여러분을 조사하는 것이었을까요? 찾을 수 있을지 없을지 모르는 범인을 찾는 게 복수의 '끝'이었다구요? 그녀의 목숨을 건 복수가, 20년 전 사고사로 판명 난 사건을 재조사하는 것뿐이었단 말씀인가요? 20년 전 사건은 이제 그 진실을 알기 어려우며, 더욱이 당시에 있었던 경찰 조직이 조수대로 바뀌기까지 했으니, 과거 자료를 찾기도 어렵고 범인을 찾지 못할 가능성이 더 크지 않나요?"

헉헉, 아일랜은 서서히 가빠지는 숨을 참으며 말을 이었다.

"때문에 만약 부인이 목숨을 걸었다면. 그것은 눈에 보이는 확실한 결과, 완전한 복수의 실현을 위해서였다고 생각해요. 그녀는 여러분을 의심하고 궁지에 몰아넣기 위해, 단순히 20년 전 사건을 환기하고, 재조사를 하기 위해 목숨을 건 게 아니란 말이죠. 쿨럭, 쿨럭."

마치 목소리에 쇠고랑을 채운 듯. 아일랜의 말은 무겁게 꼬리가 질질 끌렸다. 그사이 몇몇 사람은 동요하기 시작했다. '복수의 끝'이란 구절에 담긴 말의 무게를 알아차렸기 때문이다. 그들은 아일랜이 제시한 의문이 타당할지 모른다고 생각했으며 술렁대기 시작했다.

작가는 실눈을 뜬 채 말을 이어 갔다. 그 눈에 비친 건 식당에 모인 사람들이 아니라, 투명한 여인들이었다.

"그러므로 전 이렇게 생각했어요. 르네 부인은 누군가를 의심하고 있었다고. 그녀는 이미 범인을 찾아냈으며. 단 한 사람, 그를 올가미에 밀어 넣기 위해 죽음을 각오한 거라고요!"

그 말에 매드 팀장이 사람들을 돌아본 다음 아일랜을 향해 손을 들었다.

"죽음을 각오했다고 하면 결론적으로 자살이란 말 아닌가요. 이렇게 장황하게 설명하는 이유를 모르겠군요. 아일랜 씨."

그 말을 들은 아일랜은 느릿느릿 고개를 가로저었다.

"팀장님. 죽음을 각오했다는 게 자살을 생각했다는 건 아니에요. 다시 말씀드리지만, 부인은 복수를 끝내고 싶어 했어요. 복수의 '끝'을 원했다구요. 단지 조사가 재개되고, 참고인들을 조사하는 것을 두고 복수의 끝이라 말하기엔 무리가 있지 않나요? 그건 복수의 시작일 뿐이죠. 부디 팀장님의 가족이 누군가에게 살해당했다고 생각해 보세요. 범인을 찾거나 잡는 걸로 복수의 끝이니, 최후니, 말할 수 있느냐 말이에요. 범인을 잡는 건 시작일 뿐이에요. 그 사람을 '처벌'하는 것까지 해내야 비로소 복수의 완성이죠."

마지막 구절에서 아일랜의 목소리는 더욱 무거워졌다. 팀장은 기세에 눌러 입을 다물고 상체를 뒤로 기댄 채, 팔짱을 꼈다.

그사이 아일랜은 눈앞이 빙글 도는 바람에 상체가 휘청, 흔들렸다. 그러나 다리에 힘을 주고 버텼다. 비릿한 피비린내는 이제 콧속에서 목을 타고 내려가는 중이었다.

"세 번째, 의문이 남는 건 오텀 씨의 죽음이에요. 전, 정말 오텀 씨의 죽음이 이해되지 않았거든요. 만약 르네 부인과 오텀 씨가 실제 공모했다면, 누군가는 살아남아 복수가 완성되는 걸 확인해야 하지 않나요? 조수대를 불러 여러분을 조사하게 만들고 싶으면 부인의 죽음만으로 충분해요. 굳이 두 사람이나 죽을 필요가 없을뿐더러. 오텀 씨는 조사가 잘 진행되도록 유도하는 게 보다 합리적인 작전이 아닐까 해요. 사망 사건이 꼭 필요해 오텀 씨가 희생했다면, 르네 부인이 남아서 조사 방향을 20년 전 사건으로 몰아가는 게 좋고. 반대로 부인이 자살을 결심했다면, 오텀 씨는 타살의 흔적을 만들고 자신에게 적당히 상처를 남겨 범인에게 공격받았노라 진술하는 게 더욱 확실히 조사를 요구할 수 있죠. 헤드올 씨를 불러들인 게 수상한 사람을 목격하게 하기 위해서라는 것도 도박이에요. 한겨울이라 밖에 돌아다니는 사람도 없고. 헤드올 씨는 눈에 띄지 않도록 해 달라는 말에 매우 주의를 기울여, 사람이 없는 틈을 타 분전반을 확인하고 돌아갔다고 했으니까요. 실제 저희가 없었다면 부인이 헤드올 씨를 이용한 것도 몰랐을 테니. 부인은 확률이 낮은 어리석은 도박에 목숨을 건 셈이 되죠. 애초, 헤드올 씨를 목격하게 하는 것보다 오텀 씨가 살아남아 범인에게 공격받았다고 말하는 게 훨씬 쉽고 확실하게 이 사건을 범죄로 몰아갈 수 있구요. 그리고 이게 결정적인 증거예요. 르네 부인의 유언장."

아! 그때까지 조금의 여유도 잃지 않고 비웃음만 띠고 있던 쇼쿠의 얼굴에 그제야 낭패한 기색이 떠올랐다.

아일랜은 피 냄새를 억누르며 말을 이었다.

"르네 부인의 유언장에는 오텀 씨가 리조트를 물려받는 것으로 돼 있어요. 오텀 씨를 믿고 이곳을 맡기고 싶어 했다는 증거죠. 유언장만 봐도 그에게 자살을 명령했다는 건 말이 안 돼요. 다시 한번 말하지만, 이브 양의 사건을 소환하려면 르네 부인이 사망하는 게 더 확실하므로. 자살을 결심한 부인은, 오텀 씨에게 자신이 죽은 후, 재조사와 범인의 체포, 그의 처벌에 힘써 달라, 뒤를 맡겨야 한다고 생각해요. 20년 전 사건을 소환하고 여러분을 조사하는 데는 자신의 죽음만으로 충분하며, 무고한 오텀 씨에게 죽음을 명령할 필요는 없다구요."

작가는 가쁜 숨을 몰아쉬며 한 번 더 강조했다. "아무리 생각해도, 복수를 위해 두 사람이 스스로 목숨을 끊었다는 걸 이해할 수 없었어요."

목으로 내려간 피비린내는 그의 호흡을 휘감았다. 아일랜은 이제 붉은 핏물을 숨으로 내뱉는 듯 몸에서 힘이 빠져나갔다. 그럼에도 불구하고 눈을 가물거리며 말을 이어 갔다.

"다시 한번 말씀드리지만, 부인은 범인을 찾았으며, 그에게 복수를 다짐했어요. 그리고 복수를 실행하기 위해, 그 사람과 따로 만날 것을 계획했죠. 그 약속의 방법이 여러분에게 따로 건넨 계약서였을 거예요. 거기에 모종의 협박을 담아, 예를 들면 당신이 범인인 것을 알고 있다거나, 증거나 증인이 있다는 등의 말로 그를 한밤에 불러낸 거예요. 범인은 그걸 무시할 수도 있었겠지만… 르네 부인이 확실한 물증을 가지고 있다면 당장 조수대에 신고했을 테니까요. 때문에 자신에게 몰래 접촉한 걸 보면 직접 증거는 아니라 생각했을 거예요. 그러나 그렇다 하더라도 아예 모른 척 하기도 어려웠어요. 왜냐하면 자신을 정확히 찾아냈으니까요! 다른 사람들은 아무것도 모르는 눈치였거든요. 그는 부인이, 자신과 다른 사람을 어떻게 차별했는지, 르네 부인이 정확히 자신을 범인으로 지목했다는 걸, '어떤 걸' 보고 곧장 알아차렸어요. 그래서 부인을 만나러 갈 수밖에 없었죠. 증거가 있는지, 아니면 증인인지, 사건에 대해 무엇을 알고 있는지 확인해야 했으니까요. 살인 사건은 공소시효가 없으니 부인이 마음만 먹으면 조사가 개시될 판이었죠. 자신이 범인임을 어떻게 알고 있는지 알아내야 대응할 방법을 찾을 수 있다고 생각했겠죠. 그렇게 부인을 만나고, 부인에게 증거가 없다는 걸 알아차렸지만, 뒤늦게 함정에 빠졌다는 걸 깨달았을 거예요."

"뭐가 함정에 빠졌다는 거지? 증거가 없으면 그냥 조용히 물러나오면 될걸." 쇼쿠가 퍼뜩 정신을 차리고 반박했다.

"실제 부인은 증거가 없었어요. 어떤 증거라도 있었다면 부인은 조수대로 달려갔을 거예요. 증거가 없었기 때문에, 이렇게 복잡한 계획을 세울 수밖에 없었다고 생각해요. 그리고 범인이 빠졌다는 함정은, 한밤에 자신이 르네 부인을 몰래 찾아왔다는 사실, 그 자체예요. 그의 행동이 증거가 된 셈이죠. 그것이야말로 뒤가 구린, 켕기는 게 있다는 증거이며. 범인이었기에 저지른 행동이니까요. 그제야 그는 부인의 모략에 빠졌다는 걸 알아차렸지만 되돌릴 수 없었어요. 그렇게 그는 궁지에 몰렸어요."

아일랜은 고통을 견디며 망자들을 위해 이야기를 이어 갔다.

"그는 지금이라도 당장, 자신이 찾아온 걸 빌미로 르네 부인이 신고할 거라 생각했죠. 재수사를 요구해, 스캔들에 휘말리면 자신이 20년간 쌓은 것들이 파도를 만난 모래성처럼 무너져 내릴 거라고. 이곳엔 업계 1,2위를 다투는 미디어사의 캐스터가 둘이나 있으며. 언제나 화젯거리를 찾기 위해 눈을 번득이고 있는 쇼쿠 씨가 있으니까요. 20년 전과 달리 현재는 미디어의 파급력이 완전히 달라. 범죄자의 신상이 알려지고 사회에서 매장당하는 건 한순간의 일이죠. 또한 이 사건엔 매우 흥미진진한 스토리텔링의 소스가 있고. 과거의 사건이란, 누구든 어떤 픽셔든 만들어 낼 수 있으므로, 그는 조회 수를 노린 캐스터들이 대거 달려들어 자신의 추악함을 폭로할 거라는 두려움에 휩싸였어요."

아일랜은 숨을 몰아쉬고 말을 이었다. 좀 더 빨리, 좀 더 힘을 내 말을 마쳐야 했다.

"어차피 부인을 살려 둘 수 없다고 생각하는데... 그런데 그때 르네 부인이 마지막 딜을 해요. 딸을 죽인 방법을 알고 싶다, 혹은 자신을 딸과 같은 방법으로 보내 달라 말한 거예요. 매드 팀장님, 제가 부인이 목숨을 걸었다고 말한 이유가 바로 이것이에요. 그녀는 자살을 결심한 게 아니라, 딸을 살해한 수법을 밝히기 위해 자신의 목숨을 걸 생각이었어요. 오직 그 생각뿐이었죠. 르네 부인은 뉴윈 씨와 나를 믿는다고 했어요. 반드시 자신을 도와줄 거라고. 한 여인의 죽음에 얽힌 진실을 찾아 줄 것이며. 만약 당시와 똑같은 현장을 보여 주면 반드시 진실을 밝혀 줄 거라 믿었어요. 부인이 이브 양과 똑같은 모습으로 죽은 게 바로 그 이유 때문이었어요. 뉴윈 씨도 저도, 부인의 죽은 모습이 내내 마음에 걸렸는데. 그건 부인이 우리에게 말해 준 이브 양의 죽은 모습과 흡사했기 때문이에요. 그녀는 뉴윈 씨와 제 눈앞에 이브 양이 죽은 장면을 그대로 보여 준 거예요. 그래서 움직인 흔적이 없었던 거죠. 범인도 뒤처리를 하거나 시체를 움직일 필요가 없었고요. 그녀 스스로 얌전히 죽어 갔으니."

너무 지나친 억측 아닌가... 사람들이 웅성거렸다.

"글쎄요. 당시 이브 양은 그의 실체를 몰랐기에 그가 약을 탄 술을 모르고 마셨을 거예요. 얌전히 술을 마시고 잠들었죠. 하지만 부인은 눈앞의 남자가 범인임을 알고 있어요. 그런데 이브 양과 똑같이 수면제가 든 압생트를 마신 거예요. 어떤 저항의 흔적도 없이. 딸을 죽음으로 이끈 술을 똑같이 마시고 얌전히 잠들었으니. 그것은 부인이 자발적으로 한 행동으로밖에 볼 수 없어요. 즉, 부인은 스스로 술을 마셨으며. 르네 부인이 범인에게 원한 것이었을 거예요. 딸과 같은 방법으로 죽음을 맞이한 것은."

사람들의 동요에 개의치 않고 아일랜은 말을 이었다.

"아마 부인이 딜을 하지 않았어도 범인은 르네 부인을 이브 양과 같은 방법으로 죽였을 거예요. 그 방법이 사고사로 판정받을 수 있는 완벽한 방법임을 알고 있으니까요. 20년 전 이미 검증된 방법이었죠. 어차피 자신이 범인인 것을 알아낸 시점에서 부인은 더 이상 살려 둘 수 없는 존재예요. 그는 이브 양에게 했던 것처럼 그녀에게 지시를 내려요. 압생트와 잔을 꺼내 오라 하고. 술을 잔에 따르라 하고. 그리고 그녀에게 치즈 접시를 준비하라 한 다음, 수면제를 술에 타라고 하죠. 르네 부인은 약속한 대로 그 말을 따랐어요. 그렇게 수면제와 알코올에 의해 부인은 힘이 빠진 채로 잠들었으며. 범인은 이브 양 때와 같은 수법을 써서 그녀를 질식사로 사망케 한 거예요. 그러므로 르네 부인은 자살한 게 아니에요. 복수를 끝내지 못하면 결코 눈을 감을 수 없다고 했으니까요. 그녀가 죽음을 각오했다는 말은 복수를 위해 살해당할 각오를 했다는 말이었어요."

말하다 말고 아일랜은 쿨럭거리며 테이블에 엎어질 듯 고꾸라졌다. 그러나 용케 손바닥을 짚고 다시 버텼다. 사람들이 안타까운 소리를 내질렀다.

뉴원이 재빨리 일어나 아일랜의 왼팔을 붙들고 정신 차리라고 속삭였다. "아일랜 씨, 힘내세요. 이제 다 왔어요."

그러자 반대쪽의 쇼쿠가 손으로 테이블을 쾅 하고 내리쳤다.

"그 설명엔 가장 중요한 핵심이 빠졌어. 이브 양이 죽은 게 사고사가 아니고, 르네 부인의 죽음 역시 자살이나 사고가 아니라면. 두 사람이 어떻게 죽었는지, 부인이 목숨을 걸고 보여 주고 싶다던 살해 방법이 나오지 않았어."하고 다급하게 외쳤다.

그러자 아일랜이 곁눈질로 뉴원에게 신호를 보냈다. 뉴원도 그를 마주 보며 고개를 끄덕였다. 청년은 부축하고 있던 작가의 팔을 살며시 내려놓고, 사람들을 똑바로 보며 이렇게 말했다.

"그 방법은 바로 이것입니다."

뉴원이 허리를 숙여 발치에 놔둔 뭔가를 집어 들었다. 그것은 언제 준비한 것인지 모를, 증거를 수집하는 커다란 봉투였으며, 투명한 봉투 안에 뭔가가 담겨 있었다.

그것을 알아본 누군가의 안색이 순식간에 바뀌었다.

봉지 안에 든 것은 산소 호흡기를 닮은 응급처치용 간이 호흡기였다. 간이 호흡기에는 산소캔과 코와 입을 막을 수 있는 입체 마스크가 달려 있었다.

"그게 뭐야."하고 크레일이 달려들 듯 자리에서 일어섰다.

"고마워요, 뉴원 씨. 이제 마무리 지을게요."

꺼져 가는 눈을 가물거리며 아일랜은 뉴원을 향해 고개를 끄덕였다. 그리고 손으로 탁자를 짚은 채 힘겹게 말을 이었다.

"르네 부인은 남편과 함께 딸의 사건을 조사했어요. 애초 타살이라 의심했는지, 이브 양의 죽음을 받아들일 수 없어 뭐라도 한 건지는 알 수 없지만. 여러분의 뒤를 캐고 조사해 결국 범인을 찾아냈을 거예요. 그러나 증거가 없었죠. 오직 심증만 있을 뿐. 그래서 자신의 죽음을 각오하고 범인을 불러들인 거예요. 그 사람은 매우 영리하기에 세심하고 철저하게 준비해야 했어요. 요즘 사람들이 혹할 만한 투자를 미끼로 내걸고. 리조트를 분양하는 것처럼 그를 불러들이는 동시에 의심을 피하기 위해 다른 사람도 모두 초대했어요. 그리고 한밤에 범인과 마주해 자신의 목숨을 담보로 최후의 도박을 한 거예요. 자신을 딸과 같은 방법으로 보내 달라고 한 거죠. 크레일 씨는 20년 전과 같이 하나하나 지시를 내리고 부인은 순순히 따랐을 거예요. 그렇게 부인은 수면제를 탄 술을 스스로 마셨어요. 아무 저항 없이. 그것은 부인의 선택이었다고밖에 생각할 수 없으며. 잠시 후 부인은 딸과 같은 모습으로 잠들었고, 그는 가지고 온 간이 호흡기를 꺼내 부인의 입을 틀어막았죠. 이게 바로 살해 도구이자, 살해 방법이에요."

"하하하." 뜻밖에 크레일의 웃음소리가 울려 퍼졌다. 그는 웃음소리보다 더욱 당당한 태도로 양손과 어깨를 추어올렸다.

"이런 엉터리 같은 말을 듣게 될 줄이야. 여긴 높은 산이 많아 베이크 타운 의사라면 누구나 간이 호흡기가 구비된 응급 키트를 가지고 다니지. 그걸로 누굴 살해했다는 건 말도 안 되는 소리일세, 아일랜 캐스터. 그걸 얼마든지 조사해 보게. 아니 이쪽에서 조사를 부탁할 판이로군. 아무리 조사해도 거기서 다른 건 나오진 않을 테니까. 그건 한 번도 사용한 적 없는 새것이거든. 르네 부인의 침이나 DNA 같은 건 나오지 않을걸세."

곧이어 그는 어이없어 헛웃음만 나온다며 허허 웃었다.

"자네의 재밌는 망상은 잘 들었네. 하지만 이게 공식적인 픽셔이고 보니 내 명예가 훼손된 것에 대한 보상을 청구해야겠군. 다시는 함부로 엉뚱한 소리를 지껄이지 못하도록 충분히 책임을 물을 테니. 각오하고 있게."

크레일의 태도는 떳떳하고 자신감에 넘쳐 있었다. 그가 얼마나 호기롭게 말하는지 사람들은 금세 생각이 바뀌었다. 크레일은 결백하며 아일랜이 잘못 짚은 거라고.

그러나 아일랜은 눈꺼풀을 가물거리면서 마지막 말을 했다.

"난 저 호흡기를 그냥 썼다고 하지 않았어요... 뉴윈 씨가 알려 줬거든요. 질식이 일어나 호흡 곤란 상태가 되면 급격한 경련이 수반되며. 그래서 물리적으로 압박한 흔적이 남는다구요. 부드러운 천을 사용해도 뒤통수나 목, 얼굴에 눌린 흔적이 남거나, 피해자가 발버둥 치며 범인에게 저항해 증거를 남기는 경우가 많다구요. 그래서 당신은 강력한 수면제와 더불어 간이 호흡기도 그냥 쓰지 않았던 거예요... 직접 손으로 압박해 누르면 압박흔이 남을 수도 있고, 산소캔의 산소가 흘러 들어갈 수도 있어요. 그러니 마스크를 막아야 했어요. 헉헉... 맨 처음 이브 양의 사인을 의심하는 르네 부인에게 뉴윈 씨가 이런 설명을 해 줬어요. 전 그걸 기억해 냈답니다. 비구폐색 질식사의 경우, 사고를 일으키는 원인으로 음주가 꼽힌다고. 그렇게 폭주로 인해 모래밭에 엎어져 질식사로 사망한 경우도 있다고 했어요."

"무슨 말이지. 그럼 모래라도 채웠다는 건가?" 하고 맥그리어가 물었다.

"모래 대신 다른 걸 채운 거예요. 흔적이 남지 않는 걸."

"어떤 걸 채워야 흔적이 안 남죠?" 팀장이 고개를 갸웃했다.

"간이 호흡기의 마스크를 흔적 없이 채울 수 있는 건 저기 밖에 쌓여 있어요. 아주 잔뜩 쌓여 있죠. 사방에 쌓여 있는 눈 말이에요. 그는 호흡기 마스크를 눈으로 채웠어요."

눈! 순간 모두가 입을 다물었다.

"마스크 안쪽에 눈을 채워 부인의 코와 입을 막은 거예요. 별로 힘들이지 않고. 고개를 모로 눕히고 눈으로 채운 호흡기를 그 밑에 뒀죠. 수면 상태의 부인은 설사 움직인다 해도 아주 가볍게 제압할 수 있어요. 그 상태로 코와 입을 막고 3분. 길어도 5분이면 부인의 호흡은 끊겼을 거예요. 부인의 콧속과 입안에 직접 눈을 채워 막은 게 아니라. 호흡기 마스크에 눈을 채워 사용해 흔적을 남기지 않았죠. 그래서 부인의 입안과 콧속에서 다른 성분이 검출되지 않은 거구요. 이브 양도, 르네 부인도, 그렇게 살해당한 거예요. 수면제와 눈을 채운 마스크에 질식사당했죠."

스무 명 가까운 사람들은 완전히 압도당했다. 뜻밖의 진실에 모두 숨소리조차 내지 못했다.

짝짝짝. 갑자기 커다란 박수 소리가 침묵을 깨뜨렸다.

사람들이 돌아보니 크레일이 손뼉을 치고 있었다.

"잘했어. 좋은 지적이로군, 아일랜 캐스터. 그럼, 흔적이 없는데 그게 살해 도구라고 어떻게 증명할 생각이지? 그 산소 호흡기에 아무 흔적이 없는데 말이야. 내가 그걸로 살인을 저질렀다고 어떻게 증명할 셈인지 궁금하군."

의사는 잘생긴 눈을 매섭게 치떴다.

"혹, 거기다 무슨 짓을 하려는 건 아닌지 의심스럽군. 다시 한번 말하지만 그것은 새것이라네. 게다가 베이크 타운은 겨울에 눈이 자주 내리는 터라. 그걸 들고 다니다 하늘에서 내린 눈을 좀 맞을 수도 있지... 오호, 그러고 보니. 눈이 내릴 때 몇 번 꺼낸 것 같기도 하고 말이야. 과연 그 호흡기에서 눈의 성분이 검출될지 모르겠어. 눈이 이슬이나 비와 따로 구분되는 성분이 있는지, 그걸 검출할 수 있을지 모르겠지만. 더 이상 봐주기 어려운 역겨운 주장은 그만두길 바라네." 하고 크레일은 자리에서 벌떡 일어섰다. 그리고 상대를 물어뜯을 듯 무섭게 으르렁대며 말을 이었다.

"쇼쿠 캐스터의 말을 빌자면, 사건 해결에 방해만 됐다던데. 사건을 추리한 픽서는 발표해야겠고. 피를 보지 못하니 현장 검증조차 제대로 할 수 없었을 테고. 그래서 나를 희생양 삼은 건가? 소지품 중에 질식사에 이용할 만한 것을 찾아내 억지로 추리를 끼워 맞춘 게 아닌가 말일세. 사람들에게 충격을 주고, 경쟁자인 쇼쿠 캐스터에게 지기 싫어 억지 주장을 펴는 거지."

그는 다시 손가락으로 브리히도를 가리켰다. "그렇게 억지를 부릴 바에는 브리히도 씨의 저 맹견 입마개가 더 수상하지 않은가 말이야. 새것인 호흡기보다."

아이랜은 피에 잠겨 있었다. 살인자들이란 어찌 그리 둔감할 수 있는가. 이토록 비릿한 피 냄새를, 뇌가 녹는 듯한 역겨운 냄새를 견딜 수 있는가 말이다. 그는 솟구치는 핏줄기를 얼굴에 덮어쓴 기분으로 크레일을 바라보았다. 제 목소리가 남의 것처럼 들렸다.

"당신은 또 그런 말을 하는군요. 이것이 한 번도 쓴 적 없는 새것이라고. 하늘에서 내린 눈 정도만 묻었을 거라고... 당신이 매우 영악하고 치밀한 분이라는 건 인정해요, 크레일 씨. 눈을 쓴 이유가 바로 그것이었으니까요. 흔적이 남지 않는 것. 그 흔적이 발견되어도 얼마든지 둘러댈 수 있는 것. 겨울 스포츠의 성지인 베이크 타운에서 눈이 묻는 것쯤 아주 흔한 일이죠. 아마 호흡기 안쪽을 메운 눈에 부인의 침이나 흔적이 남았겠지만, 그건 바깥에서 털어 버렸을 거예요. 이제 부인의 흔적이 남은 눈 뭉치를 찾는 건 불가능하며. 호흡기를 방갈로로 가져가 변기에 눈을 털어 버리기라도 했으면, 더더욱 완전 범죄가 될 테구요."

거기서 아일랜은 손을 쭉 뻗어 크레일의 뻔뻔한 얼굴을 가리켰다. "하지만 당신은 르네 부인에게 졌어요."

그 말에 크레일도 처음으로 질린 듯 눈을 끔뻑거렸다.

"부인은 어제 저희를 불러 복수를 끝내 달라고 부탁했어요. 그러나 저희는 의뢰를 거절했죠. 그런데 르네 부인은 돌아서 나가는 저를 붙들고는 제 손을 거칠거칠한 손으로 부여잡고, 자신의 심정을 이해해 줘 감사하다고 인사를 했어요. 그리고 뒷일을 부탁한다고 말하며... 그러면서, 그녀는 저를 막아선 채로, 오텀 씨에게 지시를 내렸어요. 눈이 내리기 시작했으니 마당에 제설제를 뿌리라고! 마당과 현관 주변에 꼼꼼히 뿌리라고요. 그다음 저를 보고 빵조각을 따라가라고 했죠. 그녀는 의미심장하게 웃고 있었어요."

"... 제설제?"

크레일의 반듯한 이마가 처음으로 일그러졌다. 눈가에 부들부들 경련이 일어났다. 입에서 신음하듯 흘러나온 목소리는 크게 낭패한 것이었다.

아일랜은 꺼져 가는 목소리로 말했다.

"만찬이 끝났을 때, 새튼 씨가 한쪽으로 치우고 있던 눈은 이미 제설제와 섞인 것이었어요. 아마 이 호흡기 안에는 제설제가 묻어 있을 거예요. 부인이 잔뜩 뿌리라고 명령한 그 제설제요. 현관 주변에 꼼꼼히 뿌려져 있던 눈과 섞인 제설제가... 즉, 부인은 당신이 범인임을 알았을 뿐만 아니라, 당신의 살해 방법까지 알고 있었던 거예요. 그러나 당신을 처벌할 수 없었죠. 살해 도구를 강제로 빼앗을 수도, 이 방법을 증명할 수도 없었어요. 당신을 처벌하려면 새로운 피해자가 필요했으며! 딸의 복수를 위해! 어머니는 기꺼이 자신의 목숨을 내놓은 거예요. 당신은 부인이 딸과 똑같이 죽여 달라는 말에 망설임 없이 부인을 죽였겠지만. 부인의 복수에 이용당한 거라구요. 사악하고 악랄한 살의가 부모의 사랑에 졌단 말이죠."

그리고 아일랜은 피를 토하듯 매섭게 질타했다.

"당신에게 맨 앞 방갈로인 A동을 준 것도, 본채의 한 면을 전부 유리로 만들고, 방갈로와 본채가 서로 훤히 보이게끔 만든 것도 전부 부부의, 르네 부인의 계획이었어요. 그리고 제설제를 뿌린 눈이 남아 있을 때를 노려 당신을 이곳으로 불러들인 것도. 심지어 부인은 제설제를 특이한 종류로 지정했답니다. 제게 남긴 메모에 제설제 종류가 쓰여 있거든요. 아마, 그 제설제는 다른 곳에서 잘 쓰지 않는 보기 드문 종류일 거예요. 그 제설제 성분이 바로 간이 호흡기 안쪽에 묻어 있겠죠."

그는 한 손으로 팀장을 가리켰다. 그러자 팀장은 저도 모르게 너트에게 도로 건네받은 쪽지를 주섬주섬 꺼내 들었다.

그다음 아일랜은 다시 다른 손으로 오른쪽의 통유리를 가리켰다. 창문 너머 풍경을 가리키며, 온 힘을 다해 큰 소리로 외쳤다.

"이제 여러분께 직접 보여 드리죠. 르네 부인의 계획을. 그녀가 어떻게 크레일 씨에게, 당신이 범인인 것을 알고 있다고 암시했으며, 크레일 씨가 어떻게 그녀의 말을 믿을 수밖에 없었는가를. 그는 바로 저 풍경을 보고 모든 것을 알아차렸던 거예요. 르네 부인이 자신을 범인으로 확신하고 있다는 걸."

사람들은 홀린 듯, 자석에 이끌린 듯, 의자에서 일어섰다. 그리고 유리창 너머 풍경을 바라봤다. 어제도 본 그 풍경이었다.

마치 살얼음이 깔린 듯한 마당과 그 가장자리 끝에 방갈로 여덟 채가 서 있는데. 그것은 아무 생각 없이 바라볼 때는 리조트의 전경이자 그림 같은 경치일 뿐이었으나. 이제 아일랜의 설명을 들으며 바라본 풍경은 완전히 그 모습이 달랐다.

"앗!" 클로가 저도 모르게 손으로 입을 틀어막았다.

"그렇군! 이제 알겠어." 에드도 소름이 끼친 듯 팔을 문질렀다.

"완전히 다르잖아. 딱 저기만."하고 맥그리어가 손을 들었다.

노교수의 손길이 가리킨 곳은 맨 앞 A동 방갈로였다.

"네. 로토니어 씨는 독채를 전부 다른 모습으로 리모델링했지만, 오직 한 곳만은 그대로 뒀어요. A동이요. 크레일 씨의 숙소인 A동은 20년 전과 똑같이 그대로 놔뒀죠. 저희들이 2차 조사를 위해 방갈로를 방문했을 때, 그것을 직접 확인했어요. 다른 방갈로들은 내부가 놀랍게도 마치 여러분에게 맞춘 양, 꾸며져 있었거든요. 디자이너인 클로 씨의 방갈로는 모노 톤의 컬러를 썼고, 맥그리어 씨의 방갈로에는 주류 장식장이 있으며, 특히 할로우 씨의 방갈로는 마치 개인 타로 천막 같았죠. 그리고 여러분들의 증언에서 20년 전 모두 같은 방갈로에 묵었음을 알 수 있었어요… 르네 부인은 20년 전과 똑같은 숙소에 여러분을 묵도록 지정했으며, 방갈로를 여러분에게 꼭 맞게 새로 바꿔 놓았죠. 그러나 A동은 손대지 않았어요. 딸을 살해한 범인이 묵은 A동은 고풍스러운 가구와 오래된 벽난로가 있었는데. 틀림없이 20년 전 그대로일 거예요… 브리히도 씨가 20년 전, 이브 양을 도울 때, 당시 모든 방갈로에 벽난로가 있어 장작을 채웠다고 했거든요. 다른 동은 화목난로가 있지만 오직 A동에만 벽난로가 있죠. 르네 부인은, 그에게 범죄를 상기시키기 위해 현장을 그대로 놔둔 거예요. 크레일 씨는 식당에 들어와 바깥 풍경을 보며 의아했겠죠. 투자자들은 묵었던 방갈로를 그대로 분양받는다고 했는데. 자신의 방갈로만 낡았으며, 20년 전 그대로였으니까요. 그래서 설마 했던 거예요. 그리고 계약서에 적힌 부인의 메모를 보고, 거기 직접적으로 방갈로에 대한 이야기가 쓰여 있었을 수도 있으며. 시간을 정해 자신을 만나러 오라고 한 게. 무슨 의미인지 알아차렸던 거죠. 때문에 크레일 씨는 부인의 말에 따를 수밖에 없었어요."

"그래서 어제 그가, 눈을 뗄 수 없는 풍경이라며 계속 방갈로만 바라봤군." 하고 에드가 고개를 끄덕였다.

그때 매드 팀장이 감탄한 목소리로 봉투를 가리키며 말했다.

"염화칼슘 같은 성분이 나오겠군요. 마스크 안쪽에서."

그러자 뉴윈도 얼른 한마디 덧붙였다.

"맞습니다. 부인의 사체를 발견하기까지 시간이 흘러, 현장에 다른 증거는 사라졌을지 모릅니다만. 여기엔 성분이 남아 있을 겁니다. 또한 마키 검시관에게 르네 부인의 콧속이나 입속이 아니라 콧망울과 입가 주변의 피부 조직을 채취해 검사해 보라 하시는 것도 좋을 겁니다. 눈을 얼마큼 채웠는지 모르겠지만 미리 제설제라 알려 주시면 바깥 피부에서 그 성분을 찾을지도 모르겠군요."

이제 크레일은 입을 다물었다. 눈동자만 황망하게 움직일 뿐.

'빨리 답을 찾아야 해. 어떻게 제설제가, 현관 앞의 눈이, 호흡기 안쪽에 들어갔다고 하지? 호흡기를 떨어뜨렸다고 할까? 하지만 왜 꺼내 가지고 있었냐고 하면 뭐라고 하지? 왜? 왜?'

그사이 기운이 다 빠진 아일랜은 무너지듯 자리에 주저앉았다. "뉴원 씨, 뒤를 부탁해요."라 말하고 테이블에 엎드려, 양팔을 괴고 그 사이에 얼굴을 묻었다.

뉴원은 자기만 믿으라는 듯, 아일랜의 어깨를 툭툭 두드렸다. 그리고 작가의 곁에 서서 차분히 말을 이었다.

"문제는 오텀 씨 때문에 벌어졌습니다. 저희의 추리가 암초에 올라앉은 것은 오텀 씨 때문이었죠. 오텀 씨는 르네 부인이 평생의 은인이라고 말했습니다. 그녀를 존경하고 따르는 남자였으며, 욕심 없는 순박한 사람이었죠. 오텀 씨는 어제 우리가 의뢰를 받을 때, 르네 부인의 지시로 주방 출입문 밖에 서 있었습니다. 그렇게 주방에서 나누는 대화를 모두 듣고 말았습니다. 나중에 그는, 우리의 거절을 못내 안타까워하며 제발 사장님의 의뢰를 들어달라 부탁했는데, 전 애매하게 답을 얼버무리는 대신, 르네 부인이 무슨 일을 저지를지 모른다며, 그녀를 지켜보라고 다른 이야기를 했죠."

뉴원의 노인 같은 목소리에 한숨이 깃들었다.

"그 후로 새튼 씨의 증언을 보면, 그는 몹시 불안해했다는데. 부인에게 어떤 이야기를 들었을 거라 생각됩니다. 어떤 이야기인지는 정확히 알 수 없으나, 우리가 비들 부인에게 들어 알고 있는 사실은, 오텀 씨가 알람을 맞췄다는 사실이죠. 그리고 아일랜 씨의 말에 따르면 그 시간이 매우 이상하다는 겁니다. 비들 부인이 알람을 들은 시각은 새벽 1시 35분이라 하니까요."

"그게 뭐가 이상하다는 거요?" 에드가 되물었다.

"일반적으로 사람들이 알람을 맞출 때는 30분이나 1시간 단위로 시간을 맞춥니다. 오텀 씨 또한 평소 4시에 일어났다고 하는데. 10분도 아니고 5분 단위로 맞춘 시간이라면, 그것은 구체적으로 지정된 시간이라는 거죠. 즉, 오텀 씨는 1시 35분에 일어나 본채로 가야 했습니다. 그것이 본인의 계획이었다고 보기는 어려우며, 때문에 부인의 지시였다고 생각합니다. 제 생각일 뿐이지만, 오텀 씨는 부인을 지킬 생각이었으며, 사무실에서 잠을 잘 생각이었을지 모릅니다. 이전에도 종종 그랬다니까요. 때문에 르네 부인은, 크레일 씨와 단둘이 만나려면 오텀 씨를 직원 숙소로 보내야 했습니다. 그래서 시간을 정해 준 겁니다. 순박한 오텀 씨는 부인의 당부대로 숙소로 돌아갔고. 정해 준 시간대로 알람을 맞춰 놓고, 자신이 꼭 필요하다는 시간에 본채로 갔을 겁니다."

사람들은 고개를 끄덕였다. 뉴원은 말을 이었다.

"오텀 씨와 16년을 함께한 르네 부인은 그의 성격을 잘 알았습니다. 순박하고 충직하기까지 하니. 그에게 자살할 거라거나, 범인에게 살해당할 생각이라고 털어놨을 거라고는 보기 힘듭니다.

그는 목숨을 걸고 부인을 말렸을 테니까요. 그래서 섣불리 계획을 털어놓을 수 없었을 겁니다. 제 생각엔 부인이 그 시각에 오텀 씨를 부른 것은, 사건 직후, 오텀 씨를 도착하게 만들고 싶었던 거라, 생각하는데. 현장을 발견한 즉시, 사체 통합 관리소에 신고를 하든, 아니면 아일랜 씨와 저를 불러 사건을 조사하게 만들고 싶었던 게 아닐까 합니다만. 최대한 빨리, 범인이 증거를 인멸하기 전에 말입니다. 오텀 씨가 말하길, 르네 부인이 앞으로 무슨 일이 생기면 아일랜 씨와 저에게 의지하라고 미리 당부했다 하니까요... 때문에 헤드올 씨는 르네 부인의 말이 진실이 아닐까 합니다. 그녀의 유언장에 따르면, 자신이 죽게 되면 오텀 씨가 리조트를 물려받을 텐데. 이곳은 남은 운영비가 없어 재정이 조금 위험한 상태였다니까요. 때문에 오텀 씨를 위해, 그리고 리조트를 지키기 위해, 보험금을 탈 수 있게끔 후속 조치를 취한 게 아닐까 합니다만. 이건 솔직히 현재로서는 알 수 없는 일입니다."

후, 한숨을 쉬고 뉴윈은 복잡한 표정으로 말을 계속했다.

"아무튼 말씀드렸다시피 오텀 씨는 아무것도 모른 채, 불안해 하고 있었습니다. 모든 게 불안하다고. 부인의 생각도 알 수 없고, 그녀가 모든 걸 정리하는 듯한 느낌이 든다고 했습니다. 그와 새튼 씨는 부인이 유언장을 작성한 것도 알고 있었습니다. 바로 그 때문에 오텀 씨는 부인의 말한 시간, 주방으로 가서, 숨이 끊어진 르네 부인을 보자마자 그녀가 자살했다고 생각한 겁니다. 복수할 길이 없어 부인이 스스로 목숨을 끊었다고... 그다음은 쇼쿠 캐스터의 말처럼 오텀 씨가 부인의 사후 처리를 한 것이 맞습니다. 오텀 씨는 부인의 죽음을 타살로 만들어야겠다고 생각했는데. 이브 양의 죽음이 자살로 몰려 장례식도 제대로 못 치렀다고 안타까워했으니까요. 또한 그는 부인의 말도 믿었을 테고요. 여기 범인이 있다는 말을 믿었죠. 부인은 한을 풀지 못하고 죽음을 택했지만, 자신이 부인의 소망을 들어주고자 한 겁니다. 그래서 범죄 현장으로 위장하기 위해 사무실과 식당의 불을 끄고, 몸싸움의 흔적인 것처럼 식기장에서 그릇을 꺼내 깨뜨리고, 조리 도구를 바닥에 놨습니다. 순박한 그는 지문을 꼼꼼히 닦을 생각도 못 했거니와 실제 몸싸움이 벌어졌다면, 바깥에 나온 그릇이 깨져 있어야 하는데, 장식장의 문을 양쪽으로 열고 그릇을 꺼내 내동댕이친 겁니다. 그리고 부인에게 상처를 냅니다. 쓰러진 부인의 허벅지에 얕은 상처를 두 군데 내죠. 그리고 자기도 공격당한 것처럼, 상흔을 남기고, 마지막으로 가슴에 칼을 찔러 넣고 눈을 감은 겁니다."

그 후로 한동안 침묵만 가득했다.
얼마 후, 매드 팀장이 거칠게 뒷머리를 털며 침묵을 깼다.
"한마디로, 르네 부인은 자살처럼 보이는 타살이며, 오텀 씨는 타살처럼 보이는 자살이란 말이군."
간결한 설명이라며 뉴원이 고개를 끄덕였다. 그리고 그는 보충 설명을 했다.
"크레일 씨가 범인이라는 점은 다음 두 가지 사실에서도 알 수 있습니다. 먼저, 그는 사건 현장을 주방 입구에서 목격했다는데, 주방 입구에서 보면 르네 부인은 등을 돌린 채 엎드려 있었습니다. 그런데 크레일 씨는 현장을 보고 다른 목격자인 클로 씨에게 부인과 오텀 씨가 죽은 것 같다고 말했죠. 나중에 클로 씨는 사람들에게 사장과 오텀 씨가 죽었다고 소리쳤고요. 그건 아마 크레일 씨에게 들은 말일 겁니다. 그러나 어제 여기 묵은 손님 중, 르네 사장을 만난 사람은 아무도 없습니다. 아일랜 씨와 저를 빼면 아무도 부인을 보지 못했죠. 그러니 등을 돌리고 누운 모습에서 르네 부인임을 알 수는 없습니다. 이곳엔 비들 부인도 있으니까요. 르네 부인과 비들 부인은 마른 체격에 갈색 단발머리가 아주 비슷하던걸요."

"그건, 주방에 있으니 당연히 르네 부인이라 생각한 거지."하고 크레일이 억지로 기운을 끌어내 대꾸했다. 그는 어느새 의자에 주저앉아 있었다.

"글쎄요. 그게 변명이 될지 모르겠습니다. 상식적으로 르네 부인은 사장이라 쉬고 있고, 새벽에 비들 부인이 주방 일을 한다고 생각하는 게 맞지 않을까 싶은데요. 그게 아니면 더욱 확실한 두 번째 증거도 있습니다. 방금 전, 크레일 씨가 직접 입으로 말한 것이며 모두가 들었을 뿐만 아니라, 두 대의 FAC에도 녹화가 돼 있어 완벽한 증언이 될 겁니다. 쇼쿠 캐스터가 두 사람은 자살이었음을 밝히며 흥분해서 이야기할 때, 크레일 씨가 이렇게 대꾸했죠. '르네 부인이 딸과 같은 날 같은 모습으로 죽었다'고요."

"그 말이 뭐 어때서. 다 아는 사실인데. 쇼쿠 캐스터가 말한 걸 가지고."

"아닙니다. 쇼쿠 캐스터는 당신이 말한 뒤에 말했습니다. 크레일 씨, 당신이 먼저 말한 후에 말이죠. 당신은 어떻게 이브 양의 죽은 모습을 알고 있는지, 어떻게 르네 부인이 딸과 똑같은 모습으로 죽은 걸 알았는지 밝혀야 할 겁니다. 이브 양이 어떤 모습으로 죽었는지, 그것을 아는 사람은 최초 발견자인 르네 부인과 로토니어 사장뿐이니까요. 그들이 새벽에 돌아와 딸을 발견했으며, 그때 묵고 있던 손님들은 아무도 방갈로에서 나오지 않았다고 말한 걸로 압니다. 당시 묵었던 참고인들은 경찰에게 사고 소식을 들었다고 증언했다는데 말이죠. 과연 당신은 어떻게 사망한 르네 부인이 이브 양과 똑같은 모습으로 죽었다는 걸 아는 거죠?"

"게임 끝이로군." 맥그리어가 머리를 내두르며 혀를 찼다.

뉴윈이 차분히 말을 덧붙였다.

"다수의 연쇄 살인범이 항상 비슷한 수법으로 사람을 살해한다는 걸 알고 있으신가요. 그것을 범죄 연구가들은 시그니처라고 부릅니다. 살인범들이 같은 수법을 고수하는 것은 얼핏 자의식 과잉처럼 보이지만, 다른 한편으로 완전 범죄를 꾸미기 위한 피할 수 없는 선택일 수도 있습니다. 지금까지 그 방법으로 살인을 하고 도주에 성공했으니까요. 때문에 그것은 검증된 살해 방법이며, 검증된 완전 범죄의 수법인 것입니다. 그래서 다수의 연쇄 살인범들이 같은 패턴을 쓰는 건지 모르겠습니다... 크레일 씨, 당신도 다른 방법으로 부인을 살해할 수 있었습니다. 그러나 그러지 않았죠. 이브 양과 같은 방법을 썼습니다. 부인의 요구였을지 모르겠지만 최종 결정은 본인이 한 것이죠. 이번에도 부인은 사고사 내지는 자살로 판명될 거라 믿어 의심치 않았으며, 부인이 우울했다는 건 직원들이 증언해 줄 테니까요."

힐문하는 투로 말을 잇던 청년은 날카롭게 눈을 치떴다.

"그런데 오늘 아침 그는, 두 구의 시체를, 르네 부인뿐만 아니라 오텀 씨도 함께 죽어 있는 걸 발견했습니다. 크레일 씨는 정말 혼비백산 놀랐을 겁니다. 클로 씨의 증언과 쇼쿠 씨의 카메라에 찍힌 모습은 거짓이 아니며, 그는 비명을 절로 내지를 만큼 놀랐던 겁니다. 그리고 다음 순간 문제를 깨달았죠. 르네 부인만 있었다면 사체 통합소 직원들이 사고사로 결론 내릴 텐데, 그런데 오텀 씨가 있는 바람에 조수대가 들이닥칠 걸 금세 깨달았습니다. 때문에 크레일 씨는 빨리 손을 쓰기로 했습니다. 즉, 현장을 보존하기로 했죠. 의사이면서도 쓰러진 사람을 보고 사후 확인을 하지 않은 것은 치명적인 실수였습니다. 적어도 가까이 가서 들여다보기만이라도 했어야죠. 그러나 그는 자신의 완전 범죄를 망칠까 두려웠습니다. 그래서 현장을 보존하는 데 최우선을 두고, 르네 부인의 죽음이 사고로 판명 날 수 있도록 현장을 보존하기에 급급했던 겁니다."

"말했잖아. 의사로서 이미 죽은 걸 알아봤다고." 크레일이 다시 머리를 쳐들고 반박했다.

"아닙니다. 크레일 씨 말씀처럼 오텀 씨는 피 웅덩이의 색만 봐도 죽은 걸 알 수 있지만, 모로 엎드려 있던 부인의 죽음을 확인하기는 어렵습니다. 부인은 단발머리가 뺨을 가리고, 목을 덮는 롱 니트 원피스를 입은 데다, 팔을 모으고 엎드려 있었으니까요. 크레일 씨가 말한 청회색 피부를 한눈에 확인할 부분이 거의 없거든요. 당신은 심지어 죽은 르네 부인에게도 완벽하게 졌다는 걸 알려 드리고 싶군요. 또한 순박한 오텀 씨에게도."

그 정도가 되자 멀끔한 의사의 얼굴은 짐승처럼 일그러졌다. 크레일은 성을 참지 못하고 입술을 악문 채 말을 씹듯이 내뱉었다. "이제 그만하지. 나도 방어권이 있으니까."

"부인은 사과를 받고 싶어 했습니다. 아니, 그보다 도대체 왜 이브 양을 죽여야 했는지, 그 이유를 알고 싶어 했죠." 뉴원이 따져 물었다. 그러나 그가 어떤 말을 할지 이미 짐작하고 있었다.

아니나 다를까 크레일의 얼굴이 더욱 험악하게 뒤틀렸다. "그거야 제가 유혹해 놓고. 아이를 핑계로 날 협박했으니까. 감히 수준도 안 되는 주제에, 파렴치하게."

거기서 매드 팀장이 자리를 박차고 일어나 점잖게 충고했다.

"크레일 씨, 더 이상 말하지 않는 게 좋을 겁니다. 법가원이 출범하고, 가장 중점을 두고 손질한 법령이, 사자 명예 훼손에 대한 해석이니까요. 특히 가해자가 죽은 피해자를 탓하며, 우발적이었다거나 자신의 범죄가 타당했다고 말하면. 증명할 수 없는 이야기로 고인을 모독했다고 해서, 형벌이 가중된다는 점을 분명히 경고해 드리죠."

엄숙하고 따끔한 일침에 크레일은 고개를 돌려 버렸다.

그때 문득 할로우가 카드를 만지작거리며 혼잣말처럼 중얼거렸다. "선택과 고통... 정의의 심판... 카드의 주인공은 그녀였군." 그리고 그는 성인의 목소리로 팀장을 불렀다. "팀장님. 그럼 다시 조사가 이어지는 건가요?"

"여기 더 있어야 한다고요?" 뜻밖의 말을 들은 브리히도가 목소리를 높였다.

뒤늦게 사태를 깨달은 참고인들은 약속이라도 한 듯 일제히 불편한 기색을 드러냈다.

매드 팀장은 얼른 자리에서 일어섰다. 먼저 대원들에게 크레일을 데리고 임시 본부인 사무실로 가서 대기하라 시켰다. 그렇게 피의자를 격려한 다음 참고인들을 향해 말했다.

"일단 법가원에 보고부터 하고 오겠습니다. 사건이 중범죄로 밝혀지긴 했지만. 1,2차 조사를 완료한 데다 피의자도 특정된 터라, 다른 분들은 돌아가셔도 될 듯하거든요." 그녀는 통신기를 챙겨 들고 밖으로 나갔다.

그 말을 들은 사람들은 안도의 숨을 내쉬었다. 빨리 지긋지긋한 범죄 현장을 벗어나 집으로 돌아갈 수 있기를, 일상으로 돌아갈 수 있기를 바라며, 모두 자리를 지켰다.

다섯 명의 조수대 대원들은 지시대로 크레일을 데리고 사무실로 향했다.

3

잠시 자리를 지키던 사람들은 금세 웅성거리기 시작했다. 그러고 보니 이제 놀라움은 가라앉고, 투자에 관한 일이 궁금할 뿐이었다. 모두 같은 생각을 하며 창밖을 바라보는데.

맥그리어가 손짓으로 에드를 불렀다.

"난 이번 투자가 어떻게 될지 궁금하오만. 방갈로를 어떻게 처분할지 혹, 에드 씨는 아는 바가 있소? 아내가 워낙 닦달하는 터라 집으로 돌아가기 전에 그걸 꼭 알아야겠는데 말이오."

같은 생각을 한 듯, 브리히도도 에드를 바라봤다.

"르네 부인과 오텀 씨의 유언장을 제대로 알아봐야 할 것 같은데요. 유언장이 있다면 거기 쓰인 대로 처분되지 않을까요?"

에드도 뒤늦게 팔짱을 끼며 한숨을 내뱉었다.

"그러고 보니 우리에겐 중요한 문제가 남았군요. 사건은 해결됐지만, 방갈로 분양이야말로 우리의 진짜 목적이니 말이오."

"후. 하지만 공짜는 기대할 수 없겠죠? 인수자가 바뀌면 계약 내용도 바뀌지 않겠어요?" 하고 브리히도가 한숨을 내쉬었다.

"범인이 잡혔으니 저도 생각이 바뀐 참이었는데. 투자는 물 건너갔군요." 클로도 힘 빠진 목소리로 한마디 했다.

그러자 맥그리어가 강경하게 머리를 내저었다.

"미리 포기할 필요는 없을 것 같은데. 우리 모두 부인의 복수에 이용당했으니, 또 다른 피해자라 주장하면 되지 않을까 싶으니 말이오. 또한 유언장에 적시된 내용이 다르다 하더라도, 우리가 받은 계약서에도 오텀 씨의 사인이 있어 효력이 있을 듯하니. 끝까지 우리의 권리를 위해 싸워도 될 듯싶소만."

그러자 사람들은 옳은 말이라며 맞장구를 쳤다.

그 모습을 뉴원은 냉정한 눈으로 바라보고 있었다. 그러다 아일랜이 기운을 차린 듯 파묻었던 고개를 들자, 작가에게 눈을 돌렸다.

"이제 좀 괜찮으신가요? 아일랜 씨."

"고마워요, 뉴원 씨. 마무리를 잘해 줬어요."

"아닙니다. 아일랜 씨가 다하신 걸요. 몸은 좀 어떠세요?"

"사건을 해결하고 나니 피비린내가 희미해졌어요. 이제 한결

숨쉬기 편하네요." 그러면서 작가는 꿈지럭거리며 천천히 허리를 폈다. 그리고 창백한 얼굴로 말했다. "조금만 더 쉬면 완전히 좋아질 것 같아요. 한 10분만 있다 일어나죠."

그러나 그들 사이에. 아직도 사건의 결과를 받아들이지 못하는 한 사람이 있었다. 오직 쇼쿠만이 다른 생각에 휩싸였는데. 그는 힘이 빠져 의자에 털썩 주저앉았으나. 분노가 부글부글 끓어오르는 바람에 관자놀이와 목에 핏대가 섰다.

디렉 편집장에게 어떤 말을 듣게 될 것인가. 그 마녀가 자신에게 어떤 피해 보상을 요구할 것인가. 그 생각을 하자 낭패한 정도가 아니라 분노가 뻗쳐오르고 있었다. 회사 차원에서 투자한 대대적인 광고가 수포로 돌아갔을 뿐 아니라, 경쟁사의 캐스터에게 밀려 오점을 남겼으니. 디렉 편집장이 광대를 씰룩대며 비난을 퍼붓는 모습이 눈에 보일 듯 선하기만 했다.

그리고 그 장면은 아일랜에 대한 적개심과 원망을 더러운 거품처럼 들끓게 하고. 작가의 약점을 선명하게 이끌고 나타났다. 바로 어제 만찬에서 그가 지껄인 말들이 떠올랐는데. 사적 제재법에 관한 감정적이고 유치한 찬성론이, 서투르고 비이성적이며, 공정과 중립을 견지해야 할 캐스터의 지위를 망각한 어설픈 주장이, 새록새록 떠오르는 것이었다.

쇼쿠는 곧바로 시퍼렇게 날이 선 목소리로 비난을 던졌다.

"흥. 아일랜 씨는, 그렇게 태평하게 쉬고 있을 입장이 아닐 텐데 말이오. 당신이 얼마나 이 사회에 해악을 끼쳤는지 모르는 것 같소만."

날카로운 시비조의 말에 사람들이 그제야 쇼쿠를 돌아봤다. 그러자 그들이 자신과 같은 입장이었음이, 사적 재제법에 반대하는 입장이었음이 새삼 떠오른 쇼쿠는, 옳다구나 싶었다.

"그게 무슨 말씀이시죠?" 아일랜이 창백한 얼굴로 대꾸했다.

"당신이 한 말을 벌써 잊었단 말이오? 방금 무시무시한 말을 해 놓고선. 르네 부인의 복수가 성공했다고 하지 않았소. 그리고 크레일 씨에게 르네 부인의 복수에 졌다고 손가락질까지 하고. 그건 마치, 복수가 훌륭하고 정당하다는 말처럼 들리던데. 어제 만찬에서 바득바득 우기던 유치한 주장을 직접 손가락질로 보여 주지 않았냐 말이오."

"전, 그럴 생각은 아니었어요."

"흥. 이 사건이 어떤 후폭풍을 가져올지 몰랐다면 생각이 짧거나 멍청한 거지. 이 사건은 우리 사회가 맞닥뜨린 논쟁에 최악의 결말을 보여 줬으며. 당신의 말을 들은 사람들은, 복수나 보복이 정당하다고 생각할 수 있단 말이오. 사적 제재법의 투표가 사흘 밖에 남지 않은 이 시점에서 최악의 선동질을 했소만."

아직 몸이 회복되지 않았지만 아일랜은 입을 열었다.

"설마, 아직도 복수는 무조건 안 된다고 생각하시는 건 아니겠죠? 이번 일을 겪고도 말이에요. 복수는 무조건 남을 공격하는 게 아니에요. 복수 또한 피해자들이 자신의 존엄성을 지키는 한 행위라 생각해요. 복수는 무조건 남을 공격하는 것이 아니며. 르네 부인의 말처럼, 사람에 따라 방법이 실로 다양해요. 위험이 닥쳤을 때, 남을 해치면서까지 자신의 안위를 지키는 사람도 있지만. 남을 해칠 바엔 차라리 자신의 목숨을 버리는 사람도 틀림없이 있어요. 선량한 사람은 선량한 방법으로 복수를 행할 테니, 무조건 안 된다고 몰아붙일 수는 없다구요. 만약 사랑하는 이를 잃어 절망에 빠진 이가, 그걸 붙들고 살아갈 힘을 얻는다면. 그것이 피해자의 삶에 동아줄과 같은 원동력이 된다면, 사적 제재를 허용하는 것도 나쁘지 않다고 생각해요."

아일랜은 겨우 조금 회복된 힘을 짜내, 반박을 이어 갔다.

식당 안의 사람들은 또다시 논쟁이 붙은 두 사람을 지켜보고 있었다. 그것을 자신에 대한 응원이라 생각한 쇼쿠는 더욱 기세등등해졌다.

"흥. 아일랜 씨는 장님 문고리 잡듯 운이 좋아 사건은 해결했지만, 캐스터로서 인성과 자질은 한참이나 부족한 사람이오. 실망을 넘어 한심할 지경으로 말이오. 현실에 대해 눈 감고 사는 듯한데," 그는 경멸의 미소를 띤 채, 비난을 이어 갔다.

"아일랜 씨가 이렇게 말했잖소. 만약 이 법이 시행되면, 범죄자가 피해자나 그 가족에게 사과해야 할 거라고. 원, 그 말을 듣고 얼마나 기가 차던지. 그건 범죄자들의 심리와 생리에 대해 하나도 모르는, 실로 엉터리 같은 말 아니오. 또한 인간들의 자기본위적인 욕망과 이기심을 전혀 모르는 말일 뿐이고. 만약 범죄에 관한 픽션를 조금이라도 본 적 있다면, 어떤 끔찍한 일들이 픽션에 실리는지 안다면, 그런 말은 하지 않을 텐데 말이오. 최근 유행하는 범죄 픽션에는, 범행 이후 사법 판결에 대처하는 정보가 다양하게 공유될 뿐 아니라. 애초 범행 기술에 관한 내용을 서로서로 가르쳐 주기도 하는데. 그런 픽션 중엔 이런 내용도 있는 걸, 모르나 본데," 그는 입꼬리를 잔뜩 비틀어 비웃음을 흘렸다.

"다툼이나 사고로 상대에게 상해를 입혔을 때, 그 대처법 중 하나인데 말이오. 상대를 중태에 빠뜨리기보다 과실치사를 위장해 상대를 죽이는 게 더 낫다고들 가르치고 있지."

순간 아일랜은 누가 목을 조른 듯 숨이 턱 막혔다.

"... 그런. 그런,"하고 작가는 말을 잇지 못했다.

쇼쿠는 경멸의 웃음을 흘리며 말을 계속했다.

"타인에게 상해를 입히는 것보다 과실치사의 후처리가 더 깔끔하다고 주장하는 픽션를 본 적이 없단 말이오? 꽤 많은 픽션에서 알려 줬는데 그걸 모르다니. 그러니 그런 유치하고 진부한 주장을 하는 게 아니겠소. 요즘 사람들은 말이오. 보상금 몇 푼이 아까워, 아니 합의 과정이나 피해 구제 과정이 귀찮다는 이유로 타인의 목숨을 앗는 걸 주저하지 않는단 말이오. 심지어 그런 픽션를 읽는 구독자들은 사고와 하등 관계없음에도 불구하고. 앞으로 일어날 불편한 상황에 대비하고 싶은 평범한 이들일 뿐이고. 이런 상황에서 이 법령이 시행된다면, 단연코 범죄자들의 범죄가 더 악랄해지지 않겠소?"

마이너 캐스터는 분풀이하듯 거침없이 말을 이었다.

"살인범들은 애초 살인만 생각한 사람들이오. 눈앞의 문제를 해결하기 위해 다른 방법을 모색할 생각은 안중에도 없고. 오직 살인만이 가장 쉽고 간단하게 모든 문제를 일시에 해결할 수 있다고 생각하는 이들이란 말이오. 때문에 이 법령이 통과되더라도 그들은 살인을 멈추지 않을 거요. 대신 아예 그 가족을 몰살할 계획을 세울 거란 말이지. 이 법이 어떤 식으로 사회에 영향을 줄지 아무도 모를뿐더러. 최악의 경우, 피해자는 하나로 끝나는 게 아니라 그 가족까지 확대될 수 있다는 걸 정녕 몰랐단 말이오? 피해자나 가족들이 복수하기는커녕. 그들이 숨어 다녀야 할 수도 있다는 걸? 기묘하고 일그러진 형태의 악행이 널리 퍼질 뿐 아니라, 가해자든 피해자든 모두 끔찍한 과거에 계속 붙들려 다닐 수도 있다는 걸 안다면, 사적 제재에 찬성한다는 그런 멍청하고 무책임한 말은 하지 않았겠지."하고 신랄하게 비난하던 그는 한껏 어조를 높여 한마디 덧붙였다.

"가해자든 피해자든 끔찍한 과거는 잊어야 하며. 과거와 깨끗이 단절하는 게 필요하다는 걸 왜 모른단 말이오!"

작가는 숨을 멈춘 채, 한마디 대꾸도 못 하고 몸이 굳었다.

쇼쿠는 이제 기세를 되찾은 듯 맹렬하게 따지고 들었다. 사건 해결에서 졌다는 굴욕감과 패배감을 떨치고. 승부를 만회하고 뒤집기 위해 분노를 터뜨렸다. 더욱이 아직 자신의 카메라가 녹화 상황을 회사로 전송하고 있었다. 모닝이스트사는 이미 회사 차원에서 사적 제재법에 반대하기로 논의가 끝난 터였다.

아일랜은 저도 모르게 뉴원을 돌아봤다. 회색 청년의 얼굴은 단단한 껍질로 덮여, 이번에도 도움을 거절하는 듯했다. 작가는 외로운 싸움을 하기 위해 자리에서 비틀비틀 일어섰다.

"하지만," 하고 그가 입을 열었다. "하지만 왜, 왜... 과거를 지나간 일로 생각하죠? 과거를 벗어났다거나, 과거는 사라졌다거나, 과거와 단절하라는 말이야말로, 헛된 말장난에 불과해요. 과거는 우리가 딛고 있는 땅, 대지, 바로 그 자체이니까요! 우리가 땅을 딛지 않고 허공에서 살 수 없듯 과거 없이 현재를 살아갈 수 없어요. 세상, 그 누구도 과거를 없앨 수 없다구요. 나의 지금과 나의 미래는 과거로부터 이어진 것들이니까요. 내 모든 시간이 과거로부터 이어져 있다구요. 어떻게 과거를 지울 수 있으며, 어떻게 과거를 벗어날 수 있다는 거죠? 우리는 결코 과거와 단절될 수 없어요." 그의 보랏빛 입술이 파르르 떨렸다.

"과거는 단지 기억하지 못하거나 기억나지 않을 뿐이에요. 사라진 게 아니란 말이죠... 그런데 범죄자들은 피해자의 과거를 지옥으로 바꿔 버렸어요. 평범한 이들이 딛고 사는 대지를 지옥으로 바꿨다고요! 그런데 사회는 피해자들에게 발밑을 내려다보지 말라고 해요. 발밑은 지옥이니 보지 말라고. 그냥 앞만 보며 현실에 맞춰 살거나, 하늘을 바라보며 미래를 꿈꾸라 하죠."

어느새 아일랜의 호흡이 다시 가빠졌다. 그는 가슴이 찢길 듯한 고통에, 몸부림치듯 말했다.

"하지만 내 발은 핏물에 잠겨 있어요. 발치에서 올라오는 비릿한 피 냄새가 나를 채우고 내 영혼을 갉아먹었다고요. 난 영영 지옥에서 벗어날 수 없어요. 보지 않는다고 내 발밑이 지옥이 아닌 것도 아니고! 떠올리지 않는다고 과거가 사라진 것도 아니며! 느끼지 않는다고 상처와 고통이 없는 게 아니란 말이에요! 평화가 어디 있다는 거죠? 발밑이 지옥인데. 지옥에 발을 담그고 어떻게 평화를 찾으라는 건가요? 지옥의 불길이 언제 치솟아 나를 삼킬지 모르니, 오히려 불안해서 그 지옥에서 눈을 뗄 수 없지 않나요? 당신은 사랑하는 이의 죽은 얼굴을 본 기억이 없겠죠? 그러니 그런 말씀을 하시죠... 진정 사랑했던 여인의 얼굴은 언제쯤 사라질까요? 10년이면 잊혀질까요? 르네 부인은 이브 양의 얼굴을 20년간 잊지 못했어요. 그럼 30년이 지나야 했나요? 왜 그녀를, 나를, 지옥에 빠뜨려 놓고 지옥이 아니라고. 당신이 지옥이 아니라고 하죠? 난 이렇게 핏물에 잠겨 있는데!"

작가의 눈에 뜨거운 것이 그렁그렁 차올랐다. "나더러 과거를 잊으라면서 왜 잊지 못할 과거를 만들어 줬나요. 나더러 과거를 벗어나라면서, 왜 벗어나지 못할 과거에 가뒀냐구요."

그러다 곧바로 그의 눈동자는 무섭게 희번덕거렸다. 그 입가에 악의로 가득 찬 미소가 떠올랐다.

"어째서 아직도 피해자들이 복수를 하면 안 되는 거죠? 크레일 씨가 죽인 건 사회의 딸이 아니라 르네 부인의 딸이었단 말이에요. 그녀의 소중한 아가였다고요. 범인을 단죄하는 건 세상에서 부인밖에 할 수 없어요. 아무도 대신할 수 없단 말이에요! 모르겠어요. 전 전혀 모르겠어요. 사랑하는 이를 잃은 그들에게 어떤 게 위로가 되는 건지 전혀 모르겠다구요. 사랑은 점점 더 희소해지고, 고귀하게 추앙받거나 멸시의 대상이 되어 짓밟히지만. 혹은, 그런 건 없다고 아예 존재를 무시당하거나 외면당하고 있지만. 그러나 틀림없이 사랑은 그 진실된 한순간에 세상을 바꿀 위대한 힘을 지니고 있어요. 그런 사랑의 힘을 믿고 있는 저이기 때문에, 사랑하는 이를 잃은 그 절망과 참혹함과 그 깊은 수렁을 이해하고 또 이해해요...... . 모든 살인은 한 사람을 죽일 때, 그를 깊이 사랑하고 있는 다른 사람들도 죽이는 거예요. 그래서 모든 살인은 연쇄 살인으로 판결을 내려야 한다구요. 설사 그가 세상에 아무 연결고리가 없다 하더라도. 하나의 살인 사건은 사회 구성원들에게 정신적인 상흔을 남긴다고요...... ."

그리고 작가의 목소리는 잦아들 듯, 그늘에 숨어드는 그림자처럼 서서히 사라졌다.

식당에는 괴괴한 침묵만 감돌았다.

사람들은 누구의 편도 선뜻 들지 못했다.

그러나 쇼쿠는 흥, 하고 냉정하게 코웃음을 쳤다.

"지금도 마찬가지 아니오. 아일랜 씨는 그저 사랑 타령을 하며 감정에 호소할 뿐. 당신 같은 사람의 주장은 사회의 혼란을 부추길 뿐이니 캐스터를 그만두는 게 좋을 것 같소. 현실에 대한 자각도 없고. 냉철한 이성도 없고! 법령이란, 사적이고 개인적인 태도를 규정하려는 게 아니오. 공적이고 사회적인 행동의 규율을 정하려는 것이지. 아무리 사적 행동이라 하더라도 공적 규율의 울타리 안에서 이루어져야 할 뿐이고. 따라서 사회의 상식선에서 납득 가능하고 용인되는 지점을 찾아 규율로 정해야 한단 말이오. 그 사회의 상식이라는 선에서 놓고 보면, 결코 복수라는 행위는 용납되어선 안 될 일이지. 뉴윈 씨도 말하지 않았소. 사회의 베이스라인을 건드리면 안 된다고."

쇼쿠는 최후의 무기로 뉴윈을 소환했다. 원래 같은 팀에게 반대되는 주장을 들으면 더욱 아픈 법이다. 더욱이 어제 뉴윈은 이성적인 화제로 완벽하게 사람들을 설득하지 않았던가. 그는 턱짓으로 회색 청년을 가리켰다.

"뉴윈 씨가 말하지 않았냔 말이오. 우리 사회에 복수와 무력이 베이스라인이 되어선 안 된다고. 모든 사건의 판결은 피해자와 가해자뿐 아니라 다른 사람들에게도 영향을 미치기 때문이오. 난 르네 부인의 관심 또한 이 법령에 있다고 생각하는데. 오팀 씨가 만찬에서 유일하게 물은 게 이 주제였으니 말이오. 하나의 법령이 얼마나 많은 사람들에게 영향을 끼친다는 걸 알면 그런 감정적인 호소는 하지 않는 게 좋을 거요. 그러니 지금 당장, 이성적인 뉴윈 씨가 아일랜 씨에게 따끔하게 충고해 주는 게 어떻겠소."

그는 반대쪽 끄트머리에 앉아 있는 영리한 청년을 불러냈다.

그 말에 정말로 가만히 앉아 있던 회색 청년이 갑자기 자리에서 일어섰다. 그리고 잿빛 눈동자를 힐끗 돌려 아일랜을 바라보고는 쇼쿠를 정면으로 마주했다. 그가 입을 열었다.

"맞습니다. 사회의 베이스라인은 아주 중요하며, 그 한계선을 결정하는 것은 말씀드렸다시피 규칙과 법령이죠."

그것 보라며, 쇼쿠가 팔짱을 꼈다. 사람들도 일제히 고개를 끄덕였다.

그런데 문득 뉴윈의 입가에 이상한 미소가 감돌았다. 그는 묘한 웃음을 지으며 참고인들을 죽 둘러보고, 말을 계속했다.

"단지, 제가 한 가지 착각한 게 있었습니다. 전, 보시다시피 워낙 혐오스러운 외모라, 사람들과 동떨어진 생활을 하고 있어서 말입니다. 때문에 보통의 평범한 사람들이 실제 어떤 생각을 하고, 어떻게 행동하는지, 잘 몰랐던 것 같습니다만... 제가 접하는 사람들의 생각이란 게 픽셔에 달리는 실시간 대화창에 나오는 것 정도라... 그것은 말 그대로 타인을 의식한, 조금 정제된 말과 생각인 걸 미처 생각지 못한 거죠. 그런데 이곳에서 아주 도움이 되는 귀한 장면을 직접 목도했지 뭡니까."

"귀한 장면?" 쇼쿠가 되물었다.

"네. 그 처음은 클로 씨로부터 시작된 이야기인데. 그때 나온 말들이... 이혼을 하고 나니 재산 분할 소송이 힘들다, 마누라고 뭐고 없애 버리고 감옥에 간다는 친구도 있다, 평생 위자료에 시달리느니 10년을 손해 보는 게 낫지 않냐, 하는 말들이었죠. 그리고 쇼쿠 씨는 3백 골드 머니로 일어난 강도 사건도 알려 주셨고. 또한 방금도 다툼이나 사고로 상대에게 상해를 입히게 된다면 상대를 중태에 빠뜨리는 것보다 과실치사를 위장해 상대를 죽이는 게 낫다고 알려 주셨으니, 말입니다. 꽤 많은 픽션에 그런 내용이 있다고 하셨는데. 그러고 보니 제가 접한 픽션에서도 그런 내용을 본 게 떠올랐습니다. 그에 더해 최근 몇몇 살인범들은 재판정에서 자신의 가족에게 이렇게 말한다더군요. 한 10년만 감옥에서 살다 나가면 된다, 그러니 아무 걱정 말라고요."

청년은 한탄하듯 한숨을 내뱉었다.

"후... 전 그들이 한 사람의 생명을 빼앗고도 반성하지 않는, 반사회적이고 극악무도한 악당들인 줄 알았습니다. 극소수의 사람들인 줄 알았죠. 그런데 여기서 여러분들을 보며 깨달았습니다. 두 사람의 생명을 앗아간 사건보다 투자와 성공에 더 관심이 많은 여러분들을 보며 깨달은 사실이죠. 우리 사회의 베이스라인이 이미 바뀌고 있었다는 걸... 이제는 흉악한 살인범이 따로 있는 게 아닐지 모릅니다. 평범한 이들도, 보기 싫은 남편이나 부인을 죽여 없애고 10년만 감옥에서 살다 나오면 된다고 말하는 시대가 된 게 아닌가 말입니다. 혹은, 이왕이면 더 젊을 때 살인을 저질러야 한다고 생각하는 사회가 된 것인지도요... 죽도록 미운 인간을 죽이고 10년이면 괜찮은 선택 아닌가. 내가 증오하는 놈은 아예 존재가 말살됐는데 감옥에서 10년쯤이야. 20대 가해자가 20대 연인을 교제 폭력으로 죽인다면, 60년 삶을 빼앗긴 죽은 피해자보다, 20년을 구속당하는 가해자가 되는 게 낫지 않은가 말입니다... 피해자는 눈을 감는 순간 삶이 완전히 끝나고, 머리카락 한 올도 되살아나기 어렵지만, 가해자는 감옥에서 지낼 뿐이죠. 삶을 완전히 소거당하는 게 아니라 단지 부자유스럽게 구속될 뿐. 혹은 그것은 시각을 달리해 보면, 사회가 범죄자를 교도소에서 보호해 주는 것처럼 보이기도 하니 말입니다."

그의 표정은 신랄한 말과 어울리게 날카롭게 바뀌었다.

"그래서 깨달았습니다. 저야말로 안이하게 생각했다는 걸. 사회의 베이스라인은 법과 규율이 만들지만, 그것은 고정불변의 것이 아니며. 결국 사회 구성원인 '사람'이 끊임없이 조정하고 있다는 걸 말입니다. 사람들은 어려운 낱말의 법조문보다, 이웃이 어떻게 생각하고 살아가는지를 보며, 선을 맞추어 살아가고 있었던 거죠."

이상한 낌새를 눈치챈 쇼쿠가 도로 얼굴이 벌개져 소리쳤다.

"흥! 그럴 줄 알았어. 당신도 결국은 아일랜 캐스터와 같은 입장이란 말이군. 말은 번드르르하게 하면서. 사적 제재법에 찬성한다는 말을 내뱉겠어. 당신들은 정말 위험하고 멍청한 부류야. 참으로 어리석고 무식한, 꼭 어울리는 한 팀이란 말이지." 하고 재빨리 선수 치듯 소리를 내질렀다.

그런데 뜻밖에 뉴윈이 큰 목소리로 외쳤다.

"아닙니다. 그래서 전, 사적 제재법에 반대할 생각입니다."

비난을 쏟아부으려 했던 쇼쿠는 순식간에 입을 다물었다.

다른 사람들은 일제히 벙찐 얼굴로 입을 벌렸다. 마치 금방이라도 자신들을 비난하며 사람들이 흉악해졌으니, 사적 제재법은 통과돼도 된다고 주장할 줄 알았는데. 정반대의 주장이 튀어나오자 모두 눈을 꿈쩍거렸다.

"그... 그럴 줄 알았어. 역시 똑똑한, 어제와 같은 말을," 혼란에 빠진 쇼쿠가 주저앉은 채로 말을 더듬었다.

"아닙니다. 제가 지금 찬성하는 이유는 어제와 완전히 다릅니다. 전 어제와 정반대의 의견을 말씀드리고 있는 겁니다." 하고 뉴윈이 머리를 가로저었다.

사람들은 또 한 번 달라진 말에 침만 삼키고 있었다.

아일랜은 어느새 자리에 앉아 있었다. 그는 짙푸른 눈으로 청년을 올려다보며 "안 돼요." 하고 입속으로 중얼거렸다. 뉴윈의 회색 눈동자는 거센 풍랑 앞에 선 절벽처럼 단단해 보였다.

청년은 쇼쿠의 카메라를 정면으로 바라보며 입을 열었다.

"지금 제가 사적 제재법에 반대하는 이유는 바로 이것입니다. 그 세부 규정을 보면, 법이 통과될 경우, 보복 가능한 시기가 범죄자의 형 집행이 끝나고 10년 후라 정해져 있기 때문이죠."

청년의 회색 눈동자에 짙은 그림자가 가라앉았다. 등골이 싸늘해질 듯 날카로운 미소가 떠오른 입매와 해골처럼 허연 얼굴은 마치 그로테스크한 초상화처럼 보였다. 그는 괴기스러운 미소를 띤 채 한마디 던졌다.

"죄송합니다만. 전 그렇게 오랫동안 복수를 기다릴 생각이 없습니다. 그래서 이 법령에 반대하는 겁니다."

마치 실내에 폭풍우가 몰아친 듯 사람들이 술렁거렸다.

"그게 무슨 말이오?" 쇼쿠가 비명을 내지르듯 외쳤다.

뉴윈은 나른한 목소리로 여유롭게 입을 열었다.

"제가 몰랐다고 하지 않았습니까. 우리 사회의 베이스라인이 이미 내 이익을 위해 범죄를 저지를 수 있다고 바뀌고 있다는 걸... 아마 이 법을 발의한 분들도 저처럼 잘 몰랐던 모양입니다. 사회 구성원의 생각이 바뀌었다는 걸. 그래서 이런 뒷북치는 법을 발의한 거겠죠. 또한 그분들이나 저나, 이미 우리가 가진 법 규정이 완벽하게 사적 제재를 인정하는 법이었단 걸 몰랐던 모양입니다만." 청년의 한쪽 입술 끝이 슥 올라갔다.

아일랜은 온몸에서 힘이 스르르 빠졌다. 청년을 말리고 싶었으나, 그 기세에 눌려 감히 말을 붙일 생각조차 들지 않았다.

그사이 뉴윈은 사람들과 일일이 눈을 맞추며, 한마디 한마디 힘주어 말하고 있었다.

"이제 우리도 범죄자들처럼 생각해 보는 겁니다. 내 딸을 살해한 범인을 없앴을 때 어떤 형벌을 받을지, 살인범들처럼 계산해 보는 거죠. 지금 살인범들이 감형받는 조건을 거꾸로 적용해 보는 겁니다... 예를 들어... 제가 만약 제 어머니를 해친 범인을 찾아 복수한다면, 감형 기준이 이렇게 적용됩니다. 먼저, 저는 다른 중범죄 전과가 전혀 없습니다. 두 번째로 전 초범이죠. 셋째, 전 구치소에서 저의 잘못을 반성하고 깊이 뉘우치는 반성문을 매일 10통 이상 작성해 법가원에 제출할 생각입니다. 넷째, 재범의 가능성이 낮은 정도가 아니라 아예 없는 거겠죠. 공범이 없는 이상. 원수를 갚았으니까요. 다섯 번째로 전, 범행을 저지른 후, 현장에서 술을 마실 생각인데. 그러면 주취로 인한 판단 상실 상태도 고려해 줄 겁니다. 이 또한 감형의 기준이거든요."

청년이 한마디 내뱉을 때마다 사람들의 눈이 커지고 얼굴에서 색이 빠지는 듯했다. 그는 괴상한 미소를 띤 채 말을 계속했다.

"아직 끝나지 않았습니다! 여섯 번째로 전 술을 마신 다음 핸드폰을 꺼내 자수할 생각이거든요. 범행의 인정과 자발적으로 처분을 구하는 행위를 할 경우, 일반적으로 형이 감경되며 특별한 경우엔 면제도 가능합니다. 그리고 마지막, 그 무엇보다 살인범의 형을 감해 주는 조건 중, '참작 동기'라는 게 있습니다. 즉 범행을 저지른 동기가 충분히 참작할 만한 사유가 되면 형량을 감경해 주는데. 전, 저를 낳고 길러 주신, 사랑하는 어머니를 죽인 범인을 죽인 게 아닙니까. 충분한 사유가 되지 않을까요? 아, 만약 시간적 여유가 있다면, 미리 심리 상담도 받아 놓을 예정입니다. 제가 어머니의 죽음이라는 끔찍한 충격에서 벗어나기 위해, 얼마나 노력했으며, 그럼에도 불구하고 얼마나 극심한 트라우마에 시달렸는가를 보여 주는 증거와 증인을 마련해 놓도록 하죠. 이 모든 것을 유추해 따져 본다면, 제가 어머니를 죽인 살인범을 살해하더라도, 그 형벌은, 가석방 심사를 받을 수 있는 유기 징역형일 것이며. 최대 3년 이하 징역에 집행유예로 풀려날 가능성도 있습니다만. 또한 아일랜 씨가 탄원서를 작성해 주면 형량은 더욱 낮아질 테고요."

뉴원이 한마디씩 말을 이어 갈 때마다 가장 놀란 이는 아일랜이었다. 그는 턱이 아래로 떨어져 침이 흘러내리는 것도 모를 지경이었다. 저 회색 청년의 입에서. 범죄에 대한 사유의 깊이가 자신과 사뭇 다른, 왠지 상식적이고 통념에 따라 행동할 것 같은 남자의 입에서 완전히 다른 주장이 흘러나오자 아일랜은 정신을 차릴 수 없는 지경이었다.

뉴원이 다시 은은한 미소를 띠며 점잖게 말을 마무리했다. 그의 결론은 아일랜의 머리통을 깨뜨릴 만큼 충격적이었다.

"따라서 이 법은 통과될 필요가 없습니다. 이 법이 통과되면 범인이 형기를 마칠 때까지 기다리고도, 10년을 더 기다려야 하지만. 이 법이 부결되면 당장 보복을 감행할 수 있으니까요."

이야기를 들은 아일랜의 얼굴이 핼쑥해졌다. 너무나 큰 충격을 받아 한숨조차 삼키고 말았다. 그의 푸른 눈동자가 두려움에 휩싸여 떨고 있었다. 한 번도 생각해 보지 않았던 사실을 알려 준 뉴원에게 놀랐고, 한편으로 그가 품고 있는 막대한 어둠을 본 것 같아 등골이 오싹하니 두렵기도 했다.

그사이 뉴원은 발을 옮겨 뚜벅뚜벅 걷기 시작했다. 자리에 앉은 사람들의 등 뒤를 가로질러 걸어가는데. 그가 뒤로 지나칠 때마다 의자에 앉은 사람들은 흠칫흠칫 놀랐다.

이윽고 쇼쿠가 앉은 자리까지 온 뉴원은 한 손으로 탁자를 짚고, 다른 손을 쇼쿠의 어깨에 올렸다. 그리고 캐스터가 쓰고 있는 카메라에 얼굴을 들이밀고 입을 열었다. 이제 던질 결론은 어머니의 말이었다. 그의 머릿속에는 어머니가 떠올라 있었으며 그가 전하고자 하는 것은 어머니께 들은 말이었다. 그 어머니가 자신의 입을 통해 마지막 이야기를 시작했다.

"제 이야기는 아직 끝나지 않았습니다, 쇼쿠 씨. 마지막으로 이 픽셔를 보게 될 많은 분들에게, 또한 범죄를 가벼이 여기는 분들에게, 이 당부를 꼭 전하고 싶습니다."

그는 카메라 렌즈 너머 쇼쿠의 검은 눈동자에 눈을 맞췄.

"살아간다는 것은, 많은 의미가 있고, 사람마다 삶에 대한 정의가 다를 겁니다. 전 철학자도 아니고 단지 범죄를 지켜보는 사람일 뿐입니다. 그런 제 입장에서 보자면, 산다는 것은 악에 물들지 않고 선량함을 지키는 전선에 선 것 같습니다. 더욱이 그 전쟁은 나날이 격렬해지고, 혹독해지고 있죠... 사람들은 탄식합니다. 악은 거침없이 욕망하고, 선은 끊임없이 절제하며... 악은 무자비하게 선을 탄압하는데, 선은 짓밟히면서도 자신을 증명하는 가시밭길을 걷는다고 말입니다. 그러나 그것은 표면만 보고 하는 말입니다. 바로 선과 악이 그런 모습이기에, 우리는 악이 그릇되고 선이 올바르다 생각하는 것이며. 바로 그런 모습이기에 우리는 악에 물들지 않으려 자신과 싸우고, 선량한 사람을 존경하며. 그리고 바로 선과 악이 그런 모습이기에, 사람들은 선이 거침없이 제 길을 가는 사회를 만들기 위해 연대하고 노력하는 것입니다." 청년의 목소리가 차분히 울려 퍼졌다.

"그래서 간절히 부탁드리겠습니다. 끔찍한 과거에 시달리고 있는 피해자분들이, 범인들과 똑같이 악에 물들지 않고, 손에 피를 묻히지 않고, 선량함을 끝까지 지킬 수 있도록. 부디 법가원에서 범죄자에게 형량을 제대로 내려 주시길... 선량한 보통 사람들이 이 사회의 기본 한계선을 지키며 살 수 있도록. 범죄자들에게 구형을 알맞게 내려 주시길 바랄 뿐입니다... 사적 제재를 허용하기보다 말입니다."

전혀 고압적인 어투가 아니었음에도 쇼쿠는 어깨가 짓눌리는 듯한 압박감을 느꼈다.

마지막 결론을 들은 사람들은 어쩐지 난처한 얼굴이 되었다. 그들의 시선은 여기저기로 흩어졌으며, 몇몇 사람은 방갈로를 바라보고. 또 다른 사람들의 얼굴에는 쓴웃음이 떠올라 있었다.

그러나 무색하고 난감한 순간은 얼마 가지 못했다.

다음 순간.

쾅, 하고 본채 현관이 부서질 듯 열리는 소리가 울리더니, 매드 팀장이 후다닥 식당으로 달려 들어왔다.

"됐어요. 여러분들 모두 집으로 돌아가셔도 돼요. 법가원에서 허락이 떨어졌어요."하고 팀장은 통신기를 높이 들고 외쳤다.

그러다 방금까지 이루어진 논쟁에 대해 아무것도 모르는 매드 팀장도 사람들의 표정이 어색하다는 것을 알아차렸다. 그녀는 잔뜩 상기된 얼굴로 사람들을 둘러보며 고개를 갸웃했다.

"저기... 제가... 열심히 사정을 전하고, 법가원들을 설득해서... 그런데 다들 표정이 왜 그렇죠? 기쁘지 않은가요?"

사람들은 머쓱한 표정으로, 혹은 데면데면한 얼굴로, 고개를 끄덕였다. 그리고 그들은 마치 잠에서 깬 듯. 혹은, 어렴풋이 생각에 잠긴 듯 각자 자리에서 일어섰다. 그다음 바지나 외투를 툭툭 털고, 가방과 짐을 챙겨 밖으로 나갔다.

그 후, 안타깝게도 쇼쿠의 픽셔는 전해지지 않았다. 모닝이스트사는 쇼쿠의 영상을 빠짐없이 전송받았지만. 아일랜이 나서 사건을 해결하기 시작한 때부터 방송을 중단했기 때문이다. 그들은 경쟁사의 캐스터가 주인공이 되는 걸 막기 위해, 영상을 몽땅 편집해 버렸고. 간략하게 글로 짜깁기해 사건의 전모를 발표했을 뿐이다.

디렉 편집장은 쇼쿠의 영상을 끝까지 본 후, 가슴을 쓸어내렸다. "마지막 논쟁까지 경쟁사의 무급 팀에게 철저히 밀렸군. 그럴 줄 알았어. 마이너를 덥석 믿을 순 없었지."라며 자신의 눈을 또렷이 주시하는 뉴원의 회색 눈동자를 외면했다. 그리고 삭제 버튼을 눌렀다.

대신 뜻밖의 후폭풍이 일었는데. 뉴원의 마지막 당부가 아닌, 앞선 주장이 암암리에 널리 퍼진 것이었다. 그것도 '살인을 저질렀을 때 감형받을 수 있는 팁'이란 정보로. 식당에 있던 참고인 중 누군가에 의해 뉴원의 말이 널리 공유되었다.

그리고 그것은 살인을 꿈꾸는 몇몇 사람에게 영향을 끼쳤을지 모른다.
모두가 알고 있는 팁은 팁이 아니며. 모두가 알고 있는 비법은 비법이 아니므로.
혹은 그것은 새로 뿌려진 공포의 씨앗이었을지도 모른다.
내가 살인을 원하는 만큼, 내 주위의 누군가도 나를 죽이고 싶어 할지 모르며.
불법과 일탈을 꿈꾸는 악한이 따로 있는 게 아니라, 보통 사람도 범죄를 욕망하는 시대라는 걸 많은 이가 눈치채고 말았으므로.

이제 사회의 베이스라인은 어떻게 됐을까.

에필로그

새해가 밝았다. 사람들은 희망에 들떴다.

희망찬 새해, 라는 것은 온전히 그것을 맞이하는 사람에 달린 것이다. 어제 아침 돋았던 해를 오늘 새롭게 맞는 주체는 다름 아닌 사람이며. 그것을 어제와 마찬가지로 무의미하게 넘기는 것도 사람일 뿐이다.

뉴원은 이번 새해가 꼭 그렇다고 느꼈다. 그는 갈피를 잡지 못하고 있었다. 생각에 잠겨 고치에 웅크린 번데기처럼 지내다, 정신을 차려 보니 어느새 한 달이 훌쩍 지나 있었다.

시간이 이렇게나 흘렀구나. 달력을 한 장 넘겨 날짜를 확인한 뉴원은 산책에 나서기로 했다. 삭막한 겨울 공원을 꿈꾸며.

잎이 다 떨어진 채 옹색하게 서 있는 수목들. 앙상한 나뭇가지가 명징하게 그 실체를 드러내고. 바닥엔 누렇게 말라비틀어진 잔디와 잡초, 쓰레기가 삭풍에 뒹굴고. 꽁꽁 얼어붙은 호수에 눈이라도 쌓여 있을라치면. 그것은 생명의 숨결을 허락하지 않는 동토의 민낯과 비슷할 것이다.

그 풍경이 뉴원에게는 필요했다. 그는 자신과 꼭 닮은 회색 풍경에서 안정감을 느끼기 때문이었다. 그것은 마음을 이끄는 호감이 아니라 동질감이 불러일으키는 안락함 같은 것이었다.

호흡이 얼어붙고 등이 쪼개질 것 같은 쓸쓸함을 꿈꾸며. 그는 오랜만에 집을 나섰다. 그리고 센토 공원으로 향했다.

공원으로 향하는 길은 인적이 없었다. 때문에 그는 감정의 늪에 빠져 허우적대는 자신을 냉정하게 바라보며 걸음을 옮길 수 있었다.

그 늪은 허탈함과 당혹감, 자책감이 시커멓게 소용돌이치며 끈적끈적하게 발목을 잡아당기는 듯했으나. 이제 깨달았다.

자신이 빠져 허우적거리고 있는 곳은 감정이란 카테고리로 분류되지 않는 곳이란 걸. 그것은 인간관계의 늪이라는 걸.

인간관계란 상성이 맞는 게 좋다. 누군가는 그것을 결이 비슷하다고도 표현한다. 사람은 비슷한 환경에서 자라거나, 아니면 비슷한 가치관을 가지거나, 하다못해 작은 공통점이라도 있어야 관계가 지속될 수 있다. 공통점이 없다면, 적어도 척질 만한 점은 없어야 하지 않나.

그러나 아일랜 작가는 자신과 비슷한 점이 하나도 없으며, 모든 것이 대척에 있는 사람이었다… 물론 그것은 문제가 아니었다. 전혀 문제 될 게 없다. 진짜 문제는 자신이 그에게 휩쓸려 동요한다는 데 있었다. 꺼내선 안 될 말을 자꾸만 꺼낸다는 데.

어머니의 이야기를 또다시 꺼내다니. 그것도 살인을 생각한다는 고백과 더불어. 그것은 결코 입밖으로 뱉어선 안 될 말이었다.

아니, 그것도 문제는 아니다. 자신이 동요하는 게 문제라는 것도 거짓이자 자기기만이다.

진짜 문제는 자신이 어머니의 말을 전하면서도 아일랜의 말이 진실에 가깝다고 생각한다는 점이었다.

선량함을 지켜야 한다는 것은 포장이나 위선이 아닌가. 그런 말보다 아일랜의 말이 더욱 진실에 가깝지 않은가. 그가 술에 취해 울부짖으며 했던 말... 자신이 사랑하는 사람을 누군가 해친다면 그 범인을 없애 버리고 싶은 게 진실에 가깝지 않은가 말이다.
 때문에 그는 그날 돌아오며 아일랜에게 '앞으로 집에 찾아오지 말라'고 분명히 경고했다.
 아일랜은 왠지 절박한 표정으로 "하지만."하고 자신을 바라봤으나, 결국 고개를 주억거렸다. 그리고 고맙게도 약속을 지켜 주었다. 그동안 주위에 얼씬도 하지 않은 것이었다.

 청년은 천천히 걸음을 옮겨 10여 분만에 공원 입구에 도착했다. 그리고 집을 나선 이후 처음으로 크게 당황했다. 입구 울타리 앞에 가로 2m, 세로 1m의 커다란 표지판이 서 있었기 때문이다.
 아르누보 스타일의 개성 넘치는 조각이 테두리를 장식한 청동 표지판은 두 개였는데. 왼쪽엔 '센토 공원'이란 이름이 고딕체로 큼지막하게 쓰여 있고, 오른쪽에는 지도가 그려져 있었다.
 특히 지도에는 공원의 전체 모습과 세 개의 산책로, 두 개의 조깅 코스가 표시돼 있으며. 그중 첫 번째 산책로에는 'N.M. 코스'라고 따로 이름이 적혀 있었다. 얼핏 봐도 그것이 자신이 걷는 코스와 일치함을 알 수 있어, 뉴원은 잠시 우두망찰했다.
 그러나 잠깐의 망설임이 끝나고. 그는, 이왕 여기까지 왔으니, 하고 울타리 입구 안으로 들어섰다. 그리고 두 번째로 놀라, 다시 발을 멈춰야 했다. 나무들이 짚으로 만든 보호대를 두르고 있었기 때문이다. 그것도 자신이 도는 산책 코스를 따라.

그리고 몇몇 사람이 짚을 두른 나무들이 서 있는 코스로 산책을 즐기는 중이었다.

길고 하얀 털을 휘날리는 사모예드를 산책시키는 50대 남자와 천천히 걸으며 담소를 나누는 중년 여인들. 그리고 장난을 치며 뛰어다니는 꼬마 형제와 그 뒤를 부모로 보이는 젊은 남녀가 천천히 따르고 있었다.

먼발치에서 그 모습을 가만히 바라보던 뉴윈은 자신이 원하던 수수함과 삭막한 풍경은 이제 없다는 것을 깨달았다. 자신에게 편안한 풍경은 사라지고 없다는 것을… 하릴없이 그는 통나무집으로 발길을 돌렸다.

그렇게 뒤돌아섰는데. 멀리서 자신을 부르는 소리가 들려왔다.

"저기, 뉴윈 씨 아닌가요?"

청년은 발을 멈칫했다. 방금 본 사람 중에 아는 사람이 있었던가. 그러나 그것은 생각하고 자시고 할 필요가 없다. 그런 사람은 없음을 확신한 그가 천천히 뒤돌아섰다.

자신을 부른 것은 아이들 뒤를 따르던 부부였다. 그중 아버지인 듯한 젊은 남자가 빠른 걸음으로 다가오고 있었다.

"아, 뉴윈 씨가 맞군요. 픽셔를 봤거든요. 반갑습니다."

"어. 네." 당황한 뉴윈은 어쩔 줄 몰라 하며, 어색한 표정으로 우뚝 섰다.

"저도 이 근처에 살고 있는데. 산책하러 오신 게 아닌가요?" 하고 남자는 반갑게 다가와 악수라도 할 듯 친근하게 굴었다.

"아… 네. 집에 두고 온 게 있어서요. 그럼, 산책, 잘 하시길 바랍니다."

낯선 사람과 가벼운 잡담을 나누는 게 서툰 뉴원은 연신 고개를 숙여 보이며 뒷걸음질 쳤다.

그런데 남자의 시선이 뉴원의 왼쪽 어깨 너머로 비스듬히 날아가더니. 그가 한 손을 번쩍 들고 큰 소리로 외쳤다.

"아일랜 씨, 오셨군요. 빨리 오세요. 여기 뉴원 씨도 왔어요."

뒷걸음치던 청년의 발이 우뚝 멈췄다. 그것은 놀라거나 당황해서가 아니었다. 귀에 익숙한, 높고 수다스러운 목소리에 퇴로가 막혔기 때문이었다.

그 목소리가 등을 따갑게 때리며 다급하게 외치고 있었다.

"뉴원 씨, 빨리요. 이거 좀 빨리 받아 주세요. 뉴원 씨."

황급한 목소리에 청년은 저도 모르게 뒤돌아섰다. 그러자 아일랜이 안고 있던 볏짚 뭉치를 뉴원에게 건넸다. 뉴원은 얼떨결에 볏짚을 한 아름 떠안고 비틀거렸다.

"너무해요. 그동안 얼마나 바빴는데요. 혼자서 나무들을 돌보느라 아까운 살이 빠질 지경이었다구요. 뭣보다 관리인 할머니께 이 공원을 돌보겠다고 말한 건 뉴원 씨잖아요. 덕분에 통나무집을 얻어 살게 된 것도 뉴원 씨구요." 작가가 분홍색 이마를 실룩거리며 볼멘소리로 투덜댔다.

"... 저기... 돌보겠다고 한 적은 없고... 자주 들르겠다고만 했는데... 하지만, 도와 달라고 하셨으면 도와드렸을 텐데요." 하고 뉴원은 머쓱한 표정으로 입을 열었다.

그러자 아일랜은 어이없다는 듯 핑크빛 볼을 흔들며 몇 배나 목소리를 높였다. "세상에나. 하지만, 이라뇨? 그건 제가 할 소리죠. 제가! 틀림없이 제가 그날, 한 달 전 사랑스러운 제 차 안에서 '하지만' 하고 대꾸했잖아요. 전 그때 공원을 돌보는 일을 도와 달라고 할 참이었어요. 그런데 일하기 싫은 티를 팍팍 낸 사람이 누구였죠? 통나무집 근처에 얼씬도 말라고 한 사람이 누구였냔 말이에요."

얼씬도 말라니... 그런 말은 한 적이 없으나... 뉴원은 그냥 입을 다물었다.

아일랜은 그동안의 고생을 복수라도 하듯 말을 이었다. "아무튼 오늘이라도 왔으니, 일을 좀 팍팍 도와 봐요. 그다음, 통나무집에서 따끈한 꿀차와 달콤한 쿠키를 먹고 쉬는 게 좋겠어요."

"네?" 하고 뉴원이 대꾸해도. 아일랜은 못 들은 척 휘몰아치듯 말을 계속했다.

"쿠키를 먹으며 나무들의 겨울나기 계획을 정리해 봐야겠어요. 이제 일손이 두 배니까 속도를 좀 올려야죠. 그리고 봄맞이 화단을 꾸밀 일도 의논하구요."

그때 아이의 아버지가 얼른 앞으로 다가왔다.

"잘됐군요, 아일랜 씨. 제가 도와드린다고 해도 극구 사양하시더니. 기다리던 뉴원 씨가 오셔서 정말 잘됐습니다."

"그러게요." 그러면서 아일랜은 뉴원을 지나쳐 빈손을 홀가분하게 털며 아이 아버지 곁으로 갔다.

그리고 두 사람은 함께 산책로로 걸어가기 시작했다.

"그나저나 애들린 씨, 감기는 좀 어떠세요? 3월이 되면 본격적으로 화단을 꾸밀 생각인데. 그게 규모가 꽤 큰 프로젝트거든요. 그땐 부인과 애들린 씨 손까지 모두 빌려야 할지 몰라요. 꼬맹이들 손도요."

"이제 몸이 가뿐합니다. 그러니 산책을 나왔죠. 참, 그런데 모종 화분은 어디에 둘 생각이세요?"
"어머, 오호홍, 당연히 뉴윈 씨의 통나무집 마당이죠." 아일랜은 한 치의 망설임도 없이 곧바로 답했다.
"그렇군요. 저희 집 마당은 이번에도 퇴짜로군요. 하하하. 하지만 잘됐습니다." 남자도 크게 웃음을 터뜨리며 반겼다.

뉴윈은 볏짚 더미를 안고 우두커니 서 있었다. 그러고 보니 마른 풀더미일 뿐인데, 안고 있는 가슴과 배 부분에 은은한 온기가 느껴졌다. 그것은 볏짚이 따뜻하기 때문이 아니라, 바깥의 찬 바람을 막아 주기 때문인지 몰랐다.
그는 다시 한번 산책로를 바라본다. 문득 '깨진 유리창 이론' 떠오르는데, 그것은 사소한 무질서를 방치하면 더 큰 범죄나 문제로 이어진다는 사회 이론이며, 범죄의 예방을 위해 사전에 도시 환경을 돌봐야 한다는 개념으로 유명한 이론이지만...
달리 보면, 사람의 손길이 닿은 곳에 사람이 모인다는 의미도 되는 것 같다.
그리고 카메라 렌즈가 닿지 않는 사회 구석구석까지 미치는 사람의 손길이야말로, 범죄를 예방하고 사회의 온기를 유지하는 밑바탕이 된다는 의미인지도...
드넓은 센토 공원 안에서도, 사람의 손길이 닿은 나무들 주변으로 사람들이 산책을 즐기는 것을 보면... 분명 그런 의미도 담겨 있는 것이리라.

뉴윈은 끙차, 하고 볏짚단을 추어올렸다.
그리고 자신이 원하는 삭막함이 사라진 대신, 사람의 손길이 닿은 흔적이 분명한 공원 안으로 선선히 발걸음을 옮겼다.

투명 인간 살인 사건

초판 1쇄 인쇄 2025년 2월 26일
초판 1쇄 발행 2025년 3월 7일
지은이　노원
펴낸이　김선화
펴낸곳　포문출판
표지, 삽화　jjubu4
등록　2017년 11월 6일 (제 2017-000005호)
주소　경남 양산시 동면 석금산로 171
전화　055-367-3282
팩스　055-367-3288
이메일　alalcnf448@gmail.net
ISBN　979-11-991630-0-3 (03810)

*이 책은 저작권법에 따라 보호받는 저작물이므로 무단전재와 복제를 금지하며, 이 책의 내용 일부 또는 전부를 이용하려면 반드시 저작권자와 포문출판사의 서면동의를 받아야 합니다.
*파본은 구입하신 서점이나 본사에서 교환해 드립니다.
*책값은 뒤표지에 있습니다.
*이 도서의 정보는 서지정보유통지원시스템 홈페이지 (http://seoji.nl.go.kr)에서 확인할 수 있습니다.